이 소년의 삶

THIS BOY'S LIFE
by Tobias Wolff

이 도서의 국립중앙도서관 출판예정도서목록(CIP)은
서지정보유통지원시스템 홈페이지(http://seoji.nl.go.kr)와
국가자료공동목록시스템(http://www.nl.go.kr/kolisnet)에서 이용하실 수 있습니다.
(CIP제어번호: CIP2019024789)

This

이 소년의 삶

Boy's

토바이어스 울프 장편소설

강동혁 옮김

Life

Tobias Wolff

문학동네

일러두기

1. 주석은 모두 옮긴이주다.
2. 본문 중 고딕체는 원서에서 이탤릭체로, 볼드체는 대문자로 강조한 부분이다.
3. 장편소설과 기타 단행본은 『 』, 시와 희곡 등의 작품명은 「 」, 연속간행물, 방송 프로
   그램명, 곡명 등은 〈 〉로 구분했다.

마이클과 패트릭에게

이 책을 여러 차례 신중히 읽어준 아내 캐서린에게 특히 고맙다. 로즈메리 허친스, 제프리 울프, 개리 피스케전, 어맨다 어번의 도움과 지원에도 감사하고 싶다. 대체로 연도나 사건 순서와 관련된 몇몇 부분에서 교정을 받았다. 어머니는 내가 못생겼다고 묘사한 개가 실은 꽤나 잘생긴 개였다고 기억한다. 이런 부분 몇 가지는 그냥 놔두었다. 이 책은 기억의 책이고, 기억에는 기억 나름의 할말이 있기 때문이다. 하지만 나는 이 책을 진실한 이야기로 만들고자 최선을 다했다.

나의 첫번째 새아버지는 내가 미처 알지 못하는 이야기들만으로도 책 한 권은 채울 수 있을 거라고 말하곤 했다. 뭐, 이게 그 책이다.

인생의 첫째 의무는 그럴싸하게 가장하는 것이다.
두번째가 무엇인지는 아직 아무도 알아내지 못했다.

_오스카 와일드

타락을 두려워하는 자는 삶을 두려워하는 것이다.

_솔 앨린스키

운

우리 자동차는 어머니와 내가 콘티넨털 디바이드*를 넘어서자마자 다시 끓어올랐다. 자동차가 식기를 기다리는데 위쪽 어디에선가 시끄럽게 경적소리가 울려왔다. 그 소리가 점점 커지더니 큰 트럭이 모퉁이를 돌아 나타났다. 트럭은 우리를 쏜살같이 지나쳐 화물칸을 거칠게 흔들어대며 다음 모퉁이로 내달았다. 우리는 그 뒤를 우두커니 바라보았다. "세상에, 토비," 어머니가 말했다. "저 트럭 브레이크가 망가졌나봐."

경적소리는 점점 멀어지다가, 주변의 나무들 사이로 한숨을

* 콘티넨털 디바이드 국립 자연경관 탐방로. 로키산맥을 따라 이어지는 북미 대륙의 분수령이다.

내쉬는 바람을 타고 희미해져갔다.

우리가 도착했을 때쯤에는 트럭이 넘어간 절벽을 따라 제법 많은 사람들이 모여들어 있었다. 가드레일을 들이받고 넘어간 트럭은 허공을 수백 미터 가로질러 아래쪽 강으로 떨어져 바위 사이에 뒤집혀 있었다. 트럭은 가여울 만큼 작아 보였다. 시커먼 연기 한줄기가 운전석에서 피어오르더니 바람을 타고 스르르 사라졌다. 어머니는 사고 신고를 하러 간 사람이 있는지 물었다. 누군가 갔다고 했다. 우리는 다른 사람들과 함께 절벽 가장자리에 서 있었다. 아무도 입을 열지 않았다. 어머니는 내 어깨를 팔로 감쌌다.

그날 내내 어머니는 나를 계속 살펴보고 어루만지며 내 머리카락을 쓸어넘겼다. 나는 기념품을 타낼 연극의 적기가 왔음을 깨달았다. 어머니에게 그럴 돈이 없다는 걸 알았기에 그동안 조르지 않으려 노력했지만, 어머니가 틈을 보이자 자제할 수가 없었다. 그랜드정크션에서 빠져나올 때쯤 나는 구슬로 장식한 인디언식 허리띠, 구슬 모카신, 무늬가 들어간 가죽 안장을 붙였다 뗐다 할 수 있는 청동 말을 갖게 되었다.

1955년, 우리는 플로리다주에서 유타주로 차를 몰아 가는 중이었다. 어머니가 두려워하는 남자로부터 도망쳐, 우라늄으로 떼

돈을 벌려는 생각이었다. 우리는 우리의 운명을 바꾸고자 했다.

내 열번째 생일 직후 한여름에 우리는 새러소타*를 떠나 서부로 향했다. 머리 위로 낮게 내려앉은 하늘은 우르릉거리며 어두워졌다. 맑아졌을 때에도 공기에는 엷은 수증기 막이 드리워져 있었다. 조지아주, 앨라배마주, 테네시주, 켄터키주를 지나며 때때로 마을에 멈추어 엔진을 식혔다. 그곳 사람들은 관절염에라도 걸린 듯 느리게 움직였고, 탁하고 숨가쁜 목소리로 말을 했다. 썩은 이의 놈팡이들이 자동차를 둘러싸고 양키** 숙녀와 그녀의 어린 아들에게 땅콩을 내밀며, 지름길이 어딘지에 대해 자기들끼리 말다툼을 해댔다. 우리가 지나가면 여자들은 자기네 꽃밭에서 눈을 들거나, 저마다의 집 현관에 서서 우리를 지켜보았다. 가끔은 무표정하게, 가끔은 우리를 향해 고개를 끄덕여주거나 부채를 파닥이면서.

내시 램블러***는 두어 시간에 한 번씩 끓어올랐다. 어머니는 그 애물단지 자동차를 계속 들여다보았지만 어떤 정비공도 녀석을 고치지 못했다. 우리가 할 수 있는 일이라고는 자동차가 식기를 기다렸다가, 다시 끓어오르기 전까지 운전해나가는 것뿐이었

---

* 플로리다주 서부의 도시.
** 미국 남부 사람들이 북부 사람을 비하하여 지칭하는 말.
*** 1950년대 미국에서 생산된 자동차 모델명.

다. (어머니는 이 차에 너무 질려버린 나머지, 유타주에 도착하고 얼마 되지 않아 식당에서 만난 한 여자에게 차를 줘버렸다.) 밤이면 우리는 헤드라이트 불빛이 벽을 오르내리고, 모기들이 귓전에서 노래를 부르는 눅눅한 방에서 잤다. 바깥의 고속도로에서는 타이어가 끼익 바닥을 긁는 소리가 끊이지 않았다. 하지만 어떤 것도 거슬리지 않았다. 나는 어머니의 자유에, 그 자유를 누리는 어머니의 기쁨과 변화를 향한 어머니의 꿈에 사로잡혀 있었으니까.

서부로 나가기만 하면 모든 게 바뀌리라. 어머니는 베벌리힐스의 소녀였다. 우리가 눈앞에 그린 삶은 대공황 이전 시절의 캘리포니아에 대한 어머니의 기억에서 기인했다. 어머니의 아버지는, 어머니가 부르는 대로라면 '아빠'는, 해군 장교이자 백만장자급 자산가였다. 어머니가 살던 큰 집에는 작은 탑까지 딸려 있었다. '아빠'가 자기 돈은 물론 아일랜드 출신 가난뱅이 친척들 돈까지 모두 잃고 해외로 전근을 가기 직전에, 우리 어머니는 로즈 퍼레이드에서 베벌리힐스 꽃수레를 타는 네 소녀 중 한 명으로 뽑혔다. '무지개가 끝나는 곳'을 주제로 꾸민 그 꽃수레는 그해 만장일치로 상을 받았다. 어머니는 재키 쿠건을 만났다. 해럴드 로이드, 매리언 데이비스와 사진을 찍기도 했다.* 그들이 출연한 영화 〈선원이 된 남자〉는 '아빠'의 배에서 촬영한 것이었다.

'아빠'가 바다에 나가 있을 때면 어머니와 외할머니는 며칠 동안 자매처럼 지내며 꿈 같은 시간을 보내곤 했다.

램블러가 식기를 기다리며 어머니가 이야기해준 그 자동차들이란…… 내가 그 차들을 봤어야 하는데! '아빠'는 프랭클린사의 레저 자동차를 몰았다. 경적소리가 아름다운 크라이슬러 컨버터블을 모는 소년이 어머니에게 구애를 한 적도 있었다. 자기네 선인장 농장 밑에서 원유가 발견된 뒤 멕시코에서 이주해온 이웃, 에르난데스 가족도 빼놓을 수 없다. 그들은 대가족이었다. 어디 함께 가기라도 하면 똑같은 피어스애로** 자동차를 저마다 한 대씩 몰고 대열을 이루어 달렸다.

우리에게도 그런 일이 일어나리라. 유타주 사람들은 아침에는 가난 속에 눈을 떴다가도 밤이면 부자가 되어 잠자리에 든다고 했다. 광산기술자나 광물학자가 될 필요는 없었다. 필요한 건 가이거계수기***뿐이었다. 우리는 우라늄 산지로 가는 중이었고, 어머니는 거기에서 일자리를 얻어 상황을 주시할 생각이었다. 요령만 터득하면 직접 채굴을 시작할 계획이었다.

그렇게 우라늄을 발견하면 어머니는 자신에게 대대적인 보상

---

* 재키 쿠건. 해럴드 로이드, 매리언 데이비스 모두 미국의 유명 배우.
** 1930년대까지 고급 자동차로 유명했던 미국 자동차회사.
*** 방사능 세기 측정기.

을 해주리라. 처음에는 소다수 판매점 점원으로, 그다음에는 초보 비서로 고된 노동에 시달렸던 나날에 대한 보상을. 이런 일자리를 전전하면서 어머니는 늘 빈털터리 신세에 그쳤고, 가끔은 그 정도에도 미치지 못했다. 어머니는 다섯 해 전에 일어난 우리 가족의 해체에 대해서도, 오랫동안 폭력적인 남자와 만나면서 맛본 비참함에 대해서도 보상해줄 생각이었다. 어머니는 잃어버린 시간을 만회할 생각이었고, 나도 어머니를 도울 작정이었다.

트럭이 추락한 것을 본 다음날 우리는 유타주에 도착했다. 우리는 너무 늦었다. 몇 달이나 늦었다. 모아브 등지의 광산촌은 사람들로 들끓었다. 모텔마다 만실이었다. 동네 주민들은 자기 집 침실과 거실, 차고를 세놓더니, 이제는 앞마당을 캠핑카 주차 공간으로 빌려주고 일주일에 100달러를 받았다. 그 돈이면 어머니의 한 달 치 월급이었다. 일을 구할 경우의 얘기이긴 했지만. 하지만 일자리는 나지 않았고, 사람들은 성미가 고약해져갔다. 살인사건이 터지곤 했다. 몸을 파는 여자들이 대낮에 술에 취해 시비를 걸어대며 거리를 활보했다. 가이거계수기는 엄청나게 비쌌다. 모두가 우리에게 계속 견뎌보라고 말했다.

어머니는 곰곰이 생각해보았다. 그러다 마침내 가난뱅이들을 위한 가이거계수기를 샀다. 우라늄 흔적을 빛나게 만든다는 자외선 조명이었다. 우리는 솔트레이크시티로 떠났다. 어머니는 그 근처 어딘가에 틀림없이 광석이 있으리라고 생각했다. 누구도 광석을 찾지 못했다는 사실은 우리에게 여지가 그만큼 많다는 뜻이었다. 어머니는 당장의 어려운 고비를 넘기기 위해 케니콧 광업회사에 취직할 계획을 세웠다. 그 회사의 채용 담당자가 얼마 전 어머니가 플로리다주에서 보냈던 문의 편지에 답장을 보내왔다. 담당자는 어머니에게 오지 말라고 경고하며, 솔트레이크시티에는 일자리가 없고 그 회사부터가 파업 일보 직전이라고 말했다. 하지만 편지가 너무 친절했다! 어머니는 척 보고 그 사람한테서 일자리를 얻어낼 수 있으리라는 걸 알았다. 따놓은 당상이나 마찬가지였다.

그래서 우리는 사막을 가로질러 계속 달렸다. 차를 몰며 우리는 노래를 불렀다. 아이리시 발라드, 포크송, 빅 밴드 블루스. 나는 〈무드 인디고〉에 꽂혀 있었다. 세상일이 시들하다는 듯 "그대는 우울하지 않았소, 아니, 아니, 아니"라고 거듭 노래했고, 그러는 동안 어머니는 온도계를 의심스럽게 바라보며 엔진을 얼렀다. 그쯤 되자 나는 목이 바싹 말라 꺽꺽 소리를 냈다. 어쨌든 나는 무척 신이 나 있었다. 우리의 여행이 끝나가는 중이었다. 버마 셰이브* 광고와 총알이 박힌 채 남아 있는 도로 표지판이 째

운 21

깍째깍 스쳐갔다. 표지판의 숫자가 작아질 때마다 우리는 목청 높여 그 숫자를 외치기 시작했다.

---

* 면도크림 상표. 고속도로에 설치한 유머러스한 광고판으로 유명했다.

나는 예전과 다름없는 소년으로 지내려고 유타주에 온 게 아니었다. 내게도 나름대로 변신의 꿈, 서부를 향한 꿈, 자유와 지배, 과묵한 자족에 대한 꿈이 있었다. 가장 먼저 하고 싶었던 것은 이름을 바꾸는 일이었다. 플로리다주를 떠나기 전 우리 반에 토비라는 이름의 여자아이가 전학을 왔는데, 그 일은 우리 둘 모두에게 화끈거리는 수치심을 안겨주었다.

　나는 잭 런던*의 이름을 본떠 나를 잭이라고 부르고 싶었다. 그 이름을 가지면, 내가 생각하는 그만의 힘과 능력이 내게도 채워지리라고 믿었다. 확률적으로 잭이라는 이름의 여자아이와 같은

---

　* 미국 소설가(1876~1916).

교실에서 공부할 일도 절대 없을 테고. 소리도 마음에 들었다. 잭. 잭 울프. 어머니는 이름을 바꾼다는 생각도, 새 이름 자체도 도무지 마음에 들어하지 않았다. 나는 그 이야기를 꺼내고 또 꺼냈다. 결국 어머니도 찬성은 했지만, 교리문답 교실에 나가야 한다는 조건이 붙었다. 내가 성당에 들어갈 준비를 마치면 세례명으로 조녀선을 택하고 그 이름을 잭으로 줄일 수 있게 해준다는 것이었다. 그전에 가을 학기가 시작할 때는 내 이름을 잭이라고 소개해도 된다고 했다.

아버지가 이 얘기를 전해듣더니 코네티컷주에서 전화를 걸어와 자기가 지어준 이름을 굳게 지킬 것을 당부했다. 우리 집안에서 오랫동안 써온 이름이라고 했지만 그 말은 사실이 아닌 걸로 밝혀졌다. 그냥 집안 대대로 오랫동안 써온 이름처럼 들릴 뿐이었다. 아버지가 골동품가게에서 사온 가구들이 집안 대대로 물려받은 가구처럼 보이듯이. 아버지 혼자서 도안한 문장紋章이 사라센인들의 피 곤죽에서 뒹굴며 평생을 보낸 어느 남작, 소작농과 양옆에 시골뜨기들이 머리를 조아리며 늘어선 진흙투성이 길을 따라 이 전장에서 저 전장으로 돌진하던 어느 용맹한 남작의 방패처럼 보이듯이.

아버지는 내가 가톨릭교도가 되는 것도 못마땅하게 여겼다. "우리 가문은 옛날부터 개신교였다. 성공회 신자였지, 사실." 사실, 아버지 집안은 옛날부터 유대교였으나 나는 십 년 후에야 이를 알게 되었다. 아버지는 화가 단단히 나서 형까지 불러 통화를 하게 했다. 나는 시무룩해져 골을 냈고, 제프리 형은 내가 이름을 뭐라고 하든 별 관심이 없었으므로 그 일은 거기에서 마무리되었다.

어머니는 아버지가 짜증을 내비치자 기뻐하며 내 편을 들었다. 별안간 어머니에게도 새 이름이 좋은 생각처럼 보였다. 다 떠나서, 아버지는 코네티컷주에, 우리는 유타주에 있었다. 당시 아버지는 돈더미에서 뒹굴면서도(아버지는 어머니와 이혼하기 전부터 함께 살던 백만장자와 결혼한 상태였다) 우리에게 아무 것도, 심지어 판사가 내 양육비로 지정한 푼돈조차 보내지 않고 있었다. 우리는 그런 아버지를 두고서도 간신히 살아가는 중이었다. 아버지가 지어준 이름을 버리면 아버지도 이 상황을 상기할 터였다.

그해 가을, 일주일에 한 번 방과후 나는 교리문답 교실에 갔다. 제임스 수녀님이 신앙이 깃든 삶을 가르치는데 노란 잎사귀들이 바람에 날려 창문을 스쳐지나갔다. 수녀님은 열정적인 분이었다. 뭔가에 감동받으면 사각턱이 떨렸고, 이야기를 할 때는 반짝이는 무테 안경 너머로 눈이 환하게 빛났다. 수녀님은 가만히 앉아 있지 않고 우리 책상 사이를 돌아다녔다. 수녀님의 수녀복이 우리를 스치며 바스락거렸다. 수녀님에게는 수줍음도 내숭도 없었다. 성생활에 대해서조차 생생하게, 감칠맛 나게 이야기했다. 이따금 자기가 어디에 있는지 잊은 채 휘파람을 불기 시작하기도 했다.

제임스 수녀님은 방과후 우리가 마음대로 돌아다니는 것을 탐탁지 않게 여겼다. 우리가 공립학교 친구들과 시간을 보내다가 결국 모르몬교도가 될까봐 두려워했다. 우리의 오후시간을 그냥 둘 수 없었던 수녀님은 활쏘기, 그림, 체스 동아리를 만들고 우리 모두에게 하나씩 가입하라고 했다. 동아리는 일주일에 두 번씩 모였다. 출석은 강제였다. 아무도 수녀님을 거역할 생각은 하지 않았다.

나는 활쏘기 동아리 소속이었다. 여자아이들도 자유롭게 가입할 수 있었지만 아무도 들어오지 않았다. 우리는 비가 오는 날이면 성당 지하실에서, 맑은 날에는 야외에서 연습했다. 시간이 나면 제임스 수녀님은 우리를 지켜보았다. 아닐 때면 더 나이든 수녀님이 우리를 감독했다. 근시였던 그 수녀님은 "얘들아, 얘들아……" 하며 우리를 통제해보려 아등거렸다.

성당 옆집 사람들은 고양이를 여러 마리 키웠다. 고양이들은 성당 앞마당을 자유롭게 드나드는 데 익숙해져 있었는데, 시간이 좀 지나서야 자기들이 더이상 포식자가 아니라 먹잇감이라는 걸 알게 되었다. 우리의 화살들이 쌩쌩 지나가는 가운데 커다란 삼색 얼룩 고양이들과 마멀레이드색 고양이들이 햇볕을 받으며 앉아, 꼬리로 예쁘게 몸을 감고서 이쪽저쪽으로 고개를 갸웃거리고 있었다. 고양이를 맞힌 적은 한 번도 없었지만, 하마터면 그럴 뻔했다. 마침내 고양이들도 상황을 이해하고 마당을 떠났다. 그러자 우리는 우리끼리 서로를 사냥하기 시작했다.

연습장을 벗어난 화살을 찾는 척하며 우리는 연습 표적 뒤의 무성한 나무 사이로 슬그머니 들어갔다. 늙은 수녀님에게는 보이지 않는 곳이었다. 그곳에서 게임이 시작되었다. 처음에는 살금살금 돌아다니며 사냥감과 가장 가까운 나무에 화살이 푹 박히도록 활을 쏘는 식이었다. 한동안 우리는 이걸 기꺼이 명중으로 간주했다. 하지만 몇몇 아이들이 이 규칙을 너무 꽉 막힌 것으로 여기기 시작하자, 나머지 아이들도 그 규칙을 포기하는 수밖에 없었다. 이후 친구들은 물풍선, 돌멩이, 비비탄 전투에서도 마찬가지로 그 규칙을 일체 포기해버렸다.

게임은 재미있어졌다. 우리 모두 아슬아슬한 순간들을 겪었다. 전설이 될 때까지 두고두고 이야기할 순간들이었다. '도니가 지갑을 맞았을 때.' '패트릭이 신발을 맞았을 때.' 몇몇 아이들은 정신을 차리고 빠져나갔지만 나머지 아이들은 계속했다. 우리 방식에는 절대 악의란 없었다. 스스로에게조차 진짜 목표가 무엇인지 절대 인정하지 않았다. 진짜 목표는 누군가를 쓰러뜨리는 것이었다. 나무들 사이에서 나는 머릿속이 텅 비어버리곤 했다. 내가 다치거나 다른 아이를 다치게 하리라는 생각은 전혀 들지 않았다. 화살을 재고 시위를 당겨 눈앞의 그늘 속에서 움직이는 무언가를 겨냥할 때조차도 그랬다. 어느 날 오후 바로 그렇게, 활을 당겨 표적이 다시 모습을 드러내자마자 발사할 준비를 하고 있었다. 그때 뒤쪽에서 바스락 소리가 들렸다. 나는 휙 몸을 돌렸다.

제임스 수녀님이 무슨 말을 하려는 참이었다. 아직 입도 채 다물지 못한 수녀님은 내가 겨누고 있는 화살을 보고는 이어서 나를 쳐다보았다. 수녀님이 곁에 있으니 멍한 상태가 사라졌다. 나는 내가 무슨 짓을 하고 있었는지 정확히 깨달았다. 수녀님과 나는 잠시 그렇게 서 있었다. 마침내 나는 화살을 땅으로 돌렸다. 시위를 풀고 뭐라도 변명을 하려 했지만, 수녀님은 내 목소리에 눈을 감더니 각다귀라도 쫓듯 손을 내저었다. "연습 끝났어." 수녀님은 그렇게 말했다. 그러더니 그녀는 몸을 돌려 나를 그곳에 두고 떠나버렸다.

내가 쓸모없는 아이라는, 무언가 단단히 잘못된 아이라는 느낌이 느닷없이 나를 사로잡았다. 이 느낌은 어렵지 않게 생명을 얻었다. 어머니를 제외한 모든 사람이 나를 꿰뚫어보고 그렇게 목격한 내 모습을 싫어한다는 확신도 뒤따랐다. 내게 이런 느낌이 생길 이유는 없었다. 나는 그것을 플로리다주에, 싸움에 대한 두려움이나 여자애들과 있으면 도지는 수줍음과 함께 두고 왔다고 생각했다. 하지만 놈은 이곳까지 나를 만나러 왔다.

제임스 수녀님과는 아무 상관도 없었다. 수녀님은 죄악에 대해 이야기하는 걸 싫어했으며, 우리가 지옥이니 연옥, 림보*에 관해 집요하게 질문을 쏟아내면 지겨워하는 기색이 역력했다. 화살 일은 아마 수녀님에게 아무 의미도 없었을 것이다. 수녀님에게 나는 그냥 남자아이다운 멍청한 짓거리를 하는 또 한 명의 남자아이일 뿐이었다. 하지만 나는 수녀님이 나에 대해 모든 것을 알고 있으며 이제는 여생의 상당 부분을 내가 얼마나 나쁜 아이인지 생각하는 데 바칠 거라고 느끼기 시작했다.

수녀님 곁에만 가면 나는 수상쩍은 아이가 되었다. 활쏘기 연습을 거르기 시작했고 심지어 교리문답 수업도 가끔 빼먹었다. 어머니가 바로 알아챌 방법은 없었다. 우리집에는 전화기가 없었고 어머니는 절대 성당에 가지 않았다. 어머니는 성당이 내게는 이롭지만 자신에게는 별로 중요하지 않다고 생각했다. 이혼

---

* 지옥과 천국의 경계.

을 겪은 뒤 만났다가 플로리다주를 떠나면서까지 벗어나고 싶어 했던 남자, 로이 아저씨와 다시 엮이게 된 지금은 특히 그랬다.

시간이 날 때면 나는 학교 남자아이들과 어울렸다. 하지만 그 아이들은 모두 모르몬교도 집안이었다. 그들만의 신앙 교육을 받지 않는 때는 거의 없었고, 그 얼마 되지 않는 시간에는 부모 들이 아이들을 자기 곁에 두고 싶어했다. 오후 시간이면 나는 습 관적으로 고독에 빠져 무아지경인 채 주변을 헤매고 다녔다. 시 내를 걸으며 상점의 물건들을 빤히 바라보았다. 거리에서 본 이 사람 저 사람에게 입양되는 상상을 했다. 가끔은, 이목구비가 흐 릿해 보일 정도의 거리에서 나를 향해 다가오는 정장 차림의 남 자를 보면, 아버지일지도 모른다고, 아버지도 나를 알아볼지도 모른다며 마음의 준비를 하곤 했다. 그러다 남자와 내가 서로를 스쳐지나가고 몇 분 후엔 다른 남자를 골랐다. 나는 대꾸해주는 모든 사람에게 말을 걸었다. 볼일이 급해지면 가장 가까운 집 문 을 두드리고 화장실을 쓰게 해달라고 부탁했다. 아무도, 한 번도 거절하지 않았다. 다른 사람들 집 뒤뜰에 앉아 그 집 개와 놀기 도 했다. 개들은 나를 알아보게 되었다. 그해가 저물 때쯤에는 아예 나를 기다리고 있기도 했다.

때로는 애리조나주 피닉스에 사는 펜팔 친구에게 긴 편지를 썼다. 그 여자아이의 이름은 앨리스였다. 학기가 시작된 이후로 우리 반은 그 아이의 반과 편지를 교환해왔다. 한 달에 한 번씩 쓰도록 되어 있었으나 나는 적어도 일주일에 한 번씩, 한 번에 열 장, 열두 장, 열다섯 장을 썼다. 스마일리라는 이름의 팔로미노* 를 가지고 있다고 나를 소개했으며, 우리 아버지의 농장인 레이지 B에서 그 말을 타고 놀다가 퓨마와 방울뱀, 코요테떼와 마주치기도 했다고 썼다. 농장 일로 바쁘지 않을 때면 나는 독일산 셰퍼드를 돌보고 몇몇 스포츠 팀에서 활약하는 아이였다. 앨리스는 짧고 불규칙적으로만 답장했으나 나는 그 아이가 나를 경이롭게 여길 거라고 믿었다. 언젠가 그 아이의 집 앞에 나타나 그녀의 흠모를 받는 내 모습을 상상했다.

그렇게 방과후 시간을 보냈다. 가끔은, 자주는 아니었지만, 외로웠다. 그러면 로이 아저씨가 있는 집으로 돌아가곤 했다.

로이 아저씨는 우리가 솔트레이크에 도착하고 몇 주 후에 그곳까지 우리를 추적해 왔다. 아저씨는 마을 저편 어딘가에 방을 잡았으나 대부분 우리 아파트에서 시간을 보냈으며, 어머니가 책임 있게 행동하기만 하면 아무 악의도 품지 않겠다고 공언했다.

---

* 몸체는 크림색이나 황금색이고 갈기와 꼬리는 흰색인 말의 품종. 1940~50년대 미국 영화나 텔레비전에 종종 등장해 인기를 끌었다.

로이 아저씨는 일을 하지 않았다. 얼마 안 되는 유산에 재향군인국에서 나오는 장애 수당을 보태 살았다. 아저씨는 취직을 하면 그 돈을 받을 수 없다고 주장했다. 사냥을 가거나 낚시를 하거나 어머니를 감시할 때가 아니면 입에 담배를 물고 주방에 앉아, 자욱한 연기 너머로 얼굴을 찡그린 채 『총잡이의 정석』을 읽었다. 아저씨는 날 보면 언제나 반가워했다. 운이 좋으면 아저씨가 소총 두어 자루를 지프에 싣고 차를 몰아 사막으로 가서 깡통을 쏘며 광석을 찾으러 다니는 데 나도 따라갈 수 있었다. 아저씨도 우리 어머니한테서 우라늄 병이 옮았던 것이다.

로이 아저씨는 이 외출 동안 말이 거의 없었다. 가끔 나를 보며 미소를 짓다가 다시 시선을 돌리곤 했다. 거울 같은 선글라스 너머로 도로를 응시하며 그 완벽한 곱슬머리가 바람에 헝클어지는 모습은 언제나 깊은 생각에 잠긴 것처럼 보였다. 로이 아저씨는 남자아이들이 좋아하는 전통적인 미남상이었다. 문신이 있었고 참전한 적이 있었으며, 참전에 대해서는 영웅적 함의로 가득한 침묵을 지켰다. 아저씨의 동작에는 품위가 있었다. 꼭 필요하다면 지프를 직접 고칠 수도 있었지만 유타주를 반쯤 가로질러 정비공에게 가는 편을 선호했다. 술집에서 만난 어떤 떠버리가 알려준 정비공이었다. 탁월한 사냥꾼인 아저씨는 언제나 수사슴을 잡아왔고 어머니와 나 둘 다에게 총 쏘는 법을 가르쳐주었다.

너무 잘 가르치는 바람에 어머니는 아저씨보다도 총을 더 잘 쏘게 되었다. 어머니는 진정한 명사수가 되었다.

어머니는 내게 로이 아저씨와의 사이에 오가는 일에 대해서나 로이가 그녀를 붙잡아둘 때 이따금 보이는 야만성이나 협박에 대해서는 말해주지 않았다. 나와 함께 있을 때면 어머니는 평소와 똑같이 온갖 계획으로 가득차 있었으며 잘 웃었다. 어머니가 앉아서 울기만 하고 아무것도 하지 못하는 밤은 가끔씩만 찾아왔다. 그럴 때면 나는 어머니를 위로했지만 어머니가 우는 이유는 결코 몰랐다. 그런 밤이 지나면 그 시간들을 머릿속에서 치워두었다. 다른 징조가 있었더라도 나는 알아보지 못했다. 로이 아저씨의 이상한 모습, 아저씨와 함께하며 우리 삶에 찾아온 이상한 날들은 수년에 걸쳐 내겐 일상이 되었다.

나는 로이 아저씨가 남자다움의 표준이라고 생각했다. 한때는 어머니도 그렇게 생각했던 게 틀림없었다. 나는 내가 아저씨를 좋아해야 한다고 믿었으며, 정말로 좋아하는 마음을 꾸며내 나자신까지 속였다. 심지어 아저씨와 친해지려고 애쓸 정도였다. 아저씨가 내게 험악한 얼굴을 보인 건 딱 한 번뿐이었다. 나는 식용유가 자외선 조명을 받으면 우라늄이 빛날 때처럼 인광을 발한다는 걸 알아차리고, 하루는 우리가 가져온 돌 전체에 식용유를 끼얹었다. 로이 아저씨는 그 돌들을 보고 상당히 흥분했다.

나는 아저씨에게 내가 왜 그렇게 깔깔 웃는지 설명해야 했고, 아저씨는 내 장난을 좋게 받아들이지 못했다. 아저씨가 내게 가혹하고 야비한 눈길을 던졌다. 아저씨는 잠자코 제자리에 서서, 그 눈길로 나를 빤히 바라보더니 마침내 입을 열었다. "우습지 않아." 그러고는 그날 밤 내내 나와는 다시 말을 섞지 않았다.

사막에서 돌아오는 길에 로이 아저씨는 보험회사 근처에 차를 대곤 했다. 케니콧이 정말로 파업중이라는 사실을 알고 나서 어머니가 비서 일을 구한 곳이었다. 로이 아저씨는 어머니가 퇴근해서 나올 때까지 밖에서 기다렸다. 그런 다음 집으로 향하는 어머니의 뒤를 따랐다. 슬슬 차를 몰아 어머니를 앞지르지 않으려고 이곳저곳 남의 집 진입로에 들어갔다가 어머니의 자취를 놓칠 것 같으면 다시 빠져나왔다. 한 번이라도 뒤를 돌아보았다면 어머니는 즉시 지프를 알아보았을 것이다. 하지만 그러지 않았다. 어머니는 어깨를 활짝 펴고, 머리는 꼿꼿이 세운 채 군인처럼 산뜻하게 성큼성큼 걸었고, 한 번도 뒤를 돌아보지 않았다. 로이 아저씨는 그게 우리가 다 같이 즐기는 게임인 것처럼 굴었다. 나는 그게 게임이 아니라는 걸 알고 있었지만 그렇다고 뭔지는 알 수 없었으므로, 아저씨가 내게서 억지로 받아낸, 어머니에게는 아무 말도 하지 않는다는 약속을 지켰다.

크리스마스가 가까운 어느 오후에 우리는 어머니를 놓쳤다.

건물이 문을 닫을 때 나온 사람들 중에 어머니가 없었다. 로이 아저씨는 잠시 기다리며 불 꺼진 창문들을 뚫어지게 쳐다보았고, 경비원이 문을 잠그는 모습까지 지켜보더니 돌연 충격에 빠져 어쩔 줄 몰라했다. 아저씨는 급히 지프에 기어를 넣고 빠르게 그 블록을 돌았다. 그러고는 다시 건물 앞에 멈춰 섰다. 시동을 끄더니 혼자 속삭이기 시작했다. "그래." 아저씨가 말했다. "됐어, 괜찮아." 다시 시동을 켰다. 한번 더 블록을 돌았고, 거칠게 브레이크를 밟았다가 급발진하기를 반복하며 인근 거리를 마구 내달렸다. 두 뺨은 눈물로 젖었고, 입술은 애원하는 사람처럼 울먹이고 있었다. 이 모든 일이 새러소타에서도 일어난 적이 있었다. 나도 이 상황에서 입을 열 만큼 바보는 아니었다. 그저 조수석 손잡이에 매달려, 평소처럼 보이려고 애쓸 뿐이었다.

마침내 아저씨가 차를 세웠다. 우리는 그 자리에 몇 분 동안 앉아 있었다. 아저씨가 좀 나아진 듯 보이자 나는 집에 가도 되는지 물었다. 아저씨는 나를 보지도 않은 채 고개를 끄덕이더니, 셔츠 주머니에서 손수건을 꺼내 코를 풀고 도로 넣었다.

집에 들어가니 어머니가 캐럴을 들으며 저녁을 준비하고 있었다. 창문마다 김이 가득 서려 있었다. 로이 아저씨는 내가 가스레인지 근처로 가 어머니에게 기대는 모습을 지켜보았다. 아저씨는 내가 자기를 돌아볼 때까지 계속 나를 바라보다가 윙크를 했다. 내가 마주 윙크해주기를 바란다는 걸 난 알고 있었다. 그렇게 하면, 왠지는 모르지만, 내가 아저씨 편이 된다는 것도 알았다.

어머니는 소스를 저으며 한 팔로 나를 감싸안았다. 어머니 옆 조리대에 맥주 한 잔이 놓여 있었다.

"그래, 활쏘기 시간은 어땠어?" 어머니가 물었다.

"괜찮았어." 내가 말했다. "좋았어."

로이 아저씨가 말했다. "끝나고는 나랑 같이 나가서 유리병을 몇 개 쐈지. 여자 꽁무니도 좀 따라다니고."

"여자 꽁무니라." 어머니가 차갑게 되풀이했다. 어머니가 싫어하는 말이었다.

로이 아저씨가 냉장고에 기대며 말했다. "오늘 바빴나?"

"엄청 바빴어. 난리도 아니었어."

"숨 돌릴 틈도 없었겠네, 응?"

"가만히 놔두질 않더라고." 어머니는 그렇게 말하고는 맥주를 한 모금 마시고 입술을 핥았다.

"퇴근할 때 아주 좋았겠어."

"응. 정말 좋았어."

"끝내주네." 로이 아저씨가 말했다. "집까지는 잘 걸어왔고?"

어머니가 고개를 끄덕였다.

아저씨는 나를 보며 미소 지었고, 나는 항복해버렸다. 나도 아저씨에게 미소를 보내고 말았다.

"지금 니가 누굴 속이려 하는 건지 모르는 모양인데," 아저씨가 어머니에게 말했다. "니가 무슨 꿍꿍이인지는 니 자식새끼도 알아." 아저씨는 몸을 돌려 거실로 나갔다. 어머니는 눈을 감았다가 다시 뜨고는 계속 소스를 저었다.

그날은 우리가 말없이 저녁을 먹은 여러 날 중 하루였다. 식사 후 어머니는 타자기를 꺼냈다.

타자 속도를 속여 일자리를 얻은 탓에 어머니의 상관은 어머니가 실제로 할 수 있는 것보다 더 많은 걸 기대했다. 즉 사무실에서 마치지 못한 보고서들을 밤에 마무리해야 했다는 뜻이었다. 어머니가 타자를 치는 동안 로이 아저씨는 소총을 닦으며 어머니에게 눈을 부라렸고 나는 앨리스에게 편지를 썼다. 나는 편지를 봉투에 넣고 어머니에게 부쳐달라고 부탁했다. 그런 다음 잠자리에 들었다.

그날 밤늦게, 잠에서 깨니 로이 아저씨 특유의 웅얼대는 잔소리가 들려왔다. 이런저런 단어들이 하나의 소리로 흐릿하게 섞여 우리를 나누고 있는 벽을 타고 전해왔다. 그 소리는 좀처럼 끝날 것 같지가 않았다. 쇼핑했다니까! 쇼핑중이었다고! 쇼핑도 못 가? 어머니의 목소리가 들렸다. 로이 아저씨는 다시 웅얼웅얼

소리를 시작했다. 나는 가만히 누워 곰 인형을 끌어안았다. 내 나이에는 더이상 어울리지 않기 때문에, 공식적으로 새 이름을 얻게 되는 날 포기하겠다고 약속한 인형이었다. 달빛이 내 방을 가득 채웠다. 아파트 뒤쪽에 덧붙여 지어 난방이 되지 않는 방이었다. 그렇게 밝고도 싸늘한 밤이면 담배 피우는 시늉을 하며 숨결이 만들어낸 구름을 바라보곤 했다. 그날도 다시 잠이 올 때까지 그렇게 했다.

나는 교리문답 수업을 같이 듣는 다른 아이들 몇 명과 함께 부활절에 세례를 받았다. 영성체에 앞서 우리는 고해성사를 해야 했다. 제임스 수녀님은 우리 한 명 한 명에게 그 주에 사제관으로 갈 시간을 정해주었고, 거기서 우리는 수녀님의 안내를 받아 고해소로 갈 예정이었다. 수녀님은 우리가 고해를 마칠 때까지 밖에서 기다렸다가 보속을 지도해줄 예정이었다.

뭘 고백해야 할지 생각해봤지만 뭔가 잘못했다는 내 느낌을 잘게 쪼갤 수가 없었다. 그 느낌 안에서 특정한 죄악을 끌어내려는 노력은 늪에서 낚시를 하는 것과도 같아서, 처음에는 무언가 당기는 느낌에 기대를 걸었다가 이어 만만치 않은 저항을 느끼고, 마침내 바늘이 바닥에 걸렸다는 걸, 이 낚싯줄 반대편에는 지구 전체가 버티고 있다는 걸 깨닫고 절망하게 된다. 아무 생각도 나지 않았다. 이 일을 어떻게 치러내야 할지 알 수 없었지만 결국 나 자신을 성당으로 끌고 가 약속을 지켰다. 이 일을 빼먹으면 여태 결석한 게 다 문제가 될 테니까. 그러면 제임스 수녀님이 어머니를 만나러 올지도 몰랐다. 두 사람이 서로 이야기를 나누게 내버려둘 수는 없었다.

사제관으로 가는 길에 제임스 수녀님을 만났다. 수녀님은 준비가 되었는지 물었고, 나는 그런 것 같다고 대답했다.

"아프진 않을 거야." 수녀님이 말했다. "어쨌거나 화살에 맞는 것보다는 말이지."

우리는 성당으로 걸어가 측면 통로를 따라 고해소로 향했다. 제임스 수녀님이 나 대신 문을 열어주었다. "들어가렴." 수녀님이 말했다. "이제 착한 아이가 되려무나."

나는 미리 지시받은 대로 칸막이 맞은편에 무릎을 꿇고 앉아 말했다. "신부님, 제가 죄를 지었으니 은총을 베풀어주십시오."

반대편에서 누군가가 크게 숨쉬는 소리가 들렸다. 잠시 후 그 사람이 말했다. "그래서?"

나는 깍지를 끼고 눈을 감은 뒤 무언가 저절로 떠오르기만 기다렸다.

"문제가 좀 있는 모양이구나." 깊고 걸걸한 목소리였다.

"네, 선생님."

"신부님이라고 불러야지. 나는 사제이지 신사가 아니니까. 자, 여기서 하는 말은 밖으로 새나가지 않는다는 건 알고 있지?"

"네, 신부님."

"고해하려고 생각도 많이 했을 테고. 안 그러냐?"

나는 그렇다고 말했다.

"음, 그냥 긴장해서 그런 걸 게다, 그뿐이야. 잠시 후에 다시 해보는 건 어떠냐. 그렇게 할까?"

"네, 그렇게 해주세요. 신부님."

"그럼 그렇게 해보자. 밖에서 잠시만 기다리거라."

나는 일어나 고해소를 나섰다. 벽에 기대서 있던 제임스 수녀님이 다가왔다. "그렇게 나쁘진 않았지?" 수녀님이 물었다.

"기다리라고 하시던데요." 내가 대답했다.

수녀님이 나를 바라보았다. 궁금해하는 기색이 역력했지만 아무 질문도 던지지 않았다.

머잖아 사제가 나왔다. 연로하고 키가 매우 컸으며 다리를 절었다. 내 옆에 가까이 선 그를 올려다보니 콧구멍 속으로 흰 털이 보였다. 담배 냄새가 진하게 풍겼다. "시작하는 데 좀 문제가 있더군요." 그가 말했다.

"그랬나요, 신부님?"

"아이가 좀 긴장해서 그랬을 뿐입니다." 사제가 말했다. "긴장을 풀어야겠어요. 그러자면 우유 한 잔만큼 좋은 것도 없지요."

수녀님이 고개를 끄덕였다.

"잠시 후에 다시 해보면 어떨까요. 이십 분 후 어떻습니까?"

"그때 오겠습니다, 신부님."

제임스 수녀님과 나는 사제관 주방으로 갔다. 철제 조리용 테이블 앞에 앉자, 수녀님이 우유 한 잔을 따라주었다. "쿠키 좀 줄까?" 수녀님이 물었다.

"괜찮아요, 수녀님."

"그럴 리가." 수녀님은 오레오 한 상자를 접시에 담아 가져다주고는 자리에 앉았다. 팔짱을 끼고 두 손은 소매로 가린 채 내가 먹고 마시는 모습을 지켜보았다. 마침내 수녀님이 입을 열었다. "그래, 무슨 일이니? 입이 딱 붙어버렸던 거야?"

"네, 수녀님."

"무서워할 것 없대도."

"알아요."

"어쩌면 네가 좀 잘못 생각하고 있는지도 몰라." 수녀님이 말했다.

나는 테이블 위에 올려둔 내 손을 바라보았다.

"냅킨 주는 걸 잊어버렸네." 수녀님이 말했다. "부스러기 핥아 먹어도 괜찮아. 부끄러워하지 말고."

수녀님은 내가 고개를 들 때까지 기다렸다. 눈을 들어 보니, 수녀님은 내가 생각했던 것보다 젊었다. 수녀님의 나이에 대해 생각해본 적은 별로 없었다. 지팡이를 짚거나 얼굴에 털이 난 정말로 나이든 분들을 제외하면, 수녀님들은 모두 시간의 바깥에, 과거도 미래도 없이 존재하는 것 같았다. 하지만 이 좁다랗고 번쩍이는 조리대를 사이에 두고 제임스 수녀님과 어쩔 수 없이 마주하게 되자 다른 모습이 보였다. 내게 무슨 도움이 필요한지도 모르면서 나를 돕고 싶어하는, 불안해하는 어머니 또래의 여자가 보였다. 수녀님의 선의가 내게 강력한 효과를 발휘했다. 눈시울이 뜨끈해지고 목이 부어올랐다. 방법만 알았으면 그녀에게 항복해버렸을 것이다.

"아마 네가 생각하는 것만큼 나쁜 짓은 아닐 거야." 제임스 수녀님이 말했다. "뭔지는 모르지만, 언젠가 되돌아보면 자연스러운 일이었다는 걸 알게 될 거란다. 하지만 일단은 그걸 밝은 데로 가져와야 해. 계속 어두운 곳에 두니까 그렇게 나쁘게 느껴지는 거야." 수녀님은 이렇게 덧붙였다. "나한테 얘기해달라는 뜻은 아니야, 알아두렴. 그건 내 역할이 아니니까. 내 말은 그냥, 우리 모두가 이런 일들을 겪는다는 뜻이야."

제임스 수녀님은 테이블 위로 몸을 숙였다. "내가 네 또래였을 때 말이다," 수녀님이 말했다. "어쩌면 좀더 나이가 많았을지도 모르겠네. 나는 아버지가 밤에 목욕을 하실 때면 아버지 지갑에 손을 대곤 했어. 지폐는 훔치지 않았지, 그냥 1센트나 5센트, 어쩌다 10센트 동전 정도였단다. 아버지가 눈치챌 만한 건 손대지 않았어. 내가 달라고 했으면 아버지는 그 돈을 주셨을 거야. 하지만 훔치는 게 더 좋더구나. 아버지 돈을 훔치면 끔찍한 기분이 들었지만, 그래도 계속했어."

수녀님이 테이블을 내려다보았다. "다른 사람 험담도 좋아했지. 친구랑 같이 있으면 다른 친구들 흉을 보고, 뒤돌아서면 방금까지 함께 있었던 친구 험담을 똑같이 했단다. 그게 무슨 짓인지 알면서도 그랬어. 그런 내가 싫었지, 정말 싫었단다, 하지만 그렇다고 멈춰지지는 않더구나. 어머니와 오빠들이 교통사고로 죽어서 아버지하고만 지내면 좋겠다고 생각하기도 했지. 모든 사람들이 날 불쌍하게 여기도록 말이야."

제임스 수녀님은 고개를 저었다. "난 이 모든 나쁜 생각들을 했단다. 도저히 내려놓을 수가 없었지. 무슨 뜻인지 알겠니?"

나는 고개를 끄덕이고는, 무슨 말인지 알 것 같다는 표정을 지어 보였다.

"잘됐구나!" 수녀님이 말했다. 수녀님은 두 손바닥으로 테이블을 탁 쳤다. "다시 해볼 준비가 됐니?"

나는 그렇다고 말했다.

제임스 수녀님은 나를 고해소로 다시 데려갔다. 나는 무릎을 꿇고 다시 시작했다. "신부님, 제가 죄를……"

"됐다." 그가 말했다. "그건 한번 했잖니. 그냥 편하게 말하거라."

"네, 신부님."

이번에도 나는 눈을 감고 깍지를 꼈다.

"어서, 어서." 그의 목소리에 약간 날이 섰다.

"네, 신부님." 나는 칸막이 가까이로 몸을 숙이고 속삭였다. "신부님, 저는 도둑질을 해요."

그는 잠시 침묵하더니 물었다. "뭘 훔치느냐?"

"돈을 훔쳐요, 신부님. 어머니가 샤워하실 때, 어머니 핸드백에서요."

"그런 지는 얼마나 됐고?"

나는 대답하지 않았다.

"응?" 그가 말했다. "일주일? 일 년? 이 년?"

나는 가운데 답을 골랐다. "일 년이요."

"일 년이라." 그가 되풀이했다. "그러면 안 된다. 그만둬야지. 그만둘 생각은 있니?"

"네, 신부님."

"자, 솔직하게."

"솔직하게요, 신부님."

"그래. 좋다. 또 말할 게 있니?"

"다른 사람 험담을 해요."

"험담?"

"친구들이 옆에 없으면 걔들 얘기를 해요."

"그것도 안 되지." 그가 말했다.

"네, 신부님."

"정말로 안 되지. 계속 그런 짓을 하면 친구들이 너를 떠날 거야. 그리고 한 가지 말해주마, 친구가 없는 인생은 인생이 아니란다."

"네, 신부님."

"진심으로 그만둘 생각이 있니?"

"네, 신부님."

"좋아. 꼭 그렇게 하거라. 정말 진지하게 말하는 거야. 다른 건?"

"나쁜 생각이 들어요, 신부님."

"그래, 음." 그가 말했다. "그건 다음번까지 아껴두자. 넌 이미 할일이 많아졌으니까."

사제는 보속을 주고 내 죄를 사해주었다. 고해소를 나서자 사제 쪽의 문이 열렸다 닫히는 소리가 들렸다. 제임스 수녀님이 앞으로 나와 다시 나를 맞았고, 우리는 우리가 있는 곳까지 사제가 나오기를 함께 기다렸다. 그는 거친 숨소리를 내며 기둥을 짚고 몸을 가누었다. 다른 손은 내 어깨에 얹었다. "잘했다," 그가 말했다. "괜찮았어." 그는 내 어깨를 꽉 쥐었다. "좋은 아이를 두셨군요, 제임스 자매님."

그녀가 미소를 지었다. "그럼요, 신부님. 그렇고말고요."

부활절이 지나자마자 로이 아저씨는 윈체스터 22구경 소총을 내게 주었다. 내가 사격을 배울 때 썼던 총이었다. 가벼운 펌프 연사식에 아름답게 균형잡힌 그 총은 기름칠을 거듭한 탓에 호두나무 개머리판이 까매져 있었다. 로이 아저씨가 어린 시절부터 들고 다닌 총이라고 했는데, 그때까지도 새것처럼 훌륭했다. 새것보다 나았다. 오래 쓴 덕분에 부드럽게 작동했고, 그 정도 품질의 나무는 이제 더이상 찾을 수도 없었다.

그 선물이 딱히 놀랍지는 않았다. 로이는 인색했고 눈치도 없는 편이었지만 내가 그에게 집요하게 매달렸다. 나는 그 소총을 차지하기로 작심한 상태였다. 무기란 자급자족의 첫번째 조건이자 진짜 '서부인'이 되는 으뜸 조건이었으며, 덫사냥, 소몰이, 입대. 법집행, 무법자 되기 등 모든 쓸 만한 일의 제일 조건이었다. 나는 그 총이 필요했다. 총 자체뿐만 아니라 그 총을 들고 있을 때 완성되는 나의 모습도 필요했다.

어머니는 내가 그 총을 가질 수 없다고 했다. 절대로 안 된다고 했다. 로이 아저씨는 소총을 다시 가져갔으나 어머니를 설득해주겠다고 약속했다. 아저씨는 누구에게든, 무엇이든 거절당하는 일은 상상도 못했으며, 실제로 거절을 맞닥뜨리면 상대방이 본심과 달리 삐딱하게 군다고 여겼다. 평소에는 아무 말도 못하면서 그럴 때는 끈질기게 칭얼거렸다. 이 방에서 저 방으로 어머니를 따라다니며 어머니의 온 신경을 너덜너덜하게 만들기 딱 좋은 소리로, 그 소리만 멈출 수만 있다면 뭐든 찬성할 지경이 될 때까지 끝없이 불만을 뿜어냈다.

이 짓을 며칠간 하고 나자 어머니가 항복했다. 어머니는 어머니나 로이 아저씨가 함께 있을 때를 제외하고는 절대 총을 꺼내거나 만지지도 않겠다고 약속하면, 오직 그 조건하에서만 내가 소총을 가질 수 있다고 말했다. 알았어, 내가 말했다. 응. 당연하지. 하지만 그때조차 어머니는 만족하지 않았다. 어머니는 내가 소총을 갖는 걸 대놓고 싫어했다. 로이 아저씨가 자기는 내 나이 때 이미 소총을 몇 자루나 가져봤다고 말했지만 그렇다고 어머니를 안심시키지는 못했다. 어머니는 내게 소총을 믿고 맡길 수 없다고 생각했다. 로이 아저씨는 지금이야말로 그 생각이 맞는지 알아볼 시간이라고 했다.

일주일 정도는 나도 약속을 지켰다. 하지만 날씨가 따뜻해지자 로이 아저씨는 자주 어디론가 떠났으며, 결국 방과후에 나 혼자 아파트에 남아 할일이 없을 때, 소총을 꺼내 닦는다고 해로운 일이 생기진 않을 거라는 생각을 하게 되었다. 그냥 닦자는 것뿐 다른 의도는 없었다. 총을 분해해 기름칠하고 개머리판에 아마 기름을 바르고 팔각형 총열에 윤을 낸 다음 빛에 비춰 보며 그 구멍의 완벽함을 확인하는 것만으로도 충분할 거라고 확신했다. 하지만 아니었다. 나는 소총을 닦는 데에서 그치지 않고 그걸 들고 집안을 돌아다니는 단계로, 그다음에는 거울 앞에서 늠름한 자세를 잡아보는 단계로 나아갔다. 로이 아저씨가 군복 한 벌을 남겨둬서 나는 이따금 그 옷을 차려입고 호전적으로 보이는 사냥용품들을 함께 걸쳤다. 귀를 덮는 털모자, 군복무늬 외투, 거의 내 무릎에 닿는 장화까지.

군복무늬 외투를 입으면 저격수가 된 듯한 기분이 들었고, 머잖아 나는 아예 저격수가 된 것처럼 행동하기 시작했다. 나는 아파트 전면 창문 옆에 있는 소파 위에 둥지를 틀었다. 블라인드를 쳐 집안을 어둡게 만든 다음 나만의 진지를 차지했다. 소총 총구로 블라인드를 젖히며 내 시야 안에서 거리를 걷거나 운전하는 사람들을 쫓았다. 처음에는 입으로 총 쏘는 소리를 냈다. 피융!
피융! 그러다 이후에는 공이치기를 젖혔다가 저절로 탁 떨어지
게 놔두기도 했다.

로이 아저씨는 옷장에 숨겨둔 금속 상자 안에 탄약을 보관했
다. 집안에 숨겨진 모든 것이 그렇듯, 나는 어디서 탄약을 찾을
수 있는지 정확히 알았다. 상자 밑바닥에는 남자들이 밤에 서랍
장 위에 쏟아놓는 동전처럼 22구경 총알 한 움큼이 성글게, 좀더
큰 구경의 총알들 아래에 깔려 있었다. 그 총알을 몇 개 꺼내 나
만의 비밀 장소에 넣어두었다. 이걸로 나는 소총을 장전하기 시
작했다. 공이치기를 젖히고 약실에 총알을 넣고서, 손가락은 방
아쇠에 가볍게 올려둔 채 지나가는 사람 아무에게나 총을 겨누
었다. 유모차를 미는 여자, 어린아이, 웃으며 서로 소리치는 환
경미화원, 그 누구든 가리지 않고. 그 사람들이 창문 아래로 지
나갈 때면 사람들을 내 마음대로 할 수 있다는 황홀감에 빠졌고
자기가 안전한 줄 아는 그들의 터무니없고 순진한 믿음에 웃음
이 터져나와 입술을 깨물어야만 했다.

하지만 시간이 지나자 내가 비웃던 그 순진함이 짜증을 돋우
기 시작했다. 기이한 종류의 짜증이었다. 여러 해가 지난 뒤, 나
는 같은 짜증을 함께 군에 복무했던 남자들에게서도 보았고 나
스스로도 느꼈다. 우리가 몰아가던 비무장 베트남 민간인들이

말대꾸를 했을 때였다. 힘이란 누군가 그것을 알아보고 두려워할 때 즐길 수 있다. 힘없는 자들의 겁 없음은 힘있는 자들을 미치게 만든다.

어느 날 오후 나는 방아쇠를 당겼다. 할아버지 한 명과 할머니 한 명을 겨냥하고 있을 때였다. 걸음걸이가 매우 느린 두 사람이 언덕 아래 모퉁이를 돌았을 때쯤 얼마 안 되는 내 자제력이 바닥을 드러내버렸다. 난 쏘아야만 했다. 거리 이쪽저쪽을 둘러보았다. 아무도 없었다. 전선 위에서 앞뒤로 오가며 서로를 쫓던 다람쥐 한 쌍뿐, 아무것도 움직이지 않았다. 나는 한 놈을 눈으로 쫓았다. 마침내 녀석이 잠시 멈추었고 나는 총을 쏘았다. 다람쥐는 곧장 길 위로 떨어졌다. 나는 그림자 속으로 물러나 무슨 일이 일어나기만 기다렸다. 당연히 누군가가 총소리를 듣거나 떨어지는 다람쥐를 보았을 테니까. 하지만 내게는 그토록 시끄러웠던 소리가 이웃들에게는 아마 찬장을 세게 쾅 닫는 소리 정도로밖에 들리지 않은 모양이었다. 잠시 후 나는 거리를 힐끔 훔쳐보았다. 다람쥐는 꼼짝도 않고 그대로였다. 꼭 누가 떨어뜨리고 간 목도리처럼 보였다.

퇴근해 집에 온 어머니에게 거리에 죽은 다람쥐가 있다고 말했다. 나처럼 어머니도 동물을 무척 좋아했다. 어머니는 식빵 비닐을 벗겨내 들고서 나와 함께 밖으로 나가 다람쥐를 보았다.

"불쌍한 것." 어머니가 말했다. 어머니는 비닐봉지에 손을 넣고 다람쥐를 집어든 다음, 비닐을 뒤집어 손에서 빼냈다. 우리는 우리집 건물 뒤에 아이스크림 막대로 십자가를 만들어 꽂고 그 아래에 그것을 묻었다. 그러는 내내 나는 엉엉 울었다.

나는 그날 밤 침대에서도 울었다. 마침내 잠자리에서 나와 무릎을 꿇고, 기도하는 사람 흉내를 냈다. 그다음에는 신에게서 위안과 영감을 받는 사람을 흉내냈다. 나는 울기를 멈추었다. 나 자신에게 미소를 지어주고 따뜻한 느낌을 가슴속에 욱여넣어주었다. 그러고는 다시 침대에 기어올라가 축복받은 표정으로 천장을 올려다보다 잠들었다.

이후로 며칠 동안, 나는 혼자 있게 될 걸 알면 아파트에서 멀리 나와 있었다. 옛날처럼 다시 도시 곳곳을 쏘다니며 모르몬교 친구들과 노닥거렸다. 그중에는 학기 첫날부터 모두의 관심을 끌었던 아이도 있었다. '분'이라는 반 친구의 이름이 불렸을 때 "야! 너 대니얼하고 무슨 관계야?"라고 소리친 아이였다.* 머잖아 그 녀석도 이름이 불렸는데, 알고 보니 성이 크로킷**이었다. 녀석은 이어진 폭소에 어리둥절해진 것 같았다. 화를 내지는 않았다.

---

* 대니얼 분은 미국에서 서부개척시대를 열어 영웅으로 추앙받는 인물.

** 서부개척시대의 영웅으로 유명한 데이비드 크로킷을 연상케 한다. 데이비드 크로킷은 대니얼 분과 종종 비교되는 인물이다.

그저 어리둥절해했을 뿐. 그 친구의 아버지는 아이들을 좋아했는데, 우리를 떼거리로 YMCA 수영장이나 태버내클 합창단* 공연에 데려가던 익살스러운 사람이었다. 크로킷 아저씨는 이후 유타주대법원의 대법관이 되었는데, 죽고 싶다던 게리 길모어**의 소원을 이루어준 바로 그 사람이었다.

집에 들어가는 걸 피하긴 했지만, 조만간 다시 소총을 꺼내야겠다는 생각을 떨치지는 못했다. 내가 바랐던 나 자신의 이미지는 완전무장한 모습이었다. 당시의 나는 정작 내가 누구인지 몰랐으므로, 아무리 기괴한 것이더라도 그 모든 이미지들이 나를 지배했다. 이제는 그게 이해된다. 그러나 어른이 된 남자는 소년 시절의 자신에게 아무 도움도 줄 수 없다. 이 문제에 대해서든, 이어지는 다른 문제에 대해서든. 소년은 언제나 손닿지 않는 곳에서 움직이니까.

어느 날 오후 나는 친구를 집까지 바래다주었다. 친구가 집안으로 들어간 뒤, 나는 그 집 계단에 잠시 앉아 있다가 일어나 서둘러 우리집을 향해 걷기 시작했다. 집은 비어 있었다. 나는 소총을 꺼내 닦았다. 도로 집어넣었다. 샌드위치를 먹었다. 다시

---

* 모르몬교 합창단 중 하나.
** 유타주에서 살인 두 건을 저질러 사형선고를 받은 뒤, 그 형을 집행해달라고 요구해 국제적으로 유명해진 범죄자.

소총을 꺼냈다. 장전하지는 않았지만 불을 끄고 블라인드를 친 뒤 소파에서 자세를 잡은 것은 사실이었다.

그후 며칠간은 손을 떼고 지냈다. 그러다가 다시 돌아왔다. 나는 한 시간 정도 지나가는 사람들을 겨누고 있었다. 이번에도 장전은 하지 않고 허공에 대고 공이치기를 딱딱거렸다. 나 자신을 놀리는 기분이었다. 헐거운 치아를 시험하듯 내 인내심을 시험했다. 내가 쫓던 자동차가 막 시야에서 벗어났을 때, 다른 차 한 대가 나타나 언덕 맨 아래 모퉁이를 돌았다. 나는 그 자동차를 조준하고 소총을 낮추었다. 그 차를 예전에 본 적이 있었는지는 기억나지 않았지만, 크고 평범한 그 파란색 자동차는 그 형태와 색깔로 볼 때 보통 공무원 아니면 수녀님들이 타고 다니는 것이었다. 수녀님이 모는 차는 차창 가득 보이는 머릿수건과 굼뜨고 불안한 운전을 통해 알아볼 수 있다. 수녀님들이 가득 타고 있는 자동차에서 뿜어져나오는 긴장감은 멀리서도 감지할 수 있을 정도였다.

자동차는 언덕을 기어올라왔다. 우리집에 가까워질수록 더더욱 속도를 늦추더니 이윽고 멈춰 섰다. 조수석 문이 열리고 제임스 수녀님이 내렸다. 나는 창문에서 물러났다. 다시 밖을 내다봤을 때는 자동차만 제자리에 있고 제임스 수녀님은 없었다. 나는 아파트 문이 잠겨 있다는 걸 알고 있었다. 소총을 꺼낼 때면 내가 항상 잠가두었으니까. 그래도 문으로 다가가 다시 확인했다. 수녀님이 계단을 올라오는 소리가 들렸다. 휘파람을 불며 올라온 수녀님은 문 앞에 멈추어 노크를 했다. 위엄 있는 노크였다. 수녀님은 기다리면서도 계속 휘파람을 불었다. 수녀님이 다시 노크를 했다.

나는 그 자리에서 꼼짝 않고, 조용히 소총을 들고 있었다. 제임스 수녀님이 잠긴 문을 어찌어찌 뚫고 들어와 나를 발견할까봐 두려웠다. 수녀님은 뭐라고 생각할까? 소총과 털모자, 군복, 불 꺼진 방을 보고 무슨 생각을 할까? 나에 대해서는 또 뭐라고 생각할까? 나는 수녀님의 비난도 두려웠지만 도저히 알 수 없는 상황을 마주한 수녀님이 영문을 몰라할까봐, 심지어 우습다고 생각할까봐 두려웠다. 나조차도 이해할 수 없는 상황이었으니까. 그토록 생기 넘치는 수녀님의 인격에 가까워지자 나 자신의 빈궁함이, 내 의상과 소도구의 바보스러움이 느껴졌다. 나는 수녀님을 들어오게 하고 싶지 않았다. 동시에, 이상하게도, 그러고 싶기도 했다.

잠시 시간이 흐른 후 봉투 하나가 문 아래로 미끄러져들어왔다. 제임스 수녀님이 계단을 내려가는 소리가 들렸다. 창문으로 가서 내다보니 수녀님이 허리를 숙여 한 손으로 옷자락을 들고 다른 손을 안으로 뻗으며 차에 오르고 있었다. 수녀님은 자리에 앉아 매무새를 가다듬고 문을 닫았다. 자동차는 천천히 언덕을 오르기 시작했다. 나는 다시는 수녀님을 보지 못했다.

　봉투는 울프 부인 앞으로 되어 있었다. 나는 봉투를 찢어 열고 쪽지를 읽었다. 제임스 수녀님은 어머니에게 전화를 달라고 했다. 나는 싱크대에서 봉투와 쪽지를 태우고 재를 씻어내렸다.

로이 아저씨는 주방 식탁에서 낚시에 쓸 깃털 미끼를 만드는 중이었다. 나는 펩시를 마시며 아저씨를 지켜보고 있었다. 아저씨는 허리를 숙이고 그 일에 온 신경을 집중한 채 끙끙거리고 있었다. 아저씨가 무뚝뚝한 목소리로 입을 열었다. "남동생이 생기면 어떨 것 같으냐?"

"남동생이요?"

아저씨가 고개를 끄덕였다. "나랑 네 엄마는 가정을 꾸릴까 생각중이다."

나는 그 생각이 전혀 마음에 들지 않았다. 실은 몸이 딱딱하게 얼어붙을 지경이었다.

아저씨가 바이스*에서 고개를 들며 말했다. "생각해보면 우린 이미 가족이나 마찬가지."

나는 그런 것 같다고 답했다.

"같이 즐겁게 지내고 있잖아." 아저씨는 다시 바이스를 내려다보았다. "아주 즐겁게 말이다. 우리는 그렇게 생각중이다." 아저씨가 말했다. "집안을 돌아다니는 꼬마 녀석이 있다면 더할 나위 없을 거야. 네가 이것저것 가르쳐줄 수도 있고. 총 쏘는 법도 가르쳐줄 수 있을 거다."

나는 고개를 끄덕였다.

"우리도 그 생각을 하고 있는 거야." 아저씨가 말했다. "이름을 어떻게 할지는 잘 모르겠다. 빌은 어떤 것 같으냐?"

나는 마음에 든다고 말했다.

"빌," 로이 아저씨가 말했다. "빌. 빌." 아저씨는 입을 다물고 바이스에 고정된 깃털 미끼를 빤히 내려다보았다. 나는 펩시를 마저 마시고 밖으로 나왔다.

다음날 아침, 어머니와 내가 아침을 먹는 동안 로이 아저씨는 낚시 도구와 캠핑 장비를 지프에 실었다. 학교에 가려고 나서는데 아저씨가 무언가를 자동차 뒤쪽에 단단히 묶고 있었다. 나는 "행운을 빌어요!"라고 소리쳤고 아저씨는 내게 손을 흔들었다.

---

* 기계 공작에서, 공작물에 끼워 고정하는 기구.

나는 로이 아저씨도 다시는 보지 못했다. 그날 아파트로 돌아오
니 어머니가 침대 위에 펼쳐둔 여행가방에 옷가지를 개어 넣고
있었다. 다른 여행가방 두 개는 이미 다 꾸려져 있었다. 어머니
는 혼자 노래까지 부르고 있었다. 얼굴에는 혈색이 돌았고 동작
은 빠르고 확실했다. 어머니의 모든 것에 활기가 넘쳤다. 어머니
의 목소리를 듣는 순간, 여행가방을 보기도 전에 나는 다시 길을
떠나야 할 때임을 알아차렸다.

어머니는 나더러 왜 활쏘기 연습에 가지 않았느냐고 물었다.
나를 의심하는 기색은 없었다.

"취소됐어." 내가 말했다.

"잘됐네." 어머니가 말했다. "널 찾으러 다닐 필요가 없어졌
네. 엄마가 전부 다 챙겼는지 모르겠는데, 네 방 한번 확인해보
지 그러니?"

"우리 어디 가?"

"응." 어머니가 원피스 주름을 펴면서 말했다. "당연하지."

"어디로?"

어머니가 웃었다. "나도 몰라. 가고 싶은 데 있어?"

"피닉스." 내가 즉시 대답했다.

어머니는 이유를 묻지 않았고, 옷가방에 원피스를 챙겨넣으며
말했다. "이것 참 우연이네. 엄마도 피닉스를 생각하고 있었거

든. 피닉스 신문까지 챙겼어. 거기엔 기회가 많다더라. 시애틀도 그렇고. 시애틀은 어떠니?"

나는 침대에 앉았다. 그 생각을 하자, 달아난다고 생각하자 아찔한 기분에 휩싸였다. 무릎이 떨렸다. 나도 모르게 씩 웃었다. 모든 게 정신없이 돌아가고 있었다. "로이 아저씨는?"

어머니는 계속 짐을 싸며 말했다. "아저씨가 왜?"

"뭐 그냥. 아저씨도 같이 가?"

"엄마 생각엔 아니야. 아저씨는 안 가." 어머니는 아저씨가 안 가도 내가 괜찮았으면 좋겠다고 말했다.

나는 대답하지 않았다. 혹시라도 두 사람이 재결합할 때까지 어머니가 기억해둘 만한 말을 내가 하게 될까봐 두려웠다. 나는 다시 한번 도망치게 된 것도, 어머니를 독차지하게 된 것도 기뻤다.

"아저씨랑 친하게 지내는 건 알아." 어머니가 말했다.

"그렇게 친하지는 않아."

어머니는 지금은 다 설명할 시간이 없지만 나중에 말해주겠다고 했다. 어머니는 심각하게 말하려 했으나 웃음을 터뜨리기 일보 직전이었고 나도 마찬가지였다.

"방부터 한번 확인해봐." 어머니가 다시 말했다.

"언제 떠나?"

"지금 당장. 가능한 한 빨리."

내가 수프 한 그릇을 먹는 동안 어머니는 짐을 다 쌌다. 어머니는 현관 복도로 여행가방들을 가져다놓고 택시를 부르러 길모퉁이로 갔다. 바로 그때 소총이 떠올랐다. 나는 옷장으로 갔다. 장화며 재킷, 탄약 상자 등 로이 아저씨의 물건들과 함께 놓인 총이 보였다. 나는 소총을 거실로 가져가 어머니가 돌아오기를 기다렸다.

"그건 두고 가." 총을 본 어머니가 말했다.

"내 거야." 내가 말했다.

"소란 피우지 말고." 어머니가 내게 말했다. "그런 건 이제 지긋지긋해. 신물이 나. 어서 도로 갖다놔."

"내 거라니까." 내가 되풀이했다. "나한테 줬다고."

"안 돼. 총이라면 신물이 나."

"엄마, 내 거라니까."

어머니는 창밖을 보았다. "안 돼. 자리가 없어."

실수였다. 실제로 가능한지를 따지기 시작해버렸으니 다시 원칙을 주장하기란 불가능했다. "봐," 내가 말했다. "자리야 있지. 봐봐, 내가 분해할 줄 알거든." 어머니가 말릴 틈도 주지 않고 나는 체결 볼트를 풀고 소총을 분해했다. 여행가방 하나를 다시 거실로 끌고 와 지퍼를 열고 두 동강이 난 소총을 옷가지 사이에

넣었다. "봤지?" 내가 말했다. "자리는 충분해."

어머니는 팔짱을 낀 채 이 모습을 전부 지켜보았다. 입은 꽉 다물고 있었다. 어머니가 다시 창문으로 고개를 돌린 채 말했다. "그럼 가져가." 어머니가 말했다. "너한테 그렇게 의미가 크다면."

택시가 왔을 때는 비가 내리고 있었다. 기사가 경적을 울리자 어머니는 낑낑대며 여행가방 하나를 계단 아래로 들고 가려 했다. 어머니를 본 기사가 도와주려고 내렸다. 화려한 웨스턴셔츠 차림의 덩치 큰 남자였다. 옷이 가랑비에 다 젖어 있었다. 우리가 차에서 기다리는 동안 택시기사는 다른 두 가방을 가지러 갔다. 어머니는 젖은 꼴 좀 보라며 기사에게 농담을 해댔고, 기사도 농담을 받아쳤다. 어머니가 그 자리에 있는지 확인이라도 하듯 끊임없이 백미러를 쳐다보면서. 그레이하운드역에 가까워지자 그 남자는 농담을 멈추고 어머니에게 나직한 목소리로 서둘러 이것저것 물어대기 시작했다. 내가 택시에서 내리자 그 남자가 문을 닫아버려 두 사람만 차 안에 남게 되었다. 차창을 따라 흘러내리는 빗줄기 너머로 말하고 또 말하는 그 남자와 웃으며 고개를 젓는 어머니가 보였다. 얼마 후 두 사람 다 차에서 내렸다. 남자는 트렁크에서 우리 가방을 꺼냈다. "확실한 거 맞지요?" 남자가 어머니에게 물었다. 어머니는 고개를 끄덕였다. 어머니가 돈을 내려 하자 기사는 돈을 낼 필요가 없다고, 어쨌거나 자기는 그렇다고 말했으나 어머니가 다시 돈을 내밀자 받았다.

남자가 차를 몰고 떠나자 어머니가 웃음을 터뜨리고는 말했다. "하필이면." 가방을 끌고 들어가면서도 어머니는 계속 혼자 웃었다. 어머니는 나를 역사 안 벤치에 앉혀놓고 매표 창구로 갔다. 아메리카 원주민 가족이 하나 있을 뿐 역은 비어 있었다. 그 가족은 아이들까지도 모두 앞만 빤히 보며 아무 말도 하지 않았다. 몇 분 후 어머니가 우리 표를 가지고 돌아왔다. 피닉스행 버스는 방금 떠났고 다음 차는 그날 밤늦게나 있었지만, 운이 좋았다. 두어 시간 후에 포틀랜드로 떠나는 버스가 있는데 거기서 시애틀까지는 쉽게 이동할 수 있었다. 나는 실망감을 감추려 애썼지만 어머니가 눈치를 채고는 거스름돈 한 움큼으로 나를 매수했다. 나는 잠시 핀볼 게임을 하고, 여행을 대비해 밀크 더즈와 슈거 베이비스, 아이다호 스퍼드 등 초코바를 비축했다. 버스에 올라 다른 승객들의 멍한 얼굴을 쳐다보며 서 있던 해질녘에는 그 초코바 대부분이 이미 내 뱃속에서 분해되고 있었다. 내려야 할지도 모른다는 생각에 우리는 잠시 망설였다. 그때 어머니가 내 손을 잡았고 우리는 통로를 따라 어찌어찌 나아갔다. 눈이 마주치는 모든 사람에게 고개를 끄덕여 보였다. 좋은 사람인 양 미소까지 지으면서.

멋지지
않아

우리는 웨스트시애틀에 있는 하숙집에 살았다. 어머니가 너무 피곤하지 않은 밤이면 함께 동네를 산책하며 이 집 저 집 앞에 멈춰 서서 앞으로 장만할 우리집 후보를 점찍었다. 우리는 가장 크고 허세 넘치는 집들을 보러 다녔고 농장 주택이나 복층 아파트 등 실속을 차리는 냄새가 나는 건 뭐든 비웃었다. 목재 골조 주택과 둥근 석조 기둥으로 장식한 집, 정원 조경수를 조각처럼 깎아놓은 집들이 우리가 고른 후보였다. 구경을 마치면 우리 방으로 돌아와 나는 콜리*의 영웅담을 그린 소설들을 읽었고, 어머니는 새 직장에서 뒤처지지 않으려고 타자와 속기 연습을 했다.

---

* 모험소설이나 영화에 종종 등장했던 대형견종. '래시' 캐릭터가 대표적이다.

우리 방은 다락을 개조한 방이었다. 간이침대가 두 개 있고 그 사이의 창문 아래에 의자 딸린 책상이 하나 있었다. 방에서는 흰 곰팡이 냄새가 났다. 노란 벽지는 새것이었으나 도배가 제대로 되지 않아 가장자리가 벌써 말려들어갔다. B급 영화의 탐정들이 수면제가 든 술을 마신 뒤 몸이 묶이고 재갈까지 물려 깨어나는 그런 방이었다.

하숙집은 늙은 남자들과 늙어 보이는 남자들로 가득했다. 어머니를 제외하면 그곳에 사는 여자는 둘뿐이었다. 한 명은 비서로 일하는 캐시였다. 캐시는 젊고 수수했으며 수줍음이 많았다. 대부분의 시간을 자기 방에만 머물렀다. 사람들이 말을 걸어오면 혼란스러운 표정으로 바라보며 방금 한 말을 다시 해달라고 조용히 부탁하곤 했다. 시간이 지나자 캐시가 입고 다니는 헐렁한 옷 아래로 임신한 티가 났다. 관련된 남자는 보이지 않았다.

다른 여자는 하숙집 가정부인 메리언이었다. 메리언은 덩치가 크고 시끄러웠다. 팔뚝이 남자처럼 굵어서 햄버거 패티를 쳐낼 때면 주방이 다 흔들렸다. 메리언은 브레머턴 지역의 해병 병장과 사귀었는데, 그는 메리언보다도 덩치가 컸지만 좀더 온화했고 목소리도 부드러웠다. 전쟁중에는 태평양에 있었다고 했다. 내가 계속 그때 얘기를 해달라고 조르자 결국은 자기가 찍은 사진 앨범을 보여주었다. 대부분은 동료들 사진이었다. 안경 쓴 애가 닥이야. 머리 없는 애는 컬리. 턱수염은 지저스. 앨범에는 시체 사진도 있었다. 그는 그 사진으로 내게 겁을 줘서 관심을 끄게 만들려고 했지만 오히려 내 흥미를 부추긴 꼴이 되었다. 마침내 메리언이 나더러 그를 그만 귀찮게 하라고 했다.

메리언과 나는 서로를 싫어했다. 우리 둘 다 나중에 이유를 만들어 붙이긴 했으나 사실 우리의 혐오는 본능적이었고 설명하기 어려웠다. 나는 본심을 숨기려고 "네, 아주머니"와 "아뇨, 아주머니" 같은 사탕발림한 말을 달고 다녔고 일을 돕겠다고 나서기도 했다. 메리언은 속지 않았다. 내가 자기를 싫어한다는 것도, 꼬마 신사 연기가 진짜가 아니라는 것도 알고 있었다. 잡일 때문에 외출이 잦았던 메리언은 가끔씩 거리에서 친구들과 함께 있는 나를 보곤 했다. 딱 보면 나쁜 애들이었다. 메리언은 내가 집을 나선 뒤 머리를 고쳐 빗고 옷매무새를 바꾼다는 걸 알고 있었다. 한번은 차를 몰고 우리 곁을 지나가면서, 내게 바지를 추키라고 소리친 적도 있었다.

테리 테일러와 테리 실버가 내 친구였다. 우리 셋 모두 어머니하고만 함께 살았다. 테리 테일러의 아버지는 한국에 파병되었다. 전쟁이 끝난 지 이 년이 지났지만 아버지는 집에 돌아오지 않았다. 테일러 아주머니는 집을 남편 사진으로 가득 채웠다. 졸업사진, 군복을 입은 사진과 입지 않은 사진, 그 모든 사진 속에서 테일러 아저씨는 언제나 혼자였으며 나무에 기대거나 집 앞에 서 있었다. 거실은 꼭 사당 같았다. 잘 모르는 사람은 아저씨가 한국에서 살아남지 못했다고, 영웅처럼 전사했나보다고 생각할 법했다. 아마 테일러 아주머니도 그렇게 생각했을 것이다.

이런 음침한 분위기는 많은 부분 테일러 아주머니의 존재 자체에서 비롯된 것이었다. 아주머니는 키가 크고 어깨가 굽고 눈은 푹 꺼져 있었다. 하루종일 거실에 앉아 줄담배를 피우며, 형언할 수 없는 슬픔에 젖어 전망창 밖을 응시했다. 인간의 이해 범위를 넘어서는 것들을 알고 있다는 듯이. 이따금 아주머니는 테일러를 불러 품안에 감싸고는, 눈을 감은 채 쉰 목소리로 속삭였다. "테런스! 테런스!" 아주머니는 눈을 뜨지 않은 채 고개를 돌리고는 굳게 마음먹은 듯 테일러를 밀어냈다.

실버와 나는 이 장면의 잠재력을 즉시 알아보았다. 우리는 이 장면을 수도 없이 재연한 끝에 "테런스! 테런스!"라고 말하는 것만으로도 테일러의 눈에 눈물이 고이게 할 수 있었다. 테일러는 늘 꿈을 꾸는 듯했고 상처를 잘 받는 아이라 쉽게 울음을 터뜨렸다. 그는 과격한 기물파손을 저질러 이런 약점에서 우리의 관심을 돌리려 했다. 창문을 깨뜨려서 한 차례 소년법원에 다녀오기도 했다.

테일러 아주머니에게는 딸도 둘 있었다. 둘 다 테일러에게는 누나였는데, 우리나 우리가 하는 일이라면 뭐든지 비웃느라 바빴다. "이런, 세상에." 우리를 보면 그렇게 말하곤 했다. "요 지저분한 놈들 좀 봐." 실버와 나는 얌전히 모욕을 받아들였으나 테일러는 언제나 대거리를 했다. "얼굴 안 아파?" 테일러는 그렇게 말하곤 했다. "그냥 궁금해서. 난 보는 것만으로도 죽을 것 같거든." "그 스웨터는 낙타털로 만든 거야? 그냥 궁금해서. 혹 두 개가 보이는 것 같길래."

하지만 최후에 이기는 건 언제나 누나들이었다. 특별할 건 없지만 어쨌든 여자들이었고, 그 사실에서 얻은 힘으로 우리에게 판결을 내렸다. 누나들은 쨰려보는 것만으로도 우리를 움찔하게 만들 수 있었다. 실버와 나는 누나들이 두려웠으며 테일러 아주머니와 그 집의 장례식장 같은 분위기에 혼란스러워했다. 우리가 그곳에 간 유일한 이유는 테일러 아주머니의 담배를 훔치기 위해서였다.

우리집에는 갈 수 없었다. 하숙집 주인인 필이라는 남자는 아이들을 싫어했다. 어머니에게 나를 조용히 시키고 다른 아이들을 절대 데려오지 못하게 하겠다는 약속을 받아낸 뒤에야 방을 빌려주었다. 필 아저씨는 항상 집에 있었다. 씹는담배 냄새를 풍기면서, 어딜 가든 이 빠진 에나멜 머그잔을 들고 다니며 담배

진액을 질질 흘려댔다. 창고 화재로 심한 화상을 입은 필 아저씨의 피부는 반들반들한 물집으로 뒤덮여 있었으며 벌겋게 번들거렸다. 마치 몸속 어딘가에서 아직까지 불길이 타오르고 있는 것 같았다. 한 손은 손가락들이 서로 딱 붙어 있었다.

나를 근처에 두지 않으려 했던 아저씨의 판단은 옳았다. 복도에서나 계단에서 서로 지나칠 때면 나는 아저씨에게서 눈을 떼지 못했고 아저씨는 내 시선에서 오직 혐오감만 읽었을 뿐, 연민이나 호의는 전혀 발견하지 못했다. 아저씨는 계속해서 나를 만지는 방식으로 응답했다. 그러지 말아야 한다는 걸 알고 있었겠지만 자제하지 못했다. 아버지처럼 애정어린 동작을 총동원하여 내 어깨와 머리, 목을 건드리면서 나의 차갑고 쌀쌀한 눈길에서 공포를 읽어냈다. 달리 선택의 여지가 없다는 듯, 아저씨는 그렇게 새로운 상처를 떠안았다.

우리집은 출입금지 구역이었고 테리 테일러네 집에는 트롤이 우글댔으니, 우리는 대개 실버네 아파트로 향하게 되었다. 실버는 외동에 영리하고 비쩍 말랐으며 못된 아이였다. 우리가 자신의 촉새 같은 입 때문에 곤란에 처하면 그애는 뻔뻔한 겁쟁이가 되어버렸다. 실버의 아버지는 성가대 선창자로, 새 아내와 함께 터코마에 살았다. 실버의 어머니는 보잉사에서 하루종일 일했다. 다시 말해, 우리는 한 번에 연달아 몇 시간씩 그 아파트를 독

차지할 수 있었다.

하지만 우리는 먼저 우리만의 일과를 치렀다. 학교를 떠나면서 우리는 안전한 거리를 두고 여자애들을 따라가며 입바른 소리를 바쳐 올렸다. 가게 안팎을 왔다갔다하며 유리 진열장에 들어 있지 않은 모든 것에 손을 댔다. 세발자전거를 훔쳐 타고 앨카이 포인트 주변 언덕 아래를 활강했다. 안장 위에 서 있다가 마지막 순간에 뛰어내려 자전거를 주차된 자동차와 충돌시키기도 했다. 가끔 돈이 있으면 버스를 타고 시내로 가 파이오니어 스퀘어 주변의 주정뱅이들 사이를 헤집고 다니며 전당포 진열창의 총들을 빤히 바라보곤 했다. 우리 셋에게는 루거가 최고의 무기였다. 이 권총에 대한 우리의 열정은 심오했으며, 그게 우리가 인정하는 거의 유일한 열정이기도 했다. 루거가 있으면 우리는 끊이지 않던 밀치락달치락을 멈춘 채 눈을 크게 뜨고 서 있었다.

당시 텔레비전에서는 나치가 인기 소재였다. 매주 새로운 공포물을 방영했는데, 항상 내레이터가 침울한 목소리로 이건 지어낸 이야기가 아니라 실제 역사라고, 우리가 시청하는 내용은 실제로 일어났으며 경계를 게을리하면 다시 발생할 수도 있다고 상기시켰다. 이런 프로그램은 언제나 같은 방식으로 끝났다. 폐허가 된 베를린 풍경. 헛간이나 동굴, 하수도에 숨어 있던 아리

아인 패잔병들을 체포하며 씩 웃는 미군들. 독방에서 죽은 힘러*,
슈판다우 교도소의 눈이 푹 꺼진 헤스**. 그러고는 내레이터가
입에 거품을 물고 환성을 질러댔다. "그리하여 하늘 높은 줄 모
르던 프로이센의 독수리를 땅으로 떨어뜨린 것이다!" "그리하여
이 작은 총통과 깡패 부하들은 꼬리를 말고 도망쳐, 천년제국의
꿈을 영영 포기한 것이다!"

　하지만 이런 치욕과 상실에 눈길을 주는 것은 겨우 몇 분에 지
나지 않았다. 이런 요소들은 단지 프로그램의 목적을 악에 대한
선의 승리를 기념하는 것으로 꾸며내려고 덧붙인 것뿐이었다.
물론 우리는 이 사기극을 간파했다. 우리는 이런 프로그램의 진
짜 목적이 멋부린 제복과 장교들이 타는 쌩쌩한 메르세데스 자
동차, 위대한 행진을 선전하는 것임을 알고 있었다. 머리 위로는
현수막이 나부끼고 가사 한 마디 알아듣지 못하는 우리까지도
피를 끓게 하는 노래가 울려퍼지는 가운데, 수천 켤레 군화가 돌
바닥 길을 동시에 쾅쾅 내리찍었다. 정말로 중요한 장면은 슈투
카 급강하 폭격기들이 편대에서 떨어져나가 불타는 도시를 향해
내리꽂히고, 탱크들이 건물에 구멍을 뚫고, 루거로 무장하고 개

---

* 나치의 친위대장 하인리히 힘러(1900~1945).
** 나치의 유력 정치인이었던 루돌프 헤스(1894~1987).

를 거느린 남자들이 사람들에게 이래라저래라 하는 모습이라는 걸 알고 있었다. 이런 프로그램은 우리 안에 이미 자리잡기 시작한 믿음을 더욱 단단하게 만들었다. 사람들이 아무리 아닌 척해도 피해자들은 경멸받아 마땅하다는 믿음. 외부자보다는 내부자가 되는 것이, 상냥해지기보다는 오만해지는 것이, 홀로 있기보다는 군중과 함께하는 것이 더 즐겁다는 믿음이었다.

테리 실버는 나치 완장을 하나 갖고 있었는데, 진짜라고 우겼지만 누가 봐도 직접 만든 것이었다. 우리가 자기 집에 도착하자마자 실버는 이 완장을 숨겨둔 곳에서 꺼내 차곤 했다. 그런 다음 으스대듯 걸어다니며 테일러와 나를 하인처럼 대했다. 우리는 실버를 내버려두었다. 실버 아주머니가 크리스털 그릇에 넣어둔 사탕 때문에, 텔레비전 때문에 어쩔 수 없었다. 그리고 이래라저래라 하는 실버가 없으면 우리는 거리를 헤매고 다니며 무기력하게 간판에 돌이나 던져대는 꼴로 전락할 처지였으니까.

일단 우리는 전화를 몇 통 걸었다. 실버가 말을 하고 테일러와 나는 실버 아주머니의 방에서 다른 전화기로 엿들었다. 실버는 유대계로 보이는 이름을 가진 사람들을 찾아 전화를 건 다음 독일 짭새처럼 고함을 질러댔고, 자기 아버지와 새 아내의 집으로 중국집 만찬 요리를 한가득 주문했다. 이따금 우리가 싫어하는 아이들의 부모에게 전화를 걸어 선생님이나 코치, 상담교사 등

'걱정하는 어른' 목소리를 흉내내며, 요전번에 폴이 학교에서 평소와 다르게 행동한 것을 설명해줄 어떤 문제가 집에 있는지 물어보려고 연락한 척했다. 실버는 한 번도 웃지 않았고 한 번도 들키지 않았다. 실버가 유난히 그럴싸하고 정중한 태도를 연기할 때면 테일러와 나는 실버 아주머니의 침대보를 입에 쑤셔넣고 매트리스를 주먹으로 쿵쿵 쳐댈 수밖에 없었다.

그러다가 우리 셋은 서로 자리를 차지하려고 엉덩이를 떠밀며, 실버 아주머니의 전신거울 앞에 바짝 모여 머리를 빗고는 멋있게 보이는 법을 연습했다. 우리는 옆머리를 길게 길러 덕테일* 스타일로 쓸어넘겼다. 정수리 머리는 가운데로 모은 다음 앞으로 빗어, 이마에 동그랗게 내려오도록 정리했다. 어머니는 내가 이 머리를 하는 걸 몹시 싫어해 못하게 했다. 그 말은 내가 집만 빼고 모든 곳에서 그 머리를 하고 다녔다는 뜻이었다. 버치 왁스로 두 가지 스타일을 유지하느라 머리카락은 늘 반짝반짝 딱딱했고 이마 둘레에는 작은 여드름들이 돋았다.

우리는 불도 붙이지 않은 담배를 입가에 달랑거리며 눈꺼풀을 반쯤 내려뜨고는 거울 속 우리 모습을 자세히 살펴보았다. 이마

---

* 1950년대 미국 십대 사이에서 유행한 스타일로, 양 옆머리를 길게 빗어넘겨 뒤통수에서 오리 꼬리 모양으로 합친 머리.

에 늘어뜨린 곱슬머리. 엉덩이에 걸치듯 내려 입은 바지, 버클이 옆으로 오도록 찬 가느다란 흰색 허리띠. 칠부 소매 셔츠. 목뒤로 세운 옷깃. 우리는 멋져 보여야 마땅했으나 실제로는 그렇지 않았다. 실버는 수척했다. 눈이 불룩했고, 목젖이 툭 튀어나왔으며, 소매 밖으로 삐져나온 두 팔은 연필 끝에 장갑을 끼워놓은 것 같은 모습이었다. 테일러는 눈에 항상 눈물이 어려 있었고 속 눈썹이 길었으며, 얼굴은 암소처럼 넙데데하고 멍한 표정이었다. 나도 그렇게 대단해 보이지는 않았다. 하지만 우리를 멋지지 않게 만든 것은 사실 외모가 아니었다. 멋을 내는 것은 그처럼 뻔한 걸로 되지 않았다. 체스나 음악이 그렇듯, 우리는 불가사의한 충동에 이끌려 멋짐을 알아볼 수밖에 없고 멋짐이란 그렇게 발현되는 것이다. 멋지지 않음도 마찬가지였다. 어찌되었든 우리는 멋지지 않았다.

　다섯시 정각이면 우리는 텔레비전을 켜고 〈미키 마우스 클럽〉을 보았다. 다들 애닛*을 생각하면 물건이 빳빳해진다고 했다. 그게 이 프로그램을 보는 우리의 평계였으며, 내게는 일부 사실이기도 했다. 나는 애닛이 속한 더 위대한 세상을 마음속에 그려보

---

* 미국 배우이자 가수 애닛 퍼니셀로. 어린 시절 어린이 TV 프로그램 〈미키 마우스 클럽〉에 고정 출연했다.

곤 했다. 나도 그 세계에서 한자리를 차지하고 싶었다. 사람을
바보로 만드는 그 열띤 첫사랑의 허기를 느끼면서.

지역 방송국에서는 프로그램이 끝날 때마다 마우스커티어*에
게 편지를 보낼 주소를 내보냈다. 나는 애넷에게 편지를 쓰기 시
작했다. 처음에는, 어느새 먼 과거가 되어버린 앨리스에게 편지
를 보낼 때와 거의 비슷하게 나를 묘사했다. 우리 아버지가 목장
이 아닌 어선단을 보유한 울프 선장이라는 정도만 차이를 두었
다. 나는 일등항해사로 큰 물고기를 낚는 솜씨가 뛰어났다. 애넷
에게 내가 상대한 거친 녀석들에 대해 아주 자세히 묘사해주었
다. 시애틀에 재미난 일들이 많으니 한번 들르는 걸 생각해보라
고도 썼다. 우리집에 방이 많다고도 했다. 내가 열한 살이라는
건 말하지 않았다.

나는 애넷의 팬클럽을 결성하라고 격려하는 공식 답장을 받았
다. 달리 말하면, 내 경쟁자들을 직접 조직하라는 얘기였다. 잘
도 그러겠다. 그러나 애넷에게 보내는 편지에서 내가 수위를 높
이자 그들은 내게 더이상 아무것도 보내오지 않았다. 디즈니 스
튜디오에는 마우스커티어의 우편함을 검열해 부적절한 감정이
나 맹세를 걸러내는 첩보부가 있는 게 틀림없었다. 내 이름은 회

---

* 〈미키 마우스 클럽〉에서 춤과 노래를 선보인 어린이 출연자들의 총칭.

신 목록에서 제외되어 다른 명단으로 옮겨졌을 것이다. 하지만 나는 앨리스에게 내숭이 무엇인지 배운 뒤였다. 나는 계속해서 애넷에게 편지를 보냈고, 애넷의 집 앞에서 끔찍한 사고를 당해 가까스로 죽음을 면하고는 그녀의 보살핌과 연민에 내맡겨지는 내 모습을 상상했다. 시간이 지나면서 그 감정은 흠모와 사랑으로 바뀔 테고……

"안녕, 난 애넷이야!" 하고 애넷이 프로그램에 등장하는 순간부터 테일러는 신음하기 시작했고 실버는 화면을 혀로 핥아댔다. "이리 와, 자기야." 실버가 말했다. "오빠한텐 너만을 위한 15센티미터짜리 따끈따끈한 살덩이가 있다고."

모두들 그런 말을 한마디씩 하고 나서—일종의 의례였다—입을 닥치고 텔레비전을 봤다. 우리는 완벽하게 몰입했다. 몸이 녹아버릴 지경이었다. 저항을 포기했다. 우리는 〈미키 마우스 클럽〉과 하나가 되었다. 테일러는 무아지경에 빠져 엄지손가락을 빨았고 실버와 나는 그 꼴을 그냥 내버려두었다. 마우스커티어들이 건전한 임무를 맡아 기뻐 날뛰고, 멍청한 모험을 하고, 느낀 점을 이야기하는 모습을 지켜보면서도 우리는 비웃지 않았다. 자기 부모님의 훌륭한 점을 이야기할 때에도, 서로에게 예의 바르게 굴 때에도, "안녕, 얘들아……"라고 말할 때에도 우리는 비웃지 않았다. 텔레비전의 푸르스름한 빛에 눈을 번들거리며 우리는 한순간도 시선을 떼지 않았다. 출연자들이 함께 부르는 주제곡이 치약 광고와 사탕 광고로 넘어간 다음에도 하염없이 화면을 바라보았다. 그러다가 어색한 기분에 눈을 깜빡이며, 정신을 차리고 애넷에 대해 지저분한 얘기를 늘어놓았다.

〈미키 마우스 클럽〉이 끝나면 가끔씩 우리는 옥상으로 올라갔다. 실버의 아파트에서는 캘리포니아 애비뉴가 내려다보였다. 거리는 붐볐지만 우리는 목표물을 신중하게 골랐다. 평상시에는 아무것도 던지지 않았다. 하지만 이따금 우리를 무사히 지나칠 가능성이 전혀 없는 사람이 나타나곤 했다. 선더버드를 탄 그 남자처럼.

55년에 출시된 선더버드는 나온 지 일 년밖에 지나지 않은 자동차였다. 신형이고 보기 드물었기에 코벳*보다 멋진 차로 여겨졌다. 이른 저녁이었다. 선더버드가 교차로에서 빨간불에 멈춰 공회전하고 있었다. 건물 꼭대기 난간 뒤에 있는 우리에게까지 선더버드의 라디오에서 흘러나온 노랫소리가 들렸고—〈산을 넘어 바다를 건너〉였다—음악 아래로 엔진이 목청 좋게 부르릉거렸다. 검은색 차체는 흑요석처럼 반짝였다. 푸른 연기가 쌍둥이 배기구에서 통통거렸다. 자동차 지붕은 뒤로 접혀 열려 있었다.

---

* 쉐보레사에서 1953년부터 생산한 스포츠카.

빨간색 가죽 시트와, 연미복 재킷을 입고 운전석에 앉아 있는 금발 남자가 보였다. 젊고 잘생겼고 말쑥했다. 숨결에서는 리스테린 냄새가, 뺨에서는 메넨* 향이 날 것만 같았다. 우리는 그 남자를 똑바로 내려다보았다. 남자는 왼 손바닥으로 핸들을 두드리며 노래에 박자를 맞추고 있었다. 오른팔은 비어 있는 옆 좌석 등받이에 내려놓았는데, 그 자리도 그렇게 오래 비어 있진 않을 듯했다. 누군가를 데리러 가는 길이었을 것이다.

따로 회의를 하지는 않았다. 한 번 보는 것만으로도 우리는 알 수 있었다. 그는 우리가 될 수 없는 모든 것이었다. 진지하게 생각했을 때, 우리는 미래 어느 시점에서든 그 남자에게 펼쳐진 만족감을 결코 얻을 수 없을 터였다.

첫번째 달걀이 남자 옆의 길바닥에 떨어졌다. 두번째 달걀은 앞바퀴 펜더에 맞았다. 세번째 달걀은 트렁크에 맞아 남자의 어깨와 목, 머리카락으로 파편이 튀었다. 우리는 피해 정도를 헤아릴 수 있을 정도로만 잠시 아래를 내려다보고는 머리를 집어넣었다. 짧은 순간이 지나고 울부짖는 소리가 하늘을 찌르듯 치솟았다. 그것은 언어가 아니었다. 도저히 믿을 수 없다는 듯한, 고독한 영혼의 외마디 절규였다. 라디오에서 여전히 음악소리가

---

* 남성용 화장품 상표명.

흘러나오고 있었다. 신호등이 바뀐 게 틀림없었다. 경적이 울리고 또 울리더니 누군가가 고함을 질렀고 다른 목소리가 거칠게 대답을 한 후에야 노래는 돌연 엔진 소음 속으로 사라졌다.

우리는 웃느라 잠시 지붕 위를 데굴데굴 굴렀다. 실버의 집으로 막 내려가려던 참에 선더버드가 끼익 소리를 내며 블록 저편에서 모퉁이를 돌아나왔다. 운전석의 그 남자가 내뱉는 욕설이 들렸다. 자동차는 요란한 연소음을 내며 신호등 쪽으로 천천히 움직였다. 자동차가 우리 아래로 지나갈 때 우리는 다시 난간 너머를 내다보았다. 운전석 남자는 분노에 차서 고개를 꼿꼿하게 세운 채 인도를 획획 훑어보고 있었다. 달걀이 어디에서 날아왔는지 전혀 모르는 것 같았다. 우리는 다시 던졌다. 한 개는 크게 쾅 소리를 내며 후드에 부딪혔고 다른 달걀은 남자의 옆 좌석에 떨어졌다. 마지막 달걀은 대시보드에 맞아 터졌다. 남자는 달걀과 달걀 껍질에 뒤덮인 채 자리에서 일어나 고함을 질렀다.

신호등 앞에서 다시 더 많은 경적이 울렸다. 남자는 다시 떠났다가 돌아왔는데, 그때까지도 고함을 질러대고 있었다. 상자에는 달걀 여섯 개가 남아 있었다. 우리는 각자 두 개씩을 집었다. 실버가 옥상 가장자리에 무릎을 꿇더니 위험을 무릅쓰고 거리를 잽싸게 힐끔거렸다. 적당한 때가 될 때까지 기다리라는 뜻으로 팔을 뒤로 뻗고 있었다. 실버가 거칠게 신호를 보내자 우리는 자리를 박차고 일어나 실버 곁으로 가서 달걀을 모조리 던져버리고, 그것들이 어딘가에 부딪히기도 전에 보이지 않는 곳으로 다시 몸을 숙였다. 운전석 남자는 길 건너편 건물을 올려다보고 있었다. 남자는 우리를 한 번도 보지 못했다. 달걀이 인도에 철퍽 떨어지는 소리, 자동차에 부딪히는 소리가 들려왔다. 이번에는 항의하며 울부짖는 소리가 들리지 않았다. 나는 그 침묵에 불편해졌고, 실버에게 씩 웃어 보였으나 실버는 마주 웃어주지 않았다. 실버는 마치 자기가 공격을 당해 격분한 것처럼 얼굴이 붉으락푸르락하며 분노에 떨고 있었다. 제정신이 아니었다. 거칠게 숨을 몰아쉬고 입을 꽉 다물었다 벌렸다 하면서, 실버는 난간 너머로 몸을 기울이고 입 앞에 두 손을 모아쥐더니 내가 몇 년 전에 단 한 번 들어본, 우리 차 앞에 끼어든 남자에게 아버지가 소리쳤던 말을 외쳤다.

"유대인 새끼!" 실버가 악을 쓰더니 한번 더 외쳤다. "유대인 새끼!"

하루는 오드펠로스*와 라이온스클럽**이 벌이는 모의 해전을 구경하러 어머니와 앨카이 포인트로 내려갔다. 수상비행기 경주가 열리는 바다 축제 기간이었다. 공원에서 항구가 내려다보였다. 두 요트에 나눠 탄 사람들이 서로 물풍선을 던지며, 상대방 승선원들을 쓰러뜨리려 애쓰는 모습이 보일 듯 말 듯 했다. 공원에 몰려 있던 사람들은 승선원 한 명 한 명이 물로 내던져질 때마다 일제히 웃음을 터뜨렸다.

어머니도 다른 사람들과 함께 웃고 있었다. 어머니는 인명구

---

* 18세기 영국에서 창립된 공제조합으로, 자선활동도 겸하고 있다.
** 1917년 시카고에서 발족한 세계적 봉사단체.

조원이나 버스정류장의 군인들, 세차 행사중인 청년들처럼 얼빠진 짓을 하는 남자들을 구경하는 걸 무척 좋아했다.

맑은 날이었다. 행상들이 인파를 헤치고 다니며 선글라스와 모자, 바다 축제 기념품을 팔았다. 소녀들은 담요를 깔고 일광욕을 즐기는 중이었다. 공기에서 코코넛오일 냄새가 났다.

맥주병을 든 남자 둘이 근처에 서 있었다. 남자들은 계속 우리를 돌아보았다. 그러다가 그중 한 사람이 끈에 매달린 쌍안경을 달랑달랑 흔들면서 다가왔다. 남자는 까맣게 탄 피부에 흰 테니스복 차림이었다. 가느다란 콧수염을 기르고 머리는 바짝 깎았다. "어이, 형제." 남자가 내게 말했다. "이거 한번 볼래?" 남자는 내 목에 쌍안경 줄을 걸어 길이를 조절해주고 렌즈 초점 맞추는 법을 알려주었다. 그러는 동안 다른 남자가 다가와 어머니에게 말을 걸었다. 어머니는 대꾸는 했으나 손그늘을 드리우고 저 바깥의 바다를 응시했다. 나는 라이온스와 오드펠로스에 쌍안경 초점을 맞추고 사람들이 서로를 갑판 너머로 밀어내는 모습을 지켜보았다. 그 사람들의 창백한 몸과 얼굴에 떠오른 피곤한 표정까지 보일 만큼 무척 가까이 보였다. 기운차게 소리를 쳐대고는 있었지만 그들은 밧줄을 기어오르는 데 애를 먹었고 조금만 저항이 있으면 도로 떨어졌다. 한 번 떨어질 때마다 물에 머무는 시간이 길어졌다. 그들은 자신들이 나포해야 하는 배를 지친 듯 바라보면서 간신히 물에 뜰 정도로만 물장구를 쳤다.

어머니는 옆에 있던 남자에게서 맥주를 받았다. 내게 쌍안경을 권했던 남자는 내 초조함을 알아챘다. 어쩌면 내 질투까지도 느꼈을지 모르겠다. 그 남자가 내 옆에 무릎을 꿇고 앉아 마치 어린애를 대하듯 전투에 대해 설명해주었지만 나는 쌍안경을 내려 남자에게 돌려주었다.

"잘 모르겠네요." 어머니가 말했다. "좀 있으면 집에 가야 할 것 같아서요."

어머니와 대화하던 남자가 내게 눈을 돌렸다. 둘 중에서는 그 남자가 더 나이가 많았다. 키가 크고 다부진 체격에 머리카락은 생강빛이었으며, 균형을 잡지 못하는 사람처럼 몸동작이 어딘가 틀어져 있었다. 그 남자는 버뮤다 반바지*에 검은 양말을 신고 있었다. 기다란 얼굴이 볕에 그을려, 치아가 이상하리만큼 두드러져 보였다. "우리 큰 친구한테 한번 물어볼까요." 남자가 말했다. "어때, 친구? 재미있는 구경은 우리집에서 하지 않을래?" 남자는 공원 가장자리에 있는 커다란 벽돌집을 가리켰다.

나는 못 들은 척했다. "엄마," 내가 말했다. "배고파."

"아직 애가 점심을 못 먹어서요." 어머니가 말했다.

---

* 무릎 위까지 오는 반바지.

"점심이라." 남자가 말했다. "문제없죠. 뭐 좋아하니?" 남자가 내게 물었다. "제일 좋아하는 음식 중에서 점심으로 먹고 싶은 게 뭐니?"

나는 어머니를 바라보았다. 어머니가 즐거워하는 바람에 나는 더욱 침울해졌다. 그 즐거운 기분이 내 덕분이 아니라는 걸 알고 있었으니까. "앤 햄버거 좋아해요." 어머니가 말했다.

"딱이네." 남자가 말했다. 남자는 어머니의 팔꿈치를 잡고 공원 건너편 집으로 이끌었다. 나는 다른 남자와 함께 따라오도록 내버려두었다. 그 다른 남자는 내게 퍽 관심이 있었나보다. 내 이름과 다니는 학교, 사는 곳, 어머니의 이름, 아버지의 행방을 알고 싶어했다. 내게 질문을 던지는 모든 어른에게 나는 호구나 마찬가지였다. 집에 도착했을 때쯤에는, 시무룩하게 굴어야 한다는 걸 잊어버리고 우리 이야기를 전부 해준 뒤였다.

집은 내부가 깊숙하니 조용하고 시원했다. 중간문설주가 있는 창문에는 원형 스테인드글라스가 장식되어 있었다. 창문은 아치형이었고 육중한 문도 마찬가지였다. 서까래로 골이 진 거실 천장은 머리 위 높은 곳에서 아치 형태로 굽어졌다. 나는 소파에 앉았다. 내 앞의 커피 테이블은 빈 맥주병으로 어수선했다. 어머니가 열린 창문 쪽으로 갔다. 창으로 항구가 내다보였다. "와아!" 어머니가 말했다. "경치 좋네요!"

햇볕에 그을린 남자가 말했다. "저드, 우리 친구 좀 돌봐줘."

"가자, 친구." 나와 이야기를 나누던 남자가 말했다. "얼른 먹을 걸 만들어줄게."

나는 저드를 따라 주방에 가서 조리대에 앉았고, 저드는 냉장고에서 이것저것을 꺼내놓았다. 그는 볼로냐 샌드위치를 하나 턱 만들어 내 앞에 놓았다. 햄버거는 잊어버린 것 같았다. 뭐라 말을 해볼 수도 있었지만, 그런다고 햄버거가 나올 리 없다는 것 또한 잘 알고 있었다.

거실로 돌아오니 어머니는 쌍안경으로 창밖을 내다보고 있었다. 햇볕에 그을린 남자는 그 곁에 서서, 머리를 어머니 쪽으로 숙이고 한 손은 어머니의 어깨에 올린 채 뭔가 흥미로운 게 있는 듯 맥주병으로 어딘가를 가리키고 있었다. 우리가 들어오자 남자는 고개를 돌려 씩 웃었다. "우리 친구가 오셨군." 그 남자가 말했다. "어때? 점심은 먹었니? 저드, 이 친구한테 점심 좀 줬어?"

"네, 줬습니다."

"잘했어! 그래야지! 앉아요, 로즈메리. 여기 앉아요. 앉아라, 잭. 옳지, 착하다. 너 땅콩 좋아하니? 잘됐구나! 저드, 땅콩 좀 갖다줘. 그리고 젠장, 이 병들 좀 치워." 남자는 소파의 어머니 옆자리에 앉아 내게 미소를 보냈다. 저드는 맥주병 입구에 손가락을 찔러넣어 한번에 여러 개를 챙그랑거리며 내가더니 견과류 접시를 가지고 돌아왔다가 남은 병들을 가지고 떠났다.

"자, 어떠냐, 잭. 먹어! 먹어!" 남자는 내가 땅콩을 한 줌씩 집어먹는 모습을 보며 자신의 예측대로 행동한다는 듯 고개를 끄덕였다. "너 운동하는구나." 남자가 말했다. "딱 보면 알지. 눈빛도 그렇고, 체격도. 어떤 운동 하니, 잭? 종목이 뭐야?"

"야구요." 내가 말했다. 사실과 아주 동떨어진 말은 아니었다. 플로리다주에 있을 때는 거의 매일 야구를 했고 실력도 꽤 늘었다. 하지만 그 이후로는 거의 해본 적이 없었다. 나는 운동선수가 아니고 그런 생김새도 아니었지만, 그 남자가 그렇게 봐주니 기뻤다.

"야구!" 남자가 소리쳤다. "저드, 내가 뭐랬어?"

저드는 거실 한편에, 우리와는 좀 떨어진 의자에 앉아 있었다. 저드는 눈썹을 추켜올리며 남자의 통찰력에 고개를 내둘렀다.

어머니가 웃더니 뭔가 짓궂은 말을 했다. 어머니는 남자를 길이라고 불렀다.

"잠깐!" 남자가 말했다. "내가 그냥 허튼소리나 한다고 생각한단 말이에요? 저드, 내가 여기 있는 잭을 보고 뭐라고 했었지? 무슨 운동을 할 것 같다고 했나?"

저드가 검게 탄 두 다리를 꼬며 말했다. "야구입니다."

"좋아," 길이 말했다. "좋아요, 그 문제는 이렇게 바로잡았으면 좋겠네요. 잭. 다시 네 얘기 좀 해보자. 따로 즐기는 야외활동은 뭐가 있니?"

"자전거 타는 거 좋아해요." 내가 말했다. "근데 자전거가 없어요."

어머니의 얼굴에서 웃음기가 사라지는 게 보였다. 내가 예상한 그대로였다. 어머니는 나를 차갑게 바라보았고, 나도 차갑게 마주보았다. 자전거라는 화제가 우리를 적으로 돌렸다. 우리 문제는 나는 자전거를 갖고 싶어하지만 어머니에게는 자전거를 사줄 돈이 없다는 것이었다. 어머니는 돈이 한푼도 없었다. 내게도 여러 차례 설명했었다. 나는 완벽하게 이해했지만, 자전거가 없다는 사실은 조용히 묻어두기에는 너무 어려운 일 같았다.

길은 믿을 수 없다는 듯 과장된 표정을 지어 보였다. 그는 내게서 어머니에게로 시선을 돌리더니, 다시 나를 바라보았다. "자전거가 없다니? 남자애한테 자전거가 없다고?"

"이 문제는 나중에 얘기하자." 어머니가 내게 말했다.

"나는 그냥……"

"무슨 말인지 알아." 어머니는 얼굴을 찡그리더니 고개를 돌렸다.

"잠깐!" 길이 말했다. "잠깐만요. 지금 이게 무슨 얘깁니까,

어머니? 정말로 이 친구한테 자전거가 없다는 말인가요?"

어머니가 말했다. "얘가 좀 기다리기만 하면 돼요, 별일 아니에요."

"남자애들은 자전거를 기다릴 수 없어요. 로즈메리. 지금 당장 필요하다고요!"

어머니는 어깨를 으쓱하더니 딱딱하게 미소 지었다. 곤란해질 때마다 하던 딱 그 행동이었다. "돈이 없어서요." 어머니가 조용히 말했다.

돈이라는 말이 지나간 자리에 무거운 침묵이 남았다.

그때 길이 말했다. "저드, 한잔 더 하지. 우리 홈런 타자한테 줄 진저에일이 좀 있나 찾아봐."

저드가 일어나 거실을 나섰다.

길이 물었다. "어떤 자전거가 갖고 싶니, 잭?"

"슈윈이면 좋겠어요."

"정말? 영국식 경주용 자전거보다 슈윈이 좋니?" 그는 내가 망설이는 걸 보았다. "아니면 영국식 경주용 자전거가 좋아?"

나는 고개를 끄덕였다.

"뭐 그럼 그렇다고 말해야지! 내가 네 마음을 읽을 수는 없단다."

"영국식 경주용 자전거가 좋아요."

"옳지. 그럼 영국식 자전거 중에서는 어떤 자전거를 말하는 거니?"

저드가 음료를 가지고 왔다. 내 것은 맛이 썼다. 콜린스 믹스*가 분명했다.

어머니가 몸을 앞으로 빼며 말했다. "길."

그는 손을 들어올리며 말을 이었다. "어떤 자전거야, 잭?"

"롤리요." 내가 대답했다. 길은 미소를 지었고 나도 미소를 보냈다.

"최고급 취향이로구나." 길이 말했다. "가장 좋은 걸로 하는 거다, 그래야지. 색깔은?"

"빨간색이요."

"빨간색. 좋은데. 어떻게 해볼 수 있을 것 같구나. 다 들었지, 저드? 자전거 한 대, 영국식 경주용, 롤리, 빨간색."

"들었습니다." 저드가 말했다.

어머니는 고맙지만 받을 수 없다고 말했다. 길은 자전거를 받을 사람은 잭이지 어머니가 아니라고 했다. 어머니는 반박하고 나섰다. 건성이 아니라 결연했다. 길은 그 말을 한마디도 듣지 않으려 했다. 어느 순간에는 두 손으로 귀를 틀어막기까지 했다.

---

* 진에 타서 콜린스 칵테일로 만들어 먹는 병음료.

결국 어머니가 포기했다. 어머니는 등을 기대고 자기 맥주를 마셨다. 일이 이렇게 되자 어머니가 말과는 달리 정말로 기뻐하는 게 보였다. 이로써 나와 실랑이를 끝냈기 때문이기도 하지만, 무엇보다 어머니도 내게 자전거를 꼭 마련해주고 싶어했기 때문이었다.

"땅콩은 어때, 잭?" 길이 물었다.

나는 맛있다고 말했다.

"잘됐네," 길이 말했다. "아주 잘됐어."

길과 어머니는 맥주 몇 병을 더 마시고 이야기를 나눴다. 그동안 저드와 나는 텔레비전으로 수상비행기 경기 예선전을 봤다. 이른 저녁에 저드가 우리를 하숙집까지 차로 바래다주었다. 어머니와 나는 불을 끄고 침대에 누워 잠시 산들바람을 느끼며 바깥의 나무우듬지가 부스럭거리는 소리를 듣고 있었다. 어머니는 내게 그날 밤 집에 혼자 있어도 괜찮겠느냐고 물었다. 저녁식사 초대를 받았다고 했다. "누구한테?" 내가 물었다. "길이랑 저드?"

"길." 어머니가 말했다.

"괜찮아." 내가 말했다. 기뻤다. 이로써 자전거 문제가 매듭지어질 테니까.

방은 그림자로 가득했다. 어머니는 일어나 목욕을 하고, 넉넉한 푸른색 치마와 어깨가 드러나는 멕시칸 블라우스, 정교한 터키석 장신구를 걸쳤다. 그 장신구들은 전쟁 전에 어머니와 아버지가 함께 차를 타고 애리조나주를 지나던 중 아버지가 사준 것이었다. 귀걸이, 목걸이, 묵직한 팔찌, 콘차 벨트까지. 그날의 햇볕에 약간 그을린 어머니의 피부 위에서 터키석의 푸른빛이 유난히 생생하게 도드라졌다. 어머니의 푸른 두 눈도 마찬가지였다. 어머니는 귀 뒤쪽과 팔오금, 손목에 향수를 살짝 뿌렸다. 손목을 서로 문지르고는 목과 가슴에 댔다. 거울 속에 비친 모습을 확인하며 이쪽저쪽으로 돌아보기도 했다. 그러더니 멈춰 서서는 앞모습을 꼼꼼하게 살폈다. 어머니는 거울에서 눈을 떼지 않은 채 내게 어때 보이냐고 물었다. 나는 진짜 예뻐, 라고 답했다.

"넌 항상 그렇게 말하더라."

"뭐, 사실이니까."

"좋아." 어머니가 말했다. 어머니가 마지막으로 한번 더 거울을 확인한 후에, 우리는 함께 아래층으로 갔다.

어머니가 내 저녁을 만들고 있을 때 메리언과 캐시가 들어왔다. 두 사람은 자기들 앞에서도 한번 돌아보라고 했다. 둘 다 웃으며 소리를 질러댔다. 메리언은 어머니의 블라우스에 얼룩이 지지 않도록 가스레인지에서 어머니를 떠밀어내고는, 내 저녁을 대신 차려주었다. 메리언과 캐시가 이것저것 질문을 했지만 어머니는 별로 열심히 대답하지 않았다. 두 사람은 그 수수께끼의 남자 얘기로 지분거리다가, 밖에서 경적이 울리자 어머니를 따라 현관까지 내려가 옷매무새며 머리를 매만져주고 마지막 조언을 해주었다.

"남자가 문 앞까지 왔어야지." 주방으로 돌아온 메리언이 말했다.

캐시는 어깨를 으쓱하며 식탁을 내려다보았다. 당시 만삭이었던 캐시는 데이트란 이래야 한다고 이러쿵저러쿵하기 어려웠을 것이다.

"남자가 문 앞까지 왔어야지." 메리언이 다시 말했다.

그날 나는 제대로 잠을 이루지 못했다. 어머니가 나가는 날에는 항상 그랬는데 그즈음에는 그런 날이 별로 없었다. 어머니는 밤늦게 돌아왔다. 나는 어머니가 계단을 올라 복도를 지나서 우리 방까지 오는 소리에 귀를 기울였다. 문이 열렸다가 닫혔다. 어머니는 잠시 문간에 서 있다가 방을 가로질러 침대에 앉았다. 어머니는 숨죽여 울고 있었다. "엄마?" 내가 말했다. 대답이 없자 나는 일어나 어머니에게로 갔다. "무슨 일 있었어, 엄마?" 어머니는 나를 보며 뭔가 말하려다가 고개를 저었다. 나는 곁에 앉아 두 팔로 어머니를 끌어안았다. 어머니는 누군가 물속에 집어넣기라도 한 것처럼 헐떡였다.

나는 어머니를 다독이며 몇 마디 말을 속삭였다. 나는 이런 일에 익숙했고 한편으로는 기쁘기도 했다. 어머니가 불행했기 때문이 아니라 어머니에게 내가 필요했기 때문이었다. 누군가 나를 필요로 한다는 사실 덕분에 내게 힘이 생긴 기분이 들었으니까. 어머니를 위로하는 일은 내게도 위로가 되었다.

어머니는 기진맥진했고 나는 어머니가 잠자리에 들도록 도왔다. 그러자 어머니는 다시 들뜬 기분이 되어 웃으며 자신을 조롱하는 농담을 했다. 하지만 잠들 때까지 내 손을 놓지 않았다.

아침이 되자 우리는 서로 멋쩍어졌다. 나는 궁금했지만 어찌어찌 꾹 참았다. 그날 밤까지 계속 자제력을 발휘했지만 그 자체가 연극처럼 느껴졌다. 나는 너무 나약해 더이상 그 연극을 계속할 수 없다는 걸 알고 있었다.

어머니는 뭔가를 읽고 있었다.

"엄마?" 내가 말했다.

어머니가 눈을 들었다.

"롤리는?"

어머니는 대답하지 않고 다시 책으로 눈을 돌렸다. 나도 다시 묻지 않았다.

메리언과 캐시와 어머니는 집 한 채를 함께 빌리기로 했다. 어머니가 집을 찾아보겠다고 나섰고, 실제로 집을 구했다. 웨스트 시애틀에서 가장 꼴사나운 흉물이었다. 집 양옆에는 페인트칠이 벗어진 채 가닥가닥 늘어져 있었고, 그 아래 드러난 목재는 닳아 빠져 잿빛 사슴뿔처럼 반들거렸다. 뜰의 잡초는 무릎까지 올라왔다. 축 늘어진 처마는 기다란 널빤지로 얼기설기 받쳐놓았고, 현관 계단은 속이 푹 썩어 있었다. 안으로 들어가려면 뒷문으로 돌아가야 했다. 집 뒤에는 무너지다 만 헛간이 있었다. 어린아이들이 깨진 유리나 녹슨 공구를 가지고 놀려고 몰래 숨어들기 좋아할 만한 곳이었다.

어머니는 그 집을 보자마자 사버렸다. 거의 공짜나 다름없었으므로 가격이 좋았고, 어머니는 그 집의 가능성을 믿었다. 가능성. 어머니에게 집을 보여준 남자가 즐겨 쓰던 단어였다. 그 남자는 굳이 밤에 집을 보자고 우겨대더니, 도둑처럼 우리를 데리고 들어가서 집의 장점을 귀엣말로 설명했다. 어머니는 물정에 밝고 쉽게 넘어가지 않는 사람이라는 걸 보여주려고 눈을 가늘게 뜨고 귀기울여 듣다가, 결국 그 집이 몇 번만 손보면 정말로 훌륭한 집이 될 거라는 그 남자의 말에 동의하고 말았다. 어머니는 남자가 손전등으로 계약서를 비추는 가운데 자동차 보닛 위에서 서명을 했다.

그 거리의 다른 집들은 강박적으로 관리된 소형 케이프 코드 양식 주택이거나, 골프장 스타일로 잔디를 깎아놓은 식민지 양식 주택이었다. 굴뚝을 타고 담쟁이덩굴이 자라는 집들이었다. 식민지 양식 주택의 현관문 위에는 날개를 활짝 편 검정색 독수리가 한 마리씩 있었다. 이런 집에 사는 사람들이 밖으로 나와 우리가 이사하는 모습을 지켜보았다. 그들은 매우 뚱해 보였다. 나중에야 우리집이, 그러니까 그 지역에 가장 처음 들어선 이 농가가 그 무렵 철거 직전까지 갔다가 마지막 순간에 주인의 이기적인 속임수로 목숨을 건졌다는 걸 알게 되었다.

집을 본 캐시와 메리언은 말을 잃었다. 어깨를 축 늘어뜨리고 굳은 얼굴로, 오른쪽도 왼쪽도 보지 않고 짐 상자들만 날랐다. 그날 밤 두 사람은 각자 방에서 쿵쾅대며 뭔가를 탕탕 쳐대고 중얼중얼거렸다. 하지만 결국 어머니가 그들을 이겼다. 어머니는 가끔씩 남는 시간에 우리가 직접 쉽게 손볼 수 있는 몇몇 부분을 제외하면, 우리집과 이웃집들의 차이를 조금도 모르겠다는 기색이었다. 우리는 어머니가 이끄는 대로, 그렇게 수리를 끝낸 집을 상상했다. 그 집을 그려 보이는 어머니의 솜씨가 너무 뛰어났던 나머지 우리는 필요한 손질을 이미 다 마쳤다고 느낄 지경이었고, 다 쓰러져가는 그 집을 구하기 위한 손길은 하나도 보태지 않은 채 그냥 눌러앉아버렸다.

우리가 이사하고 나서 얼마 지나지 않아 캐시가 아들 윌리를 낳았다. 윌리는 어릿광대였다. 혼자 있을 때도 녀석은 낄낄대고 앵무새처럼 깩깩거렸다. 거의 질려버릴 듯한 달콤한 우유 냄새가 집을 가득 채웠다.

캐시와 어머니는 시내의 직장에서 일했고 메리언은 집안일을 하며 식사를 준비하고 윌리를 돌봤다. 메리언은 나 역시도 돌보게 되어 있었으나, 나는 방과후에 테일러, 실버와 함께 나돌다가 어머니가 돌아올 게 확실한 시간이 되어서야 집에 들어왔다. 메리언이 어디에 갔었느냐고 물으면 나는 거짓말로 답했다. 메리언은 내 말이 거짓말이라는 걸 알고 있었지만 나를 통제하지 못했고, 심지어 나를 통제해야 한다고 우리 어머니를 설득하지도 못했다. 어머니는 나를 믿었다. 훈육은 믿지 않았다. 훈육이라면 어머니의 아버지, 즉 '아빠'가 충분히 했지만 어머니로서는 그 장점을 도무지 알 수 없었기 때문이었다.

'아빠'는 회초리를 무척 신봉하는 사람이었다. 어머니가 아직 요람에 있었을 때는, 엄지손가락을 빤다며 따귀를 때렸다. 안짱다리로 걷는 돌쟁이의 걸음걸이를 고쳐주겠다며 발을 억지로 바깥쪽으로 틀어서 오리처럼 걷게 하기도 했다. 어머니가 학교에 들어가자, 자기가 알든 모르든 그날 딸이 뭔가 나쁜 짓을 했을 게 틀림없다고 생각하며 매일 딸의 엉덩이를 때렸다. 가족들이 둘러앉은 저녁 식탁에서 미리 매질을 하겠다고 경고하기도 했다. '아빠'가 주식시장이나 백악관의 멍청이에 대해 떠드는 동안 어머니는 매맞을 생각에 떨며 식사를 했다. 디저트를 먹고 나면 어머니는 엉덩이를 맞았다. 매를 맞고 난 어머니는 '아빠'에게 입을 맞추면서 이렇게 말해야 했다. "아빠, 이렇게 맛있는 음식을 마련해주셔서 고맙습니다."

외할머니는 온화한 분이었다. 딸을 지켜주려 애썼지만 심장이 좋지 않아 자기 한 몸도 지켜내지 못했다. 외할머니가 아파서 누워 있을 때면 '아빠'는 메리 베이커 에디*의 글을 읽어주면서 아

---

* 크리스천사이언스 교파의 창시자. 마음먹기에 따라 질병을 극복할 수 있다고 주장했다.

내의 고통이 허상이자, 부적절한 생각의 결과일 뿐임을 증명하려 했다. 일요일 드라이브를 나갈 때면 정지 표지판을 무시하고 지나가거나 달리는 기차와 겨루며 철길 건널목까지 질주해 아내의 심장을 쿵쾅거리게 했다. 언젠가는 한 남자를 쳐 보닛에 매달고는, 그 상태로 몇 블록을 질주하며 "내 차에서 떨어져!"라고 소리를 질러대기도 했다.

우리 어머니는 '아빠'를 홀로 감당해야 했다. 고등학교에 입학했을 때는 속바지를 입도록 강요당했다. 다리 부분에 주름장식이 달린 분홍색 실크 속바지였다. '아빠'가 중국으로 항해를 떠났다가 집에 돌아올 때 그런 속바지 몇 벌을 가져왔는데, 중국에서는 선교사의 아내들 사이에서 그 옷이 여전히 유행중이었다고 했다. '아빠'는 담배를 피워 식욕을 줄이라고 딸을 들들 볶아댔으며, 레스토랑에 갈 때면 빵으로만 배를 채우도록 했다. 남자아이들과의 데이트는 허용되지 않았다. 하지만 남자아이들은 포기하지 않았다. 어느 날 밤에는 그중 몇 명이 집 앞에 차를 대고, 〈로키산맥에 봄이 오면〉을 불러댔다. 남자들이 "잘 자, 로즈메리!"라고 소리치자 '아빠'는 펄펄 뛰었다. 곧장 해군용 45구경 권총을 휘두르며 거리로 달려나갔다. 운전대를 잡은 소년이 부리나케 차를 몰아 도망치자 아빠는 짐칸에 타고 있던 소년을 향해 몇 발을 쏘았다. 소년은 고개를 숙여 가까스로 총알을 피했고, 총알

두 발은 소년의 머리 위쪽 금속 차체를 강타했다. 외할머니는 기절해 디기탈리스 강심제를 투약받아야 했다.

'아빠'는 그러고도 성에 차지 않았는지, 다음날 아침 총알 자국이 있는 자동차를 찾겠다며 정복을 갖춰 입고서 학교 주차장을 헤집고 다녔다.

외할머니가 돌아가시고 몇 달 후, 어머니는 집에서 도망쳐 나왔다. 그때까지도 아직 소녀였다. 그러나 '아빠'는 어머니에게 몇 가지 흔적을 남겼다. 그중 한 가지는 독재자처럼 구는 남자를 대할 때 보이는, 거의 마비나 다름없는 기이한 유순함이었다. 또 다른 한 가지는 아이러니하게도 강압적인 행동을 극도로 싫어했다는 것이다. 어머니는 단 한 번도 나를 때리지 못했다. 몇 차례 시도는 했지만 내가 웃으며 빠져나갔다. 어머니는 설득조로 목소리를 높이는 일조차 못했다. 어머니는 나와 그런 식으로 지내기를 원하지 않았고, 어쨌거나 내게 그런 일이 필요하다고 생각하지도 않았다.

메리언은 생각이 달랐다. 어쩔 때는 한밤중에 두 사람이 나를 놓고 설왕설래하는 소리가 들려오기도 했다. 메리언은 공격적이었으며 어머니는 조용했지만 난공불락이었다. 내 나이 또래는 원래 그런 거라고, 어머니는 말했다. 크면 달라질 거라고. 나는 착한 아이라고.

핼러윈에 테일러와 실버와 나는 학교 급식실 창문 몇 장을 깨뜨렸다. 다음날 경찰관 두 명이 학교로 왔고, 평판 나쁜 남자아이 몇 명이 교실에서 불려나와 경찰과 면담을 했다. 아무도 우리를 의심하지 않았다. 창문을 깼다가 들킨 전력이 있는 테일러조차도 의심받지 않았다. 학교에서 싸움에 휘말리고 선생들에게 말대꾸를 하는 진짜로 거친 아이들 사이에서 우리는 무색무취의 미약한 존재였기 때문이다.

그날 학교가 끝날 때쯤 교장 선생님이 교내방송으로 잘못한 사람의 정체가 밝혀졌다고 발표했다. 그러나 조치를 취하기 전에, 그 학생들에게 스스로 잘못을 밝힐 기회를 주고 싶다고 했다. 지금 고백해야 나중에 훨씬 유리하다는 것이었다. 테일러와 실버와 나는 서로 시선을 피했다. 우리 모두 그날 하루종일 같은 교실에 있었기에 방송이 허풍이라는 걸 알고 있었다. 아니었으면 교장의 술책이 먹혔을 것이다. 우리는 서로를 믿지 않았고, 한 명이라도 약해지고 있다고 의심했다면 서로 경쟁적으로 배신했을 것이었다.

우리는 아무 벌도 받지 않았다. 일주일 뒤, 우리는 영화를 보고 나서 창문을 몇 장 더 깨뜨리려고 학교로 돌아왔다가 자동차 한 대가 주차장으로 들어와 몇 분 동안 시동을 끄지 않은 채 가만히 있다 떠나는 걸 보고 겁을 집어먹은 채 도망쳤다.

우리가 한 짓에 경찰이 관심을 보이자 우리는 신중해지기는커녕 더욱 신이 났다. 오만해졌고 자신만만해졌으며, 자만심에 미쳐갔다. 우리는 창문을 깼다. 가로등도 깼다. 언덕 위에 주차된 자동차 문을 열고 사이드브레이크를 풀어 언덕 아래 차들과 충돌시켰다. 똥이 든 자루에 불을 붙여 남의 집 현관 계단에 놔두기도 했지만, 우리 예상과 달리 사람들은 그 불을 밟아서 끄지 않았다. 대신 똥자루가 다 타버리기만을 지친 표정으로 기다리며, 이따금 눈을 들어 우리가 숨어서 지켜보고 있을 법한 그늘진 곳을 훑었다.

우리는 어두울 때든 밝을 때든 가리지 않고 일을 저질렀다. 언제나 유리 깨지는 소리와 고양이 울음소리, 금속이 갈리는 소리를 따라 움직였다.

우리는 도둑질도 했다. 처음에는 불량배다운 짓을 해볼 셈으로 도둑질을 시작했다. 테일러와 실버는 도둑질을 그 이상으로 중요하게 여기지는 않았다. 그러나 내게는 중요한 일이었다. 도둑질이 내게 얼마나 진지한 일인지 테일러와 실버가 알아채지 못하도록 숨겨야 할 정도였다. 나는 도둑이었다. 나 자신의 평가 기준에 따르면 절도의 달인. 싸구려 잡화점의 통로를 천천히 훑다가 잭나이프와 모형자동차 앞에서 미적거리면서, 정말로 결백한 사람이 물건을 고를 때보다 더 결백해 보일 정도로 무심한 표정을 짓고 있자면, 나는 가끔씩 내 쪽을 흘깃거리는 여자 판매원들이 나를 속이 뻔히 들여다보이는 꼬마 절도광이 아니라 정직한 어린 손님으로 볼 거라 상상했다. 마침내 무언가를 훔치는 데 성공하면, 내 솜씨가 너무 교묘했던 덕분이라고 생각했지 하루 종일 서 있던 그 판매원들이 좀도둑이나 그 좀도둑이 발생시킬 문제를 처리하기에는 너무 지쳐 있었기 때문이라고는 생각하지 못했다. 도둑이 억울한 척 분을 터뜨리다 겁에 질려 흐느끼고, 관리자가 의기양양하게 내려오고, 경찰이며 서류작업, 그 모든 일이 끝났을 때 밀려올 공허함까지 감당하기에는 너무 지쳐 있었다고는 말이다.

훔친 물건들은 숨겨두었다가 가끔씩 꺼내 손안에서 이리저리 굴리며 멍하니 쳐다보곤 했다. 가게 밖으로 나오면 그 물건들은 더이상 내 관심을 끌지 못했다. 잭나이프만은 예외였는데, 나는 칼날이 부러질 때까지 그것들을 나무에 던져댔다.

이사오고 몇 달 후 메리언이 해병 남자친구와 약혼했다. 그다음에는 캐시가 사무실에서 함께 일하는 남자와 약혼했다. 메리언은 우리 어머니도 남편감을 정해야 한다고 생각했고, 짝을 찾아주려고 노력했다. 한동안 메리언이 불러들인 남자들 행렬이 이어졌다. 각각 우리집을 방문한 남자들은 출입로를 따라오다가 망가진 계단을 발견하고는 집을 돌아 뒷문으로 갔다. 그런 다음 주방에 들어와 마음을 다잡고 파티용 모자를 쓰듯 명랑한 기색을 꾸며냈다. 유쾌함을 가장하려는 그 남자들의 시도가 얼마나 가망 없는지는 내 눈에도 빤히 보였다. 다만 그 밑바탕을 이루는 믿음까지 들여다보지는 못했다. 이 여자도 자신을 탐탁지 않게 여기리라는 그 믿음은 이미 충분히 자라 현실이 되어 있었다.

손가락에 실 몇 가닥을 묶어 내게 손장난을 보여줬던 어떤 해병은 어머니와 함께 외출할 마음이 없어 보였다. 취한 채 도착해 택시에 태워 보내야 했던 남자도 있었다. 어머니 말로는 돈을 빌리려던 늙은 남자도 있었다고 했다. 그러다가 드와이트 아저씨가 왔다.

드와이트 아저씨는 키가 작았고 갈색 곱슬머리에 슬프고 초조해 보이는 갈색 눈동자를 지닌 남자였다. 아저씨한테서는 휘발유 냄새가 났다. 떡 벌어진 상체에 비해 다리가 짧았지만, 모자란 길이는 탄력성으로 보상되었다. 그는 갑작스럽게, 사람을 깜짝 놀라게 하며 벌떡 일어나곤 했다. 아저씨처럼 옷을 입는 사람은 그전까지 만나본 적이 없었다. 두 가지 색깔로 디자인된 구두에 손으로 그림을 그려넣은 넥타이, 모노그램을 수놓은 블레이저와 그 가슴주머니에 꽂은 모노그램 손수건까지. 드와이트 아저씨는 거듭 우리집에 왔는데, 그 때문에 구혼자들 중 으뜸이 되었다. 어머니는 아저씨가 춤을 잘 춘다고 말했다. 정말이지 그 구두를 척척 잘도 놀린다는 것이었다. 또 매우 상냥한데다 배려심도 깊다고 했다.

나는 아저씨 때문에 걱정하지는 않았다. 아저씨는 키가 너무 작았다. 정비공이었다. 옷차림도 엉망이었다. 어디가 엉망인지는 모르겠지만 아무튼 그랬다. 이런 사람을 만나자고 우리가 그 먼 길을 떠나온 건 아니었다. 심지어 아저씨는 시애틀에 살지도 않았다. 캐스케이드산맥의 치누크라는 아주 작은 마을에 살았는데, 시애틀에서 북쪽으로 세 시간을 가야 하는 곳이었다. 게다가 이미 한 번 결혼한 적이 있었다. 함께 사는 자식 셋은 모두 십대였다. 나는 어머니가 절대 그런 수렁에 제 발로 들어가지 않으리라고 확신했다.

처음에는 격주, 그다음에는 주말마다 어머니를 보러 차를 몰고 산을 내려오면서 드와이트 아저씨도 이게 헛수고라는 걸 느끼는 듯 보였다. 어머니를 바라보는 아저씨는 마치 알랑거리는 강아지 같았다. 어머니한테 손이라도 대볼 수 있을 확률은 한심할 정도로 낮으니, 어머니와 한 공간에 있는 행운을 누리려면 매 순간 경의를 표하고 활기와 낙관주의를 과시하고 어떻게든 명랑함을 드러내야 한다는 걸 잘 아는 듯했다.

아저씨는 지나치게 애를 썼다. 그런 노력을 경쟁자만큼 빨리 알아보는 사람은 없다. 그 경쟁자가 공교롭게도 아이라면 더더욱. 나는 드와이트 아저씨한테서 비굴한 모습이 엿보일 때마다 그 장면을 놓치지 않고 머릿속에 갈무리해두었다. 습관처럼 입술을 핥아댄다든지, 상대가 탐탁지 않아하거나 지루한 기색을 보일까봐 이 사람 저 사람의 얼굴로 경고 신호를 찾아 눈을 획획 굴린다든지, 어정쩡하게 미소를 짓는다든지, 알아듣지도 못한 농담에 가짜 웃음을 터뜨린다든지 하는 모습까지. 아저씨와 있으면 아무도 주방으로 가서 음료수를 따라 마실 수 없었다. 아저씨가 벌떡 일어나 대신해줬으니까. 아무도 아저씨의 도움 없이 문을 열거나 코트를 입지 못했다. 심지어 다들 자기 담배도 못 피우고 드와이트 아저씨가 자신의 담배를 꺼내주고 불을 붙여줄 때까지 그 기나긴 연극을 지켜보아야 했다. 아저씨는 벨벳 주머니에서 모노그램이 새겨진 지포 라이터를 꺼내, 바짓가랑이 한 쪽에 대고 뚜껑을 탁 연 다음 불을 붙였다. 길쭉하게 타오른 불꽃 끝에서 연기가 피어오르며 기름냄새가 풍겼다. 담뱃불을 붙인 다음 아저씨는 그 모든 의식을 반대 순서로 거행했다.

나는 모사를 잘했다. 최소한 아저씨를 배려해가며 모사하지는 않았다. 드와이트 아저씨는 쉬운 표적이었다. 나는 아저씨가 집을 떠나자마자 공연을 시작했다. 어머니와 캐시는 웃음을 참으려 애썼지만 웃고 말았고 메리언도 마찬가지였다. 메리언은 결코 그 재미에 완전히 빠지지 않았지만 말이다. "드와이트가 그렇게 나쁘진 않지." 메리언은 어머니에게 이렇게 말하곤 했고 어머니는 고개를 끄덕였다. "아주 괜찮은 사람이야." 메리언이 이렇게 덧붙이면 어머니는 다시 고개를 끄덕이며 말했다. "잭, 그만하면 됐어."

우리는 드와이트 아저씨와 아저씨 자녀들과 함께 치누크에서
추수감사절을 보냈다. 그 며칠 전 밤에는 눈이 내렸다. 계곡에
눈이 녹았지만 더 높은 비탈의 나무들은 여전히 눈에 덮여 있어,
우리가 도착했을 때쯤에는 보랏빛 그늘이 져 있었다. 아직 늦은
오후였지만 해는 이미 산너머로 저물었다.

우리가 탄 차가 도착하자 드와이트 아저씨네 자녀들이 마중을
나왔다. 그중 나이가 많은 두 아이, 아들과 딸은 계단 맨 아래에
서 기다렸고, 내 또래 여자아이가 달려와 어머니의 허리를 두 팔
로 끌어안았다. 정말 속이 메슥거릴 지경이었다. 여윈 얼굴에 비
쩍 마르고 뒤통수에는 1달러짜리 은화만한 땜통이 있는 아이였
다. 어머니를 붙들고서 웬 중얼중얼거리는 소리까지 냈고, 어머

니는 그 인간을 밀쳐버리는 대신 웃으며 끌어안아주었다.

"이 아이는 펄입니다." 드와이트 아저씨는 이렇게 말하고는, 어찌어찌 그 아이의 손아귀에서 어머니를 풀어주었다. 펄이 나를 훑어보았다. 그 아이는 얼굴에 미소를 보이지 않았고 그건 나도 마찬가지였다.

우리는 집으로 다가가 나머지 두 사람을 만났다. 다들 드와이트 아저씨보다 키가 컸다. 스키퍼는 역삼각형 얼굴에 뒤통수는 납작하고 앞모습은 날카롭게 생겼다. 눈은 가운데로 몰렸고 콧날이 길었다. 머리는 짧게 바짝 깎은 모습이었다. 스키퍼는 예의를 차리며 유난스럽지 않게 나를 바라보고는 어머니에게로 주의를 돌려 환영 인사를 건넸다. 심각한 얼굴이었지만 더할 나위 없이 공손했다. 노마는 "안녕!" 하고 인사하며 내 머리칼을 헝클어뜨렸다. 나는 노마를 올려다보았다. 그때부터 나는 잠잘 때나 누군가 우리 사이를 지나갈 때를 제외하고는 이틀 후 치누크를 떠나기 전까지 내내 노마만 바라보았다.

노마는 열일곱 살로 성숙하고 사랑스러웠다. 입술이 통통하고 붉었으며, 언제나 막 잠에서 깬 듯 약간 부은 얼굴이었다. 동작도 졸린 듯 느릿느릿했으며 자주 기지개를 켰는데, 그럴 때면 블라우스가 팽팽해져 단추 사이 틈으로 우윳빛 배가 조각조각 속살을 드러냈다. 세상 누구보다도 살결이 하얬다. 노마는 풍성한 붉은 머리카락을 졸린 듯 이마 위로 쓸어넘기곤 했다. 눈은 점점이 갈색으로 물든 초록빛이었다. 노마는 라벤더향 향수를 썼다. 그 희미하고 달콤한 향기가 노마에게서 나오는 온기와 섞여 실려왔다. 별생각 없이 노닥거리다가도 노마는 가끔씩 내 어깨에 팔을 두르며 엉덩이를 툭 부딪거나 나를 자기 쪽으로 끌어당기기도 했다.

한시도 눈을 못 떼고 바라보는 내 시선을 느껴도 노마는 대수롭지 않게 여겼다. 한 번도 놀라거나 당황한 기색을 보이지 않았다. 눈이 마주치면 노마는 미소를 보냈다.

어머니와 나는 가방을 안에 들이고 집을 둘러보았다. 제대로 지은 집이라기보다 독일군 전쟁포로들을 수용했던 막사의 반쪽이었다. 전쟁이 끝난 후 그 막사를 두 세대용 주택으로 개조한 것이다. 밀러 가족이 한쪽에, 드와이트 아저씨네가 다른 쪽에 살았다. 주방과 식당, 거실이 있고 좁은 복도를 지나면 침실 세 개가 있었다. 방들은 작고 어두웠다. 어머니는 가슴에 팔짱을 끼고서 방을 들여다보고는 마음에도 없는 칭찬을 쏟아냈다. 드와이트 아저씨는 어머니의 속마음이 말과 정반대인 것을 눈치챘다. 아저씨는 두 손을 휘저으며 집을 수리할 계획이라고 공언했다. 그렇게 되니 어머니도 나름대로 몇 가지 제안을 하게 되었고, 드와이트 아저씨는 무척 감탄하며 당장 그 자리에서 그 제안을 전부 받아들였다.

저녁식사 후 어머니는 드와이트 아저씨와 함께 아저씨 친구들 몇 사람을 만나러 갔다. 나는 노마와 펄을 도와 설거지를 했고, 그다음에는 스키퍼가 모노폴리 게임판을 가지고 나와 다 같이 두 판을 했다. 펄이 두 번 다 이겼는데 게임에 너무 애를 쓴 덕분이었다. 펄은 우리를 의심하듯 지켜보고는 게임 규칙을 읊어주며 점점 쌓여가는 증서와 돈에 흐뭇해했다. 이긴 다음에는 우리가 저지른 실책을 하나하나 얘기해주었다.

어머니가 돌아왔을 때 나는 잠에서 깼다. 우리는 거실의 침대 겸용 소파에서 함께 잤는데, 어머니가 계속해서 베개를 뒤집고 털썩거렸다. 어머니는 진정하지 못했다. 뭐가 잘못됐느냐고 묻자 어머니가 말했다. "아무것도 아냐. 어서 자." 그러더니 한쪽 팔꿈치를 괴고 엎드려 속삭였다. "네 생각은 어때?"

"괜찮은 사람들 같아." 내가 말했다. "노마가 착하더라."

"다들 착해." 어머니가 말했다. 어머니는 다시 등을 대고 누웠다. 그러고는 여전히 속이는 목소리로, 다들 마음에 들지만 약간 서두르는 느낌이 든다고 말했다. 어머니는 아무것도 서두르고 싶지 않다고 했다.

그럴 만해, 내가 말했다.

어머니는 직장에서 정말 잘해나가고 있다고 말했다. 이제야 마침내 어딘가로 나아가기 시작한 기분이 든다고 했다. 지금 당장은 멈추고 싶지 않다는 것이었다. 내 말뜻 이해하니?

나는 무슨 말인지 정확히 이해했다고 답했다.

그게 이기적인 걸까? 어머니가 물었다. 메리언은 어머니가 결혼해야 한다고 생각했다. 메리언은 내게 아버지가 없으면 안 된다고 생각했다. 하지만 어머니는 결혼을 그렇게 원하지 않았다. 어쨌거나 당장은. 아마 나중에 준비가 되었다는 기분이 들면 할 수도 있겠지만 지금은 아니라고 했다.

난 괜찮아, 내가 말했다. 나중에 해도 돼.

다음날은 추수감사절이었다. 아침식사 후 드와이트 아저씨가 우리 모두를 자동차에 욱여넣고 치누크를 구경시켜주었다. 치누크는 시애틀시티 라이트라는 전력회사가 소유한 마을이었다. 주민 이백여 명이 가지런히 줄지어 선 집들과 개조한 막사들에 살았다. 집들은 모두 하얀 외벽에 녹색 테두리 장식을 둘렀다. 집과 집을 이어주는 사잇길을 따라 진달래 관목이 자라고 있었다. 드와이트 아저씨는 여름 내내 진달래꽃이 핀다고 말했다. 마을은 오래된 병영처럼 우아하고 잘 관리된 모습이었으며, 사람들도 다들 마을을 그렇게 불렀다. 병영. 남자들은 대부분 그 전력

회사나 스카짓강 유역의 세 군데 댐 중 한 곳에서 일했다. 스카
짓강은 마을을 관통해 지났고, 양옆으로 가파른 산맥을 끼고 깊
고도 힘차게 흘렀다. 치누크 마을이 자리한 지점에 이르면 그 산
들은 800미터 너비 계곡을 사이에 두고 서로를 마주보았다. 기
슭에는 숲이 빽빽했고 나무들은 툭 불거진 화강암이나 자갈 비
탈 끝 도랑에까지 뿌리를 내렸다. 나무우듬지에는 물안개가 서
려 있었다.

드와이트 아저씨는 시간을 들여 주변을 구경시켜주었다. 마을
구경을 마치자 아저씨는 우리를 상류까지 태워 갔다. 좁다란 길
의 한쪽은 강까지 가파른 경사로 이어졌고 다른 한쪽으로는 거
대한 바위들이 불쑥불쑥 튀어나와 있었다. 운전을 하면서 아저
씨는 치누크 생활이 주는 이점들을 늘어놓았다. 공기도 좋고 물
도 좋다. 범죄도 없고 청소년 비행도 없다. 경치가 보고 싶으면
현관문만 열고 나가면 되고 그 현관문은 절대 잠글 필요가 없다.
사냥이며 낚시도 할 수 있다. 실제로 스카짓강은 세계에서 가장
훌륭한 송어 서식지였다. 테드 윌리엄스도 낚시를 하러 몇 년째
이곳을 찾는다고 했다. 그가 야구계 거물이자 전쟁 영웅이었던
건 말할 것도 없고, 아는 사람이 별로 없어서 그렇지, 세계 정상
급 낚시꾼이었다.

필은 앞자리의 드와이트 아저씨와 어머니 사이에 앉아 있었

다. 어머니의 어깨에 머리를 기대고 거의 어머니 무릎에 앉아 있다시피 했다. 나는 뒷좌석의 스키퍼와 노마 사이에 앉아 있었다. 두 사람은 조용했다. 어느 순간 어머니가 고개를 돌려 물었다. "너희는 어때? 여기가 마음에 드니?"

두 사람이 서로를 쳐다보았다. 스키퍼가 말했다. "좋죠."

"좋아요." 노마가 말했다. "좀 외지긴 하지만 그게 다예요."

"그렇게 외진 곳은 아니지." 드와이트 아저씨가 말했다.

"음." 노마가 말했다. "그렇게 외진 곳은 아닐지도 모르죠. 그래도 꽤 외지긴 해요."

"너희 꼬맹이들이 조금만 나서서 움직이면 여기도 할일이 충분히 많아." 드와이트 아저씨가 말했다. "내가 어렸을 적에는 너희들이 누리는 것들이 다 있진 않았다. 전축도 없고 텔레비전도 없고 다 없었지만 한 번도 지루하지 않았지. 절대 지루하지 않았어. 상상력을 사용했거든. 우린 고전문학을 읽었다. 악기도 연주했지. 어린애들이 지루하다는 건 절대 변명이 안 돼. 내 생각엔 그렇다. 지루하다는 소리를 하는 아이는 게으른 녀석이야."

어머니가 드와이트 아저씨를 힐끗 보더니 다시 노마와 스키퍼에게 고개를 돌렸다. "올해 졸업한댔지, 맞니?" 어머니가 스키퍼에게 물었다.

스키퍼는 고개를 끄덕였다.

"넌 내년이고." 어머니가 노마에게 물었다.

"일 년 남았어요." 노마가 말했다. "일 년은 금방이죠."

"여기 학교는 어떠니?"

"여긴 학교 없어요. 초등학교만 하나 있고요. 저흰 콘크리트에 다녀요."

"콘크리트?"

"콘크리트고등학교요." 노마가 말했다.

"그게 동네 이름이야?"

"올라오면서 거기를 지나왔습니다." 드와이트 아저씨가 말했다. "콘크리트요."

"콘크리트라." 어머니가 되뇌었다.

"강 아래쪽으로 몇 킬로미터 떨어진 곳입니다." 드와이트가 말했다.

"64킬로미터요." 노마가 말했다.

"말도 안 되는 소리." 드와이트 아저씨가 말했다. "그렇게 멀진 않다."

"62킬로미터예요." 스키퍼가 말했다. "정확해요. 주행기록계로 재봤어요."

"그렇다고 뭐가 달라지냐!" 드와이트 아저씨가 말했다. "네 녀석은 그 빌어먹을 학교가 바로 옆집에 있었대도 똑같이 투덜

댔을 거야. 불평 말고 할 수 있는 게 없으면 그냥 입 좀 닫아주면 고맙겠다. 부디 입 좀 닫아주렴." 드와이트 아저씨는 말을 하면서 계속 뒤를 돌아보았다. 아저씨의 아랫입술이 바깥쪽으로 말려 아랫니가 드러났다. 자동차가 도로에서 휘청거렸다.

"전 5학년이에요." 펄이 말했다.

아무도 대답하지 않았다.

우리는 잠시 그 상태로 길을 달렸다. 문득 어머니가 드와이트 아저씨에게 차를 세워달라고 부탁했다. 사진을 찍고 싶었던 것이다. 어머니는 정상의 눈 덮인 봉우리들이 배경으로 삐죽 솟아나오도록 드와이트 아저씨와 노마, 스키퍼, 펄을 길가에 세웠다. 그때 노마가 카메라를 낚아채더니 모두에게 이래라저래라 하기 시작했다. 노마가 마지막으로 찍은 것은 나와 펄이었다. "더 가까이!" 노마가 소리쳤다. "얼른! 좋아, 이제 손잡아. 손잡으라고! 손이 뭔지 모르니? 팔 끝에 달려 있는 그거 말이야." 노마는 우리에게 달려와 펄의 왼손을 잡아 내 오른손에 쥐여주더니 내 손가락으로 펄의 손을 감싸고 자기 자리로 돌아가 우리에게 카메라를 들이댔다.

펄은 손을 죽은듯 축 늘어뜨렸다. 나도 마찬가지였다. 우리 둘 다 노마를 쏘아보았다. "이런," 노마가 말했다. "구제불능이네."

치누크로 돌아오는 길에 어머니가 물었다. "드와이트, 당신이

118

악기를 연주하는 줄은 몰랐네요. 무슨 악기를 다루세요?"

드와이트 아저씨는 불을 붙이지 않은 담배를 질겅거리고 있었다. 아저씨가 담배를 입에서 빼냈다. "피아노도 조금 하고요," 아저씨가 말했다. "주로 색소폰을 하죠. 알토색소폰이요."

스키퍼와 노마는 잽싸게 서로를 쳐다보더니 다시 창밖으로 시선을 돌렸다.

우리를 처음으로 치누크에 초대했을 때 드와이트 아저씨는 소총 동호회에서 칠면조 사냥대회를 열 예정이라는 말로 나를 홀렸다. 내가 원하기만 하면 윈체스터를 가져와 경기에 참여할 수 있다고 했다. 나는 솔트레이크를 떠난 이후로 소총을 쏴본 적도, 심지어 들어본 적도 없었다. 대략 이 주에 한 번씩 꼬박꼬박 그 총을 찾아 집안을 뒤져보았지만 어머니가 아마도 시내의 자기 사무실 같은 어디 다른 곳에 숨겨놓은 모양이었다.

치누크 여행은 내 소총과 재회하는 여행이라고 생각했다. 미술 수업시간에 나는 소총을 그려 테일러와 실버에게 보여주었다. 둘은 소총의 존재 자체를 못 믿겠다며 야단을 떨었다. 나는 부리 아래 축 늘어진 붉은 가죽을 달고 눈알을 굴리는 커다란 수컷 칠면조를 소총의 총열 너머로 내다보는 내 모습도 그렸다.

칠면조 사냥은 정오에 열렸다. 드와이트 아저씨와 펄, 어머니와 나는 사격장으로 차를 타고 갔다. 스키퍼는 자동차를 튜닝하러 나가고 노마는 요리를 하기 위해 집에 남았다. 사격장에 도착하기 전까지 드와이트 아저씨는 사실 이 칠면조 사냥에는 칠면조가 없다는 사실에 대해 입도 뻥긋하지 않았다. 표적은 종잇조각이었다. 그게 규정에 부합하는 표적이라고 했다. 그렇다고 칠면조를 나눠주는 것도 아니었다. 상품은 훈제 버지니아 햄이었다. 칠면조 사냥은 그냥 말이 그렇다는 거야, 드와이트 아저씨가 말했다. 다른 사람들도 다 아는 줄 알았는데.

아저씨는 아무렇지도 않게, 마치 별일 아니라는 듯 어쨌든 나는 총을 쏠 수 없다는 얘기도 흘렸다. 아이들이 아니라 성인들을 위한 시합이라면서. 조무래기들은 총을 들고 돌아다니는 것만 가능했다.

"쏠 수 있다고 하셨잖아요."

드와이트 아저씨는 내 윈체스터를 조립하고 있었다. 자기가 쓰려는 게 분명했다. "나도 며칠 전에야 들은 얘기라." 아저씨가 말했다.

거짓말이 분명했다. 아저씨는 처음부터 알고 있었다. 나는 그 자리에 서서 아저씨를 바라보는 것 말고는 아무것도 할 수 없었다. 펄이 희미한 미소를 지으며 나를 지켜보았다.

"드와이트," 어머니가 말했다. "그렇게 말한 건 사실이잖아요."

아저씨가 말했다. "내가 규칙을 만드는 건 아니잖습니까, 로즈메리."

나는 말대꾸를 하려 했지만 어머니가 내 어깨를 세게 쥐었다. 힐긋 눈을 들어보니 어머니가 고개를 저었다.

드와이트 아저씨가 총을 어떻게 조립하는지 알아내지 못하는 바람에 아저씨가 지켜보는 가운데 내가 대신 조립을 해줬다. "그 총 말이다." 아저씨가 말했다. "내가 여태 본 것 중에 가장 멍청하게 만들어졌더구나. 그런 엉터리가 또 없겠어."

클립보드를 든 남자가 우리에게 다가왔다. 참가비를 받는 사람이었다. 드와이트 아저씨의 돈을 받고 막 다른 곳으로 가려던 그 남자를 어머니가 멈춰 세우더니 돈을 내밀었다. 남자는 돈을 보고는, 자기 클립보드를 내려다보았다.

"울프요." 어머니가 말했다. "로즈메리 울프."

남자는 계속 클립보드만 보며 어머니에게 사격을 할 생각인지 물었다.

어머니는 그렇다고 대답했다.

남자는 드와이트 아저씨를 건너다보았다. 아저씨는 소총 때문에 정신이 없었다. 남자는 다시 눈을 내리깔고 규칙이 어쩌고 중얼거렸다.

"여기 전미총기협회 동호회 아닌가요?" 어머니가 물었다.

남자는 고개를 끄덕였다.

"음, 저는 총기협회에 회비를 내고 있는 정회원이에요. 그럼 제가 우리 지부에서 멀리 떨어져 있을 때는 다른 지부 행사에 참여할 권리가 생기죠." 어머니는 이 모든 것을 매우 정중하게 말했다.

마침내 남자가 돈을 받았다. "총 쏘러 온 여자는 그쪽밖에 없을 거요." 남자가 말했다.

어머니는 미소를 지었다.

남자는 어머니의 이름을 적었다. "안 될 것 없지." 불쑥 중얼거린 남자의 목소리는 자신이 없는 듯했다. "까짓, 안 될 게 뭐람." 남자는 어머니에게 번호표를 주고는 다른 참가자들 무리를 향해 멀어져갔다.

드와이트 아저씨는 번호가 일찍 불렸다. 거의 숨도 고르지 않고 순식간에 열 발을 다 쏘았고 형편없는 점수를 받았다. 두어 발은 아예 종이 표적도 못 맞히고 빗나갔다. 점수가 발표되자 아저씨는 어머니에게 소총을 넘겼다. "그건 그렇고, 이런 나팔총은 어디서 구한 거냐?" 아저씨가 내게 물었다.

어머니가 대답했다. "제 친구가 줬어요."

"거 대단한 친구네." 아저씨가 말했다. "그놈의 거, 아주 위험해요. 없애버리셔야 됩니다. 발사가 거칠어요." 아저씨가 덧붙였다. "총구가 아마 녹슬어빠졌을 거요."

"총구는 아무 문제 없는데요." 내가 말했다.

어머니는 드와이트 아저씨 다음으로 번호가 불려야 했지만 불리지 않았다. 어머니가 지켜보는 가운데 남자들이 하나하나 사격 지점에 섰다. 나는 좀이 쑤셨고 춥기도 했다. 한참을 기다리다 나는 강으로 걸어가 물수제비를 떠보려 했다. 수면 위에는 물안개가 떠돌았다. 손가락이 얼얼해졌지만 나는 계속 물수제비를 떴다. 마침내 사격장의 총성이 멎고 침묵만이 남자 문득 외로움이 사무쳤다. 돌아와보니 어머니는 자기 차례 사격을 마친 뒤였다. 어머니는 남자 몇 명과 함께 서 있었다. 다른 사람들은 차에 소총을 싣고 술병을 주거니 받거니 하거나 황혼 속으로 달려가며 서로에게 소리를 질러댔다.

"너, 엄마 놓쳤잖아!" 내가 다가가자 어머니가 말했다.

나는 사격은 잘했는지 물었다.

"드와이트가 기가 막힌 실력자를 데려왔더구나." 남자 중 한 명이 말했다.

"우승이라도 했어?"

어머니가 고개를 끄덕였다.

"우승했다고? 진짜?"

어머니는 소총으로 자세를 잡아 보였다.

어머니가 남자들과 농담하며 웃고 서로 가볍게 무시하는 말을 주고받으며 추위와 사람들의 감탄에 얼굴을 붉히는 동안 나는 잠자코 기다렸다. 어머니가 작별인사를 건넨 후 우리는 자동차 쪽으로 걸어갔다. 내가 말했다. "엄마가 총기협회 회원인 줄은 몰랐는데."

"회비는 좀 연체됐지." 어머니가 말했다.

드와이트 아저씨와 펄이 문제의 햄을 사이에 놓고 앞좌석에 앉아 있었다. 차에 탔을 때 둘 중 누구도 말을 하지 않았다. 드와이트 아저씨는 서둘러 차를 빼 곧장 집으로 향하더니 복도를 쿵쾅거리며 자기 방으로 들어가 문을 닫아버렸다.

우리는 주방에 있던 노마와 스키퍼에게로 갔다. 노마가 오븐에서 막 칠면조를 꺼낸 뒤라 집안에 냄새가 가득 퍼졌다. 어머니가 우승했다는 소식을 듣더니 노마가 말했다. "아, 이런. 우리 이제 진짜 골치 아프게 됐네요. 아빠는 자기가 대단한 사냥꾼이라고 생각하는데."

"딱 한 번 사슴을 잡은 적이 있긴 해요." 펄이 말했다.

"그거야 차로 쳐서 잡은 거지." 노마가 말했다.

스키퍼가 일어나더니 복도를 지나 드와이트 아저씨의 방으로 갔다. 몇 분 뒤 두 사람이 돌아왔다. 드와이트 아저씨는 뻣뻣하고 불편해 보였지만 스키퍼가 조심조심 다정하게 놀리는 말을 건네자 잘 받아주었다. 어머니는 마치 아무 일도 없었다는 듯 행동했다. 술을 몇 잔 마시고 활기를 되찾은 드와이트 아저씨는 어머니와 같이 마실 술을 준비했다. 곧 우리는 즐거운 시간을 보내게 되었다. 우리는 노마가 차려준 훌륭한 식탁에 앉아 칠면조 요리와 그 안을 채운 소, 설탕에 조린 얌, 칠면조 내장 그레이비, 크랜베리 소스를 먹었다. 식사를 마친 뒤에는 노래를 불렀다. 우리는 〈가을 보름달〉 〈나란히 함께〉 〈달빛 어린 바닷가〉 〈버밍햄의 감옥〉 〈카유가 호수 저 위에〉를 불렀다. 나는 가사를 전부 다 안다고 칭찬을 받았다. 우리는 칠면조를 요리해준 노마를 위해, 칠면조 사냥에서 우승한 어머니를 위해 축배를 들었다.

어머니는 여전히 홍조를 띠고 있었으며 여유가 넘쳤다. 칠면조 얘기를 계속하자 어머니는 종전 직후 나와 형과 함께 코네티컷주의 칠면조 농장에서 보냈던 추수감사절을 떠올렸다. 주택이 부족할 때였고 우리는 파산한 상태였다. 그래서 페루로 일하러 가게 된 아버지는 우리를 그 칠면조 농장의 일꾼들과 묵게 했다. 일꾼들은 다 신출내기였다. 추수감사절이 다가올 무렵 그 일꾼들이 난방도 하지 않은 오두막에서 칠면조를 잡는 바람에 칠면조 피가 꽁꽁 얼어 고기가 퍼렇게 되고 말았다. 동네 정육점 주인이 상태를 보러 왔다. 정육점 주인은 며칠 동안 칠면조를 따뜻한 욕조 물에 담가두라고 했다. 그러면 굳은 게 풀려 고기가 분

홍빛으로 변할지도 모른다면서. 그 작업에 쓴 욕조가 우리 욕조였다. 거의 보름 동안 우리는 그 울퉁불퉁하고 푸르뎅뎅한 사체를 욕조에 띄워놓고 있었다.

어머니가 이야기를 마친 후 드와이트 아저씨는 잠자코 있었다. 그러다 필리핀에서 보냈던 추수감사절 이야기를 꺼냈다. 굶주린 일본군 사병들이 밀림에서 뛰쳐나와 다름 아닌 배식 줄에서 음식을 낚아채 갔다는 것이다. 그런데도 아무도 그들을 쏘려고 하지 않았다고 했다.

그 이야기를 듣자 펄은 다이아몬드게임을 떠올렸다. 드와이트 아저씨와 스키퍼는 하지 않겠다고 했고 나머지 우리는 함께 했다. 처음에는 각자 혼자서, 그다음에는 편을 짜고 게임을 했다. 펄과 나는 마지막 판에서 같은 편이 됐다. 양편이 막상막하, 정말 아슬아슬했다. 펄이 결정적인 승부수를 던져 이기자 우리는 펄쩍펄쩍 뛰고 환성을 지르고 서로 등을 두드려댔다.

다음날 아침 일찍 드와이트 아저씨는 우리를 시애틀로 태워다주었다. 병영에서 나가다가 아저씨가 다리에 차를 세우고 그 아래 강물의 연어를 구경시켜주었다. 아저씨는 바위 사이에 숨어 있는 어두운 형체들을 가리키며 그게 연어라고 했다. 녀석들은 저멀리 바다에서 여기까지 와서 알을 낳지, 드와이트 아저씨가 말했다. 그런 다음에 죽는 거다. 연어들은 이미 죽어가고 있었다. 소금물에서 민물로 오게 되자 살이 썩어들어간 것이다. 녀석들의 몸에서 벗겨진 기다란 살점들이 물결 속에 흔들리고 있었다.

테일러와 실버와 나는 때때로 점심시간에 화장실에서 어울렸다. 우리는 담배를 피우고 머리를 빗고, 여자들에 관해 일반 대중은 알 수 없는 흥미로운 정보를 주고받았다.

추수감사절이 막 지난 다음이었다. 나는 테일러와 실버와 사실상 화장실에서 살다시피 하는 대마초광들에게 치누크에서 칠면조를 잡았다고 이야기했다. "진짜 내가 그놈을 날려버렸다니까. 씨발 그놈 머리를 바로 날려버렸다고!"

처음에는 아무도 대답하지 않았다. 실버는 입에서 내뿜은 담배 연기를 코로 들이마시더니 천천히 천장 쪽으로 뿜어냈다. "22구경으로?" 실버가 말했다.

"씨발, 그렇다니까." 내가 말했다. "윈체스터 22구경, 펌프식

이야."

"울프." 실버가 말했다. "진짜 개소리만 하는구나."

"좆까, 실버. 네가 뭐라 생각하든 상관없으니까."

"22구경으로는 그놈 머리에 구멍이나 내고 끝이야."

나는 담배를 한 모금 빨아들이고 입으로 연기를 내보내면서 말했다. "총알이 한 발이면 그렇지."

"아 그러셔? 아, 이제 알겠네. 그러니까 그놈 머리를 여러 번 맞혔단 얘기구나. 날아가고 있는데, 그것도 머리를."

나는 고개를 끄덕였다.

실버가 푸하하 웃음을 터뜨렸다. 다른 녀석들도 못 믿겠다는 기색이 역력했다. "좆까라고, 실버." 내가 말했다. 실버가 다시 깔깔 웃자 내가 말했다. "좆. 까. 좆. 까." 그 말을 되뇌면서 나는 벽으로 다가갔다. 막 페인트칠을 새로 한 그 벽 앞에서 빗을 꺼냈다. 여성용 빗이었다. 우리는 모두 뒷주머니에 그런 빗을 꽂아 끝을 비죽 내놓고 다녔다. 나는 빗 꼬리로 무른 페인트를 긁어 **좆까**라고 쓰고, 다시 한번 실버에게 말했다. "좆까."

대마초광들이 담배를 끄고 자리를 떴다. 실버와 테일러도 나갔다. 나도 빗을 던지고 뒤따랐다.

점심시간 이후 첫 교시에 교감 선생님이 교실을 하나하나 돌며 남자화장실에 음란한 말을 적은 학생들의 이름을 대라고 했

다. 교감은 미꾸라지 몇 마리가 물을 흐리는 데 신물이 난다고
했다. 이미 이름을 가지고 있다고 했다. 아니, 이름은 아직 모르
지만 우리 모두를 밤새 붙잡아놓더라도 꼭 알아내겠다고 했다.

새로 부임해온 교감은 단호한 사람이었다. 괜히 엄포를 놓는
게 아니었다. 나는 교감이 그냥 넘어가지 않으리란 걸, 나를 잡
을 때까지 물고늘어지리라는 걸 알았다. 더럭 겁이 났다. 교감이
화가 났다는 사실보다 그가 행하는 올바름이 두려워 위에 경련
이 일어날 정도였다. 오후가 지나가는 동안 경련이 더 심해져서
나는 양호실에 갈 수밖에 없었다. 교감이 결국 나를 찾아 그곳에
나타났다.

교감은 내가 식은땀을 흘리며 웅크리고 누워 있던 간이침대를
걷어찼다. "일어나." 교감이 말했다.

나는 영문을 모르겠다는 표정을 지으며 말했다. "네?"

"얼른 나와. 당장!"

나는 몸을 반쯤 일으키며 여전히 영문을 모르겠다는 시늉을
했다. 문간에 양호 선생님이 나타나 무슨 일이냐고 물었다. 교감
은 내가 꾀병을 부리고 있다고 말했다.

"아니에요." 내가 발끈해서 말했다.

"그애는 정말로 아파요." 양호 선생님이 교감에게 말했다.

"꾀병입니다." 교감은 내가 구역질나는 짓을 저지르고는 처벌

을 피하려고 꾀를 부리는 것뿐이라고 설명했다. 양호 선생님이 어리둥절한 눈으로 나를 돌아보았다. 그녀는 여지껏 따뜻하고 친절했다. 선생님이 나를 다른 사람들의 친절을 이용하거나 화장실 벽에 더러운 말이나 써놓는 아이로 생각하는 걸 견딜 수 없었다. 그 순간에 나는 그런 아이가 아니었다.

그런 아이가 아니라는 뜻으로 무슨 말이라도 꺼내봤지만 교감은 한 발도 물러서지 않았다. "가자." 교감이 말했다. 그러고는 내 귀를 낚아채 일으켜세웠다. "너랑 말싸움이나 하자고 여기 온 게 아니야."

양호 선생님이 교감을 빤히 쳐다보았다. "저기 잠깐만요." 양호 선생님이 말했다.

교감은 나를 복도로 끌어내, 교감실 쪽으로 끌고 갔다. 교감이 귀를 너무 세게 잡아당기는 바람에 나는 옆걸음질을 쳤고, 얼굴이 천장 쪽으로 뒤틀린 채 내내 발을 헛디디고 경련하듯 팔을 허우적댔다.

"학생 어머니한테 전화하겠어요." 양호 선생님이 말했다. "지금 바로요!"

"제가 이미 했습니다." 교감이 말했다.

어머니가 도착했을 때쯤 나는 이미 교감실에서 거의 한 시간을 보낸 뒤였고, 나 자신의 결백을 굳게 확신하게 된 상태였다. 내가 결백을 주장하면 할수록 교감은 점점 더 화를 냈고 교감이 화를 내면 낼수록 나는 내가 그런 분노를 살 만한 짓을 했다는 사실을 점점 더 믿을 수 없게 되었다. 교감은 나를 때리기 일보 직전에 이른 게 확실했다. 경멸감이 치밀었고 그런 내 기분을 읽었을 교감은 나를 때리지 못해 더 안달이 났다. 그럴수록 나는 결백한데 피해를 보고 있다는 생각이 들었다. 교감의 분노가 커질수록 나의 경멸감도 커졌다. 교감이 나를 때리지 않는 이유가 그의 자제력보다는 제도의 자제력 때문이라는 게 눈에 보였으니까.

하지만 그래도 교감이 무서웠다. 마치 줄에 매인 채 마구 덤벼드는 개를 마주한 기분이었다.

어머니가 들어왔을 때도 상황은 그대로였다. 양호 선생님과 이야기를 나누고 온 어머니는 교감을 보자마자, 귀를 잡고 애를 끌고 가다니 대체 무슨 생각이냐고 물었다. 교감은 중요한 건 그게 아닙니다, 울프 어머니, 논점을 흐리지 마시죠, 라고 말했지만 어머니는 아뇨, 제가 보기엔 대단히 중요한 점인데요, 하고 대꾸했다. 교감과 어머니는 책상을 사이에 두고 마주보았다. 어머니는 허리를 꼿꼿이 세우고 핏기가 가신 얼굴로 쌀쌀맞은 시선을 보냈다.

교감이 내가 학교 기물을 훼손하고 규칙을 어겼다는 사실이

핵심이라고 말했다. 품행 불량은 말할 필요도 없고.

어머니가 나를 바라보았다. 어머니가 얼마나 지쳐 있는지 보였다. 어머니도 내가 겪고 있는 고통을 본 게 틀림없었다. 나는 고개를 저었다.

"잘못 아신 거예요." 어머니가 말했다.

교감은 기분 나쁘게 웃더니 서류를 펼쳤다. 문제의 음란한 단어들이 벽에 새겨지던 순간 화장실에 있었던 두 소년의 목격자 진술서였다.

"무슨 음란한 단어요?" 어머니가 물었다.

교감은 망설이다가 조심스럽게 말했다. "좆까, 요."

"음란한 단어는 하나밖에 없는데요." 어머니가 말했다.

교감은 잠시 생각에 빠졌다. 그는 특정 맥락을 고려해봤을 때, 까도 음란한 단어로 봐야 한다고 말했다.

나는 내가 한 짓이 아니라고 말했다.

"얘가 안 했다면 안 한 거예요." 어머니가 말했다. "얜 거짓말 안 해요."

"뭐, 저도 거짓말은 안 합니다!" 교감이 성큼 앞으로 나가더니 문을 열고 대기실에서 기다리던 대마초광 둘에게 손짓했다. 그 애들은 함께 들어와 쭈뼛쭈뼛 내 쪽을 힐끔 보더니 바닥으로 눈을 내리깐 채 차례로 그 참담한 목격담을 중얼중얼 늘어놓았고,

그러는 동안 나는 뻔뻔하게도 믿을 수 없다는 표정으로 그애들을 바라보았다.

그애들이 말을 마치자 교감은 그만하면 되었다며 그애들을 내보냈다. 교감은 이제 상황을 제대로 장악했다는 듯 자제력을 상당히 되찾은 상태였다.

"쟤들이 거짓말하는 거예요." 내가 말했다.

교감은 가면이 벗겨지듯 평정을 잃고 말았다. "왜?" 교감이 물었다. "이유를 한 가지만 대봐라."

"저야 모르죠." 내가 말했다. "근데 거짓말이에요."

"얘기가 전혀 진행이 안 되네요." 어머니가 말했다. "제가 교장 선생님하고 얘기해보는 게 좋겠습니다."

교감은 이 문제에 관해서는 자신이 전권을 위임받았다고 말했다. 본인이 책임자라고, 자기 말대로 일이 진행되리라는 걸 알아두라고 했다.

하지만 어머니는 꿈쩍도 하지 않았다. 결국 우리는 교장을 만나게 되었다.

교장은 눈에 띄길 싫어하는, 얼굴이 창백한 남자였다. 자길 무서워하는 아이들을 피하려고 하루종일 교장실에만 머물렀다. 우릴 피하기로 한 건 현명한 처사였다. 나약한 인상의 교장이 우리의 호전성과 잔인함을 자극했기 때문이다. 어머니와 내가 교장실에 들어가자 교장은 어머니가 그저 내 학교생활이 궁금해서 들른 것인 양 짐짓 한가하게 수다를 떨려고 들었다.

교장은 문득 몸을 숙여 내 손가락을 자세히 들여다보았다. "그거 니코틴이니?" 교장이 물었다.

"아뇨, 선생님."

"니코틴이면 안 되지." 교장은 다시 몸을 뒤로 뺐다. 재킷이 벌어지며 녹색 멜빵이 드러났다. "내가 얘기 하나 해주마." 교장이 말했다. "어디 한번 생각해보려무나. 네가 뭘 잘못했다고 비난하는 건 아니다만 혹시나 너한테 도움이 된다면 더 좋겠지." 교장은 미소를 짓고는 두 손을 모아 뾰족하게 세웠다. "난 예전에 담배를 피웠었단다. 대학 시절에 친구들이 다 피우니까 피우기 시작했지. 그런데 나도 모르는 새 하루에 두어 갑을 피우는 지경이 되더구나. 거기다 진짜 담배였어, 요즘 너희들이 가지고 다니는 필터 달린 게 아니라. 아침에 일어나면 가장 먼저 한 일이 담배에 손부터 뻗는 거였고, 잠자리에 들기 전에도 항상 한 대씩 피웠다.

그런데 어느 날 밤에 담배를 피우려는데 말이야, 이럴 수가 있나, 담뱃갑이 비어 있더구나. 다 피워버렸던 거야. 늦은 시간이었단다. 너무 늦은 시간이라 기숙사 친구들을 깨울 수 없었어. 보통 때였으면 재떨이에서 꽁초나 몇 개 꺼냈겠지만 일이 잘못

되려고 그랬는지 공부를 마치고 재떨이를 쓰레기통에 비우고 그 쓰레기도 소각로에 내다버렸지 뭐냐. 밤마다 피우던 담배를 거르게 될 판이었지"

교장은 잠시 말을 멈추고는, 이 어처구니없는 젊은 시절의 자신을 골똘히 돌아보는 듯했다. "그래서 내가 어쨌는지 아니? 말해주마. 심장이 쉴새없이 뛰고, 나는 뱅뱅 돌며 걷기 시작했단다. '어쩌지? 어쩌지?' 계속 나 자신에게 되물었지. 그래서 결국 어떻게 했느냐, 나는 라운지가 있는 아래층으로 후다닥 내려가고 말았단다. 재떨이들은 비어 있었어. 그런 다음 나는 복도에 있는 쓰레기통을 뒤지기 시작했단다. 결국 꽁초가 들어 있는 쓰레기통을 하나 찾아냈어. 하지만 그 담배를 주우려고 손을 뻗는 순간, 쓰레기통 속으로 손을 집어넣는 순간 갑자기 이런 생각이 들더구나. '아니, 잠깐만, 이 자식아.' 그래서 참았어. 내 방으로 돌아가서 그때부터 지금 이날까지 담배는 한 대도 더 피우지 않았다."

교장이 나를 올려다보았다. "대신 뭘 했는지 아니? 매일 나는 딱 담배 사는 데 들었을 만큼씩 저금을 했어. 그냥 시험삼아서 말이다. 작년에 그 돈을 전부 긁어모아봤어. 그래서 뭘 샀는지 아니?"

나는 고개를 저었다.

"그 돈을 가지고 내시 램블러를 샀단다."

어머니가 웃음을 터뜨렸다.

교장은 뒤로 기대앉아 자신 없는 미소를 지었다. 어머니는 코를 훌쩍이며 핸드백을 뒤지는 중이었다. 어머니는 클리넥스를 꺼내더니, 방금 웃은 것이 무슨 감기라도 걸려서 그런 것인 양 코를 풀었다.

"내가 한 얘기를 생각해보거라." 교장이 말했다. "내가 하려는 말은 이것뿐이야. 그냥 한번 생각해봐."

어머니는 교장이 두서없이 떠들도록 내버려두다가 다시 본론으로 이끌었다. 교장은 초조하고 불안한 기색이 역력했다. 교장은 이 문제는 교감이 결정하게 하는 편이 좋겠다고 말했다.

어머니는 거부했다. 어머니는 교장에게, 교감이 아픈 나를 거칠게 다루었다고 말했다. 교감이 그런 짓을 하는 걸 학교의 양호 선생님이 봤다고도 전했다. 꼭 필요하다면 변호사를 만날 의향도 있다고 말했다. 그러고 싶지는 않지만 그렇게 하겠다고.

교장은 일이 그런 식으로 돌아가야 할 이유를 전혀 모르겠다고 했다. 그저 욕설 한마디 적은 것뿐인데.

"얘가 한 게 아니래도요." 어머니가 말했다.

교장은 머뭇거리며, 심지어 영 입을 열고 싶지 않다는 듯, 대마초광들의 증언 얘기를 꺼냈다. 어머니가 내게 고개를 돌리며 그애들 말이 사실이냐고 물었다.

"아니에요, 엄마."

"얜 저한테 거짓말 안 해요." 어머니가 말했다.

교장은 안절부절못했다. 당장이라도 뛰쳐나갈 것 같았다. "음," 교장이 말했다. "확실히 뭔가 혼동이 있었나보네요."

어머니는 기다렸다.

교장은 어머니에게서 내게로, 다시 어머니에게로 시선을 돌렸다. "이를 어찌해야 할까요? 그냥 없던 일로 할까요?" 어머니가 대답하지 않자 교장이 말했다. "알겠습니다. 이 주는 어떠신지요?"

"무슨 이 주요?"

"정학 말입니다."

"이 주 정학이라고요?"

"일주일로 하죠. 반으로 줄여드리겠습니다. 그럼 공정하겠지요?"

어머니는 찌푸린 채 책상만 바라보며 아무 말도 하지 않았다.

교장은 간청하듯 어머니를 쳐다보았다. "그렇게 오랜 기간도 아닙니다. 겨우 닷새예요." 그러더니 불쑥 이렇게 말했다. "그럼 좋습니다, 이번에는 봐드리지요. 그럼 되겠지요." 교장이 덧붙였다. "이제 여기서 이러실 필요 없습니다."

우리가 교장실을 나설 때쯤에는 학교가 파한 후였다. 우린 빈 복도를 따라 걸었다. 양옆에 길게 늘어선 사물함 사이로 우리 발소리가 메아리쳤다. 뱃속에서는 여전히 경련이 일었다. 움직이기 시작하자 더욱 심해졌다. 나가는 길에 잠깐 화장실에 들렀다. 이미 관리인이 다녀간 뒤였다. 관리인이 내가 써놓은 말을 '좋까'로 바꿔놓았다.

직장으로 돌아가기에는 너무 늦은 시간이라 어머니도 나와 함께 일찍 집으로 돌아왔다. 수상한 기미를 챈 메리언이 전말을 들을 때까지 어머니를 볶아댔다. 우리는 주방 식탁에 앉아 있었다. 어머니의 이야기를 들으며 메리언은 우리 둘 사이를 번갈아 바라보더니 물기라도 터는 양 살짝씩 머리를 흔들었다. 어느 순간부터는 나만 바라보며 시선을 돌리지 않았다. 어머니가 내가 받은 대우에 다시금 울분을 터뜨리며 이야기를 마무리하자 메리언은 나더러 잠깐 나가 있으라고 했다.

나는 거실에서 귀를 기울였다. 처음에는 어머니가 반박했지만 메리언이 어머니를 압도했다. 이번만큼은 기필코 어머니가 진상을 받아들이게 할 모양이었다. 메리언이 내게 불리한 증거를 모두 가지고 있는 것은 아니지만 이미 아는 것만으로도 한동안 말을 이어나갈 정도는 되었다. 메리언은 내 비행을 담은 노래에서 자기가 아는 음이란 음은 전부 퉁겨내려 온 정성을 쏟고 있었다.

이야기는 끝나지 않고 계속 이어졌다. 나는 위층 침실로 물러나 어머니를 기다리며, 메리언의 비난에 반박할 연습을 했다. 하지만 방으로 돌아온 어머니는 아무 말도 하지 않았다. 어머니는 침대 가장자리에 잠시 앉아 눈을 비볐다. 천천히 옷을 벗은 뒤 슬립 차림으로 욕실로 가서 욕조에 물을 받고, 밤에 찬비를 맞고 집에 돌아와 오한이 날 때 가끔 그러듯 오랫동안 물속에 누워 있었다.

내 대답은 이미 준비되었는데 질문이 없었다. 어머니는 목욕을 마친 뒤 자리에 누워 책을 읽다가, 우리의 저녁식사를 차리고 책을 좀더 읽었다. 어머니는 일찍 잠자리에 들었다. 어둠 속에서도 대답할 말이, 내 결백의 증거가 계속 떠올랐다. 거짓말이라는 건 나도 알았지만 꾸며내기를 멈출 수가 없었다.

그 주말에 드와이트 아저씨가 차를 몰고 왔다. 아저씨와 어머니는 함께 오랜 시간을 보냈다. 마침내 어머니가 말하길, 드와이트 아저씨가 청혼을 해왔는데, 그걸 진지하게 고려해봐야겠다고 했다. 크리스마스가 지난 뒤 내가 치누크로 이사해 드와이트 아저씨와 함께 살며 그곳 학교를 다니는 게 좋겠다고 했다. 일이 제대로 풀려서, 내가 정말로 열심히 노력하고 드와이트 아저씨나 그 집 남매들과 잘 어울린다면, 어머니는 직장을 그만두고 아저씨의 청혼을 받아들일 생각이었다.

어머니는 이중 어떤 이야기도 대단한 소식이 아닌 것처럼 말했다. 그보다는, 이 제안에 어떤 의무가 있고, 그 의무를 무시하면 어머니 자신이 이기적인 사람이 된다는 투였다. 하지만 어머니는 일단 내가 허락해주기를 원했다. 선택의 여지가 없어 보였기에 나는 알겠다고 했다.

완전히
새로운
거래

드와이트 아저씨는 딴생각을 하는지 시무룩한 표정으로 운전을 했다. 내가 말을 걸면 통명스럽게 대답하거나 아예 대답하지 않았다. 시시때때로 표정이 바뀌었고, 뭔가를 따지고 싶은 듯 툴툴거렸다. 아랫입술로는 캐멀 담배를 물고 줄담배를 피워댔다. 콘크리트 마을 바로 건너편을 지나는데 아저씨가 핸들을 왼쪽으로 세게 꺾는 바람에 길을 건너려던 비버를 치고 말았다. 드와이트 아저씨는 비버를 피하려고 방향을 바꾼 것이라고 말했지만 사실이 아니었다. 아저씨는 비버를 치려고 가던 길에서 벗어났다. 아저씨는 갓길에 차를 멈추고 비버가 드러누워 있는 곳으로 후진해 갔다.

우리는 차에서 내려 비버를 살펴보았다. 피는 보이지 않았다.

비버는 눈을 뜨고 굽어진 노란 이빨을 드러낸 채 등을 깔고 누워 있었다. 드와이트 아저씨는 발로 비버를 툭 쳤다. "죽었네." 아저씨가 말했다.

죽은 게 틀림없었다.

"주워." 드와이트 아저씨가 내게 말했다. 아저씨는 트렁크를 열며 말을 이었다. "주우라고. 집에 가면 그 멍청이 껍질을 벗길 테니까."

드와이트 아저씨가 바라는 대로 하고 싶었지만 도저히 그럴 수가 없었다. 나는 그 자리에 서서 비버를 빤히 바라보았다.

드와이트 아저씨가 내 옆으로 다가왔다. "저 가죽이 50달러는 된다. 못 받아도 그 정도야." 아저씨는 그렇게 덧붙였다. "저 빌어먹을 게 무섭다는 얘기는 아니겠지."

"아니에요, 아저씨."

"그럼 주워라." 아저씨는 나를 지켜봤다. "빌어먹을, 죽었잖아. 그냥 고기라고. 햄버거가 무섭냐? 봐." 아저씨는 허리를 숙여 한 손으로 꼬리를 잡고 비버를 땅에서 들어올렸다. 거뜬한 척하려 했지만 비버의 무게에 놀라 긴장하는 게 보였다. 비버의 코에서 한 줄기 피가 흘러나오다 멎었다. 핏방울이 신발에 똑똑 떨어지자 드와이트 아저씨는 움찔하며 비버를 몸에서 멀찍이 떼어 내 들었다. 두 손으로 비버를 몸 앞에 내밀어 들고 가던 아저씨는 열린 트렁크 위에서 손을 놔버렸다. 비버가 털썩 떨어졌다. "봤지." 아저씨가 말하더니 바짓가랑이에 손을 닦았다.

우리는 산속으로 더 깊이 들어갔다. 늦은 오후였다. 빛은 창백하고 차가웠다. 길가 나무들 사이로 초록빛을 획획 내비치던 강물은 해가 지자 백랍 같은 잿빛으로 변했다. 산이 어두워졌다. 밤이 내렸다.

드와이트 아저씨는 마블마운트라는 마을에서 선술집에 들렀다. 마블마운트는 치누크로 가기 전에 있는 마지막 주거지였다. 아저씨는 햄버거와 감자튀김을 자동차로 가져다주며 내게 잠시 얌전히 기다리라고 말하고서 다시 안으로 들어갔다. 배를 채운 뒤 나는 외투를 걸치고 드와이트 아저씨를 기다렸다. 시간이 흘렀고 또 좀더 흘렀다. 가끔 나는 차에서 내려 길을 따라 짧은 거리를 오갔다. 한번은 위험을 무릅쓰고 선술집 창문 너머를 들여다보았으나 유리에 뿌옇게 김이 서려 있었다. 나는 자동차로 돌아가 라디오를 들으며 선술집 문에서 눈을 떼지 않았다. 드와이트 아저씨는 배터리가 닳는다며 내게 라디오를 틀지 말라고 했었다. 나는 비버에게 겁을 먹은 일 때문에 여전히 기분이 별로였고 더는 곤경에 빠지고 싶지 않았다. 모든 일이 그냥 멀쩡히 흘러가기만을 바랐다.

치누크로 이사하는 데 동의한 이유는, 선택의 여지가 없다고 생각한 탓도 있었다. 하지만 그게 전부는 아니었다. 어머니와 달리 나는 지독히도 전통적이었다. 나는 전통적인 가족의 일원이 되어 한집에서 형 한 명, 누이 두 명과 함께 살게 된다는 생각에, 특히 그중 한 명이 노마라는 생각에 끌렸다. 마음 한편에서는 시애틀 생활에 진절머리가 나기도 했다. 그런 생활이 지긋지긋했지만 어떻게 바꿔야 할지 전혀 알 수 없었다. 치누크에 가면, 테일러와 실버에게서, 메리언에게서, 즉 이미 나를 이러저러하게 재단한 사람들에게서 멀리 떨어지면 내가 달라질 수 있다고 생각했다. 공부도 잘하고 운동도 잘하는 사람으로, 품위 있고 대단한 소년으로 나를 소개할 수 있을 터였다. 내 말을 의심할 이유가 전혀 없는 사람들은 내가 바로 그런 소년이라 믿을 테고 그렇게 되도록 해줄 것이었다. 사람들의 불신만 제외하면 내 기적 같은 변화를 가로막을 장애물은 전혀 없을 터였다. 이런 생각이 여간해서는 사라지지 않았다. 영원히 사라지지 않을 수도 있었다.

나는 라디오 소리를 작게 맞춰놓았다. 그러면 배터리가 덜 닳으리라 생각했다. 드와이트 아저씨는 선술집에 들어간 지 한참이 지나서야 나왔다. 최소한 시애틀에서 거기까지 오는 데 걸린 만큼은 지난 후였다. 아저씨는 순식간에 자동차를 주차된 자리에서 몰고 나왔다. 과속이었지만 나는 걱정하지 않았다. 곧이어 만난 잇따른 커브길을 우왕좌왕 휘청이며 달리기 전까지는. 길은 가파른 협곡을 따라 이어졌다. 오른쪽은 깎아지른 듯 강으로 떨어지는 낭떠러지였다. 드와이트 아저씨는 운전대를 홱홱 비틀어댔다. 타이어의 비명소리가 들리지 않는 모양이었다. 내가 대시보드로 손을 뻗자 아저씨는 나를 힐끗 보더니 이제는 또 뭐가 무서우냐고 물었다.

나는 속이 좀 안 좋다고 말했다.

"속이 안 좋아? 너처럼 잘나가는 녀석이?"

전조등 불빛이 길에서 벗어나 어둠 속으로 사라졌다가 다시 돌아왔다. "잘나가는 애 아닌데요." 내가 말했다.

"내가 듣기론 그렇던데. 정말 잘나간다고 들었지. 내키는 대로 아무데나 들락거리고 말이다. 안 그러냐?"

나는 고개를 저었다.

"내가 듣기론 그렇던데." 아저씨가 말했다. "알아주는 분이시라며. 연기도 한다던데. 그러냐? 너 연기자야?"

"아뇨, 아저씨."

"빌어먹을 거짓말은." 드와이트 아저씨가 나와 도로를 번갈아 보며 말했다.

"드와이트 아저씨, 부탁이니까 속도 좀 늦춰주세요." 내가 말했다.

"내가 도저히 못 봐주는 인간이 하나 있는데," 드와이트 아저씨가 말했다. "그게 거짓말쟁이야."

나는 좌석에 몸을 딱 붙였다. "전 거짓말쟁이가 아니에요."

"아니긴 뭐가 아니야. 그럼 너나 메리언 중 하나는 틀림없이 거짓말쟁이지. 메리언이 거짓말쟁이인가?"

나는 대답하지 않았다.

"메리언 말로는 네가 꽤 그럴싸한 꼬마 배우라던데. 그 말이 거짓말이냐? 거짓말이라고 한번 말해봐. 그러면 시애틀로 돌아가서 네가 메리언 얼굴에 대고 거짓말쟁이라고 부르게 해줄게. 그러면 좋겠냐?"

나는 그러지 않았으면 좋겠다고 말했다.

"그럼 거짓말쟁이는 너구나. 맞지?"

나는 고개를 끄덕였다.

"메리언은 네가 꽤 그럴싸한 꼬마 배우라고 했어. 사실이냐?"

"그런 것 같아요." 내가 말했다.

"그런 것 같다. 그런 것 같으시다. 뭐, 공연 한번 보자. 해봐. 나도 한번 보자고." 내가 가만히 있자 아저씨가 말했다. "기다리잖아."

"못하겠어요."

"당연히 할 수 있어."

"못해요, 아저씨."

150

"할 수 있다니까. 날 연기해봐. 내 흉내를 낸다고 들었는데."

나는 고개를 저었다.

"내 연기를 해보라고, 듣기로는 그렇게 똑같이 한다며. 라이터를 들고 내 흉내를 내봐. 자. 라이터 들고 내 모습을 연기해봐." 아저씨가 벨벳 주머니에 든 지포 라이터를 내밀었다. "어서."

나는 대시보드에 두 손을 얹고 가만히 앉아 있었다. 차는 도로를 마구잡이로 미끄러지고 있었다.

"받아!"

나는 가만히 있었다.

아저씨는 라이터를 도로 주머니에 넣었다. "잘나가는 양반," 아저씨가 말했다. "내 눈에 띄는 데서 그 잘난 척 한 번만 해봐라. 박살을 내버릴 거다, 알았나?"

"네, 아저씨."

"넌 달라질 거다, 이 친구야. 알아들어? 이젠 아주 다른 판에 들어온 거라고."

다음 커브길에 대비해 나는 몸에 힘을 꽉 주었다.

가정예절
배지

드와이트 아저씨는 나를 유심히 관찰했다. 낮 동안에는 트럭과 발전기의 엔진에 대해 툴툴거리면서, 저녁에는 내가 식사하는 모습을 지켜보면서 나를 두고 고심했다. 한밤중에는 졸린 눈으로 주방 식탁에 앉아 올드 크로 맥주 500밀리리터와 캐멀 담배 한 팩의 도움을 받아 심사숙고를 이어갔다. 아저씨는 무언가 발견하면 그때그때 이야기했다. 내 문제는, 내가 아무 일도 하지 않고 살아갈 수 있으리라 생각한다는 점이었다. 내 문제는, 내가 다른 모든 사람보다 똑똑하다고 생각한다는 점이었다. 내 문제는, 내가 무슨 생각을 하는지 다른 사람들은 모를 거라고 생각한다는 점이었다. 내 문제는, 내가 아무 생각도 하지 않는다는 점이었다.

내 또다른 문제는 자유시간이 너무 많다는 점이었다. 이 문제는 드와이트 아저씨가 교정해주었다. 내게 동네 신문배달 일자리를 주선해준 것이다. 보이스카우트에도 가입하게 했다. 허드렛일을 어마어마하게 시키고는, 펄에게 나를 지켜보다가 굼뜨게 굴거나 대충하는 기색이 보이면 자기에게 이르라고 당부했다. 어떤 것은 합리적이었고 어떤 것은 비합리적이었다. 보물을 찾아나선 이에게 땅속 요정이 심술이란 심술은 다 끌어모아 부리듯* 엽기적인 일도 있었다.

추수감사절이 지난 후 내가 함께 살러 오기로 정해지자마자 드와이트 아저씨는 집 앞 마로니에나무에서 열매를 따서 몇 상자나 가득 담아뒀다. 이제 열매 껍질을 벗기는 일이 내 몫으로 돌아왔다. 펄과 내가 저녁식사 설거지를 마치면 드와이트 아저씨는 열매 한 무더기를 다용도실 바닥에 쏟아놓은 뒤 내게 칼과 펜치를 쥐여주고 일을 시켰다. 아저씨가 오늘은 이만 됐다고 할 때까지 계속해야 했다. 껍질은 단단했고 날카로운 가시로 뒤덮여 있었다. 처음에는 장갑을 꼈지만 드와이트 아저씨는 장갑을 끼는 게 여자 같다고 생각했다. 아저씨는 껍질을 제대로 쥐려면

---

* 이디스 네즈빗의 동화 『보물을 찾는 아이들』에 나오는 에피소드. 1950년대에 이 동화를 각색한 어린이 TV 프로그램 시리즈가 방영되기도 했다.

맨손을 써야 한다고 말했다. 맞는 말이었다. 그러나 가시가 피부에 상처를 낼 만큼 날카롭지 않다는 말은 틀렸다. 내 손가락은 베이고 긁혀 상처 천지가 되었다. 더 괴로운 일은, 까놓은 껍질에서 흘러나온 즙 때문에 손이 주황색으로 변하고 악취를 풍긴다는 것이었다. 붕사를 아무리 써도 그 물은 빠지지 않았다.

드와이트 아저씨가 다른 일을 시키지 않는 한 나는 거의 매일 밤 마로니에 열매 껍질을 깠다. 조금씩 조금씩 겨우내 그 일을 해나갔다. 좀더 일찍 작업을 마칠 수도 있었지만 나는 때때로 공상에 빠져들었다. 마법의 성 주방에 갇힌 소년처럼 한 손에는 마로니에 열매를, 다른 손에는 연장을 쥐고 꼼짝없이 앉아 있다가 발소리가 다가오면 그제야 흠칫해서 멍하니 눈을 깜빡이며 현실로 돌아왔다.

다용도실은 현관 바로 안쪽에 있었다. 다용도실이란 드와이트 아저씨가 붙인 이름이었다. 다른 집에서라면 신발장이라 불렀을 것이었다. 집을 드나들거나 화장실에 가려면 모두들 나와 열매 무더기를 지나가야 했다. 스키퍼는 지나갈 때마다 진지하게 고개를 끄덕였다. 노마는 내게 동정어린 눈길을 보냈고, 가끔은 잠시 멈추어 빈말이나마 도와주겠다고 했다. 둘 다 드와이트 아저씨에게 너무 심하다고 얘기를 꺼내보기도 했다. 드와이트 아저씨는 너희 앞가림이나 잘하라고 일축했다. 나는 두 사람이 계속

해서 진지하게 나를 도와주기를 바랐으나 그들에게도 신경쓸 일이 있었다. 스키퍼는 자동차를 튜닝하는 중이었다. 노마는 매일 밤 차를 타고 자기를 보러 오는 마블마운트 마을의 인디언 소년, 보비 크로와 사랑에 빠져 있었다. 드와이트 아저씨는 보비를 싫어했지만 노마는 마음대로 집에서 몰래 빠져나갔고, 아저씨가 분발해서 이것저것 캐물을 때면 뻔뻔한 거짓말을 들이밀었다. 그러면 아저씨는 그 거짓말을 군소리 않고 꿀꺽 삼켰다. 나는 노마와 보비가 어디로 가는지 알고 있었다. 두 사람은 마을의 쓰레기장이나 다를 바 없는, 동물 체험장에 갔다. 세드로 울리에 있는 주립 정신병원에서 탈출한 외팔이 살인자가 자주 출몰한다는 곳이었다. 노마 말로는 어느 날 밤 자동차 바깥에서 무슨 소리가 들리기에 보비더러 부리나케 차를 빼서 나오게 했는데, 집으로 돌아와 보니 문손잡이에 피 묻은 갈고리가 걸려 있었다고 했다. 노마는 자기가 진짜 겪은 일이라면서 나더러 아무에게도, 영원히 말하지 않겠다고 약속하게 했다. 그 쓰레기장에는 곰도 있다고 했다. 놈들은 쓰레기를 파헤치다가 이따금 코를 깡통에 박은 채 두 발로 일어난다고 했다.

마로니에 열매를 다 까고 나면 나는 그것들을 다락방으로 가지고 올라갔다. 펄의 낡은 인형이 여기저기 널려 있는 눅눅한 곳이었다. 망가진 집기와 〈콜리어스〉 잡지 더미, 소금물 대야에 담긴 비버 사이에서 그 인형들의 눈이 손전등 빛에 번뜩였다.

스키퍼와 노마는 마로니에 열매를 까고 있는 내 모습에 익숙해졌다. 두 사람이 볼 때마다 내가 그러고 있었으니까. 두 사람이 타는 버스는 내가 일어나기 전 아침에 콘크리트로 떠났다가 저녁식사 직전에 돌아왔다. 두 사람은 내가 마로니에 열매 까는 광경을 일상으로 받아들이게 되었다. 펄은 결코 익숙해지지 못했다. 이런저런 핑계로 하룻밤에 스무 번씩은 내 일터를 지나며 근처에서 꾸물거렸다. 나도 모르게 고개를 들면, 펄이 미소를 머금은 채 그 맑은 눈으로 나를 매정하게 내려다보고 있었다. 가끔은 드와이트 아저씨가 진도를 확인하러 들렀다. 아저씨는 한두해쯤 뒤에 모두가 함께 앉아 바로 이 열매를 먹는 장면을 상상해보라는 말로 내 기운을 돋우려 했다.

마로니에 열매 상자 앞에서 꾸벅꾸벅 졸며 밤을 보내는 동안 내 두 손은 기름을 잘 먹인 야구 글러브 빛깔을 띠며 반질반질해져갔다. 냄새도 지독해졌다. 당연한 일이지만, 같은 학교 남자아이들은 함부로 지껄이고 싶은 충동을 참지 못했다. 결국 나는 가장 약골로 보이는 애를 골라 싸움을 벌였다. 하지만 그쯤에는 어쨌든 열매 껍질을 다 벗긴 뒤였다.

학교가 끝나면 신문을 배달하러 다녔다. 배달 일에 신물을 내면서도 넘겨줄 사람을 찾지 못하고 있던 소년에게서 드와이트 아저씨가 헐값에 넘겨받은 구역이었다. 나는 〈시애틀 타임스〉와 〈포스트인텔리전서〉를 치누크의 거의 모든 가정과 독신자 막사에 배달했다. 한 달에 50에서 60달러 정도 수익이 났는데, 그 돈은 수금을 하자마자 드와이트 아저씨가 가져갔다. 아저씨는 언젠가 정말로 돈이 필요해질 때가 되면 내가 자기에게 감사하게 될 거라고 말했다.

나는 배달 구역을 돌 때면 늑장을 부렸다. 집에 늦게 갈 기회가 생기면 무조건 잡았다. 독신자 막사에 앉아 그들이 보는 잡지를 읽었다(**배서*에 위장 잠입한 신사들! 백나일강의 아마존에서 성노예로 보낸 나의 십 년!**). 학교 애들과 노닥거렸고 개들과 놀았으며, 내가 배달하는 두 종류 신문을 처음부터 끝까지 다 읽었다. 가끔은 그냥 어딘가 난간에 앉아 산을 올려다보기도 했다. 산은 언제나 그림자에 잠겨 있었다. 태양은 아침 수업이 시작되기 전까지 절대 정상에 도달하지 못했고, 학교가 파할 때쯤에는 이미 서쪽 가장자리 너머로 사라지고 없었다. 나는 영영 떠나지 않는 땅거미 속에서 살았다.

---

* 뉴욕의 명문 사립대학. 1861년 여성을 위한 고등교육기관으로 설립되었고 1969년 남녀공학으로 전환되었다.

빛의 부재가 나를 옥죄었다. 그 부재는 나 혼자 이 새로운 곳에 온 뒤 내가 인정하지 못했거나, 심지어 정의조차 못하면서도 날카롭게 느끼고 있던 다른 부재들까지 더욱 무겁게 만들었다. 아버지와 형의 부재. 친구들의 부재. 무엇보다도 어머니의 부재. 어머니가 올 날은 가까워지기는커녕 점점 더 멀어지는 듯했다. 크리스마스 이후 몇 주가 지나도록 어머니는 드와이트 아저씨에게 확답을 주지 않고 계속 미루고 있었다. 확신이 생겼으면 좋겠어, 어머니가 내게 말했다. 드와이트 아저씨와 결혼하면 직장을 그만두고 집을 포기해야 했다. 정말이지 배수진을 치는 것을 의미했다. 어머니는 이런 일에 성급하게 뛰어들 수 없는 노릇이었다.

나는 이해했지만, 이해한다고 해서 어머니가 덜 그리워지는 것은 아니었다. 어머니는 세상이 친절한 곳처럼 보이게 만들었다. 그리고 어째서인지 실제로 세상은 어머니에게 친절했다. 어머니는 장을 볼 때나 표를 사기 위해 줄을 서 있을 때, 식당에서 등등 어디에서든 누구에게나 말을 걸어 경계심을 허물어뜨렸다. 엄청난 집중력을 발휘해 귀를 기울이고, 같은 편이라도 된 양 열렬한 공감을 드러내며 사람들이 하는 이야기를 들었다. 어머니는 사람들에 대해 재미없거나 못됐을 거라고 생각하지 않았다. 사람들이 호감형에 재미있을 거라고 가정했으며, 사람들은 이런 믿음을 감지하고 대체로 그에 부응했다. 솔트레이크에서 포틀랜드로 버스를 타고 갈 때는 어머니 덕분에 승객들 모두 웃고 수다를 떨었다. 버스는 결국 파티장처럼 되었다. 승객 중에는 포틀랜드에 가게를 가진 여자가 한 명 있었는데, 그 여자는 일자리를 제안했을 뿐 아니라 우리가 집을 구할 때까지 자기 집 방을 내주겠다고도 했다. 어머니는 시애틀에서 행운이 따를 것 같다는 느낌에 그 제안을 사양했다.

이제 나는 드와이트 아저씨가 나를 데려갈 때만 어머니를 만날 수 있었다. 드와이트 아저씨는 신문배달 일이나 학교 공부, 그 주에 내가 저지른 잘못 등을 이유로 대며 보통은 나를 남겨두고 갔다. 하지만 가끔씩은 어쩔 수 없이 나를 데려가야만 했고 그럴 때면 절대 내게서 눈을 떼지 않았다. 아저씨는 내 곁에 바짝 붙어 아주 쾌활하게 행동했다. 내게 미소를 짓고 내 어깨에 손을 올렸으며 우리가 함께했던 즐거운 일들을 수시로 언급했다. 나도 장단을 맞추었다. 스스로를 역겨운 마음으로 바라보면서, 내 거짓된 모습에 경악하면서도 어찌된 영문인지 그 짓을 멈출 수 없었다. 얼빠진 미소로 아저씨에게 화답했고, 아저씨가 웃음을 유도하면 웃었으며, 우리가 친구처럼 함께 즐겁게 지낸다고 아저씨가 암시할 때마다 꼬박꼬박 수긍해버렸다. 드와이트 아저씨는 필요하면 언제든 그렇게 했고, 나는 절대 아저씨의 기대를 저버리지 않았다. 집에 돌아갈 시간이 되어 어찌어찌 어머니와 잠시 동안 단둘이 있게 될 때도 나는 이 가식이라는 늪에 너무 깊이 빠져 헤어나올 줄 몰랐다. "어떠니?" 어머니가 물으면 나는 이렇게 대답했다. "좋아."

"정말?"

"정말."

우리가 자동차까지 천천히 걸어가는 동안 드와이트 아저씨는 다가오는 우리를 지켜보곤 했다. "내가 알아야 할 일이 있으면 말해줘야 돼. 알겠지?"

"물론이죠, 어머님."

"약속해."

나는 약속한다고 했다. 그런 다음 드와이트 아저씨와 함께 차에 올랐다. 아저씨는 담배를 피우며 생각에 잠긴 채, 내 속내가 무엇인지 혹은 어머니가 계속 결정을 미루는 까닭이 무엇인지 설명해줄 단서를 내 얼굴에서 읽을까 기대하기라도 하듯 나를 힐끔거리면서 다시 산으로 차를 몰았다. 마블마운트에 도착하면 선술집에 들러 두어 시간 술을 마신 뒤 강 위로 지나는 그 커브 길을 달리며 내 잘못된 점을 몇 가지 더 지적하곤 했다.

드와이트 아저씨가 열거하는 내 비행 보고서 항목 중 일부는 진실이었다. 하지만 그 항목들은 꼬리에 꼬리를 물었다. 결코 끝나는 법이 없었다. 그랬기에 머잖아 내게 상처를 줄 힘을 잃고

말았다. 나는 그것들을 안 좋은 날씨가 지나가듯 여겼다. 살을
에는 날이라기보다는 그냥 후텁지근하고 어둡고 찐득찐득한 날
인 것처럼.

나는 가슴과 등을 오가며 부딪히는 신문 가방을 메고 엄청나
게 느릿느릿 배달을 다녔다. 고객들의 집 계단에 앉아 허공만 멍
하니 응시하기도 했다. 머릿속으로 구구단을 외웠다. 나는 용감
하고 이타적인 행위를 하는 공상에 잠겼다. 보통은 군인 영웅이
었다. 너무 정교한 공상이라 전우들이 살아온 이야기를 아는 것
은 물론 그들의 얼굴을 보고 목소리를 들었으며 내 영웅심으로
도 그들을 구하기에 벅찰 때면 슬픔에 잠기기까지 했다. 황혼이
밤으로 바뀌면 드와이트 아저씨가 펄을 보내 말을 전했다. 아빠
가 움직이는 게 좋을 거래, 안 그랬다간 두고 보라던데. 아빠가
그만 뭉개고 있는 게 좋을 거래, 안 그랬다간 두고 보라던데.

일주일에 하룻밤은 보이스카우트 모임에 나갔다. 드와이트 아
저씨는 스카우트 부대장에 지원했다. 내가 모임에서 괜히 시간
만 죽이는 대신, 아저씨가 내 나이 때 그랬듯 정말로 진지한 스
카우트 활동을 하게 만들겠다는 취지였다. 아저씨는 내게는 한
때 스키퍼가 입었던 엄청나게 큰 제복을 주고, 자신이 입을 제복
과 장비는 모두 새로 샀다. 스카우트 대장은 셔츠만 제복을 입고

청바지에 스니커즈를 신고 다녔지만 부대장 드와이트 아저씨는 모든 모임에 기장과 견장줄, 항건으로 완전한 복장을 갖추고 왔다. 신발은 내가 침을 묻혀 광을 낸 것으로, 그 신발을 닦을 때마다 드와이트 아저씨는 곁을 지키고 서서 내가 미처 보지 못한 얼룩이나 광택이 부족한 부분을 지적했다. 대장이 모임을 진행하는 동안 드와이트 아저씨는 벽에 기대서 있거나 나이가 더 많은 소년들과 수다를 떨면서 담배를 피우고 웃으면서 그 소년들의 농담을 들었다. 우리는 언제나 모임에서 함께 나왔다. 아버지와 아들처럼, 미소를 짓고 작별인사로 손을 흔들면서. 그러고는 적막 속에 집으로 걸어왔다.

집에 돌아오자마자 드와이트 아저씨는 올드 크로 한 잔을 들고 주방 식탁에 앉아 내 실적을 되짚어주었다. 나는 그 발표에 집중하지 않았다. 나쁜 애들이랑 시시덕거리느라 시간을 너무 허비했다. 인공호흡 도중에 혀를 확인하는 걸 잊어버렸다. 왜 그걸 기억 못하는 거냐? 그 망할 혀를 확인하라고! 어떤 불쌍한 개자식이 물에 빠지면 인공호흡이야 백날이고 해줄 수 있어. 하지만 그 자식이 혀를 삼켜버리면 눈곱만큼도 쓸모가 없다고. 그거 기억하는 게 어렵냐?

그러면 나는 대답했다. 아뇨, 다음번에는 기억할게요. 하지만 사실 잊어버린 게 전혀 아니었다. 그저 크래커에 땅콩버터를 발라 먹은 꼬마의 입에 손가락을 집어넣고 싶지 않았을 뿐이었다. 실제로 물에 빠진 사람을 만나면 나는 모든 할일을 다 할 작정이었다. 혀를 만지는 일까지도. 나는 그저, 자기 거시기에 물이 꽉 차 있으니 세게 짜내줘야 한다고 귓속말을 하는 아이한테는 진지하게 제대로 된 심폐소생술을 할 수 없었을 뿐이다.

그래도 나는 스카우트 활동이 좋았다. 베이든파월 경의 고결한 기사도적 환상에 충성하겠다고 서약하는 그 고상한 단어들에 마음이 흔들렸다. 내 제복은 너무 크고 낡았지만 입으면 군인이 된 기분이 들었다. 나는 야심찬 소년들이 따낼 수 있는 계급과 영예를 진지하게 연구했고, 텐더풋에서 이글*까지 승급하는 계획과 목표 시한을 담은 달력을 만들었다. 나는 수석 웨이터처럼 예리한 안목을 키웠다. 스카우트 기술을 겨루는 자리에서 다른 지역대 대원을 만나면, 그 대원의 제복을 힐끗 보기만 해도 누가 누군지 정확히 알 수 있었다. 내가 이해한 스카우트 활동의 주요 목적은 어떤 상징들을 축적하여 그 상징을 공유하는 이들에게서는 존중 혹은 최소한 정중한 태도를 자아내고, 상징을 이해하지 못하는 사람들에게서는 부러움을 자아내는 것이었다. 애국심과 경건함, 매듭법, 물에 대한 지식, 불을 다루는 묘기, 응급처치, 숲

---

* 텐더풋은 보이스카우트의 신입 대원, 이글은 최고 진급 단계다.

과 산과 개울에서 선보이는 온갖 기예 같은 특정 활동들이 내게
는 그저 배지를 따는 다양한 방법으로만 보일 뿐이었다.

　드와이트 아저씨는 내게 스키퍼의 낡은 스카우트 책자 〈소년
을 위한 지침서〉를 주었다. 스키퍼가 가지고 있을 때도 이미 구
닥다리였던 이 책은 "전투중인 스카우트" 사진으로 가득한 1942
년 판본이었다. 그 스카우트들은 나치들의 잠수함이나 일본놈들
의 폭격기가 오는지 망을 보고 있었다. 나는 거의 매일 밤 지침
서를 읽으며 인디언 전설, 도서 제본, 파충류 연구, 개인 보건
("이를 닦는 적절한 방법을 제시하고 치아 관리의 중요성을 논
하라……") 등 쉽게 획득할 수 있는 배지를 천천히 찾아 헤맸다.
배지 목록 뒤에는 스카우트 공식 장비 광고가, 그다음에는 독자
가 원하는 물건을 만드는 회사들, 예컨대 코카콜라나 이스트먼
코닥, 에빈루드, 네슬레("보이스카우트 비상식량") 등의 목록이,
마지막으로는 "어느 학교에 갈까"라는 코너가 이어졌다. 대체로
듣기 좋게 두 단어로 된 이름의 군사학교들이 거명되었다. 카슨
롱. 모건 파크. 코크런브라이언. 밸리 포지. 캐슬 하이츠.

　나는 이 모든 광고를 즐겨 읽었다. 그것들은 〈지침서〉의 자연
스러운 일부였다. 광고지면에서는 스카우트 정신과 상업의 정신
이 자유롭게 어우러졌으며 가끔은 서로 구분되지 않았다. "어떤
스카우트가 되느냐? 그것이 그가 성공을 좇는 모든 사업에서의

성취를 결정한다. 스카우트적 이상은 곧 사업에서의 성공을 의미한다." 스카우트가 어떤 행동을 하고 체크해나갈 수 있도록 줄이 그어진 페이지에 권장할 만한 선행들이 나열되어 있었다. 외국인 소년에게 영어 문법 공부를 도와주었다. 불타는 들판에서 화재 진압을 도왔다. 불구가 된 개에게 물을 주었다. 여기에서는 자아성찰이라는 애매한 일조차도 수치로 표현할 수 있었다. "백 점을 기준으로 했을 때, 나 자신에게 줄 수 있는 합당한 종합 점수는 몇 점인가?"

이 모든 숫자와 목록이 좋았다. 언젠가는 숙달하리라는 가망이 또렷하게 보였으니까. 하지만 〈지침서〉에서 가장 마음에 들었던 것은 착한 소년이 되는 일을 모험적이고, 심지어 낭만적인 것으로 보이게 만들어주는 목소리, 허세 깃든 그 친근한 언어였다. 아서왕과 원탁의 기사들까지 거슬러올라가는 스카우트 정신은 페어플레이와 청렴한 태도로 정복의 위업을 달성한 탐험가와 개척자와 전사에게로 계승되었다. "방탕함에 자신을 내맡기는 사람은 결코 시련을 견딜 수 없다. 쉽게 지치기 때문이다. 보통 중요한 순간에 용기를 잃어버리는 이런 종류의 사람은, 벌을 받은 뒤에도 웃으며 돌아오는 방법을 모른다."

전우가 건네는 듯한 이런 말투에 나는 쉽게 백기를 들어버렸다. 나 자신이 〈지침서〉가 바라는 소년이 아니라는 사실은 잊어버리고서.

〈소년의 삶〉이라는 공식 스카우트 잡지도 내게 같은 영향을 미쳤다. 나는 홀린 듯 그 잡지를 읽으며, 잡지가 치하하는 부지런하고 용맹한 소년들과 내가 사실 다를 게 없다는 마약 같은 유혹을 아무 의심 없이 받아들였다. 스페인 범선에서 보물을 발굴해내고, 비어 있는 헛간에서 실제로 작동하는 비행기를 제작한 소년들. 북극까지 스키를 타고 간 소년들. 혼자서 케이프 혼*을 돌아 항해했던 소년들. 다른 이들의 목숨을 구해주고 야만인의 의례를 통과하고 황야에 덫을 놓은 경험으로 대학에 진학한 소년들. 이 소년들의 이야기를 읽으면 몸이 들썩였고 온갖 구상에 빠져 흥분을 가라앉힐 수 없었다.

어머니는 내가 윈체스터를 치누크로 가져가는 걸 허락해주었다. 집에 혼자 있을 때면 가끔씩 나는 스카우트 제복을 차려입고, 등에 소총을 걸치고 거울 앞에 서서 인디언 수화를 연습하곤 했다.

배고프다.

형제.

음식.

---

* 남아메리카 최남단의 곳.

원한다.

엄청난 신비.

   3월이 되자 어머니는 마침내 드와이트 아저씨에게 날짜를 정해 알려주었다. 어머니가 온다고 정해지자마자 아저씨는 집수리 계획을 이야기하기 시작했으나, 밤마다 술을 마시는 바람에 실제로는 아무것도 한 게 없었다. 어머니가 직장을 그만두기 두어주 전에 아저씨는 20리터짜리 페인트 다섯 통을 트렁크 가득 싣고 집에 왔다. 페인트는 전부 흰색이었다. 드와이트 아저씨는 방수포를 깔았고 우리는 며칠 동안 천장과 벽에 페인트칠을 하느라 밤이 늦어서야 잠자리에 들었다. 천장과 벽을 마친 후, 드와이트 아저씨는 쓱 돌아보며 괜찮아 보이는지 확인하고서 다음 작업을 이어나갔다. 아저씨는 커피 테이블을 하얗게 칠했다. 식구들 침대 전부와 서랍장, 식탁도 하얗게 칠했다. 가구에 칠을 하며 아저씨는 그 색을 '연노랑'이라고 불렀지만, 그 색은 연노랑은커녕 미색도 아니었다. 삭막하고 아주 강렬한, 눈을 지질 듯한 흰색이었다. 집에서 석유 냄새가 진동했다.

   드와이트 아저씨가 어머니를 태워오기로 한 날 며칠 전에 어머니가 전화를 걸어왔다. 어머니는 아저씨와 잠시 대화하더니 나를 바꿔달라고 했다. 어머니는 내가 어떻게 지내는지 알고 싶어했다.

잘 지내, 내가 말했다.

어머니는 기분이 좀 가라앉아서 그냥 내 안부를 묻고 싶었다고, 정말 모든 게 괜찮은지 확인하고 싶었다고 말했다. 이건 인생에서 아주 큰 한 발짝이라면서. 드와이트 아저씨랑은 잘 지내고 있어?

나는 그렇다고 말했다. 아저씨는 나와 함께 거실에서 의자에 페인트칠을 하고 있었다. 하지만 나 혼자였어도 아마 같은 대답을 했을 것이다.

어머니는 내게 아직도 생각을 바꿀 기회가 있다고 말했다. 어머니가 계속 직장에 다니면서 다른 살 집을 찾아볼 수도 있다고 했다. 너도 알지, 응? 아직 너무 늦은 건 아니야.

나도 안다고 대답했지만 사실은 아니었다. 이 모든 것이 정해진 운명이라는 느낌이 들었다. 집 같지 않은 곳을 집으로 받아들여야 한다는 느낌, 내 존재 자체를 불쾌해하며 내가 자신을 아버지로 여길 자격이 있는지 끊임없이 의심하는 남자를 아버지로 받아들여야 한다는 느낌 말이다. 너무 늦지 않았다는 어머니의 말을 나는 믿지 않았다. 어머니가 진심으로 하는 말이라는 건 알았지만 어머니 역시 자신을 속이는 것처럼 보였다. 이미 너무 멀리 와버렸다. 그리고 왠지는 모르겠지만, 너무 늦지 않았다는 어머니의 말 때문에 이제는 너무 늦어버렸다고 철석같이 믿게 되었다. 지금 돌이켜봐도 그 말은 희망보다는 묘비명처럼, 벼랑 끝으로 몸을 던지기 직전에 우리가 자신에게 남기는 마지막 거짓말처럼 들린다.

어머니가 전화를 끊은 뒤 드와이트 아저씨와 나는 식탁 의자 페인트칠을 마무리했다. 아저씨는 담배에 불을 붙이고 주변을 둘러보았다. 손에는 여전히 페인트 붓을 쥐고 있었다. 아저씨는 생각에 잠긴 듯 피아노를 바라보았다. 그러더니 말했다. "좀 튀는군, 안 그러냐?"

나는 아저씨와 함께 피아노를 바라보았다. 검은색 호두나무로 외장을 한 낡은 볼드윈 업라이트 피아노는 녀석을 끌고 이사를 다니다가 지쳐버린 가족에게서 아저씨가 20달러에 산 것이었다. 드와이트 아저씨는 피아노를 집으로 가져온 후 기뻐서 춤을 추고 법석을 떨었다. 아저씨는 무식한 촌뜨기들이 피아노의 가치를 전혀 모른다고, 가격이 최소한 두 배는 된다고 말했다. 어느 날 밤 아저씨는 한번 기교를 자랑할 생각에 그 앞에 앉았으나, 듣기 싫은 화음을 몇 개 눌러본 다음 뚜껑을 쾅 닫더니 조율이 안 되어 있다고 선언했다. 그뒤로는 피아노 근처에도 가지 않았다. 가끔씩 펄이 〈젓가락 행진곡〉을 뚱땅거렸지만 그게 아니면 아무도 피아노를 연주하지 않았다. 그냥 가구 한 점일 뿐이었다.

온통 새하얀 공간에서 그 짙은 색 피아노는 마치 혼자 맥동하는 듯 보였다. 도저히 다른 데로 시선을 돌릴 수가 없었다.

나는 내 생각에도 튀어 보인다고 말했다.

우리는 피아노를 칠하기 시작했다. 붓질 자국이 남지 않도록 가늘고 뻣뻣한 붓을 사용해 피아노 의자와 발판을 칠했고, 발판에서 건반까지 이어지는, 홈이 있는 기둥도 칠해나갔다. 덩굴무늬로 조각된 장식도 칠했다. 건반 위쪽으로 정교하게 세공된 그림도 칠했다. 노란 머리를 땋아 박공 창문 밖으로 늘어뜨린 소녀가 나뭇가지에 앉은 홍관조의 노래를 듣는 모습이었다. 반지르르한 몸체도 칠했다. 페달도 칠해버렸다. 마지막으로, 새로 칠한 흰색에 견주어보니 상아 건반의 고풍스러운 연미색이 드와이트 아저씨의 심기를 거슬렀기에 아주 조심스럽게 건반도 칠했다. 물론 검은 건반은 남겨두었다.

아직도 신문이 묵직하게 남아 있는 가방을 들고 다른 두 친구와 길가에 서 있는데, 그 아이가 자기네 작은 개 페퍼와 함께 다가오는 게 보였다. 우리 셋은 그 녀석에 대해 농담을 하기 시작했다. 그 아이의 이름은 아서 게일. 6학년에서 가장 한심한 남자애였고, 어쩌면 병영 전체에서도 가장 한심했을 것이다. 아서는 계집애 같았다. 어렸을 때 어머니가 여자옷을 입혀서 계집애같이 만들었다고들 했다. 아서라는 이름은 우리 아버지 이름과 같아서 괜찮게 느껴졌지만, 게일이라는 성은 그애를 더 계집애같이 느껴지게 했다. 그애는 영리했다. 사람을 깔보는 듯한 미묘한 목소리로 자신의 영리함을 더욱 뽐내기도 했다. 그애와 말을 섞고 나면 쓰라린 기분이 들었다.

아서는 내게 퉁명스러웠다. 무언가 원하는 게 있는 듯했다. 가끔씩 나를 기대에 찬 눈빛으로 보는 모습이 눈에 띄기도 했다. 마치 내가 뭔가를 숨기고 있다는 듯이. 평생토록 나는 한눈에 친구가 될 만한 사람을 알아봤으며, 그들도 나를 알아봤다. 아서도 그런 사람 중 한 명이었다. 나는 그애가 좋았다. 그 신랄한 재치와 거침없는 이야기, 다른 사람들이 자기를 어떻게 생각하든 전혀 신경쓰지 않는 태도가 좋았다. 하지만 치르게 될 대가가 두려웠던 나는 친구가 되고 싶은 그 마음을 숨겼다.

아서는 우리에게 다가오면서 태평하게 히죽거렸다. 우리가 자기 얘기를 하는 중이라는 걸 아는 게 틀림없었다. 아서는 그대로 지나치는 대신 내게 고개를 돌려 이렇게 말했다. "너네 엄마는 오줌 싸고 나서 손 씻으라고도 안 가르쳐줬냐?"

내 손은 이제 그렇게까지 노랗지는 않았다. 사실 거의 정상으로 돌아와 있었다. 마로니에 열매 껍질 벗기는 일은 몇 주 전에 마친 터였다.

봄이었다. 눈이 녹아 흙은 부드러웠고, 날이 아주 따뜻할 때 귀를 기울이면 아지랑이가 희미하고도 꾸준한 치찰음을 내며 피어올랐다. 꼭 부슬비가 내리는 소리 같았다. 나무에는 새 잎이 아지랑이처럼 돋아 있었다. 마을 위쪽의 산기슭 화강암에는 곰들이 나타나 햇볕을 쬐고 바위의 훈기로 몸을 덥혔다. 점심시간이면 사람들이 현관 계단으로 나와 고개를 들고 인자한 얼굴로 그 모습을 지켜보았다. 어머니는 다시 나와 함께였다. 껍질을 벗긴 마로니에 열매는 전부 다락방에서 말라가고 있었다. 내가 굳이 문제를 일으킬 필요가 뭐란 말인가?

나는 그냥 무시해버리고 싶었다. 하지만 조롱당하고 싶지는 않았고 내 손에 대해 이러쿵저러쿵하는 것도 듣기 싫었다. 아서는 그전에도 비슷한 말을 했었다. 그애는 나보다 덩치가 컸고 특히 상체가 두툼했지만 나는 전부 물렁살이겠거니 짐작했다. 녀석을 제압할 수 있겠다는 확신이 들었다. 녀석이 나를 도발했고 옆에는 이 소식을 퍼뜨려줄 목격자들도 있었다. 내 입장을 분명히 할 좋은 기회였다.

나는 그애를 뚱땡이라고 부르는 것으로 시작했다.

아서는 계속 내게 미소를 지었다. "미안한데," 그애가 말했다. "너 꼭 누가 주르륵 토해놓은 것처럼 생겼다는 얘기 한 번도 안 들어봤어?"

우리는 계속 이런 식으로 주고받았다. 그러다가 내가 그애를 계집애라고 불렀다.

그 아이의 얼굴에서 미소가 달아났다. 그 순간, 나는 모두가 아서를 계집애라고 부르긴 하지만 실제로 그애 앞에서 그 말을 하는 사람은 한 번도 본 적이 없다는 사실이 떠올랐다. 동시에,

그 말을 들은 아서가 완전히 다른 사람처럼 변해서 순식간에 얼굴이 벌겋게 달아오르고 험악한 표정으로 바뀌는 걸 보자, 분명 이유가 있으리라는 데 생각이 미쳤다. 미리 알았어야 할 어떤 중요한 사연을 내가 놓친 것이다.

아서가 휘두른 첫번째 주먹이 내 귀에 명중했다. 머릿속이 꽝 하더니, 이어 누가 종이라도 구기는 듯 부스럭부스럭 소리가 계속 울렸다. 그 소리는 며칠 동안 계속되었다. 아서가 다시 주먹을 휘둘렀고 나는 몸을 돌리다가 뒤통수를 한 방 맞았다. 아서는 사이드암스로 투구법처럼 손목을 많이 써서 주먹을 날렸으나, 주먹이 닿기 전에 어찌어찌 체중을 싣는 데 성공했다. 이 한 방으로 나는 털썩 무릎을 꿇고 쓰러지고 말았다. 아서는 발을 뒤로 빼더니 내 배를 걷어찼다. 가방에 들어 있던 신문 덕분에 충격은 덜했지만, 아서가 나를 걷어찼다는 사실 자체에 어안이 벙벙해졌다. 이 싸움에 아서가 완전히 독기를 품고 달려들었다는 걸 알 수 있었다.

아서의 개가 내 얼굴에 대고 짖어댔다.

내가 일어나자 아서는 팔을 마구 휘둘러 내 어깨에 주먹을 쏟아부으며 돌진해왔다. 아서가 나를 또 쓰러뜨릴 뻔했지만, 내가 얼떨결에 아서의 눈에 한 방을 먹이는 바람에 우리 둘 다 어리둥절해졌다. 녀석은 멈춰 서서 울부짖었다. 눈두덩은 이미 눈을 뜨지 못할 정도로 부어올랐고 얼굴은 시뻘게졌으며 콧구멍에서는 콧물이 방울방울 쏟아지고 있었다. 그 눈을 보니 걱정이 몰려왔다. 나는 멈출 준비가 되어 있었지만 아서는 아니었다. 녀석이 내게 다시 몸을 날렸다. 나는 아서에게 바짝 붙어 녀석이 팔을 못 쓰도록 껴안았다. 우리는 술에 취해 춤추는 사람들처럼 길에서 비틀거렸다. 그때 아서가 내 다리를 걸어 넘어뜨렸다. 갓길로 굴러간 우리는 다시 기나긴 진흙투성이 강둑 아래로 굴러떨어졌다. 우리 둘 다 허우적대며 서로 무릎으로 걷어차고 귀에다 아무 말이나 버럭버럭 소리를 질러댔다. 아서는 제정신이 아니었다. 그걸 깨닫고 나니, 나 역시 정신을 놓아버리는 것 말고는 다른 방법이 없어 보였다.

한참 굴러내려온 우리는 둑 아래의 늪 같은 수로에 처박혔다. 아서가 내 위로 올라왔다가 내가 다시 아서 위로, 아서가 다시 내 위로 올라와 엎치락뒤치락했다. 서 있을 때는 갑옷처럼 내 몸을 지켜주던 신문 가방이 이제는 진흙을 머금고 묵직해져 어깨를 휘감았다. 제대로 한 방을 날릴 수가 없었다. 내가 할 수 있는 일은 아서를 붙잡고 주먹을 날리지 못하도록 막는 것뿐이었다. 몸부림을 치던 아서가 갑자기 내 위로 풀썩 쓰러졌다. 녀석은 숨을 헉헉대고 있었다. 그 무게가 나를 진창으로 눌렀다. 나는 자세를 가다듬고 녀석을 홱 밀쳤다. 온 힘을 다 써야 했다. 우리는 나란히 누워 필사적으로 숨을 골랐다. 페퍼가 내 바짓가랑이를 물고 으르렁거렸다.

아서가 몸을 꿈틀거렸다. 그러더니 녀석은 일어나 강둑을 올라가기 시작했다. 다 끝났다는 생각에 나도 그 뒤를 따랐지만 꼭대기까지 올라간 녀석이 나를 돌아보며 말했다. "취소해."

다른 아이들이 나를 지켜보고 있었다. 나는 고개를 저었다.

아서가 나를 밀쳤고 나는 강둑 아래로 미끄러지기 시작했다.

"취소해." 녀석이 소리쳤다.

페퍼가 나를 따라 내려와 캉캉 짖으며 깡충댔다. 페퍼 녀석은 그저 내 주변을 뛰어다니며 짖을 뿐이었지만, 싸움이 붙고 나서 내내 페퍼 때문에 걱정이 떠나지 않았다. 결국 내가 자신감을 잃은 건 다른 무엇보다도 바로 페퍼 녀석 때문이었다. 개와 척을 졌다는 게 마음의 상처가 되었다. 나는 개를 좋아했다. 사람보다 개를 더 좋아했고 개들도 나를 좋아해주길 바랐다.

나는 다시 둑을 올라가기 시작했다. 페퍼가 여전히 내 발뒤꿈치에 있었다.

"취소해." 아서가 말했다.

"알았어." 내가 말했다.

"제대로 말해."

"알았다니까. 취소할게."

"아니. 다시 말해, '넌 계집애가 아니야'라고."

나는 아서와 다른 두 녀석을 올려다보았다. 두 녀석의 얼굴에는 즐거움과 비웃음이 떠올라 있었지만 아서의 얼굴은 달랐다. 아서의 표정은 오히려 너무도 진지해서 녀석의 요구를 거절하는 게 불가능해 보일 정도였다. 내가 말했다. "넌 계집애가 아니야."

아서는 페퍼를 부르더니 돌아섰다. 내가 강둑을 다 올라갔을 때쯤 아서는 집으로 걸어가고 있었다. 다른 두 녀석은 흥분에 들뜬 채 상상 속에서 주먹을 날리며 몸을 움찔거렸다. 녀석들은 싸움 얘기를 하고 싶어했지만 나는 흥미를 잃었다. 옷은 온통 진흙투성이였다. 진흙과 엉망이 된 신문으로 가득한 신문 가방이 나를 아래로 잡아당기는 듯했다. 귀가 아팠다.

나는 집으로 터덜터덜 걸어갔다.

펄이 현관 계단에 앉아 뭔가 먹고 있었다. 내가 다가가자 펄이 나를 바라보았다. "엉망진창이네." 펄이 말했다.

어머니는 나더러 다용도실에서 옷을 벗고 샤워를 하라고 했다. 그런 다음 나를 주방에 앉히고 긁힌 상처들에 요오드를 찍어 발라주었다. 길에서 구를 때 생긴 상처 같았다. 어머니는 나를 엄하게 대하려 애썼다. 나는 어머니가 화나지 않았다는 걸 알고 있었지만 후회하는 시늉을 조금이라도 하지 않으면 진짜로 화를 낼 수도 있다는 것 또한 알고 있었다. 나는 고개를 늘어뜨리고, 또 이런 일이 있으면 도발에 넘어가 싸움을 하기 전에 반드시 한 번 더 생각해보겠다고 다짐했다. "아줌마, 아빠한테도 말하셔야죠." 펄이 어머니에게 말했다.

어머니는 지친 듯 고개를 끄덕였다. "네가 말씀드리렴." 어머니가 말했다.

어머니와 드와이트 아저씨는 사이가 좋지 않았다. 밴쿠버로 신혼여행을 갔다가 이틀이나 일찍 우울한 모습으로 조용히 돌아온 날 밤 이후부터 계속 그랬다. 집으로 여행가방을 들여온 두 사람은 복도를 따라 드와이트 아저씨 방까지 가는 내내 서로 쳐다보지도 않았다. 그날 밤 드와이트 아저씨는 밤새 술을 마시다가 소파에서 잤다. 그뒤로도 자주, 때로는 사나흘 연속으로 소파에서 잤고, 특히 주말에 그랬다. 신문이 일찍 나오는 토요일과 일요일에는 내가 가장 먼저 일어났는데, 보통 드와이트 아저씨는 소파에서 자고 있었고 텔레비전에서는 지지직 화면조정음만 나오고 있었다.

처음 몇 주 동안 어머니는 완전히 기가 죽어 있었다. 어머니는 늦게까지 잠을 설쳤다. 예전에는 한 번도 없던 일이었다. 점심을 먹으러 집에 돌아오면 가끔씩 어머니가 아직도 잠옷을 입은 채 주방 식탁에 앉아 멍하니 그 새하얀 터널 같은 집안을 바라보고 있었다. 나는 어머니가 포기하는 모습을 한 번도 본 적이 없었다. 그럴 가능성이 존재한다는 사실조차 몰랐다. 하지만 그럴 수도 있다는 걸 알게 되자 나는 멈칫했다. 내 인생에서 좋은 게 다 사라질 수 있다는 사실이, 나의 행복이 하루하루 누군가의 희망과 의지력을 좀먹고 있다는 사실이 실감났다. 하지만 어머니는 괜찮아졌고, 내게는 다른 생각할 거리들이 생겼다.

어머니는 포기하지 않았다. 이런 상황에서도 치누크에서 살아갈 수 있으리라 믿는 편을 택했다. 어머니는 학부모회에 가입했고 사격 동호회 회장을 설득해 회원 자격을 얻었다. 독신자 막사 식당에서 시간제 종업원 일자리를 얻었다. 집을 화초들로 가득 채우고 펄을 돌보았으며 우리 모두가 진짜 가족처럼 함께 시간을 보내야 한다고 우겨댔다.

그래서 우리는 그렇게 했다. 하지만 실패는 예정되어 있었다. 우리가 모방하려 들었던 진짜 가족이란 건 원래 존재하지 않았으니까. 우리처럼 문제가 많은 진짜 가족은 함께 시간을 보내야겠다는 꿈조차 절대 꾸지 않는다.

드와이트 아저씨는 이런 문제가 거의 내 탓이라고 생각했다. 실제로 내 잘못이 많긴 했다. 나는 거듭거듭 일을 망쳤다. 심지어 잘해보려 할 때조차도. 내가 사고를 칠 때마다 식구들에게는 구경거리가 생겼다. 아서 게일과 벌인 싸움도 큰 구경거리가 될

만했다.

다섯시 정각에 휘파람소리가 들리면 펄은 드와이트 아저씨를
마중하러 나갔다.

아저씨는 내 방으로 곧장 들어왔다. 등지고 있던 문이 열리자
나는 책상에 놓아둔 숙제를 빤히 바라보며, 태연하게 아무것도
모른다는 표정을 준비했다. 그러고는 고개를 돌려 그 표정을 지
어 보였다. 아저씨는 씩 웃고 있었다. 아저씨가 방을 가로질러
와 스키퍼의 침대에 앉았다. 아저씨는 미소를 잃지 않은 채 물었
다. "누가 이겼냐?"

아저씨는 내가 그 이야기를 하고 또 하게 만들었다. 이야기를
되풀이할 때마다 아저씨는 웃으며 자기 다리를 찰싹 쳤다. 나는
아서에게 계집애 같다고 말한 것 때문에 싸움이 난 것 같다고 마
지못해 인정하며 이야기를 시작했다. 이 말을 듣고 드와이트 아
저씨가 얼마나 기뻐하는지 본 다음에는 내가 실제로 사용했던
단어가 '덩치만 큰 뚱땡이 계집애'였다고 했다. 나는 아서를 한
방에 쓰러뜨렸다고 말했고 아서의 부어오른 눈도 묘사했다. 드
와이트 아저씨가 그날 내가 대단한 응징을 했다고 생각하도록
내버려두었다.

"진짜로 그놈 눈에 멍자국을 냈어?" 드와이트 아저씨가 물었다.

"뭐, 바로 시꺼메지진 않았어요."

"퉁퉁 붓긴 했다는 거지?"

내가 고개를 끄덕였다.

"그럼 멍이 들 거야." 아저씨가 말했다. "확실해."

나는 중요한 문제, 누가 이겼는지는 얼버무렸다. 예상치 못하게 아서가 귀를 때리는 바람에 승리가 결정적이지는 않았다고 말했다.

"그건 네 잘못이야." 드와이트 아저씨가 말했다. "가드를 내리고 있었겠지. 기습을 당하는 데 핑계 따위는 없다." 아저씨는 방 안을 어슬렁거리기 시작했다. "그 잘난 꼬마 게일 녀석이 혼이 쏙 빠지도록 만들어줄 동작 두어 가지를 보여주마."

그날 저녁식사 시간에 드와이트 아저씨는 싸운 이야기를 스키퍼와 노마에게도 들려주라고 했다. 그런 다음에는 자기 이야기를 늘어놓았다. "내가 네 나이 때 말이다." 아저씨가 말했다. "교실 뒷자리에 앉아서 항상 기분 나쁜 개소리를 해대는 놈이 있었어. 입에 설사병이 걸린 것처럼. 아무튼 하도 자주 개소리를 해대길래 내가 닥치라고 했지. 그놈이 이렇게 말하더구나. 아 그래? 안 닥치면 어쩔 건데? 그래서 내가 말했다. 내가 닥치게 해줄게. 아 그래? 그놈이 말했지. 패거리라도 데려오시게? 난 이렇게 대답했다. 우리 패거리는 세 명뿐이야. 나, 나 자신, 그리고 나.

그날 학교가 끝났는데 그놈이 길 건너편에서 친구들이랑 기다리고 있더구나. 내가 학교에서 나오자마자 그놈이 뭐라고 소리를 쳤지. 내가 아까 일은 잊어버리고 그냥 집으로 돌아갈 거라고 생각했던 모양이야. 그런데 하나 말해주마. 그런 인간들을 상대할 때는 상처를 줘야 해. 고통을 줘야 한다는 말이다. 그래야 말귀를 알아먹는 놈들이니까. 그러지 않으면 영원히 그놈들을 업고 다녀야 해. 내 말 믿어라. 다 겪어봐서 하는 말이니까.

자. 밖은 아주 추웠어. 진짜 얼어죽을 것 같았지. 사방 천지에 얼어붙은 말똥이 널려 있었다. 우리는 그걸 길거리 사과라고 불렀어. 내가 그중 하나를 집어들어 녀석에게 다가갔지. 하지만 거칠게 굴지는 않았다, 알겠니? 거칠게 굴지는 않았어. 그보다는 오히려, 와 이런, 이거 너무 무서운데, 부탁이니 날 해치지 마, 하는 식으로 굴었지. 이런 식으로." 드와이트 아저씨는 어깨를 늘어뜨리고 입을 떡 벌린 채 비굴한 눈웃음을 지으며 올려다보았다.

"그렇게 나는 놈에게 다가가서, 이런 겁쟁이 목소리로 말했다. 미안한데, 무슨 문제라도 있어? 당연히 그놈은 다시 나를 몰아붙이기 시작했지. 어쩌고저쩌고 이러쿵저러쿵. 그렇게 놈이 입을 열고 있을 때 그놈 입에 길거리 사과를 처박았어! 너희도 그 표정을 봤어야 하는데. 그런 다음 나는 그 멍청이의 배때기를 후려쳤고 놈은 쓰러졌지. 나는 잠시 그놈 위에 앉아서 그 사과가 녹기 시작할 때까지 손으로 놈의 입을 틀어막고 있다가, 일어나서 자리를 떴지. 그 일 때문에 나중에 고생은 호되게 했지만, 그쯤이야."

저녁식사 후 드와이트 아저씨는 나를 다용도실로 데려가 몇 가지 동작을 보여주었다. 어떤 자세로 서서, 어떻게 걸음을 옮겨야 하는지, 방어 자세는 어떻게 취하는지를 가르쳐주었다. 아저씨는 팔을 접어올려 무방비 상태가 되는 자세 대신 어깨에서부터 주먹을 뻗어내는 방법을 보여주었다. 그런 다음 기습하는 방법도 보여줬다. 아무때나 쓸 수 있는 기술은 아니야, 드와이트 아저씨가 말했다. 상대방이 나를 기습할 조짐이 확실히 보일 때에나 쓰는 거지. 드와이트 아저씨는 방법은 여러 가지지만 나를 헷갈리게 하고 싶지 않다며 가장 좋은 기술 두 가지만 알려주겠다고 했다.

사실 간단했다. 그냥 상대한테 걸어가서 우호적인 척, 심지어 겁먹은 척 행동하다가 불알을 걷어차버리면 됐다. 두번째 기술도 거의 똑같았는데 다만 불알을 걷어차는 대신 기도에 주먹을 날리는 게 달랐다. 드와이트 아저씨 말로는 이 기술은 키 큰 녀석들을 상대할 때 가장 잘 먹혔다. 우리는 두 가지 동작을 모두 연습했다. 드와이트 아저씨는 나더러 태연히 걸어와서 "안녕"하고 말한 뒤 발길질이나 주먹질을 해보라고 했다. 처음에 나는 아저씨가 나를 피떡으로 만들 핑계로 이런 술책을 쓰는 걸까봐 걱정했다. 제대로 훈련을 하다보면 당연히 이런 일도 있는 거지, 라고 말할 것 같았다. 하지만 아니었다. 아저씨는 내 주먹이나 발을 부드럽게 잡았다가 놓아주고 고칠 점 몇 가지를 이야기해준 뒤 다시 해보라고 했다. 아저씨는 빠르고 힘이 셌으며 내가 그 사실을 알아차리는 모습을 즐겁게 지켜봤다.

땀으로 얼굴이 번들번들해진 우리는 바닥에 두 발을 끽끽 끌면서, 내가 그 동작들을 완전히 터득할 때까지 연습을 했다. 그러고는 주방으로 돌아갔다. 드와이트 아저씨는 술을 한잔했고 내게 아서를 처리할 방법을 귀띔해주었다. 알맞은 때를 기다려라, 반드시 단둘이 있을 때를 노려라, 녀석에게 어떤 경고도 하면 안 된다 등등. 아저씨는 이 일을 나의 권리이자 의무로 여기는 것 같았다. 때를 기다려, 아저씨가 말했다.

그날 밤 몇몇 사람들이 신문을 못 받았다고 불평하는 전화를 걸어왔다. 드와이트 아저씨가 전화를 받아, 싸움이 붙는 통에 신문을 못쓰게 만들어버렸다고 설명하면서 아들 잭이 게일 꼬맹이의 눈퉁이에 시꺼멓게 멍을 들여놨다고 덧붙였다.

사실은 사실이었다. 아서의 눈은 즉시 시꺼멓게 변하지는 않았지만 일단 노란색과 보라색, 초록색이 섞인 적갈색 무늬로 물들었다. 아서는 내가 싸움 얘기를 거짓말로 하고 다닌다는 걸 자기도 안다고 알려주려는 듯 가끔씩 나를 뚫어지게 바라보았다. 하지만 다시 한번 붙어보려는 기색은 전혀 보이지 않았다. 우리는 서로 거리를 두었다. 여름이 되어 학기가 끝나자 우리는 야구를 할 때나 스카우트 모임에서 다른 아이들 무리와 섞여 만나지 않는 한 거의 마주치는 일이 없었다.

그런데 어느 날 오후, 배달 구역을 돌고 있는데 아서가 중앙도로를 따라 내 쪽으로 다가오는 게 보였다. 싸움이 시작되었던 지점과 그리 멀지 않은 곳에서 마주칠 듯했다. 주변에는 아무도 없었다. 나는 계속 걸었고 녀석도 마찬가지였다. 페퍼가 그 뒤에서 종종걸음 치고 있었다. 서로 거리가 좁아지자 아서도 기습 지도를 받았을지 모른다는, 그래서 적당한 때를 노려왔을 거라는 생각이 불쑥 들었다. 아니, 생각이라기보다는 불안감이었다. 내가 적당한 때를 기다리는 동안 드와이트 아저씨의 인내심은 바닥이 난 상태였다. 그건 확실했다.

서로 손이 닿을 정도로 가까워지자 아서가 멈추더니 이렇게 말했다. "안녕."

"안녕." 내가 말했다.

우리는 그 자리에 서서 서로를 바라보았다. 그러다가 아서가 페퍼를 내려다보았다. "우리 개 만져볼래?" 녀석이 물었다.

"응." 나는 한쪽 무릎을 꿇고 손을 내밀었다. 페퍼가 냄새를 맡았다.

"얘 말할 줄 안다." 아서가 말했다.

"그렇겠지." 내가 말했다. "정말 그럴 것 같아."

"어이 페퍼." 아서가 말했다. "시끄러운 소리를 들으면 귀가 어때?"*

페퍼가 두 번 멍멍 짖었다.

"멍멍하지!"** 아서가 말했다. "잘했어, 페퍼. 좋아, 페퍼. 임금님을 다른 말로 하면 뭐야?"***

페퍼가 녀석을 올려다보았다.

"임금님을 다른 말로 하면 뭐냐고, 페퍼?"

페퍼가 다시 왕 짖었다.

"왕!**** 착하다!"

멍청한 우스갯소리였지만 나는 웃을 수밖에 없었다. 페퍼의 뻣뻣한 털을 쓰다듬자 녀석은 부드럽게 그르렁대며 친근한 눈빛으로, 아무것도 기억나지 않는다는 듯 나를 올려다보았다.

---

* 원문은 "what's on a tree?"

** 원문은 "Bark!"

*** 원문은 "How's the world treating you?"

**** 원문은 "Rough!"

스키퍼의 자동차는 드와이트 아저씨가 마블마운트의 어떤 철부지에게서 좋은 값에 사들인 1949년형 포드였다. 드와이트 아저씨는 스키퍼가 자기 차를 빌리지 않고도 여자들과 데이트를 나가거나 사냥이나 낚시를 다닐 수 있도록 그 차를 샀지만 스키퍼는 병영 외곽의 골함석지붕에 양철판으로 지은 헛간에 차를 집어넣고 분해하기 시작했다. 내가 치누크로 이사왔을 때는 이미 분해를 시작한 지 일 년이 넘은 상태였고, 스키퍼가 콘크리트고등학교를 졸업하고 여섯 달이 지난 후에도 여전히 그 상태였다.

스키퍼는 졸업하고 나서도 치누크를 떠나지 않고 전력회사에 일자리를 얻어 계속 집에서 지냈기 때문에 버는 돈을 전부 차에 쓸 수 있었다. 나는 저녁때 신문 구독자들에게 수금을 하러 다닐 때면 가끔씩 그 자동차를 보러 갔다. 스키퍼는 집에서는 나를 거의 알은체하지 않았으나 헛간에서는 기쁘게 맞아줬다. 뭐든 손에 들고 있던 공구의 전원을 끄고는 보안경을 이마로 올려썼다. 자동차의 각종 부품을 설명하고 조립 계획을 말해주며 내가 마실 콜라를 건네주었다. 나는 이해한 척 고개를 끄덕였고 정말로 언젠가는 그 뒤죽박죽 부품들이 알아서 다시 조립되리라고 믿었다.

스키퍼는 9월부터 워싱턴대학교에 다닐 예정이었지만 떠날 기색이 전혀 보이지 않았다. 드와이트 아저씨가 잔소리를 시작했다. 아저씨는 스키퍼가 어디에서 살 작정인지, 또 학비는 어떻게 댈 생각인지 물었다. 도대체 무슨 속셈이냐고 답을 재촉했다. 스키퍼는 자기가 다 생각해뒀다고 말했다.

드와이트 아저씨는 계속 물고늘어졌지만 스키퍼는 특유의 공손하면서도 무심한 미소만 짓고는 자기 멋대로 했다. 그러다가 그해 여름 늦게, 자동차는 스키퍼가 말했던 그대로 조립되기 시작했다. 스키퍼와 스키퍼의 친구들이 개조된 엔진을 집어넣던 날 밤 나도 헛간에 있었다. 스키퍼는 경주용 기화기를 설치한 뒤 실린더를 보강해 더 강력하게 만든 다음 크롬으로 도금했다. 훌륭했다. 친구들이 엔진을 도르래 장치로 공들여 집어넣는 동안 스키퍼는 친구들에게 큰 소리로 이것저것 주문을 했다. 한 시간도 되지 않아 엔진이 부르릉 굉음을 내며 작동했다.

차체는 구제불능처럼 보였다. 흠집투성이에 광택도 없었고 스키퍼가 떼어낸 장식들 때문에 구멍이 숭숭했다. 스키퍼는 구멍을 납으로 때우고 흠집은 섬유유리로 처리한 다음, 프라이머로 한 번 밑칠을 하고 사포질로 표면을 매끄럽게 만든 뒤 설탕옷을 입힌 사과처럼 새빨간 색상 래커로 도색을 열여섯 겹이나 했다. 새로 페인트를 칠할 때마다 이전에 도색한 표면을 사포로 잘 다듬었다. 그 작업에 한 달 이상이 걸렸다. 스키퍼가 작업을 마쳤을 때쯤에는 색이 하도 선명하고 깊어져 마치 단단히 얼어붙은 새빨간 얼음 표면을 들여다보는 기분이었다. 차체의 선은 유려하고 매끈했다. 장식을 뜯어내길 잘한 듯했다.

도색이 끝나자마자 스키퍼는 크롬 휠 캡이 달린 새 화이트월 타이어*를 장착했다. 당시 유행하던 플리퍼 휠 캡이 아니라 거울처럼 반짝이는 단순한 글로브 휠 캡이었다. 측면을 따라 문 아래에는 크롬 재질의 레커 배기관을 매달았는데, 이 배기관들은 끝 부분이 바깥쪽으로 살짝 휘어 있어 연기를 차체에서 멀리, 조심스럽게 뱉어놓을 것 같았다. 앞쪽에는 크롬으로 재도금한 범퍼를 달고, 후미는 콘티넨탈식으로 유난히 긴 범퍼 외부에 스페어타이어 케이스를 장착했다.

---

* 측면에 흰 줄을 넣은 타이어.

새 차나 다를 바 없었다. 수리가 필요한 건 내부뿐이었다. 스키퍼는 내게 자동차를 티후아나로 가지고 내려가 거기에서 시트를 씌울 돈밖에 남지 않았다고 말했다. 그는 하얀 가죽을 반반하게 씌워 잘 말아넣고 주름장식을 잡아 마감할 생각이라고 했다.

내가 함께 가도 되는지 묻자 스키퍼는 한번 생각해보겠다고 말했다.

나는 스키퍼가 진심이라고 생각했다. 정말로 나를 데려갈지 고민해볼 줄 알았고, 내 입장에서는 마땅히 반대할 말이 전혀 떠오르지 않았기에 스키퍼 역시 마찬가지일 거라고 추측했다. 내게는 이미 결정된 일이나 마찬가지였다. 이 날쌔고 아름다운 빨간색 자동차에, 스키퍼의 옆자리 조수석에 타고 가는 내 모습이 눈에 선했다. 우리 둘은 길을 따라 모험을 겪으며 나아갈 테고, 시련에 처해 해법을 못 찾고 있는 사람들을 도와주리라. 사람들은 우리가 머물러주기를 바라겠지. 하지만 우리는 언제나 다시 길을 떠날 것이다. 자욱히 먼지를 일으키며 고속도로를 타고 서서히 멀어지는 우리의 뒷모습을 사람들이 지켜보리라. 보이지 않는 어딘가에서 트럼펫 연주자들이 돌아다니는 황량한 땅, 멕시코는 그렇게 머나먼 곳으로 보였고 우리도 오랫동안 떠나 있을 것만 같았다.

나는 아서에게 떠날 거라고 말했다. 다른 애들과 나한테서 신문을 배달받는 사람 몇몇에게도 말했다. 어느 날 밤 저녁을 먹던 도중 드와이트 아저씨가 물었다. "어이 이봐, 아저씨. 네가 멕시코에 간다는 얘기가 있던데 그게 무슨 소리냐?" 아저씨는 나를 보고 있었다.

펄이 말했다. "쟤가 가면 저도 가도 되죠?"

어머니가 웃었다. "멕시코라니! 대체 누가 멕시코 얘기를 해요?"

"저 녀석이." 드와이트 아저씨가 어머니에게 말했다.

"쟤, 사실이니?" 어머니가 물었다. "다른 사람한테 멕시코에 간다고 했어?"

"스키퍼 형이 그럴 수도 있다고 했어요." 내가 어머니에게 말했다.

"응?" 스키퍼가 말했다. "내가 뭐라고 했다고?"

스키퍼를 쳐다보자, 스키퍼는 내가 정말 갈 수 있다고 얘기한 적이 없다는 사실이 며칠 만에 처음으로 떠올랐다. "한번 생각해보겠다고 했잖아." 내가 말했다.

"농담 아니고? 내가 그렇게 말했어?"

나는 고개를 끄덕였다.

"이런, 이런." 스키퍼가 말했다. "안 되겠는데." 스키퍼는 그 말이 내게 어떤 영향을 끼쳤는지 알아차린 게 틀림없었다. 이어서 친구 레이와 함께 가기로 계획을 세웠다고 설명해줬으니까.
두 사람은 돈을 아끼기 위해 자동차에서 잠을 잘 예정이었고, 그
말은 즉 자리가 그들 두 사람 몫밖에 없다는 뜻이었다.

"논란의 여지가 있는 문제로군." 드와이트 아저씨가 말했다.
논란의 여지가 있는 문제로군은 아저씨가 가장 좋아하는, 무게감
있는 표현 중 하나였다. 학술적인데라는 말도.

"다음에 가자." 스키퍼가 말했다.

펄은 스키퍼에게 솜브레로 모자를 사다달라고 부탁했다.

"나는 캐스터네츠가 갖고 싶어." 노마가 말했다. 노마는 어깨
를 씰룩거리며, 드와이트 아저씨가 입 다물라고 말할 때까지 〈라
쿠카라차〉를 불렀다.

스키퍼와 나는 집에서 가장 작은 방을 함께 썼다. 우리는 같은
책상과 같은 서랍장, 같은 옷장을 사용했다. 1.5에서 2미터 너비
공간이 우리 침대 사이를 가르고 있었다. 하지만 스키퍼가 멕시
코로 떠나기 전까지 한 번도 비좁다고 느껴본 적이 없었다. 스키
퍼가 집에서 쓰던 공간이 너무 컸기에 나는 스키퍼가 가버렸다
는 사실을 잊을 수 없었고, 새처럼 자유롭게 길을 나선 스키퍼와
친구 레이에게로 생각이 번졌다. 그러면 속아서 갇힌 듯한 기분
이 들었다. 나는 스키퍼가 레이 대신 나를 데려갔어야 한다고 믿

었다. 내가 먼저 부탁했고, 어쨌거나 나는 남동생이었으니까. 내게는 의미 있는 관계였으나 보아하니 스키퍼에게는 아무 의미도 없는 게 분명했다. 나는 친형과도 항상 잘 지낸 것은 아니었고 사 년 동안 만난 적도 없었지만, 여전히 형을 그리워했고 형이라면 나에게 얼마나 더 잘해줬을지 상상하기 시작했다.

아버지도 그리웠다. 어머니는 내게 한 번도 아버지에 대해 불평하지 않았다. 그러나 드와이트 아저씨는 가끔씩 '아빠 워벅스'* 니 '거만한 귀족' 같은 말을 냉소적으로 내뱉곤 했다. 멀리 떨어져 부유한 삶을 누리면서 나와는 아무 관계도 맺지 않으려는 우리 아버지를 비꼬는 말이었다. 그러나 내가 보기에는 아버지의 이 모든 속성이, 그 마지막 항목까지도, 아니, 그 마지막 항목이야말로 매력적이었다. 아버지는 언제나 충실하지 못한 부모가 누리는 이점을 누렸다. 곁에 있지 않았기에 불완전한 면모를 들킬 일이 없었던 것이다. 나는 내가 원하는 대로 아버지를 그려볼 수 있었다. 아버지에게 훌륭한 자질을 갖다붙일 수 있었고, 왜 내게 무관심한지, 왜 내게 한 번도 편지를 쓰지 않는지, 왜 내 존재조차 잊어버린 듯 살고 있는지에 대한 그럴싸한, 심지어 낭만적인 이유들을 상상해낼 수 있었다. 나는 상황을 파악해야 할 나

---

* 연재 만화 〈고아 소녀 애니〉의 등장인물로, 전쟁으로 큰 부자가 되었다.

이가 한참 지나서까지 아버지를 위한 변명을 만들어냈다. 상황을 깨닫고 나서는, 아버지가 나를 버렸다는 사실을 머릿속에서 치워버리기로 결심했다. 나는 베트남으로 가는 길에 아버지를 찾아갔고 돌아와서도 다시 방문했다. 우리는 친구가 되었다. 아버지는 괴물이 아니었다. 나름의 어려움이 있었다. 어쨌거나, 부모에 관해 불평을 늘어놓는 건 울보들뿐이다.

내 첫아이가 태어나기 전까지는 이런 식으로 생각하는 게 꽤 잘 먹혔다. 아들은 삼 주나 이르게 태어났는데, 내가 집에서 멀리 떨어진 곳에 있을 때였다. 아들을 병원 신생아실에서 처음 봤을 때 간호사가 녀석에게서 혈액 샘플을 뽑으려 하고 있었다. 간호사는 핏줄을 찾지 못해 계속 녀석을 찔러댔고 바늘이 들어갈 때마다 꼭 내가 찔리는 것만 같았다. 내가 조바심치는 바람에 간호사는 더 갈피를 잡지 못했고 다른 간호사가 그 일을 넘겨받아야 했다. 마침내 내 손을 아이에게 뻗었을 때, 늑대 무리로부터 아이를 구출한 기분이 들었다. 녀석을 안아올리자 내 안에 있던 무언가 단단한 것이 깨져버렸다. 그 어느 때보다 나 자신이 생생하게 살아 있다는 확신이 들었다. 하지만 동시에 어떤 그림자를, 어느 한구석에서 퍼지는 냉기를 느꼈다. 그 불편한 느낌을 나는 무시했다. 그날 밤 그 느낌이 다시 찾아와 비명이 터져나올 만큼 날카롭게 퍼지기 전까지도 그게 무엇인지 이해하지 못했다. 그건 이미 세상을 떠난 지 십 년이 지난 아버지에 관한 감정이었다. 슬픔과 분노가 섞여 있었고, 대체로는 분노였다. 며칠 동안 나는 아들을 맞은 기쁨과 새로운 삶을 마주한 기쁨에 겨워 떨고 있지 않으면, 그 감정 때문에 몸을 덜덜 떨었다.

하지만 그건 한참 후의 일이다. 아직 어렸던 나는 아버지에게서 아무런 흠을 찾지 못했다. 나는 꿈과 기억으로 아버지를 만들어냈다. 어느 기억 속 장면에서 나는 코네티컷주에 있는 계모의 아름답고 오래된 집을 방문했다. 나는 주방에 앉아서 아버지가 상자를 가득 채운 폭죽을 식탁 위에 쏟아놓는 모습을 지켜보았다. 전부 군수품으로, 화력이 강했고 생명을 앗아갈 수도 있었으며 불법이었다. 계모가 아버지를 꾸짖었다. 계모는 아버지에게 대체 뭘 하려고 그러느냐고 했다. 아버지는 붉은색 공 모양 폭죽 한 무더기를 내 쪽으로 밀어주며 말했다. "터뜨려보렴, 아가. 터뜨려봐."

스키퍼가 포드를 새 차로 개조하는 걸 보고 나자 나도 자동차에 큰 욕심이 생겨 차들을 눈여겨보기 시작했다. 신문배달을 하러 다니면서 눈에 보이는 자동차들을 분해했다가 좀더 흥미로운 방식으로 재조립하는 상상을 하기도 했다. 차체를 낮추고 지붕창을 달고 차체 앞쪽은 더욱 낮추고 지붕을 낮추고 바닥을 낮추었다. 신문에서 중고차 광고를 찾아 가격을 비교하고 내가 버는 돈과 견줘 셈을 했다. 자동차를 갖게 되면, 훌쩍 차에 올라 떠날 수 있으면 기분이 어떨지 상상했다.

하루는 신문배달을 마친 뒤 신문 가방을 들고 병영 바깥으로 이어지는 다리를 건넜다. 허공에 엄지를 들어올리고 기다리자 자동차 한 대가 멈춰 섰다. 모르는 남자였다. 상류 댐 공사 현장에서 일하는 노동자였다. 내가 차에 타자 남자는 어디로 가느냐고 묻더니 덧붙여 말했다. "시애틀까지는 충분히 갈 수 있다. 그 다음에는 네가 알아서 가거라."

시애틀이라. 마음만 먹으면 시애틀까지, 그 먼길을 갈 수도 있었다. 나는 콘크리트로 간다고 말했다. 그 정도만 해도 충분히 멀어 보였다. 하지만 마블마운트에 도착했을 때쯤 더럭 겁이 들어 남자에게 내려달라고 부탁했다. 얼마 지나지 않아 다른 차를 잡아타고 치누크로 돌아왔다. 나의 첫 히치하이킹이었다. 여름이 가는 동안 나는 계곡 아래로, 콘크리트와 버즈아이, 밴혼과 세드로울리까지 점점 더 범위를 넓혀갔다. 학기가 시작되기 직전에 한번은 저멀리 마운트버넌까지 갔다. 그 마을들에 도착하면 몇 분 정도 거리를 쏘다니며 무슨 일이든 일어나기를 기다렸다. 아무 일도 일어나지 않으면 다시 도로로 돌아가 엄지를 치켜들었다. 드와이트 아저씨와 어머니가 직장에서 돌아올 때쯤에는 언제나 집에 있었다. 누구도 내가 사라진 걸 몰랐다. 가끔씩 아서를 데려가기도 했지만 보통은 혼자였다. 혼자 있으면 더 마음껏 거짓말을 할 수 있었고, 좀더 많은 기회가 열려 있는 듯한 기분이 들었다. 언젠가는 누군가가 차를 세우고 이렇게 말하리라 생각했다. "코네티컷주 월턴까지는 충분히 갈 수 있단다……"

스키퍼는 겨우 보름간 떠나 있었다. 돌아온 후에는 짐을 싸더니 다음날 아침에 사라져버렸다. 그후로는 추수감사절과 크리스마스를 맞아 스키퍼가 집에 올 때나 우리가 시애틀로 찾아갈 때만 가끔씩 만날 수 있었다. 스키퍼는 두어 해 동안 다른 남자애들과 작은 아파트를 얻어 살다가 결혼을 한 뒤 전에 다니던 전력회사에서 다른 보직을 얻었다. 결혼식 전날 밤에 스키퍼와 나는 함께 앉아 시간을 보냈다. 스키퍼가 목메어 울컥하는 모습을 딱 두 번 봤는데 그중 한 번이 그때였다. 자유를 잃게 되리라는 느낌 때문이 아니라, 스키퍼가 새로 장만한 하이파이 오디오로 계속 재생한 노래, 킹스턴 트리오의 〈늪지〉 때문이었다. 이 노래는 여자를 두고 다른 남자와 싸우다가 그를 죽여버린 어느 남자의 이야기였다. 남자는 자기가 저지른 짓을 깨닫고는 늪으로 향한다.

한 남자가 숨어서 영영 발견되지 않을 곳으로

으르렁거리는 사냥개를 두려워하지 않아도 되는 곳으로
하지만 멈추지 말고 움직이는 편이 좋겠지
모기에 물리거나 악어한테 잡힐지 모르니까

남자가 알지 못했고 당연하게도 영원히 알아내지 못할 것은 배심원단이 남자가 저지른 일을 정당방위로 보고 무죄를 결정했다는 사실이다. 이 반전은 마지막 소절에서 드러나는데, 이 부분이 돌아올 때마다 스키퍼는 눈을 내리깔고 슬픔에 차 고개를 저었다.

스키퍼가 울음을 삼키는 모습을 본 다른 때는 멕시코에서 돌아왔을 때였다. 우리는 저녁식사를 하고 있었다. 절대 착각할 수 없는 그 엔진소리가 들리자 펄과 노마와 나는 벌떡 일어나 밖으로 달려나갔다. 드와이트 아저씨와 어머니가 잠시 후 뒤따라왔다. 우리와 주택을 함께 쓰는 가족도 밖으로 나왔고 다른 이웃 몇 명도 나왔다. 모두가 차를 보고 말을 잃었다.

자동차는 마치 모래로 갈아낸 것처럼 보였다. 페인트는 흠집투성이였고 광택은 사라지고 없었다. 휠캡과 범퍼와 레이커 배기관도 흠집이 많고 녹이 슬기 시작한 모습이었다. 슬픈 광경이었다.

스키퍼가 무슨 일이 벌어졌는지 들려주었다. 자동차 시트를 갈고 난 뒤 스키퍼와 레이는 엔세나다까지 달려갔고, 돌아오는 길에 모래폭풍에 갇히고 말았다. 모래가 너무 짙어서 전방 30에서 60센티미터 이상은 볼 수 없었다. 도로에서 벗어나 폭풍이 잠잠해질 때까지 기다리느라 거의 하루를 다 써버렸다. 모래가 엔진도 망가뜨려서 스키퍼는 집으로 돌아오는 내내 엔진을 어설프게 손봐야 했다. 스키퍼는 이 모든 일을 농담조로 말했지만 곧 목이 메어 말을 잇지 못할 것 같았다. 지금까지는 레이가 보는 앞에서 내내 꾹꾹 참으며 태연한 척 애를 썼으리라. 하지만 이제, 집과 가족을 마주하자 마음이 나약해지고 있었다. 스키퍼는 무너지지 않았으나 거의 그러기 일보 직전이었다.

스키퍼가 말을 하는 사이 나는 자동차를 둘러보며 피해를 헤아려보았다. 운전석 문을 열고 머리를 안쪽으로 쑥 집어넣었다. 바닥에는 하얀 카펫이 깔려 있었다. 흰 가죽이 좌석과 문 안쪽, 지붕과 대시보드를 덮고 있었다. 내부 조명은 환하고 부드러웠다. 나는 운전석에 앉아 문을 닫았다. 가죽냄새를 들이마셨다. 손가락으로 좌석을 쓸어본 다음, 한 손은 핸들에 다른 손은 기어에 얹고 등을 기댔다. 아무도 듣지 못할 만큼 작은 소리로 엔진 소음을 흉내내고 기어를 조작하며 흠집투성이인 앞유리 너머로 길가 나무들의 흐릿한 윤곽을 바라보았다. 앞을 뚫어져라 보지만 않으면 차가 움직이고 있다고 믿을 수 있었다.

발이 계속 자라는 통에 신발이 작아졌다. 7학년 때만 두 켤레를 갈아치웠다. 드와이트 아저씨는 분을 터뜨렸다. 아저씨는 내 몸이 자라는 게 나쁜 마음을 품은 탓이라 생각했다. 내가 거의 걸을 수 없을 지경이 되어서야 세번째 신발을 사주면서, 이번에 운동화는 없을 거라고 말했다. 어느 정도 자라는 게 멈춰 치수가 결정된 뒤에야 운동화 얘기를 할 거라고 했다. 나는 신문배달로 모은 돈으로 직접 운동화를 사고 싶었지만 드와이트 아저씨는 그 돈을 은행에서 인출해주지 않았다.

농구가 아니었으면 운동화에 그렇게까지 신경을 쓰지 않았을 것이다. 치누크초등학교에는 스포츠에 흥미를 가진 소년들이 아주 적었는데, 그것은 내가 대부분의 경기에 출전하여 세련된 유니폼을 입을 수 있다는 뜻이었다. 흰 줄무늬가 들어간 빨간 새틴 유니폼이었다. 여기에 갈색 단화를 더하면 뭔가 어긋나리라는 생각은 기우가 아니었다.

경기는 밤에 열렸다. 원정 경기일 경우에는 어머니가 차를 태워다주었지만, 어머니가 바쁘면 노마가 보비 크로에게 운전을 부탁해 나를 데려다주었다. 물론 노마도 함께 갔다. 둘이 함께할 시간을 짜내는 방법이었다. 경기장으로 차를 몰면서 보비는 내게 여러 가지 귀띔을 해주었다. 패스, 슛, 속임수 동작 등에 관한 기밀 정보였다. 나는 보비가 말하는 내내 앞좌석에 고개를 내밀고, 모든 말에 빈틈없이 고개를 끄덕였다. 보비는 콘크리트고등학교의 미식축구 선수였다. 쿼터백으로 뛰고 있었고, 팀에서 가장 덩치가 작지만 제일 뛰어난 선수였다. 다른 선수들보다 워낙 실력이 출중해서 혼자 경기를 하는 것처럼 보일 정도였다. 이렇게 홀로 빛나는 탁월한 재능은 아름다우면서도, 한편으로는 보비에게 비극이었다. 다들 알고 있듯, 보비가 아무리 대단한 실력을 발휘해봤자 나머지 팀원들이 일을 그르쳤기 때문이었다. 보비가 눈에 보이지 않을 정도로 교묘하게 핸드오프를 해도, 공은 하프백의 손에서 미끄러져나갔다. 엔드들은 패스를 백발백중 놓쳐버렸다. 하지만 보비의 진정한 묘기는 브로큰필드 돌파*였다. 보비는 질주하다가 갑자기 멈춰 서고, 옆으로 펄쩍 뛰고, 발끝으

204

로 재빨리 돌아 자기를 쫓아오는 사나운 거구들에게서 엉덩이를 여자처럼 흔들어 빼내며, 송어가 개울 곳곳에 흩어진 바위 사이를 재빠르게 돌파해나가듯 그들 사이를 미끄러져나갔다.

보비는 뼈대가 가늘고 날씬했다. 술을 마시지도, 담배를 피우지도 않았다. 혼혈인 어머니의 오종종한 이목구비에 네즈퍼스족 아버지의 짙은 색깔 눈과 피부를 물려받았다. 노마는 보비의 아버지가 조지프 추장**의 직계 후손이라고 했다. 보비가 콘크리트 고등학교에서 농구를 하는 건 아니었지만 나는 모든 조언에 귀를 기울였다. 그 조언들이 마음 깊숙한 곳에 가라앉아 내 경기를 변화시킬 수 있도록 그것들을 머릿속으로 꽉 감쌌다. 보비는 목소리가 매우 나지막했는데, 그래서 그가 하는 말은 비밀스럽게, 심지어 어둠에 싸인 듯 들리기도 했다.

나는 밴혼과의 첫 시합에서 단화를 신고 뛰었다. 보비와 노마는 나를 학교 밖에 내려주고 가버렸다. 두 사람은 오는 내내 뚱한 얼굴로 서로에게 가시를 세웠다. 둘 다 몇 달 후 졸업을 앞두고 있었는데 이후 계획을 두고 서로 생각이 달랐다.

---

* 미식축구에서 스크리미지 라인 너머 상대편 수비 진영을 돌파하는 것.
** 자신들을 보호구역에 가두려는 미국 정부의 정책에 항거한 아메리카 원주민 추장.

나는 레이업슛으로 몸을 풀 때부터 곤경에 처했다는 사실을 알아차렸다. 드와이트 아저씨가 학교에 갈 때나 스카우트 제복을 입을 때 두루 어울리라고 골라준 그 신발은 무겁고 각진 모양이었다. 달릴 때면 시끄럽게 쿵쾅거렸고, 매끈한 새 밑창은 반질반질 니스칠을 해둔 바닥에서 스케이트처럼 미끄러졌다. 나는 경기 시작 전에 두 번이나 넘어졌다. 점프볼로 경기를 시작할 때쯤에는 다른 학교 아이들이 이미 내게 야유를 보내고 있었다. 나는 뛰고 싶지 않았지만, 그날 밤 우리 팀에는 선수가 다섯 명뿐이라 선택의 여지가 없었다. 내가 코트 이곳저곳을 앞이 안 보이는 사람처럼 달릴 때마다 신발이 쿵쾅거렸다. 가끔은 내게도 공이 왔다. 나는 공을 두어 차례 드리블하고 빨간 옷을 입고 있는 애 아무한테나 던졌다. 다른 사람들이 점프를 하면 나도 점프를 했다. 이리저리 뛰어다니다가 갑자기 멈추려 할 때마다 넘어졌다.

사람들의 외침 사이에서 귓전을 때리는 목소리가 하나 있었다. 어떤 여자가 내지르는 유난히 새된 비명이었다. 관객 웃음소리 효과음에 섞인 광기어린 목소리 같았다. 그 목소리가 한번 들리자 도저히 정신을 다른 곳으로 돌릴 수가 없었다. 그 소리 때문에 너무 괴로운 나머지 나는 더욱 쩔쩔맸다. 내가 미끄러지거나 넘어질 때마다 여자는 더 높게, 더 시끄럽게 비명을 질렀다. 어느 순간부터는 내가 한번 넘어졌다가 또다시 넘어지기도 전에 계속 비명을 질러댔다. 숨도 안 쉬고, 웃음기도 없이 갈라진 목소리로. 알아차린 사람은 나뿐만이 아니었다. 경기장이 조용해졌다. 결국 그 여자의 목소리만 들리게 되었다. 여자는 멈추지 않았다. 우리 코치가 타임아웃을 요청했고, 우리는 사이드라인으로 가 수건으로 땀을 닦고 갈증을 달랬다. 자리에 앉은 사람들은 몸을 돌려 여자를 올려다보고 있었다. 여자는 관중석 맨 뒷줄에 서 있었는데, 내가 한 번도 본 적 없는 사람이었다. 거구에 어깨가 넓고, 헤어롤을 말고 승마바지를 입은 여자였다. 여자는 두 손으로 얼굴을 가리고 있었다. 그 손을 뚫고 비명이 터져나올 때마다 여자의 어깨가 들썩였다. 뺨이 달아오른 키 작은 남자가 눈을 내리깔고는 여자의 팔꿈치를 잡고 끌어당겼다. 두 사람은 앉아 있던 줄을 지나 계단을 내려오더니, 경기장 바닥을 가로질러 출구로 향했다. 여자는 손가락 사이로 발작적인 비명을 토했다.

경기는 재개되었지만 무언가 달라졌다. 관중이 좀더 조용해졌다. 다들 입을 꾹 다문 것이나 마찬가지였다. 상대 팀이 공을 잡자 여기저기서 몇몇 사람들이, 조심스럽게 응원을 했다. 그들이 골을 넣자 갈채는 잦아들었다. 이제 경기장 상황이 내게도 선명해졌다. 나는 숨을 고르고 리듬을 찾으며 경기에서 자리를 잡아갔다. 아직도 발을 놀리는 데 어려움을 겪었지만 내가 넘어져도 아무도 웃지 않았다. 이제 관중은 내 편이었고, 상대 팀도 그걸 아는 듯했다. 상대 선수들은 예의 있게, 거의 사과하는 듯한 태도로 경기에 임했다. 관중석에 있는 내 모습이 보이기 시작했다. 나는 경기를 끝까지 포기하지 않은 스스로의 숭고한 투혼에 감성적으로 도취되었다. 나는 넘어지면서 무릎을 약간 삐었고, 사람들의 동정심을 최대한 이끌어내면서도 심판이 경기를 중단시키지 않을 정도로만 절뚝거림으로써 이 곤란한 상황을 활용했다. 내가 발을 절면서도 코트를 가로지르는 투지를 보이자 상대편도 속도를 늦추었다. 우리 편의 불리한 상황으로 더이상 득을 보지 않겠다는 태도였다.

상대편은 큰 점수 차로 이겼다. 버저가 울리자 그 학교 코치가 코트로 달려나와, 자기 선수들을 시켜 우리에게 만세 삼창을 해주었다.

노마와 보비는 뒤늦게 나를 데리러 왔다. 두 사람의 차가 들어왔을 때 주차장은 거의 비어 있었다.

"누가 이겼어?" 노마가 물었다. 노마는 문을 열어주고는 내가 자기 옆으로 바짝 붙어 뒷좌석에 들어갈 수 있도록 몸을 앞으로 숙여주었다.

"쟤네 편."

"다음 기회가 있겠지." 보비가 말했다.

노마는 문을 닫고 다시 보비 옆자리로 돌아갔다. 두 사람은 서로를 바라보았다. 보비는 기어를 넣고 천천히 주차장을 빠져나갔다. 자동차 안은 답답할 만큼 따뜻했다. 노마는 기지개를 켜고 라디오를 이리저리 만졌고 보비의 목뒤에 난 털을 건드리며 장난을 쳤다. 보비를 보보라는 애칭으로 부르더니 무슨 말인가 건네서 보비를 웃게 했다. 노마의 목소리는 나지막했고 동작은 나른했다. 나는 두 사람을 지켜보았다. 차를 타고 가는 내내 계속. 신경이 곤두섰고 뭐가 의심스러운지도 모르면서 의심에 사로잡혔다. 그러다 알아차렸다. 어떤 생각이 번뜩 떠올랐다기보다 돌연 온몸을 옥죄는 느낌으로 깨달았다. 그전에는 두 사람이 단둘이 나가서 뭘 하는지 정확히 몰랐다. 시시덕거린다는 건 알았지만 친구 사이라고 생각했다. 노마가 내게 이런 짓을 할 거라고는 한 번도 생각해보지 않았다.

나는 어두운 뒷좌석에서 뻣뻣하게 굳은 채 아무 말 없이 앉아, 노마에게 주먹질을 하고 따귀를 때리고 욕을 퍼부었다. 노마에게 주려던 파란색 컨버터블 자동차와 모피, 하늘하늘한 옷들을 빼앗았다. 저택에서도 쫓아냈다.

그런 다음 다시 들여보내주었다. 선택의 여지가 없었다. 그후 나는 레이 찰스가 부르는 〈당신에 대한 사랑을 멈출 수 없어〉를 들을 때마다 하던 일을 잠시 멈추고 슬픔에 잠겼다.

사격 동호회에 가입하면서 어머니는 다른 아내들도 몇 명 끌어들였다. 시간이 지나면서 더 많은 부부들이 가입했다. 동호회는 한때 맥주 냄새를 풍기는 남자들이 깡통이나 뎅그렁 맞히고 좋아하던 느슨한 모임이었지만 이제는 바뀌었다. 새로운 회원 중 일부는 진지한 사수였다. 두어 군데 다른 동호회에 완패를 당한 이후에는 옛 회원들도 진지해졌다. 아니면 탈퇴하거나.

어머니는 경기에서 실력을 발휘했다. 어머니는 이기는 걸 무척 좋아했다. 승리는 어머니를 쾌활하고 밝게 만들었다. 어머니의 사격 재킷은 배지와 리본으로 뒤덮였지만, 드와이트 아저씨의 재킷에는 아무것도 달리지 않았다. 아저씨는 항상 졌으니까. 아저씨는 자기가 산 레밍턴 사격용 소총의 균형이 완벽하지 않다고 주장했다. 그래서 다른 총을 샀고 그 총 역시 결함이 있는 것으로 밝혀지자 세번째 총을 샀다. 아저씨는 계속 졌지만 노력이 부족해서는 아니었다. 아저씨는 일주일에 이틀, 혹은 사흘 밤을 동호회에 나가 연습했고 우리집의 긴 복도에서도 장전되지 않은 총으로 연습을 했다. 아저씨는 한쪽 끝 문에 표적을 붙여놓고, 다른 쪽 끝에서 두 팔을 어깨끈에 끼워넣고 개머리판에 뺨을 붙인 채 표적을 노려보았다. 들이쉬고, 내쉬고, 당긴다. 들이쉬고, 내쉬고, 당긴다. 신문배달을 끝내고 돌아오면 나는 드와이트 아저씨가 새로 장만한 총의 총구를 마주보게 되는 경우가 많았다. 장전되지 않은 무기도 규제 대상이었기에 명백히 법을 어기는 행동이었지만, 드와이트 아저씨는 내가 비켜설 때까지 총을 물리지 않았다.

동호회에서 다른 마을로 원정 경기를 떠나면 드와이트 아저씨는 펄과 나도 데려갔다. 결과는 언제나 똑같았다. 어머니는 잘했고 아저씨는 망쳤다. 아저씨는 신경쓰지 않는 척했지만 집으로 돌아오는 길부터 얼굴이 부루퉁해졌다. 표정이 어두워졌고 아랫입술이 튀어나왔으며 목은 어깨에 파묻혔다. 펄과 나는 뒷자리에 조용히 앉아 있었다. 그러다가 둘 중 하나가 깜빡하고 콧노래를 흥얼거리거나 말을 꺼내면 드와이트 아저씨가 잡아먹을 듯이 호통을 쳤다. 어머니는 어쩔 수 없이 달래는 말을 건네야 했다.

그러면 아저씨는 어머니에게 화살을 돌려 자기가 아는 한, 소위 가족이라는 이 집단의 아버지는 여전히 자기라고 알고 있는데, 혹시 다른 후보자라도 있는 거냐고 물었다.

"드와이트……" 어머니가 말했다.

"드와이트." 아저씨가 흉내를 냈지만 전혀 비슷하지 않았다.

마블마운트에 도착할 때까지, 아저씨는 애 딸린 이혼녀를 받아준 자신의 희생에 감사하지 않는다며 어머니한테 비난을 퍼부었다. 게다가 그애는 나 같은 거짓말쟁이에 도둑, 계집애 같은 애고 말이다. 어머니가 말대꾸를 하면 아저씨는 어머니가 신의를 깬다고 비난했다. 말대꾸를 하지 않으면 혼자 떠들어대며 질식할 듯이 화를 냈다. 마블마운트 선술집이 보일 때까지 아무것도 아저씨를 멈출 수 없었다.

아저씨는 주차장으로 들어가 브레이크를 꽉 밟으며, 듬성듬성 깔린 자갈 위로 미끄러지듯 차를 세웠다. 아저씨는 차에서 내렸다가 다시 안쪽으로 머리를 집어넣고 우리에게 최후의 심판이라도 내리는 양 몇 마디를 한 다음 문을 쾅 닫았다. 펄과 나와 함께 앉아 있던 어머니는 잠시 돌처럼 굳은 얼굴로 앉아 선술집을 지켜보았다. 어머니는 절대 울지 않았다. 마침내 어머니도 차에서 내려 술집으로 들어갔다.

나는 거짓말쟁이였다. 모든 사람이 내 정체를 아는 곳에 살면서도 내 관심사가 바뀔 때마다, 또는 이전에 내가 보여준 모습이 설득력을 잃었기에, 새로운 나의 모습을 알리지 않고는 배길 수가 없었다. 나는 도둑이기도 했다. 드와이트 아저씨가 나를 도둑이라고 불렀던 까닭은 사소했다. 내가 허락도 없이 아저씨의 사냥용 칼을 가져가서였다. 하지만 나는 진짜 도둑질을 했다. 독신자 막사에 사는 신문 구독자들의 방에서 사탕을 훔치는 것으로 시작했다. 이 사람들은 대부분 집에 사탕을 두었다. 나는 여기서 조금, 저기서 조금씩 가져가는 습관이 들었다. 그런 다음에는 돈을 훔쳤다. 처음에는 콜라나 아이스크림을 사려고 몇 푼짜리 잔돈만 훔쳤지만 나중에는 50센트짜리 동전을, 심지어 달러 지폐까지도 훔쳤다. 나는 어느 막사 아래의 탄약 상자에 그 돈을 숨겨두었다.

돈이 충분히 모이면 달아날 생각이었다. 드와이트 아저씨에게서 벗어날 수만 있다면 무슨 일이든 할 준비가 되어 있었다. 심지어 아저씨를 죽일 생각도 해봤다. 아저씨가 어머니를 괴롭히고 있던 어느 날 밤에 총으로 쏴버릴까 생각해본 것이다. 나는 신문을 들고 다니기만 한 게 아니었다. 나는 신문을 읽었고, 그 덕에 사람을 죽여도 빠져나갈 수 있는 경우가 있다는 걸 배웠다. 그냥 알맞은 배역으로 출연하기만 하면 되었다. 라나 터너를 협

박했다는 이유로 조니 스텀퍼나토를 찔러 죽인 셰릴 크레인처
럼.*

드와이트 아저씨가 어머니를 몰아붙이는 소리가 들리면 나는
가끔씩 윈체스터를 꺼내곤 했다. 하지만 아저씨의 괴롭힘은 위
험하다기보다는 지긋지긋했다. 어머니가 자기를 존중하지 않는
다. 자기를 깔본다. 어머니와 내가 오기 전까지 자기는 잘해나가
고 있었다. 어머니는 대체 스스로 얼마나 대단한 사람이라고 생
각하는 건가? 아저씨를 쏘고 싶었던 큰 이유는 아저씨를 조용하
게 만들고 싶어서였다.

나를 거짓말쟁이에 도둑이라고 한 드와이트 아저씨의 말은 틀
리지 않았지만, 이런 비난이 내게 상처를 주지는 않았다. 나도
나 자신을 그렇게 봤으니까. 아저씨가 나를 비난하는 말 중에서
오직 한 가지만이 나를 푹 찌르듯 파고들었다. 계집애 같다는 말
이었다. 나와 가장 친한 친구가 타고난 계집애였기에, 우리가 친
구 사이라는 이유로 다른 사람들이 나도 똑같다고 생각할까봐
걱정스러웠다. 오해를 피하려고 나는 습관적으로 아서를 조롱했

---

* 할리우드 배우 라나 터너는 연인이던 마피아 조직 일원 조니 스텀퍼나토와 헤
어진 이후 그의 극심한 협박에 시달렸고, 이를 지켜보던 터너의 딸 셰릴 크레인
이 스텀퍼나토를 살해했다. 셰릴 크레인은 정당방위가 인정되어 무죄를 선고받
았지만, 터너는 평생 동안 딸에게 혐의를 뒤집어씌웠다는 의혹에 시달렸다.

다. 언제나 등뒤에서 그랬다. 아서의 말버릇과 걸음걸이를 흉내 내고 녀석의 비밀까지도 흘렸다. 나는 싸움도 하고 다녔다. 다시 아서와 붙은 건 아니었다. 하지만 나는 모욕을 당하면 이성의 끈을 놓아버리는 방법을 이미 아서에게서 배웠다. 몇 대 맞아도 죽지는 않는다는 것과 싸우고 나면 사람들이, 심지어 드와이트 아저씨까지도 며칠 동안은 어느 정도 나를 대우해준다는 사실도 알게 되었다. 물론 다른 아이들이 자기 말에 책임이 따른다는 걸 알고 입을 열기 전에 한번 더 생각해보게 되기도 했다.

나에 대한 드와이트 아저씨의 모든 불평은 내가 나 자신을 정의하도록 하는 게 목적이었다. 소기의 성과는 있었지만 아저씨가 바란 방식대로는 아니었다. 나는 아저씨의 방식과는 반대로 나 자신을 정의했다. 과거에 나는 나 자신을 사악하다고 말하는 온갖 이야기들을 기꺼이 믿었다. 아무 잘못이 없을 때도 그랬다. 하지만 죄책감의 근원을 찾게 된 지금은 더이상 그렇게 느껴지지 않았다.

펄과 나는 자동차에서 기다리며 서로의 신경을 긁으려고 최선을 다했다. 펄은 콧노래를 흥얼거렸다. 그 흥얼거림은 절대 음악이라고 할 수 없었다. 멜로디나 리듬의 패턴은 하나도 없고 그저 끝없이 되풀이되는 소리였다. 마치 내가 손마디를 꺾는 것처럼 멍청한 짓이었다. 나는 펄을 짜증나게 만들려고 손마디를 꺾었다. 딱. 딱. 딱. 딱. 딱.

우리는 이렇게 한참을 계속할 수 있었다. 그러다 지루해지면 나는 길을 따라 산책을 나섰다. 선술집은 보이지만 펄이 나를 볼 수 없을 정도까지만 갔다. 펄이 버려졌다고 느끼고 겁을 집어먹길 바라면서. 나는 옷깃을 세우고 주머니에 두 손을 넣은 채 길가에 서서 지나가는 자동차들의 불빛을 지켜보았다. 나는 도망중인 살인자, 이제 곧 외로운 여인과 정열에 휩싸이게 될 방랑자……

지루해지면 나는 자동차로 돌아왔다. 그때쯤이면 나부터가 외로워서 말을 하고 싶어 안달이 났지만, 공식적으로 우리는 서로를 못 참아주겠다며 맞서는 사이였다. 펄과 나는 각자의 구석에 앉아 저마다 창밖을 응시했다. 더이상은 일 초도 못 견디게 되면 나는 좌석 너머로 몸을 숙여 라디오를 켰다. 펄은 그러면 안 된다고 경고했지만 진심은 아니었다. 펄도 나만큼이나 라디오를 듣고 싶어했다. 우리는 둘 다 〈아메리칸 밴드스탠드〉*와 지역 방송국 프로그램인 〈시애틀 밴드스탠드〉의 엄청난 팬이었다. 펄은 집에서도 그 프로그램을 봤다. 나는 신문배달을 하는 도중에 다른 아

---

* 미국에서 1952년부터 1989까지 방영된 음악 방송 프로그램. 이 프로그램이 인기를 얻자 여러 모방 프로그램들이 쏟아져나왔다.

이들 집에서 그 프로그램을 보다가 한 곡이 끝나면, 다음번 기지까지 거리를 내달리면서 머리 위로 신문을 획획 날리곤 했다.

나는 모든 노래의 모든 가사를 알았다. 펄도 마찬가지였다. 그렇게 음악이 계속 흐르는 차 안에서 어둠 속에 앉아 있으면 도저히 노래를 따라 부르지 않을 수 없었다. 처음에는 각자 불렀지만 어느새 함께 부르고 있었다. 펄은 목소리가 별로였으나 나는 한 번도 그걸 가지고 놀린 적이 없었다. 그건 너무 저열한, 펄의 땜통을 놀리는 것과 같은 짓이었다. 아무튼 우리가 좋아하는 노래에는 좋은 목소리가 필요하지도 않았다. 그저 박자와 음조만 맞으면 됐다. 그런 감각은 펄도 있었다. 펄은 코러스를 넣거나 화음을 넣을 줄 알았다. 화음이란 본디 서로 가깝게 몸을 기울이고 고갯짓이나 순식간에 가늘어지는 눈, 들이마시는 호흡 등에서 힌트를 얻지 않으면 할 수 없다. 그리고 합창이 잘되어가면 어쩔 수 없이 미소를 짓게 된다. 그러지 않을 도리가 없다. 우리가 잘하는 노래가 몇 곡 있었다. 〈그를 안다는 것은 그를 사랑한다는 것〉 〈나의 행복〉 〈미스터 블루〉, 에벌리 브러더스의 거의 모든 곡. 우리는 서로에게 노래하듯 마주보고 미소를 지으며 그 노래들을 불렀다.

드와이트 아저씨가 선술집에서 나올 때까지만이었다. 그때가 되면 우리는 라디오를 끄고 각자 다시 구석으로 몸을 기댔다. 드와이트 아저씨가 자동차로 걸어왔고 어머니가 몇 걸음 뒤에서 팔짱을 낀 채 땅을 내려다보며 따라왔다. 이제 어머니는 승자처럼 보이지 않았다. 드와이트 아저씨는 버번위스키 냄새를 풍기며 들어왔고 어머니는 밖에 서 있었다. 어머니는 드와이트 아저씨가 자동차 열쇠를 넘겨주지 않는 한 타지 않겠다고 말했다. 아저씨가 그대로 앉아 있으면 잠시 후 어머니가 들어왔다. 드와이트 아저씨가 주차장에서 차를 빼는 동안 어머니는 아랫입술을 물어뜯으며 길이 우리를 향해 덤벼드는 모습을 지켜보았다.

"부탁이에요, 드와이트." 어머니가 말했다.

"부탁이에요, 드와이트." 아저씨가 흉내를 냈다.

첫번째 커브에 접어들었을 때 펄의 손가락이 내 팔뚝을 파고드는 게 느껴졌다.

"부탁이에요, 드와이트 아저씨." 내가 말했다.

"부탁이에요, 드와이트 아저씨." 아저씨가 말했다.

그런 다음 아저씨는 우리를 태우고 강가의 굽은 길을 달렸다. 타이어가 울부짖었고 헤드라이트는 낭떠러지와 허공 사이에서 흔들렸다. 우리가 빌면 빌수록 아저씨는 더욱 속력을 높였고, 정말로 아슬아슬한 순간 직후에만 잠깐 속도를 늦췄다가 겁먹지 않았다는 걸 보이기 위해 웃음을 터뜨렸다.

집에 혼자 있을 때면 나는 모든 식구들의 소지품을 뒤졌다. 하루는 어머니의 책상에서 파리에 사는 스티븐 외삼촌의 편지를 발견했다. 편지는 파리와 그곳에서 누리는 즐거움에 대한 묘사로 가득했다. 나는 편지를 두어 번 반복해 읽고는, 얇고 푸른 봉투에서 주소를 베낀 다음 다시 서랍에 집어넣었다.

그날 밤 나는 삼촌에게 우리의 치누크 생활을 악몽 같은 이야기로 그려낸 긴 편지를 썼다. 편지를 쓰는 동안에는 다 사실이라고 느꼈지만 나는 흥분하고 말았다. 편지 마지막에 외삼촌에게 어머니와 나를 파리로 데려가달라고 간청했다. 첫출발만 도와주면 얼마 지나지 않아 자립할 수 있을 거라고 썼다. 일자리를 찾아 빚을 다 갚겠다고 했다. 우리가 여기서 얼마나 버틸 수 있을

지 모르겠다고, 모든 게 외삼촌에게 달려 있다고 썼다. 나는 봉투를 우표로 뒤덮어 편지를 부쳤다.

며칠간 외삼촌의 답장을 기다리다가 잊어버렸다.

어느 날 오후, 신문배달을 마치고 돌아오는데 어머니가 현관 계단에서 나를 멈춰 세웠다. 어머니는 함께 산책을 하자고 말했다. 집에서 그리 멀지 않은 곳에 강을 건너는 인도교가 하나 있었는데, 그곳에 도착하자 어머니가 멈춰 서서 대체 외삼촌에게 뭘 써서 보냈느냐고 물었다.

나는 정확히 기억이 안 난다고 말했다.

"꽤나 끔찍했나보던데." 어머니가 말했다. 내가 대답하지 않자 어머니가 물었다. "주소는 어떻게 알아냈니?"

나는 어머니 책상 위에서 편지를 발견했다고 말했다. 어머니는 고개를 젓더니 강물 저편을 건너다보았다. "그냥 도와주려고 한 거야." 내가 말했다.

"이걸 읽어봐." 어머니가 내게 푸른색 봉투를 내밀며 말했다. 스티븐 외삼촌이 보낸 다른 편지였다. 외삼촌은 우리의 지독한 상황에 충격과 연민을 표했지만, 내가 부탁한 수준의 구조 작전에 착수할 능력은 없다고 설명했다. 우리 두 사람을 다 받아들일 공간이 없고, 직업을 찾는 문제에서도 아무 전망이 없다고 했다.

우리는 프랑스어를 할 줄 모르고, 할 줄 알더라도 결코 취업 허가증을 받지 못할 것이었다. 어쨌거나 나는 학교에 가야 할 테고. 애초에 터무니없는 생각이었던 것이다.

하지만 외삼촌 부부는 할 수 있는 일이라도 돕고 싶어했다. 두 사람은 상의 끝에 한 가지 방안을 마련했다며 우리더러 한번 생각해봐달라고 했다. 그 계획이란 내가 혼자 파리로 가서 외삼촌네에 살면서 사촌들과 함께 학교에 다니는 것이었다. 사촌 중에서 캐시가 내 또래라, 친구를 사귀고 감을 잡도록 도와줄 수 있을 터였다. 내가 외삼촌 가족과 함께 사는 동안 어머니는 마음놓고 드와이트 아저씨에게서 벗어나 직장을 찾으면 된다. 일단 어머니가 자리를 잡으면, 정말로 자리를 잡으면, 아마 일 년쯤 후에 내가 다시 어머니와 함께할 수 있으리라.

외삼촌은 동봉한 게 분명한 수표를 언급하며 그 이상 보내줄 수 없어 미안하다고 썼다. 외삼촌은 어머니가 그 계획을 충분히 생각해보기를 바랐다. 자신이 보기에는 좋은 생각 같다고. 그리고 다음에는 어머니가 직접 편지를 보내면 더 좋겠다고 했다.

"네 생각은 어때?" 어머니가 물었다.

"잘 모르겠어." 내가 말했다. "파리라니."

어머니가 말했다. "그냥 생각해봐. 파리에 간 너를."

"파리에 간다고." 내가 말했다.

어머니가 고개를 끄덕였다. "그래서 어떻게 생각해?"

"잘 모르겠어. 엄마는?"

"외삼촌 말도 일리가 있어. 너한테는 멋진 경험이 될 거야, 파리에 살다니. 나는 여기에서 일이 어떻게 돌아가는지 두고 볼 시간이 생길 거고."

나는 침착하려고 애썼고 어머니도 마찬가지였지만, 우리는 결국 서로 씩 웃고 말았다.

"수표 얘기만 하지 말아줘." 어머니가 말했다.

짐을 싸서 나를 파리로 보내버린다니 드와이트 아저씨는 대찬성이었다. 내가 머잖아 떠날 거라는 생각에 태도가 누그러진 아저씨는 추억을 회상하기도 했다. 아저씨도 전쟁 당시의 여정 덕분에 인생을 전혀 다른 관점에서 보게 되었다면서, 내게 프랑스 사람들을 어떻게 대해야 하는지 충고해주었고 프랑스인들의 여성스러운 관습과 마주치더라도 넓은 마음으로 이해하라고 조언했다. 개구리 요리를 즐기는 프랑스 사람들의 입맛에 관해서도 많은 이야기를 들었고 그게 프랑스인들이 다른 나라 사람들에게 '개구리'로 알려진 이유라는 것도 배웠다. 드와이트 아저씨는 벼룩시장에서 사온 제1차세계대전 이전에 출간된 영어 백과사전 한 질에서 몇몇 내용을 읽어주었는데 프랑스 역사(격동적이고 전제적이며 갈리아인들의 음모와 배신 취향이 두드러진다)와 프랑스 문화(갈리아인 특유의 재치와 진취적 기상으로 가득하지만, 전체적으로는 새로울 게 없고 피상적이며 흥미롭지도 않고 무신론적이다)와 프랑스인들의 국민성(갈리아인 특유의 온정과 매력이 있으나 쉽게 흥분하고 감상적이며, 대체로 믿음직스럽지 않다)에 관한 기나긴 문단들이었다.

펄은 펄쩍 뛰었다. 펄은 내가 파리에서 살게 된다는 사실을 받아들이지 못했다. 나는 깔보는 듯한 태도로 펄의 우울한 기분을 부채질했다. 나는 아서나 다른 친구들 앞에서도 거들먹거렸다. 그 녀석들은 이미 역할을 다했으며 벌써 아스라이 사그라져 한때의 색다른 추억 속 인물들이 되었다는 듯이. 나는 학교 정규수업을 빼고 프랑스의 역사, 문화, 국민성에 대한 일련의 '특별 과제'를 하게 해달라고 요청했고 그래도 좋다는 허락을 받았다.

파리에 대한 내 모든 인상은 미국 영화에서 기인한 것이었다. 그런 영화에서 프랑스인들은 모두 베레모와 줄무늬 저지를 입고서 한데 둘러앉아 담배를 피웠고, 배경에서는 아코디언 음악이 연주되었다. 아코디언은 어머니의 피아프 레코드에서도 배경음으로 들었던 악기였다. 하지만 그때는 그게 아코디언인 줄 몰랐다. 그게 하모니카이고, 파리에 사는 모든 사람은 하모니카를 연주할 줄 안다고 생각했다. 그래서 나는 호너 마린 밴드 회사에서 만든 하모니카를 하나 샀고 그걸 불며 치누크를 돌아다녔다. 〈라 비 앙 로즈〉와 〈물랭루즈〉 주제곡을 꿈꾸듯이 대충 엇비슷하게 불고 다니며 프랑스 파리에서 시작할 새 인생을 준비했다.

7학년이 끝나자마자 떠나기로 되어 있었기에 가을 학기가 시작되기 전 여름 동안 프랑스어를 비롯해 이것저것을 배울 시간이 있었다. 어머니는 시애틀에서 뉴욕까지, 다시 뉴욕에서 파리까지 가는 비행기 표를 예약해주었다. 어머니가 나를 마운트버넌까지 태워가 여권을 발급받으려던 바로 그때, 외삼촌이 계획을 바꿨다.

외삼촌과 외숙모는 처음 계획에서 생각을 좀 바꿨다고 했다. 겨우 일 년 후에 똑같은 과정을 반복하자고 나를 언어 문제는 말할 것도 없고 가족에게서, 살던 동네에서, 학교에서 떼어내는 엄청난 수고와 비용을 치른다는 건 정말 말이 되지 않는다고 했다. 프랑스처럼 복잡한 나라를 알려면 일 년 이상이 걸렸다. 권위 문제도 걸렸다. 외삼촌 부부가 품행 문제가 있었던 나의 과거를 알게 되었다. 어머니 말도 듣지 않는 듯 보이는 내가 외삼촌 가족의 말을 들으리라고 어찌 믿겠는가? 더구나, 내가 일 년 후에 다시 떠나게 될 상황에서 말이다.

외삼촌 내외는 수많은 문제를 예상하고 있었다. 그나마 수위를 낮춰서 한 얘기였다.

하지만 그분들은 여전히 우리를 돕고 싶어했다. 해외여행과 좋은 교육, 규율이 잘 잡힌 가정을 경험하면 내게 큰 도움이 되리라고 믿었다. 그래서 외삼촌 내외는 내가 일 년이 아니라 오 년 동안, 고등학교를 마칠 때까지 같이 살기를 제안했다. 또 내가 자신들을 확실히 가족으로 여기도록 내 진짜 가족이 되어주겠다고 했다. 나를 입양하겠다는 제안이었다. 사실 두 사람은 나머지 계획의 선결 조건으로 입양을 요구했다. 그래야만 자기들 계획이 통할 수 있다고 했다. 당연히 어머니는 원하면 언제든 나를 만나러 올 수 있다. 그러나 두 사람은 입양이 단지 서류상 절차가 아니라 진짜이기를 원했다. 내가 외삼촌 부부의 아들이 되는 것이었다.

두 사람은 생각할 게 아주 많으리라는 걸 안다고 했다. 우리를 압박하거나 어떤 식으로든 재촉하고 싶지는 않지만 내가 도착하기 전에 자기들도 준비할 시간이 필요하니 여름이 금방 온다는 걸 기억해주면 좋겠다고 했다.

나는 어머니에게 왜 나한테 품행 문제가 있다는 얘기를 했느냐고 물었다.

"그게 사실이니까. 그걸 말해주지 않고 너를 보내는 건 공정하지 못해."

"되게 감사하네요. 이제 파리는 끝났어."

"꼭 그런 건 아니야."

"아, 그렇지. 그 집으로 입양만 가면 되는걸."

어머니는 한번 생각해보라고 말했다. 그리고 외삼촌 부부가 매우 너그러운 것이라고 했다. 두 사람은 가지고 있는 모든 것을 나와 나누겠다고 제안한 것이었다. 자신들의 성姓까지도.

"성이라니? 성을 바꿔야 돼?"

"좋은 성이야. 옛날에는 내 성이기도 했고."

나는 어머니에게 내가 어떻게 하길 바라느냐고 물었지만 어머니는 말해주지 않았다. 내가 결정할 일이라고 했다. 자주 써먹지는 않았지만 어머니에게는 도저히 속을 읽을 수 없게 무표정해지는 자기만의 방법이 있었다. 어떤 기색도 내비치지 않았다. 눈싸움을 벌여 이길 수도 없었고 구슬려 넘어오게 할 수도 없었다. 어머니가 말하지 않아도 나는 이미 다 아는 척 오만을 떨며 어머니의 가면을 벗겨낼 수도 없었다.

그러나 드와이트 아저씨는 할말이 많았다. 나를 일 년이 아니라 사실상 영원히 보내버릴 수도 있다는 기대에 부풀어 날뛰며 나를 어르고 괴롭히고 충고를 쏟아냈다. 이런 기회를 놓치면 내가 영원히 스스로를 용서할 수 없게 될 거라고 말했다. 그 사람들이 엄마, 아빠로 불러주기를 원하는 게 뭐 어떻다는 거냐? 파리에서 살 기회를 준다는데 예수랑 성모마리아라고도 부르겠다. 엄마를 떠나는 게 걱정되는 거냐? 좋다, 매년 여름 네 엄마를 파리로 보내주마. 그 점은 확실히 보장한다, 명예를 걸고. 대체 문제가 뭐냐? 서둘러 생각을 정하는 게 좋을 거라고, 또 올바른 답을 내는 게 좋을 거라고 아저씨는 말했다.

생각해보라는 얘기를 들을 때마다 내 마음은 사막이 되어버렸다. 하지만 이번만큼은 생각할 필요가 없었다. 답은 이미 나와 있었으니까. 나는 어머니의 아들이었다. 다른 사람의 아들이 될 수는 없었다. 더 어린 시절, 어렵사리 글씨를 배우던 당시에 어머니는 며칠 밤이고 나와 함께 주방 식탁에 앉아 내 손을 감싸쥐고 처음에는 알파벳을 따라, 그다음에는 단어와 문장을 따라 손을 움직였다. 마침내 그 동작이 일부는 그녀로 인해, 일부는 나로 인해 살아 움직일 때까지. 어머니가 아니었다면 나는 종이에 펜을 댈 수도 없었을 것이다. 지금도 마찬가지였다. 수영을 할 수도 노래를 부를 수도 없었을 것이다. 어머니를 떠나는 일이야 상상할 수 있었다. 언젠가는 그렇게 될 테니까. 하지만 다른 사람을 어머니라고 부르는 건 불가능했다.

논리적으로 고민한 게 전혀 아니었다. 그냥 본능으로 알았다. 그보다 흐릿한 다른 본능도 고개를 들었다. 자기 가족을 "규율이 잘 잡"혀 있다고 묘사한 삼촌에 대한 경계심 같은 것이었다. 나는 그 말이 전혀 마음에 들지 않았다.

또 한 가지, 어머니가 자신이 원하는 바를 말하지 않고 단서조차 흘리지 않았다고는 해도 나는 어머니가 나와 함께 지내기를 바란다고 확신했다. 어머니의 아리송한 태도는 그런 속마음을 감추려는 의도라고 추측했다. 나중에 어머니는 내 생각이 맞았다고 동의했다. 하지만 당시에는 그렇게 간단한 문제가 아니었을지도 모른다. 그때까지만 해도 어머니는 결혼생활이 제대로 풀리기를 기대하고 있었고 그럴 수만 있다면 견디지 못할 일은 거의 없었다. 또 한번 실패할까봐 어머니는 몸서리를 쳤다. 하지만 어머니가 탈출과 자유를 꿈꿨을 가능성도 있다. 아무 얽매임 없이 홀로 설 자유, 심지어 나에게서도 벗어날 자유. 누구나 그렇듯 어머니는 동시에 여러 가지를 원했을 게 틀림없다. 인간의 마음은 어두운 숲이니까.

일주일쯤 지난 후 저녁식사 시간에 나는 파리로 가지 않겠다고 선언했다.

"빌어먹을, 안 가다니." 드와이트 아저씨가 말했다. "가게 될 거다."

"쟤 마음이죠." 펄이 처음으로 내 편을 들며 말했다. "안 그래요, 로즈메리 아줌마?"

어머니가 고개를 끄덕였다. "그렇게 하기로 했었지."

"아직 얘기 안 끝났다." 드와이트 아저씨가 말했다. "아직은 아니야." 아저씨가 나를 쳐다보았다. "왜 안 가겠다는 거냐?"

"성을 바꾸기 싫어서요."

"성을 바꾸기가 싫어?"

"네, 아저씨."

아저씨는 포크를 내려놓았다. 콧구멍이 벌름거리고 있었다. "어째서?"

"모르겠어요. 그냥 싫어요."

"그래, 아주 개소리구나. 벌써 이름은 한 번 바꿨잖아. 안 그래?"

"네, 아저씨."

"그럼 성도 바꿀 수 있지. 할 거면 깔끔하게 해."

"그래도 성이잖아요."

"아, 빌어처먹을. 네 이름을 뭐라고 하든 누가 상관이나 하는 줄 아냐?"

나는 어깨를 으쓱했다.

"괴롭히지 말아요." 어머니가 말했다. "벌써 결정을 내렸다잖아요."

"파리에 가는 얘기를 하는 거잖아!" 드와이트 아저씨가 소리쳤다.

"얘 선택이에요." 어머니가 말했다.

드와이트 아저씨는 내게 삿대질을 해댔다. "가게 될 거다."

"얘가 가고 싶다면요." 어머니가 말했다.

"가게 될 거야." 아저씨가 다시 말했다.

아서를 제외하면, 사람들은 내가 파리에 가지 않는 것에 대해
별말 하지 않았다. 아마 내가 지어낸 이야기 중 하나라고 생각했
을 것이다. 아서는 잠시 나를 프랑스인이라고 부르더니 내가 별
관심을 보이지 않자 곧 흥미를 잃었다. 그러나 사실 나는 속으로
몰래 자갈이 깔린 거리와 초록색 지붕, 말이 빠르고 목소리가 허
스키한 여자들이 아무것도 후회하지 않는다며 노래하는 카페 생
각을 멈출 수 없었다.

드와이트 아저씨는 기차 식당칸에서 로런스 웰크를 한 번 본 적이 있다고 했다. 아저씨는 곧장 그 사람에게로 다가가 당신이 자신이 가장 좋아하는 지휘자라고 말했다고 했다. 아마 사실이 었을 것이다. 드와이트 아저씨는 로런스 웰크의 샴페인 뮤직*을 다른 어떤 것보다도 좋아했으니까. 아저씨는 웰크의 음반을 아 주 많이 모아뒀고, 〈로런스 웰크 쇼〉가 방영될 때면 우리도 함께 숨죽이고 그 쇼를 보다가 광고가 나올 때만 자리를 뜨는 게 당연 시되었다. 드와이트 아저씨는 의자를 거의 텔레비전 바로 앞에 두고 앉아 있었다. 샴페인 오케스트라 주변으로 비눗방울이 솟

---

* 프랑스풍의 세미클래식 음악.

아오르고 로런스 웰크가 무대로 올라와 사방으로 연신 몸을 굽혀 인사하며 머릿속이 다 화끈거릴 정도로 느끼한 스웨덴 카주 피리 같은 목소리로 겸손의 말을 쏟아낼 때면, 드와이트 아저씨는 화면 속으로 아예 들어갈 것만 같았다.

래그타임 피아노 음악을 연주하며 어깨 너머로 카메라를 보는 빅 타이니 리틀 주니어의 기교에 드와이트 아저씨의 눈이 휘둥그레졌다. 아저씨는 '러블리 샴페인 레이디' 앨리스 론의 순수한 열정에 넋을 잃었다. 앨리스 론은 '러블리 샴페인 레이디' 노마 지머에게 밀려나 하차하기 전까지 어떤 노래가 나오든 변함없이 그 부들부들 떠는 듯한 미소를 짓고 있었다. 아저씨는 '러블리 리틀' 레넌 시스터스가 친딸이라도 되는 듯 흐뭇하게 바라보았으며, 침흘리개 아이리시 테너, 조 피니를 우스갯거리로 삼아 로런스 웰크가 잔인한 농담을 던지면 큰 소리로 웃곤 했다. 가장 늦게 샴페인 앙상블에 합류한 조 피니는 자기 입지가 상당히 불안정하다고 느끼는 게 분명했다. 특히 '러블리 샴페인 레이디' 앨리스 론이 짐을 싸고, 이어서 '래그타임 피아노 비르투오소' 빅 타이니 리틀 주니어가 정육점 주인이 고기를 두드리듯 건반을 치는 '래그타임 피아노 비르투오소' 조 앤 캐슬로 대체된 뒤로는 더욱 그랬다. 조 피니는 노래를 부를 때 아무것도 아껴두지 않았다. 눈물이 흐르고 축축한 입술에서 침방울이 튈 정도로 스스로를 몰아붙였다. 목숨을 걸고 노래를 부른다는 느낌이 들었다.

쇼를 반쯤 보고 나면 드와이트 아저씨는 낡은 콘 색소폰을 꺼내 음악에 맞춰 손을 놀렸다. 가끔씩은 정말로 흥분하는 바람에 몰아지경으로 색소폰을 불어 꽥꽥거리는 소리를 냈다.

노마는 콘크리트고등학교를 졸업한 다음 시애틀로 이사했다. 어느 사무실에서 일하다가 거기에서 케네스라는 남자를 만났다. 케네스는 자기 소유의 오스틴 힐리 스포츠카에 노마를 태우고 멀리까지 드라이브를 다니며 결혼하자고 설득했다. 노마는 우리 어머니에게 계속 전화를 걸어 조언을 구했다. 어떻게 해야 할까요? 저는 보비 크로를 사랑하지만 보비는 아무 발전이 없어요. 직장도 없거든요. 케네스는 야심만만해요. 그런데 케네스를 좋아하는 사람이 아무도 없어요. 뭘 하든 자기주장이 너무 강하고 게다가 재림교회 신자이기도 해요. 그게 딱히 문제는 아니지만요. 그냥 성격이 별로 안 좋아요.

그러더니 어느 날 노마가 전화를 걸어 케네스와 결혼하기로 결정했다고 말했다. 이유는 설명하지 않으려 했지만, 결정을 바꿀 일은 없을 거라고 했다. 당연히 노마는 케네스를 치누크로 초대해 가족에게 소개하고 싶어했고, 결국 스키퍼도 집에 오기로 되어 있던 크리스마스로 날을 잡았다.

그해에 드와이트 아저씨는 기분을 냈다. 문에 화환을 만들어 달았고 온 거실에 소나무 가지를 걸어놓았다. 크리스마스 이 주 전에 아저씨와 나는 트리에 쓸 나무를 구하러 산에 올랐다. 이른 오후였고 부슬비가 차갑게 내리고 있었다. 숲을 훑고 다니는 동안 드와이트 아저씨는 500밀리리터짜리 병으로 술을 마셨다. 우리는 공터 한가운데에 홀로 자라고 있는 멋진 은청가문비 한 그루를 발견했다. 드와이트 아저씨는 내게 나무를 자르라고 하고서는, 술병을 홀짝이며 우리를 둘러싼 안개 긴 봉오리들을 샛눈으로 올려다보았다. 내가 나무를 쓰러뜨린 뒤 우리는 빽빽한 덤불과 씨름하며 차를 세워둔 소방도로 쪽으로 나무를 끌고 갔다. 거리가 제법 멀어서 만만치 않은 일이었다. 드와이트 아저씨가 힘겹게 숨을 내쉬는 소리가 들렸고, 발을 헛디딜 때마다 중얼중얼 군소리하는 것도 들렸다. 이제나저제나 아저씨가 호통을 치기만 기다렸으나 그런 일은 없었다. 노마가 집에 오는 것 때문에 드와이트 아저씨는 기분이 좋은 상태였다.

그날 밤 저녁식사 후 드와이트 아저씨는 스프레이 페인트 한 통을 들고 거실로 가더니 통을 흔들어대기 시작했다. 페인트칠에 관해서라면 아저씨는 철두철미했다. 스프레이 페인트를 사용할 때는 언제나 사용법을 토씨 하나까지 그대로 따랐기에 깡통

234

을 열심히 흔들었다. 아저씨가 깡통을 앞뒤로 흔들어대자 교반기가 시끄럽게 달그락거렸다. 펄과 나는 식탁에서 숙제를 하고 있었다. 우리는 아저씨를 보지 않는 척했다. 어머니는 밖에 나가 있었다. 아니었으면 대체 무슨 생각이냐고 물었을 것이고 아마 아저씨를 말렸을 것이다.

깡통을 다 흔들고 나서 아저씨는 나무를 거실 한가운데로 끌고 와 그 주위를 두세 바퀴 돌았다. 그런 다음, 나무 꼭대기에서 시작해 아래로 내려가며 하얀 페인트를 뿌렸다. 눈이 내린 것처럼 군데군데 조금씩 뿌리려는 줄 알았지만 아니었다. 아저씨는 나무를 온통 페인트 범벅으로 만들었다. 나무 몸통까지도 전부. 뾰족한 잎들은 페인트를 빨아들여 다시 연푸른색으로 바뀌었다. 드와이트 아저씨는 페인트를 한번 더 뿌렸다. 아저씨가 페인트 세 통을 뿌린 끝에, 어쨌든 나무는 하얗게 되었다.

다음날 나무를 장식할 때쯤에는 이미 잎이 떨어지기 시작했다. 나뭇가지를 한 번 건드릴 때마다 잎들이 작은 폭포처럼 우수수 떨어졌다. 아무도, 아무 말도 하지 않았다. 어머니는 공 모양 장식을 몇 개 달더니 앉아서 나무를 물끄러미 바라보았다.

잎은 계속 떨어져서, 나무 밑동 주위로 펼쳐놓은 흰색 주름종이 위에 사르륵사르륵 내려앉았다. 노마와 스키퍼가 도착할 때쯤 나무는 반쯤 헐벗은 상태였다. 두 사람은 시애틀에서 함께 차

를 타고 왔다. 케네스는 할일이 있지만 다음날 우리집에 올 준비
는 마쳤다고 했다.

노마는 보비 크로에게 집에 간다고 말해준 게 틀림없었다. 그
날 밤 저녁식사 직후에 보비가 초조하고 암담한 표정으로 나타
났고, 스키퍼가 농담을 걸어도 아무 말도 하지 않았다. 보비는
노마를 어디론가 데려가더니 몇 시간 후 함께 차를 타고 돌아왔
다. 하지만 노마는 내리지 않았다. 나머지 식구들은 거실에 둘러
앉아 트리에서 깜빡이는 전구들을 지켜보며, 노마가 아직 보비
크로와 함께 밖에 있다는 사실만 빼고 모든 이야기를 했다. 전구
들은 반짝이는 별들처럼 번갈아가며 깜빡이는 게 아니라 도로변
가게의 네온 간판처럼 동시에 번쩍 불이 켜졌다 꺼졌다 했다.

노마는 내가 잠자리에 들었을 때에야 마침내 집에 들어와 자
기 방으로 달려갔다. 그녀는 곧이어 소름이 쫙 끼치는 소리로 한
참을 울부짖었고, 나는 지레 겁을 먹고 몸을 잔뜩 웅크렸다. 펄
이 애써 달래는 소리가 들렸다. 곧 어머니도 달려왔는지 어머니
목소리가 들렸다. 펄보다 나직한 음성이었다. 때로는 번갈아가
며, 때로는 함께 말하는 두 사람의 목소리가 한줄기 중얼거림으
로 들려왔다. 스키퍼는 침대에서 뒤척였지만 깨지 않았고 시간
이 좀 지나 노마의 통곡이 잦아들자 나도 다시 드러누워 잠을 청
했다.

다음날 오후 케네스가 차를 몰고 나타났다. 저녁식사를 할 무렵에는 우리 모두 케네스를 미워하게 되었다. 케네스는 그 사실을 알고 즐기다못해 심지어 부추기기까지 했다. 오스틴 힐리에서 내리자마자 케네스는 병영이 너무 먼데다 운전도 불편하고 노마가 자기에게 전해준 약도도 부정확하다고 불평하기 시작했다. 그의 목소리는 신경이 곤두서 불만에 차 있었고, 입술은 실망해서 앙다문 듯 가늘었다. 케네스는 골프 모자를 썼고 손목을 조이는, 구멍이 점점이 난 가죽장갑을 끼고 있었다. 불평을 하는 동안 장갑을 한 손가락씩 조심스럽게 잡아당기고 다음 손가락으로 넘어가면서 벗겨냈다. 다른 쪽 장갑도 마찬가지로 천천히, 조심스럽게 벗더니 노마에게 눈을 돌렸다. "키스도 안 해줘?"

노마는 몸을 숙여 케네스의 뺨에 가볍게 입을 맞추려 했지만 케네스는 노마의 얼굴을 두 손으로 붙들어 입술을 포개고 길고 진하게 키스했다. 프렌치키스가 분명했다. 우리는 가만히 서서 이 꼴을 지켜보며 환영인사를 하겠다고 웃으며 나왔던 그대로 멍청한 미소를 머금고 있었다.

케네스가 샌드위치 하나를 게걸스럽게 먹어치운 후에 드와이트 아저씨는 술 한잔을 권하는 실수를 하고 말았다. "아, 이런." 케네스가 말했다. "저를 잘 모르시는 것 같네요." 케네스는 자기는 할말을 솔직하게 하는 걸 의무로 생각한다고 했다. 케네스는 정말로 그렇게 했다.

"잘 모르겠네." 드와이트 아저씨가 말했다. "가끔씩 한잔 마시는 건 해롭지 않은 것 같은데."

"당연히 그러시겠죠." 케네스가 말했다. "분명 약쟁이들도 가끔 주사 한 대씩 맞는 게 해로운지 모를 겁니다."

그리하여 언쟁이 오갔다. 어머니가 끼어들어 짐짓 쾌활한 척 우리를 주방에서 거실로 보냈다. 아마 거실에서 트리와 선물들을 보면 우리가 모인 이유를 깨닫고, 좀더 행동에 신경을 쓰리라고 기대한 게 틀림없었다. 하지만 케네스는 더욱 거리낌없이 자기 말을 하기 시작했다. 정말이지 끝이 없었다. 마침내 스키퍼가 말했다. "저기, 케네스…… 그만 가주시겠어요?"

"뭐가 무서운데요, 스키퍼?"

"무섭다고요?" 자기가 본 게 사실인지 확인하려는 사람처럼, 스키퍼는 눈꺼풀을 파르르 떨었다.

"이건 그냥 여러분이 마음에 들어서 해주는 얘긴데요." 케네스가 말했다. "여러분은 너무 겁에 질려 있어요. 너무 심하게 겁을 먹고 있다고요. 하지만 이봐요, 그럴 필요 없어요. 좋은 소식 아닙니까?"

"빌어먹을, 넌 대체 네가 누구라고 생각하는 거냐?" 드와이트

238

아저씨가 말했다.

케네스는 미소를 지었다. "계속하세요. 그 정도는 들어드리죠."

노마는 화제를 돌리려 애썼지만 케네스는 무슨 의견이든 들어줄 수 있었고, 그 의견 안에서 뭐든 개탄할 만한 것을 찾아낼 수 있었다. 케네스의 입 밖으로 나오는 소리라고는 언쟁뿐이었다. 자기 말에 수긍하지 않으면 히죽거리면서 너무 무지하고 뭘 모르는 사람들이라며 동정심을 표했다. 인신공격도 꺼리지 않았다. 머잖아 드와이트 아저씨와 스키퍼도 인신공격으로 맞섰고 그다음에는 펄과 나도 숟가락을 얹었다. 이 남자에게 모욕을 주는 일은 대단히 즐거웠다. 우리만 신이 난 건 아니었다. 돌이킬 수 없을 정도로 점점 비열하고 거친 말이 오가자 케네스의 창백한 얼굴이 흥분으로 상기되었다. 케네스가 하는 말에 우리는 계속 끓어올랐다. "그걸로 제가 속상해하길 기대하셨다면, 슬프게도 잘못 생각하신 겁니다." "죄송한데, 다시 해보시죠." "그보다 심한 소리를 하셔도 전 괜찮아요."

이런 상황이 한동안 이어졌다. 우리가 미끼를 던지면 케네스는 비밀스럽게 미소를 지으며 텅 빈 옐로볼 파이프를 빨아들였다. 케네스가 나중에 말해주기를, 담배를 피우도록 자기 자신을 유혹함으로써 의지력을 기르려고 그 파이프를 사용한다고 했다.

노마는 입을 다물고 있었다. 소파의 케네스 옆자리에 앉아 케네스가 건성으로 자기 등을 쓸어내리는 동안 바닥만 내려다보고 있었다. 케네스가 노마를 어루만질 때마다 나는 절망을 느꼈다. 결국 어머니가 주방에서 나오더니 노마에게 케네스를 데리고 나가 치누크를 구경시켜주라고 권했다. 노마는 고개를 끄덕이며 일어났지만 케네스는 지금 막 재미있어지려는 참에 떠나고 싶지 않다고 말했다.

노마가 눈으로 애원했다.

마침내 케네스는 노마와 함께 나갔다. 케네스가 떠난 자리에서 우리는 희열과 수치심이 섞인 시선을 주고받았다. 불안한 정적이 내려앉았다. 우리는 각자 다른 곳으로 자리를 떴다.

하지만 저녁식사 시간에 모든 게 다시 시작되었다. 케네스는 자제할 줄 몰랐다. 입을 다물고 있을 때조차 다음번 공격을 준비하는 기색이 느껴졌다. 케네스를 닥치게 만들 수 있는 유일한 수단은 텔레비전뿐이었다. 텔레비전을 틀자 케네스는 잠잠해져 나무 위의 올빼미처럼 꼼짝 않고 화면만 바라보았다.

다음 이틀 동안 어머니는 우리더러 케네스와 단둘이 시간을 보내보라고 했다. 서로 개인적으로 더 잘 알면 좋겠다는 뜻이었다. 실수였다. 세상에는 모르는 채로 놔두는 편이 더 나은 사람도 있다. 케네스와 함께 한 산책이나 드라이브는 일찌감치 끝나버렸고 고함소리나 문을 쾅 닫는 소리로 막을 내렸다. 몇 년 후 어머니는 케네스가 자기에게 수작을 걸더라는 이야기를 내게 해 주었다.

　우리 모두 노마가 케네스를 사랑하지 않는다는 걸 알 수 있었다. 하지만 노마는 케네스의 곁에 머물렀으며 케네스가 내지르는 정열에 굴복했고 케네스에게 불리한 말은 한마디도 하지 않으려 들었다. 결국에는 결혼까지 했다. 드와이트 아저씨가 결혼을 말리겠다며 자살할 뻔한 뒤의 일이었다. 아저씨는 거의 주말마다 시애틀로 차를 몰고 갔다. 가끔은 우리도 데려갔지만 혼자가는 경우가 더 많았다. 늘 노마를 케네스로부터 떼어낼 새로운 계획을 세우고 떠났다. 그 어떤 방법도 통하지 않았다. 드와이트아저씨는 일요일 밤늦게나 월요일 아침 일찍 돌아왔다. 기나긴운전으로 눈은 충혈된 상태였다. 너무 지치고 좌절한 탓에 우리와는 말다툼조차 하지 못했다.
　노마는 케네스와 결혼했다. 두 사람은 아이를 낳고 보셸 근처의 복층 아파트로 이사했다. 우리가 만나러 가면 노마는 행복한척했고 어떤 것도 절대 불평하지 않았다. 하지만 창백하고 여윈모습이었다. 특유의 나른한 싱싱함은 완전히 사라져버렸다. 얼굴이 초췌해져 초록색 눈동자만 형형했다. 노마는 담배를 피우기―케네스가 집에 돌아와서 냄새를 맡지 못하도록, 집 뒤쪽의 작은 테라스에 나가서—시작했다. 우리가 있는 동안 노마는 거듭 양해를 구하고 밖으로 나갔다. 굶주렸다는 듯 담배를 뻐끔대면서 발로 바닥을 탁탁 두드리며 하늘을 올려다보았고, 가끔씩 유리 미닫이문 너머로 우리를 힐끔힐끔 돌아보았다.

그후 일 년쯤 지나서 나는 콘크리트에서 보비 크로를 만났다. 나도 그곳 고등학교에 다니기 시작한 직후였다. 보비는 대부분 인디언인 다른 남자들과 함께 트럭 옆에 서 있었다. 보비는 미식축구 경기장을 휩쓸었던 마법 같은 플레이로 그때까지도 명성이 높았기에, 보비와 친분을 과시하면 나와 함께 있던 다른 두 친구가 대단하다고 여길 것 같았다. 친구들과 함께 트럭을 지나가며 내가 말했다. "여어, 보보 형, 잘 지내?" 남자들이 순간 조용해져 우리를 바라보았다. 보비는 나를 빤히 노려보았다. "너 지금 누구한테 말하는 거야?" 보비가 말했다. 눈에 살기가 가득했다.

크리스마스이브는 거의 텔레비전을 보면서 보냈다. 날이 어두워지자 드와이트 아저씨는 트리 전구가 돋보이도록 집안 조명을 다 껐다. 우리는 밥을 먹을 때 텔레비전 앞을 떠났다가 곧 다시 돌아왔다. 〈로런스 웰크의 크리스마스 특집〉이 나올 때쯤에는 계속 화면을 보느라 눈은 흐리멍덩해지고 입도 못 다문 채 얼이 빠진 상태였다. 샴페인 오케스트라는 종교적인 곡과 세속적인 곡을 유쾌하게 조합한 인기곡 메들리를 연주했다. 그다음에는 무릎 아래에서 여미는 반바지를 입고 삼각 모자를 쓴 사람이 프란츠 그루버* 역할로 등장했고, 로런스 웰크가 내레이션을 했다. "오베른도르프라는 작은 마을의 크리스마스이브였습니다. 눈이 오고 있었죠. 오르간 연주자 프란츠 그루버는 작은 교회로 고단한 발걸음을 옮기는 중이었습니다. 머잖아 전 세계적으로 유명해질 교회였죠……" 등장인물 그루버는 교회 계단에 잠시 멈춰서서, 갑자기 영감이 타오르는 듯한 눈으로 위를 올려다보더니 안으로 달려들어가 〈고요한 밤 거룩한 밤〉을 뚱땅거렸다. 그루버가 두어 군데 음정을 손보고 마무리를 짓자 이어서 샴페인 오케스트라가 그 곡을 자기들 특유의 편곡으로 연주했다. 조 피니가 마지막 한 소절을 흐느끼듯 무반주로 뽑아냈다.

장면이 바뀌었다. 우리는 어느 우아한 방에 와 있었고, 아른아른 빛나는 트리 아래에서 '러블리 리틀' 레넌 시스터스가 자기들만의 메들리를 부르기 시작했다. 벽난로 불빛이 그들의 얼굴에 반사되어 빛났다. 뒤쪽 창문 옆으로 천천히 눈송이가 떨어졌다. 글로켄슈필** 반주가 울렸다. 그들이 〈난로에서 밤은 익어가고〉를

---

* 〈고요한 밤, 거룩한 밤〉의 작곡자.
** 관현악에 쓰는 타악기의 하나. 모양과 연주법이 실로폰과 비슷하다.

부르고 있는데 드와이트 아저씨가 내 옆구리를 쿡 찌르며 따라오라고 손짓했다. 뿌듯한 표정이었다. "이제야 그 마로니에 열매를 좀 써먹겠다." 아저씨가 말했다.

그 열매. 내가 마로니에 열매 껍질을 까서 넣어둔 지 거의 이년이 지나 있었다. 그동안 그 열매 이야기는 아무도, 한마디도 하지 않았다. 나 빼고 모두가 열매를 까맣게 잊어버렸고, 나는 드와이트 아저씨가 그 일을 또 맡기려 들까봐 입을 꾹 다물고 있었다.

우리는 다락방으로 기어올라가 내가 상자를 놓아둔 곳까지 헤치고 나아갔다. 비좁고 퀴퀴했다. 아래쪽에서 노랫소리가 희미하게 들려왔다. 앞장선 드와이트 아저씨가 손전등으로 어둠 속을 더듬었다. 상자를 발견한 아저씨는 멈춰 서서 그 위에 손전등을 비추었다. 곰팡이가 상자 옆면 판지를 뒤덮었고, 꼭대기에서도 팬 위에서 부풀어오르는 빵 반죽처럼 일어나고 있었다. 단단해 보이는 짙은색 상자 표면은 골이 파이고 우글우글해 꼭 콜리플라워 같았다. 상자가 불빛에 번들거렸다. 드와이트 아저씨는 상자들 위로 불빛을 휙휙 비춰보더니 역시 이 년 동안 잊힌 비버가 담겨 있는 대야 쪽으로 방향을 틀었다. 걸쭉한 뭔가가 남아 있었다. 역시 곰팡이로 뒤덮여 있었지만 마로니에 열매를 삼킨 것과는 다른 종류였다. 이 곰팡이는 흰색에 투명했다. 얇고 가벼운 실처럼 대야 위로 60센티미터가량 피어나 그물을 이루고 있었다. 솜사탕 같기도 했지만 좀더 성글었다. 드와이트 아저씨가 그 위로 빛을 비출 때 무언가 이상한 것이 보였다. 물론 곰팡이 자체에는 형태가 없었지만 그 윤곽선은 어째서인지 그것이 먹어치운 비버의 형태를 닮아 있었다. 마치 허공에 웅크린 비버 형상을 한, 흐릿한 구름 같았다.

드와이트 아저씨도 그 모습을 알아봤는지는 모르겠지만, 아저씨는 아무 말도 하지 않았다. 나는 아저씨를 따라 거실로 내려왔다. 어머니는 잠자리에 들었지만 다른 식구들은 아직 텔레비전을 보는 중이었다. 드와이트 아저씨가 다시 색소폰을 집어들고 샴페인 오케스트라와 함께 묵음 연주를 했다. 트리가 깜빡였다. 우리의 얼굴은 어두워졌다가 번쩍 밝아졌고, 다시 어두워졌다가 번쩍 밝아졌다.

콘크리트고등학교에 갓 들어갔을 때쯤 내 탄약 상자에는 80달러가 넘게 모였다. 일부는 신문 구독자들이 애쓴다며 팁으로 준 돈이었고, 나머지는 다른 구독자들한테서 훔친 돈이었다. 80달러는 아주 큰 돈처럼, 알래스카주로 도망간다는 내 목표를 이루기에 차고 넘치는 돈처럼 보였다.

나는 가짜 이름을 가지고 홀로 떠날 계획이었다. 나중에 어느 정도 자리를 잡고 나면 어머니를 불러오리라 생각했다. 내 오두막에서 재회하는 우리 모습을 상상하기란 어렵지 않았다. 어머니의 고마워하는 눈물과 동물 가죽을 전시해둔 벽, 총으로 그득한 선반, 난롯가에서 졸고 있는 길들인 늑대들을 보고 감탄해 내지르는 소리 등등.

우리 스카우트 지역대는 매년 11월에 스카우트 대회에 참가하러 시애틀로 갔다. 오전에는 다른 지역대들과 모여 실력을 겨뤘다. 오후에는 그날 우리 스카우트를 위해 빌려둔 글렌베일 놀이공원으로 모든 대원이 모여들었다. 드와이트 아저씨는 언제나 다른 대장들과 술을 마시러 갔다가 글렌베일 바깥에서 나를 태워 집으로 돌아갔다. 올해 아저씨는 오랫동안 기다리게 될 것이었다. 오랫동안 기다리다 혼자서 먼길을 달려, 나 없이 차에서 내려서는 어머니에게 장황한 해명을 늘어놓겠지.

이 계획은 아서한테만 말해주었다. 아서는 내가 자기 비밀을 흘리고 다녀도 내 비밀을 지켜주었다. 아서는 그 계획을 마음에 들어했다. 너무 대단하다며 자기도 끼워달라고 부탁했다. 처음에는 안 된다고 했다. 이건 전부 홀로서기를 위한 일이었고, 아서에게는 돈도 없었다. 하지만 대회 며칠 전 나는 아서에게 생각을 바꿨다며 어쨌거나 함께 가도 좋다고 말했다. 나는 마치 마지못해 부탁을 들어주는 사람처럼, 좀 망설이는 얼굴로 이 말을 전했다. 하지만 사실은 그저 혼자가 되는 것이 두려웠을 뿐이었다.

아서의 아버지 캘 아저씨는 발전소에서 터빈 작업을 했다. 아저씨는 항상 새로운 농담을 던져주는 나를 재치 넘친다고 생각했다. 그 농담들은 신문 일면에 자리를 메꾸려고 넣는 '오늘의 유머'에서 읽은 것들이었다. 아서를 만나러 갈 때마다 캘 아저씨는 물었다. "그래, 재커루니, 오늘은 뭐냐?"

"어떤 여자가 쇠 수세미를 135킬로그램이나 샀대요. 뜨개질로 가스레인지를 뜬다면서요."

"가스레인지를 뜬다고! 가스레인지를 뜬다고 했니? 아, 그거 참 재밌구나, 아주 훌륭해······" 캘 아저씨는 옆구리를 잡고서 앞뒤로 몸을 흔들어댔고, 아서와 게일 아주머니는 정이 뚝 떨어진다는 표정으로 아저씨를 바라보았다.

아저씨는 단순하고 명랑한 남자라 병영 사람들한테 인기가 좋았다. 심지어 어린애들도 아저씨를 캘이라고 불렀다. 누가 아저씨를 게일 씨라고 부르는 소리는 한 번도 들어본 적이 없었다. 한번은 아저씨네 친구가 소유한 해변 별장에 갔었다. 나는 플로리다주에 살던 시절 거의 키를 쥐고 살았다고 우기면서 아서와 함께 돛단배를 타보게 해달라고 아저씨를 졸랐다. 우리는 파도에 거의 휩쓸릴 뻔한 뒤 집에서 1.5킬로미터쯤 떨어진 곳까지 밀려났다. 아서가 해변으로 가 캘 아저씨를 데려왔지만, 아저씨도 배를 모는 방법을 몰랐기에 파도를 헤치며 그 배를 집까지 끌고 와야 했다. 바람이 강한데다 파도도 높아서 아저씨가 무척 고생을 했다. 하지만 아저씨는 돌아오는 내내 웃음을 멈추지 않았다.

아서와 게일 아주머니는 난해했다. 둘 다 각각 난해한 사람이었지만, 둘이 함께 있을 때는 별스럽게 난해했다. 두 사람은 한 쌍의 스캣* 가수처럼 수수께끼 같은 말로 서로를 한참 놀려댔고, 그러다 갑자기 불길하리만치 무거운 정적이 찾아왔다. 두 사람은 그 침묵을 비난으로 바꿔놓는 방법을 알았다. 아저씨는 두 사람을 이해하려는 엄두조차 내지 못했다. 뚫어지게 바라보는 두 사람 사이에서 미소를 지으며 눈만 깜빡일 뿐이었다. 이런 행동이 아저씨를 향한 무언의 비난을 부채질하는 것 같았다.

게일 아주머니는 속물이었다. 아주머니와 캘 아저씨는 병영으로 이주해 온 첫 세대에 속했는데, 아주머니는 나중에 들어온 사람들과는 전혀 어울리지 않으려 들었다. 아주머니는 배신당해 삶이 수렁에 떨어진 사람처럼 행세했다. 무슨 배신을 당했는지는 알 수 없었으나 캘 아저씨가 저지른 잘못에 아서의 잘못도 더해진 것으로 추측되었다. 게일 아주머니는 좌절해 있었다. 아주머니는 다른 1세대 이주민 출신인 친구 리즈 뎀프시를 이삼 주에 한 번씩 꼬박꼬박 만나 마운트버넌에서 쇼핑을 하며 그 좌절감을 누그러뜨렸다. 두 사람은 한껏 차려입고 나가서 술을 잔뜩 마시며 점심을 먹고 물건을 샀다. 대체로 게일 아주머니가 잡화라고 부르는 작고 쓸모없는 물건들을 사들였지만, 가끔은 좀더 큰

---

* 무의미한 음절을 가지고 즉흥적으로 흥얼거리는 재즈 창법.

돈을 쓰기도 했다. 어느 날 밤 내가 놀러갔을 때는 아주머니가 값비싼 램프를 하나 사서 돌아왔다. 램프 받침대에는 웃는 얼굴의 품팔이꾼이 끄는 인력거가 달려 있었고 그 일꾼의 모자를 누르면 다리가 맹렬하게 움직였다.

두 아주머니는 그 흥청망청 나들이에 아서와 나를 두어 차례 데려갔다. 나는 게일 아주머니가 병영의 다른 사람들 이야기를 하는 것을 재미있게 들었다. 아주머니는 일단 한번 들으면 그 사람을 볼 때마다 안 떠올리고는 못 배기는 무시무시한 단어나 구절로 비수를 박아버렸다. 아주머니도 내가 그 입심에 감탄한다는 사실을 알고 있었다. 그래서 나를 좋아했다. 우리 형 제프리가 프린스턴대학교 학생이어서 좋아하기도 했다. 아주머니는 종종 아이비리그 같은 단어를 부드럽게 발음하곤 했다. 나 자신도 엄청난 속물이었으므로 우리는 잘 지냈다.

아서의 좌절감은 좀더 전투적으로 드러났다. 아서는 캘 아저씨와 게일 아주머니가 진짜 부모라는 것을 기정사실로 받아들이지 않았다. 자기는 입양되었으며, 진짜 가족은 '보니 프린스' 찰리를 따라 프랑스로 망명한 스코틀랜드 귀족의 후손이라고 말했다. 나는 그 말을 어떻게든 믿어보려 했다. 아서와 같은 소설을 읽긴 했지만, 그 소설과 아서의 사연이 일치한다는 사실을 알은 척하지 않고 어찌어찌 넘어갔다. 아서도 내가 해준 이야기에 의

문을 제기하지 않았다. 나는 아서에게 우리 가문은 프로이센 귀족의 후예라고 말했다. "융커*였지." 나는 학자연한 태도로 그 단어를 엄밀하게 발음했다. 가문의 재산은 전쟁통에 몰수당했다고 했다. 이 줄거리는 『프로이센 사람들』이라는 책에서 얻었다. 그 책에는 십자군 전사와 왕, 요새, 워털루를 공격하려고 말을 달리는 끝내주는 경기병, 삼엽비행기 옆에 서서 차가운 시선을 던지고 있는 폰 리히트호펜** 같은 이미지가 가득했다.

아서는 훌륭한 이야기꾼이었다. 말을 하다가 스스로 공상에 잠기곤 했고, 그러면 한마디 한마디에서 진실한 울림이 느껴졌다. 그는 아득히 먼 옛날의 대화를 되살려냈다. 노받이에 걸려 삐걱거리는 노 젓는 소리를 표현했다. 소작농의 순박한 사투리도, 배신자의 비루한 푸념도 들려주었다. 아서의 목소리를 통해 호수 위로 물안개가 피어올랐고 파이프오르간이 날카롭게 울려퍼졌다. 대담한 위업이 달성되었고 고결한 말로 맹세가 이루어졌다. 나는 그 모든 것을 믿었다.

나는 아서의, 아서는 나의 완벽한 증인이었다. 우리는 이야기를 하면 할수록 터무니없이 꼬여만 가는, 권위를 찬탈당한 귀족

---

* 독일 동프로이센의 지주 귀족층.
** 제1차세계대전에서 전투기 중대 지휘관으로 활약한 독일의 귀족.

들의 사연에 아무런 이의를 제기하지 않고 귀를 기울였다. 그 이 야기에 거짓이 있다고는 한 번도 생각하지 않았다. 우리 둘 다 현재의 우리가 처한 무가치한 상황이야말로 진짜 거짓말이라고 믿었다.

우리는 언제나 과거를 그리며, 향수에 빠져 뒹굴었다. 우리 둘 다 옛날 영화를 좋아했다. 아서네 집에서 자고 갈 때면 게일 아 주머니는 그런 영화들을 밤새도록 볼 수 있게 해주었다. 귀족에 대한 그 영화들의 얼빠진 집착이 우리의 집착과 맞아떨어졌다. 우리는 신차보다 구형 자동차를 더 좋아했으며 구식 은어를 사 용했다. 아서는 피아노를 꽤 잘 쳤다. 아서네 집에 둘만 있을 때 면 우리는 옛날 노래를 함께 불렀다. 우리의 목소리는 상실감에 젖어 떨렸다.

나는 오늘 언덕을 거닐었어, 매기,
발아래 풍경을 바라보려고……
개울과 낡고 녹슨 물레방아를 말이야, 매기.
먼 옛날 우리가 앉아 있던 그곳.

어느 날 밤에는 아서가 내게 입을 맞췄다. 아니면 내가 아서에 게 입을 맞췄거나. 어쩌면 우리가 서로 입을 맞췄을지도 모른다.

우리 둘 다 깜짝 놀랐다. 그다음부터, 유달리 가까워지는 느낌이 들면 우리는 서로를 공격했다. 아서는 쉬운 표적이었다. 녀석은 갈라진 목소리를 냈다. 하루에 두 번씩 목욕을 하면서도 언제나 암모니아 같은 호르몬 냄새를, 성장과 불안의 냄새를 풍겼다. 어떤 스포츠도 하지 않았고 여전히 스카우트 2급 대원이었다. 그 나이치고 정말 한심한 계급이었다. 계집애 같다는 말만 하지 않으면 나는 녀석을 찢어발길 수 있었다.

나 역시도 샌드백이나 마찬가지였다. 아서는 내 약점을 속속들이 알고 있었다. 녀석이 고양이처럼 태연한 태도로 내뱉는 말에 나는 숨이 턱 막혀 앞을 못 보는 사람처럼 비틀거리며 황급히 그 집을 떠났다. 가끔씩 녀석은 페퍼를 풀어놓았다. 아서가 자기 집 문간에 서서 부추기면 페퍼는 내 발치에서 짖으며 온 거리를 쫓아다녔다. 아서는 내가 그 똥개를 너무 좋아해 몸을 사리지 못한다는 걸 알고 있었다.

우리는 이런 식으로 종종 폭발했다. 그런 다음에는 며칠 동안 서로 외면하고 지내다가 아서가 전화를 걸어와 아무 일도 없었다는 듯 나를 불렀고, 그러면 나는 녀석의 집으로 향했다.

대회는 시애틀을 막 벗어난 곳에 있는 고등학교에서 열렸다. 내가 참여하는 행사는 수영경기였다. 나는 수영복과 수건, 아서와 내가 갈아입을 옷을 작은 여행가방에 담아 갔다. 그날 늦게 글렌베일을 떠나 북쪽으로 히치하이킹을 할 때 제복 때문에 들키는 일이 없도록 준비한 것이었다.

대회 내내 나는 아서와 거리를 뒀다. 녀석과 연관되고 싶지 않았다. 우리 계획 때문만은 아니었다. 아서는 너무 헐렁하고 아무 장식도 없는 제복을 입고 있었고, 남을 얕보는 듯한 태도로 일관했다. 녀석은 행사장 주변에 서서 냉소적인 말을 내뱉었다. 진지한 스카우트처럼 보이지 않았다. 나는 달랐다. 나는 별 스카우트다. 제복도 새것이었고 그 제복에 달아놓은 것도 많았다. 반장 표장. 애로단 훈장. 배지가 여러 개 달린 어깨띠. 그 당시 내가 획득한 배지만 보면 언제, 어디에 떨어지든, 순식간에 은신처를 만들어내고 불을 피우고 덫을 쳐 저녁거리를 얻을 수 있는 사람으로 보였다. 별을 보고 길을 찾을 수 있는 사람으로 보였다. 나무의 이름을 맞히고, 어느 지역에서든 내게 영양분을 공급해줄 식물을 정확히 찾아내 군침 도는 샐러드를 만들어낼 사람으로 보였다.

사실 그중 몇 가지는 할 줄 알았다. 배운 내용은 배지를 따자마자 희미해지기 시작했지만 숲속에서 필요한 생존 능력과 여유는 대강이나마 터득해두었다. 값을 따질 수 없을 만큼 가치 있는 능력이었다. 하지만 당시에는 그 가치를 몰라보았다. 나는 온갖

장구들로 무장해 눈길을 끄는 데 관심이 쏠렸고, 내 생각에는 실제로도 눈길을 끌었다.

수영경기는 아침에 열렸다. 나는 첫 예선 두 번 만에 떨어졌다. 놀랐지만 사실 놀랄 일은 아니었다. 나는 언제나 떨어졌으니까. 그런데도 나는 경기를 시작할 때마다 내가 이길 거라고 믿다가 끝날 때는 내가 이겼어야 한다고, 내가 이중에서 가장 훌륭한 수영선수라고 믿었다. 예선 탈락 후에는 축 처진 기분으로 한참 샤워를 하고서 다른 행사를 둘러보러 나섰다.

이번 대회의 큰 이야깃거리는 제식 경연이었다. 밸러드 지역대가 워낙 압도적이었는데, 그곳 대장은 은색 장식 끈이 달린 검은색 챙 없는 모자를 썼고 전투 훈장이 달린 군복 같은 재킷을 입었다. 그전에도, 그후에도 한 번도 본 적이 없는 제복이었다. 대원들은 번쩍이는 검은색 장화 맨 윗부분에 바짓부리를 집어넣어 입었고, 역시 까만색 모자를 뽐내고 있었다. 대원들이 학교 뒤쪽 아스팔트 마당을 이리저리 행군할 때마다 장화에서 척척 소리가 울렸다. 대장은 사납고 고압적인 표정으로 대원들을 지켜보며 거친 목소리로 고함을 질러 명령을 내렸다.

우리 지역대에는 제식 팀이 없었다. 다른 지역대들도 대체로 마찬가지였다. 제식 팀은 겨우 네다섯 개뿐이었고 밸러드 지역대 제식 팀은 나머지 제식 팀들보다 훨씬 뛰어났다. 밸러드에서 온 제식 대원들은 모두 장난이 아니었다. 빳빳하고 곧은 자세와 무표정을 유지했고, 한 치의 흐트러짐 없이 대장의 목소리에만 집중했다. 그 팀은 어마어마한 관중을 끌어들였다. 건너편에서 생각에 잠겨 턱을 문지르고 있는 드와이트 아저씨가 보였다.

"딜도를 다 모아놨네." 아서가 말했다.

나는 무시했다.

밸러드 팀은 경연에서 졌다. 규정에 없는 모자와 장화를 신어 실격된 것이었다. 군중은 심판에게 야유를 보냈다. 그 팀에게 우승은 따놓은 당상이었었다. 대장은 격노했다. 대장은 심판들에게 욕설을 하고 땅에 모자를 내던지더니 그래도 심판들이 굴하지 않자 자기 팀을 행진시켜 경연장 밖으로 나가버렸고, 대열을 갖춰 시상식에 참가하길 거부했다.

나중에 나는 밸러드 대원 세 명을 식당에서 보았다. 제복 차림의 그들은 강인해 보였다. 나는 그 아이들 자리로 가서 그 팀이 완전히 골탕을 먹은 것 같다고 말했고, 그 친구들도 동의했다. 우리는 이야기를 나누기 시작했다. 나는 비슷한 대회와 회의를 여러 차례 거치면서, 활발한 참가자답게 연줄을 만들고 다른 지역대 출신 소년들과 '연대를 쌓는' 능력을 연마해왔다. 그린란드나 사모아에서 온 사람이라도 대하듯 상대방이 사는 곳 이야기를 자세히 유도해냈으며, 내 이름을 알려주고 그 아이들의 이름도 종이에 받아적었다. 그 종이로 내 지갑은 주먹처럼 둥그런 모양으로 두툼해졌다.

나는 밸러드 소년들에게도 마법을 부렸다. 동창회라도 열린 듯 분위기가 화기애애해졌다. 나는 정신병원을 탈출한 미친 사람이 보비 크로의 자동차 문손잡이에 갈고리를 걸어놓고 간 사건 등 내가 아는 놀라운 이야기들을 풀어놓았다. 그 아이들도 자기네 이야기를 들려주었다. 친한 친구와 사촌지간인 어떤 남자가 자동차 사고로 '거시기'를 잃어버렸다는 이야기였다. 남자가 컨버터블 자동차를 나무에 들이박는 바람에 남자의 여자친구가 나뭇가지 저 위로 튕겨나갔는데 경찰이 여자를 끌어내려 보니 입에 남자의 물건을 물고 있었다고 했다. 못 믿겠으면 밸러드에서 온 아무한테나 물어보라고 했다.

이야깃거리가 다 떨어지자 우리는 농담을 했다. 은제 안장. 유리 눈알과 나무다리. 중국식 밀크셰이크.* 그중 한 명이 내게 담배를 피우느냐고 물었다.

"담배 피우냐고?" 내가 말했다. "차라리 곰한테 숲에다 똥을 누는지 물어봐. 교황한테 성당에 다니느냐고 묻든지."

"가자."

---

* 모두 미국의 오래된 우스개의 소재.

우리 넷은 밖으로 나가 축구장 옆에 자리한 나무들 아래에 앉았다. 나는 아서가 우리에게 다가오는 걸 눈치챘다. 아서는 골대 아래에 멈춰 섰다. 아서가 나를 따라 여기까지 나왔다는 걸 믿을 수 없었다. 밸러드 아이들도 아서를 발견했다. "누구야?" 한 명이 물었다.

"그냥 아무도 아냐." 내가 말했다.

"너희 대원이야?"

나는 고개를 끄덕였다.

"이름이 뭔데?"

"아서."

"아서왕?"

우리는 모두 웃었다.

밸러드 아이가 히트 퍼레이드 한 갑을 꺼냈다. "야, 아서." 그 애가 소리쳤다. "한 대 피울래?"

아서는 고개를 저었다. 녀석은 주머니에 두 손을 찔러넣고 시선을 돌렸다. 그러더니 잠시 후 다시 학교 쪽으로 한가로이 걸어갔다.

밸러드 아이가 히트 퍼레이드를 돌렸다. 그 애는 더 작은 다른 갑 하나를 꺼내 내게 건넸다. 여섯 개들이 트로잔 콘돔 상자였다. 나는 상자 안에 하나 남은, 포일로 포장된 그 고무 물건을 꺼내 살펴본 다음 다시 상자에 넣고 돌려줬다. "어제는 가득차 있었어." 그애가 말했다.

우리는 담배를 몇 대 피운 다음 글렌베일로 가는 차를 타려고 학교로 돌아갔다. 글렌베일로 가서는 롤러코스터 옆에서 만나기로 했다. 자동차에 오르자마자 드와이트 아저씨는 밸러드 제식 훈련 팀이 얼마나 멋졌는지 말하면서 우리 지역대에도 무언가 필요하다고, 진짜 경쟁력으로 삼을 만한 게 필요하다고 했다. 글렌베일로 가는 내내 그 얘기였다. 함께 차에서 내릴 때까지도 떠들고 있던 아저씨에게 나는 나중에 보자고 말했다. 아저씨가 내 작은 여행가방을 쳐다보았다. "그건 왜 들고 가는 거냐?" 아저씨가 물었다.

"괜찮아요." 나는 애매하게 답하고는 걸음을 옮겨 자동차에서 멀어져갔다. 아저씨가 나를 다시 부르리라고 생각했지만, 아저씨는 그러지 않았다.

밸러드에서 온 그 셋은 이미 롤러코스터 줄에 서 있었다. 그날은 모든 놀이기구가 공짜였다. 먹을 것과 운에 맡기는 게임을 제외하면 모든 게 공짜였다. 줄을 서서 기다리며 우리는 밸러드 여자와 콘크리트 여자를 비교했고, 우리가 개인적으로 알고 있는 다양한 롤러코스터 사망 사고에 대해 논했다. 아서는 약간 거리를 두고 서서 나를 지켜보았다. 그러다 마침내 내게 와서 언제

떠날 생각이냐고 물었다.

"좀 있다가." 내가 말했다.

"지금 가야 할 것 같은데."

"조금만 있다가."

밸러드 아이 하나가 아서에게 줄에 끼어들 자리를 내주었지만 아서는 고개를 젓고 돌아섰다. 내가 놀이기구에서 내렸을 때에도 아서는 여전히 기다리고 있었으며, 밸러드 아이들과 내가 다른 줄 끝에 가 붙어도 계속 기다렸다. 녀석은 오후 내내 기다리며 이 놀이기구에서 저 놀이기구로 우리를 따라다녔다. 내가 간식 가판대에서 한턱을 낸다고 신이 나서 뭉칫돈에서 지폐를 벗겨내는 모습도 지켜보았다. 우리가 오락장 통로로 향할 때도 따라왔다. 밸러드 아이 하나가 다트를 던지고 있을 때 아서가 다시 내게 다가왔다.

"우리 알래스카주로 가는 거 아니었어?" 아서가 말했다.

"갈 거야."

"그래, 언제?"

"야, 갈 거라고, 알았어? 제기랄. 조르지 좀 마."

나도 다트를 몇 개 던졌다. 고리도 던졌다. 속을 채운 우유병에 야구공도 던졌다. 내 완력을 시험해보기도 했다. 그런 다음에는 블랙아웃 부스에 멈추었다.

블랙아웃은 내게 익숙하지 않은 게임이었지만 스냅*과 비슷해 보였다. 25센트 한 닢을 주면 여러 구역으로 나뉜 게임판 하나와 각각 상징물이 새겨진 금속 원반 세 개를 받는다. 원반의 상징이 게임판의 구역에 그려진 상징물과 규칙대로 맞으면 그 구역에 원반을 놓을 수 있다. 게임판에 올라간 원반의 배치에 따라 점수를 받게 되며 이 점수의 합에 따라 게임장 뒤쪽에 줄줄이 진열된 상품을 딸 자격이 생겼다. 맨 아래에는 재떨이, 서진書鎭, 큐피** 인형, 도자기 불도그가 있었으며 그다음 줄에는 야구 글러브, 봉제 동물인형, 권총 모양 라이터, 시계 라디오, 단검, 이름을 새길 수 있는 금속줄 팔찌가 있었다. 그런 식으로 가장 거창한 상품을 전시해둔 맨 윗줄까지 나아갔다. 휴대용 텔레비전. 쌍안경. 카메라. 다이아몬드가 박힌 새끼손가락용 금반지. 다른 상품들 사이에 아무렇지 않게 걸려 있는 금줄 다이아몬드 목걸이. 금시계. 이 상품들 각각에는 돌돌 말린 100달러짜리 지폐가 리본에 매달려 있었다.

카운터 뒤의 두 남자가 상품에 눈독을 들이는 우리를 발견했다. 남자들의 이름은 스모크와 러스티였다. 러스티는 깡마르고

---

* 카드 게임의 일종.
** 갓난아기 인형 상품명.

신경질적으로 보였다. 스모크는 벌어진 잇새가 드러나도록 환히 웃는 뚱뚱한 남자였다. 알고 보니 스모크는 스카우트 출신이었다. 그러니 〈올드 랭 사인*〉을 위해, 우리에게 공짜 게임을 한 판하게 해주겠다고 했다. 러스티가 말리려 했지만 스모크가 고집을 피웠다. 게임은 보이는 그대로 쉬웠다. 밸러드 아이 두 명이 서진을, 나는 금속줄 팔찌를 탈 수 있는 점수를 벌었다. 러스티가 내게 팔찌를 내려주려는데 스모크가 불쑥 한 판 더하고 싶다면 이미 딴 점수를 유지해서 더 큰 상품에 도전할 수 있게 해주겠다고 했다. 밸러드 소년들은 돈이 없어서 그냥 재떨이를 받았지만, 나는 25센트를 들여 스모크의 거래에 응했다. 이번에는 시계 라디오를 타는 데 필요한 점수에 거의 다다랐다. "이번에도 점수 유지할 수 있어요?" 내가 물었다.

스모크와 러스티는 서로를 보았다. "절대 안 돼." 러스티가 말했다. "사장이 우릴 죽일 거야."

"사장은 좆까라고 해." 스모크가 말했다. "사장이 여기 있는 것도 아닌데."

스모크가 다시 내게 판을 내줬다. 나는 필요한 점수를 따게 되었다고 생각했으나 스모크가 말했다. "안됐다, 잭. 스타 스트래

---

* 우정을 기리는 오래된 스코틀랜드 노래 제목으로 '그리운 옛날'이라는 의미다.

들이야."

"스타 스트래들이요?"

"그래. 스타 스트래들. 여기 이 별 보이지? 이 구역에도 하나가 있잖아. 그 말은 두 배가 된다는 뜻이지. 그러면 40점 감점이야. 젠장, 거의 따낼 뻔했는데, 친구."

나는 다시 해봐도 되느냐고 물었다.

스모크가 카운터 너머로 몸을 숙이더니 오락장 통로를 이리저리 살펴보았다. "오는 건 안 보이는데. 어떨 거 같아?" 그가 러스티에게 말했다.

"좋아, 근데 서둘러." 러스티가 말했다. "잡히면 우리 엉덩이가 시퍼레질 거라고."

"쿼드러플리츠를 하는 게 좋겠다." 스모크가 내게 말했다.

"쿼드러플리츠요?" 내가 지갑을 열었다. 스모크가 1달러를 뽑으며 말했다. "좋은 생각이지. 그렇게 하면 점수를 네 배로 따거든. 뭐랄까, 속도가 빨라지는 거지."

시계 라디오에 필요한 것보다 훨씬 큰 점수를 땄다. 쌍안경에 거의 가까워졌다. 스모크는 함성을 질렀지만 러스티는 뺨이 쏙 들어간 얼굴이었다. "다 줘버리려는 거야?" 러스티가 말했다.

"쿼드러플리츠 다시 해도 돼요?" 내가 물었다.

스모크는 된다고 말했다. 원한다면 게임판 두 개를 한꺼번에

써도 된다고 했다. 두번째 판은 지금 돌리던 판과 같은 점수를 받게 된다. 그렇게 하면 큰 상품을 하나가 아니라 두 개나 탈 기회가 생긴다.

"빌어먹을, 스모크." 러스티가 말했다.

나는 지갑을 들여다봤다. 스모크가 2달러를 뽑아가더니 선반에서 원반 여섯 개를 내려 내 게임판에 세 개씩 나눠주었다. 결과를 보려고 밸러드 아이들이 몸을 바짝 디밀었다. "됐어!" 내가 소리쳤다.

스모크가 고개를 저었다. "아깝다, 친구. 문 포피트야. 문 포피트가 나오면 원래 50점을 잃어야 하지만, 30점으로 해줄 수 있을 것 같구나. 어때, 러스티?"

러스티가 투덜거렸다. 한참 만에야 알았다고 대답했다. 스모크의 제안에 따라 나는 다른 판을 시작했고, 쿼드러플리츠에서 더블 쿼드러플리츠로 판돈을 올렸다.

"사장님 오나 좀 봐." 스모크가 말했다.

"서두르기나 해." 러스티가 말했다.

"젠장." 스모크가 말했다. "텍사스 샌드트랩이네. 거의 딸 뻔했는데, 잭."

밸러드 아이들이 환성을 지르며 나를 부추겼다. 나는 게임판 두 개를 더 받았고, 다섯 개 전부를 더블 쿼드러플리츠로 돌렸다. 내 점수는 캐롤라이나 스노플레이크와 위저드 휠을 맞고 올라가더니 바나나 스플리츠로, 론리 하트, 블랙 다이아몬드를 맞고 다시 떨어졌다. 나는 카운터에 아예 지갑을 올려놓았고 스모크는 원반을 내줄 때마다 내가 낼 돈을 가져갔다. 2점만 더 따면 맨 위 선반을 다 쓸어갈 참이었다. 그때 스모크가 지갑을 다시 내게 밀어놓았다. "좀 모자라는구나, 잭슨."

지갑이 비어 있었다.

나는 밸러드 아이들에게 돈이 전혀 없다는 걸 알고 있었다. 아서가 부스 주변에 삼삼오오 모여든 사람들 사이에서 나를 지켜보고 있었지만, 아서에게도 돈이 전혀 없다는 건 알고 있었다. 나는 스모크에게 마지막으로 한 판만 해볼 수 없느냐고 물었다.

"미안, 잭. 돈이 없으면 게임도 못해."

"딱 한 판만요. 네?"

스모크의 시선이 나를 피해 지나갔다. 스모크는 지켜보는 아이들에게 미소를 지었다. "방금 여기서 일어난 일을 봤지." 스모크가 말했다. "이 친구가 거의 가게를 통째로 털어갈 뻔했어. 거기 너, 빨강머리. 그래, 너. 부끄러워하지 말고, 이리 와봐, 첫 게임은 공짜다. 나도 스카우트였거든."

"공짜 게임은 안 된다니까!" 러스티가 말했다. "사장이 우리를 죽일 거야."

"부탁이에요, 스모크 아저씨." 내가 말했다. 스모크는 여전히 미소를 머금은 채 원반들을 섞었다. 딱히 나를 무시한 건 아니었다. 나는 아예 거기 존재하지 않는 사람이었으니까.

"여기." 러스티가 나를 부르더니 뭔가를 밀어놓았다. "놀이기구라도 타든지 해라."

솜 인형이었다. 발은 까맣고 코에는 코뚜레를 한, 커다란 분홍색 돼지. 나는 인형을 들고 통로를 빠져나왔다. 밸러드 아이들과 함께 걷고는 있었지만 목이 콱 막힌 듯 말이 나오지 않았다. 소리가 먼 곳에서 들려오는 듯 아득했다. 내가 움직이고 있다는 느낌도 들지 않았고 그저 둥둥 떠다니는 것 같았다. 우리는 이리저리 걸어다녔다. 어느 순간 밸러드 아이들은 함께 놀이기구에 올랐고 나는 그애들을 놓쳤다. 그애들의 주소조차 받아두지 못했다.

놀이공원이 문을 닫은 다음 나는 우리 지역의 다른 스카우트 몇몇과 함께 정문 옆에 서 있었다. 나를 제외한 아이들은 대여섯 명씩 무리를 지어 그날 아침 시애틀에 도착했다. 집에 갈 시간까지 함께 시간을 보낼 친척이 있는 부모들이 그 아이들을 데리러 차를 몰고 왔다. 나는 드와이트 아저씨와 단둘이었다.

아저씨를 기다리면서 나는 같이 차를 타고 가자고 아서를 설득해봤다. 드와이트 아저씨는 틀림없이 술에 취해 있을 테고 나는 아저씨와 단둘이 있고 싶지 않았다. 하지만 아서는 나와 말도 섞지 않으려 들었다. 내가 말을 하면 고개를 돌려버렸다. 나는 염치없이 애원했다. 마침내 아서가 입을 열었다. "내가 왜 그래 야 하는데?"

내가 말했다. "나라면 너한테 그렇게 해줄 거니까."

"하." 아서가 말했다. 하지만 내 말은 사실이었고 녀석도 알고 있었다. 잠시 후 아서가 말했다. "대단했어, 울프. 정말 끝내주더라."

우리는 거의 마지막까지 남아서 기다렸다. 아저씨 차가 오는 게 보이자 나는 돼지를 아서에게 내밀었다. 그 인형에 대해 변명할 말이 생각나지 않았던 것이다. "여기," 내가 말했다. "너 가져."

"나한테 이게 왜 필요한데?"

"얼른, 가져. 부탁이야."

아서가 말했다. "흠, 우리 오늘밤에 되게 예의바르다, 그치?" 말은 그렇게 했지만 녀석은 돼지를 받아들었다. 우리는 번쩍이는 전조등 불빛을 마주보며 드와이트 아저씨를 향해 걸어갔다. 아저씨는 그 모습을 뚫어지게 바라보았다. 계집애 같은 아서 게 일이 번들거리는 분홍색 돼지를 들고 걸어오는 광경을. 드와이트 아저씨를 경멸하는 아서는 아저씨가 나중에 이 일을 어떻게

묘사할지 다 안다는 듯, 아저씨를 보고 히죽거리며 걸을 때마다
엉덩이를 살랑살랑 흔들고 의기양양하게 깡충거렸다.

어느 날 밤 콘크리트에서 집으로 돌아와보니 다용도실 바닥에 커다란 개가 자고 있었다. 못생긴 개였다. 짧은 노란색 털은 군데군데 빠져 있었고 한쪽 귀는 너덜너덜 찢어진 삼각 깃발 같았다. 꼬리는 분홍색에 털이 거의 없었다. 내가 지나가려 하자 개가 깨어났다. 눈이 노랬다. 처음에 녀석은 그냥 나를 바라보았지만, 내가 다시 움직이자 낮게 으르렁거렸다. 나는 누가 좀 와보라고 소리쳤다.

드와이트 아저씨가 문간에 머리를 들이밀자 그 개가 일어나 아저씨의 손을 핥기 시작했다. 아저씨는 뭐가 문제냐고 물었고 나는 개가 나에게 으르렁거렸다고 말했다.

드와이트 아저씨가 말했다. "좋아. 그게 정상이지. 앤 아직 너를 모르니까. 챔피언." 아저씨가 이어서 말했다. "얘는 잭이다. 손냄새를 맡게 해줘." 아저씨가 내게 말했다. "어서, 물지 않을 거야."

나는 손을 내밀었고 챔피언이 킁킁거리며 냄새를 맡았다. "잭," 아저씨가 녀석에게 말했다. "잭."

나는 아저씨에게 누구 개냐고 물었다. 아저씨는 내 개라고 말했다.

"저요?"

"개를 키우고 싶다고 했었잖아."

"이런 녀석은 아닌데요."

"뭐, 네 거야. 돈도 네가 냈어." 아저씨가 덧붙였다.

돈을 내가 냈다는 게 무슨 뜻이냐고 물었지만 드와이트 아저씨는 말을 해주지 않았다. 몇 분 후 나는 전말을 알게 되었다. 내 방이 뭔가 잘못되어 있었다. 나는 윈체스터가 사라진 걸 깨달았다. 문간에 서서, 내가 기술 수업시간에 윈체스터 전용으로 만들어둔 소나무 선반을 바라보았다. 처음에는 소총을 못 보고 지나쳤지만 좀더 주의를 기울이면 보일 거라는 듯이. 나는 잠시 침대에 앉아 있다가 일어나 거실로 나갔다. 드와이트 아저씨가 텔레비전을 보고 있었다.

내가 말했다. "제 윈체스터가 없어졌는데요."

"그 개는 순종 바이마라너야." 드와이트 아저씨가 화면에서 눈을 떼지 않고 말했다.

"필요 없어요. 전 윈체스터 가질래요."

"그럼 재수가 없었네. 네 윈체스터는 시애틀로 가고 있으니까."

"그건 제 총이라고요!"

"챔프도 네 개야! 제기랄! 기껏 쓰레기를 값진 사냥개로 바꿔 왔더니 이게 무슨 짓이냐? 찡얼찡얼 찡얼찡얼."

"찡얼찡얼하는 게 아니에요."

"퍽도 아니겠다. 이제부터는 네가 직접 거래하면 되겠네."

어머니는 정치 집회에 가 있었다. 지난번 주 선거에서 어머니는 지역의 민주당 표를 조직하는 데 일조했고, 이번에는 민주당 측에서 어머니를 아들라이 스티븐슨 선거운동에 참여시키려고 했다. 다음날 나는 귀가하는 어머니를 집밖에서 만나 소총 이야기를 전했다.

어머니는 이미 들었다는 듯 고개를 끄덕였다. "저 사람이 무슨 일 저지를 줄 알았어." 어머니가 말했다.

두 사람은 내가 잠자리에 들자 결판을 냈다. 드와이트 아저씨가 소란을 좀 피웠으나 어머니가 물리쳤다. 소총은 내 것이라고, 어머니가 말했다. 아무리 마음대로 고함을 질러봤자, 그 점에 관해서는 아저씨도 할말이 없었다. 어머니는 아저씨로 하여금 챔피언의 주인에게 전화를 걸어 챔피언을 시애틀로 데려가고 내 소총을 되가져오는 것에 동의하게 했다. 챔피언의 주인이 보내주기로 한, 그 개의 훌륭한 혈통을 증명해줄 미국애견협회 서류가 온 뒤에 그렇게 하기로 했다. 지금은 어쩔 수 없었다. 그 남자의 성도, 주소도 몰랐기 때문이었다.

이 문제는 이런 식으로 만족스럽게 마무리되었다. 어째서인지 남자가 서류를 보내는 걸 잊어버렸지만.

우리는 챔피언을 데리고 비오리들이 즐겨 모여드는 자갈 채석장으로 첫 사냥을 나섰다. 사람들은 비오리가 맛이 없다고 생각해서 대체로 녀석들을 쏘지 않았다. 하지만 드와이트 아저씨는 아무거나 쏘아대는 사람이었다. 형편없는 사냥꾼이었던 아저씨는 침착하지 못하고 부주의한데다 시끄러워서, 쫓던 동물을 한 번도 잡지 못했다. 제풀에 화가 치솟은 아저씨는 자동차로 돌아오는 길에 눈에 보이는 건 뭐든 죽이려 들었다. 아저씨는 다람쥐, 청설모, 파랑어치, 지빠귀를 죽였다. 1미터 거리에서 12구경 총을 쏴 눈처럼 흰 커다란 올빼미를 죽였고 강을 스치듯 지나가는 흰머리수리들을 무차별 사격했다. 아저씨가 사슴이나 뇌조, 메추라기, 꿩, 식용 오리, 심지어 커다란 물고기라도 한 마리 잡는 꼴을 본 적이 없었다.

아저씨는 그게 다 장비 탓이라고 생각했다. 이미 가지고 있던 사격용 소총에 사냥용 소총 두 자루를 더 장만했다. 말린 30/30 한 자루와 망원 조준경이 달린 개런드 M-1 한 자루였다. 물새를 잡는 12구경 쌍열 산탄총과 아저씨가 "덤불 총"이라고 부른, 16 구경 반자동 소총도 있었다. 아저씨는 한 번도 가까이 가는 데 성공하지 못했던 사냥감을 찾겠다며 차이스사의 고배율 쌍안경을 들고 다녔다. 한 번도 죽여본 적 없는 사냥감을 손질하겠다며 퓨마사의 사냥용 칼을 가지고 다녔다.

챔피언이 내 개라고 수도 없이 들었지만, 나는 녀석이 드와이트 아저씨가 완비한 사냥 장비의 일부가 되리라는 사실을 이해했다.

채석장에 도착하자 드와이트 아저씨는 챔피언의 회수 본능을 자극하고 녀석의 주둥이가 얼마나 부드러운지 보여주겠다며 물속에 막대를 던졌다. 아저씨는 바이마라너가 그 주둥이 때문에 유명하다고 말했다. "저 막대에 이빨자국 하나도 보이지 않을 거다." 아저씨가 내게 말했다. 챔피언은 물가로 달려가다가 우뚝 멈춰 섰다. 우리를 돌아보며 낑낑거렸다. 치와와처럼 떨고 있었다. "어서, 착하지." 드와이트 아저씨가 말했다. 챔피언이 다시 낑낑댔다. 녀석은 한쪽 발을 굽혀 물에 집어넣더니 다시 꺼내고

서 막대를 향해 짖기 시작했다.

"똑똑한 녀석 같으니." 드와이트 아저씨가 말했다. "저게 새가 아니라는 걸 아는 거야."

비오리들은 해질녘에 왔다. 우리를 본 게 틀림없었지만 녀석들도 자기 고기맛을 아는지 전혀 두려워하지 않았다. 녀석들은 서로 가까이 붙어 낮게 날았다. 드와이트 아저씨가 혼신의 힘을 다해 녀석들에게 쌍열 산탄총을 탕탕 쏘았다. 오리 한 마리가 돌덩이처럼 떨어졌고 나머지는 후다닥 다시 날아오르며 시끄럽게 꽥꽥댔다. 녀석들은 드와이트 아저씨가 다시 장전하고 발사할 때까지 한참 원을 그리며 채석장을 날았다. 아저씨는 이번엔 아무것도 맞히지 못했다. 비오리들은 날아가버렸다.

드와이트 아저씨가 맞힌 새는 물가에서 6미터쯤 떨어진 곳에 둥둥 떠 있었다. 부리는 수면 아래에 처박고 날개는 쭉 뻗은 채였다. 녀석은 움직이지 않았다. 드와이트 아저씨는 산탄총을 꺾어 탄피들을 꺼냈다. "가져와, 챔프." 아저씨가 말했다. 하지만 챔피언은 오리를 가져오지 않았다. 녀석은 이제 아예 물가에도, 눈에 보이는 어디에도 없었다. 드와이트 아저씨가 달래듯 불렀다가 명령조에 협박조로도 불러봤지만 녀석은 돌아오지 않았다. 나는 오리 뒤로 돌을 좀 던져 오리가 떠밀려오게 하자고 했다. 드와이트 아저씨는 신경쓰지 말라고, 저건 그냥 쓰레기 같은 새라고 말했다.

우리는 자동차 아래에서 챔피언을 발견했다. 녀석이 작은 소리로 깽깽거리고 움츠리며 배를 내보일 때까지 드와이트 아저씨가 몇 분 동안이나 녀석을 얼렀다. "총소리가 좀 무서워서 그런 것뿐이야." 아저씨가 말했다. "그건 고칠 수 있지."

드와이트 아저씨는 워싱턴 동부에서 열리는 거위 사냥에 챔피언을 데려가 공포증을 고치려 했다. 아저씨는 어머니에게도 같이 가자고 말했다. 두 사람은 일주일 동안 떠나 있기로 했지만 사이가 나빠져 사흘 만에 돌아왔다. 어머니는 첫 발을 쏜 후에 챔피언이 들판 저 너머로 도망쳤다고, 드와이트 아저씨가 녀석을 찾느라 오후 대부분을 날렸다고 말했다. 다음날에는 녀석을 차 안에 가둬놓았고 이번에는 녀석이 온 좌석에 오줌을 싸고 똥칠을 해놓았다. 바로 그때 그들은 집으로 돌아오기로 했다.

"저 사람이 치웠어." 어머니가 덧붙였다. "하나하나 전부 다. 나는 가까이 가기도 싫었거든."

내가 물어본 건 아니었다. 아마 어머니는 내가 알고 싶어할 거라 생각했던 것 같다.

챔피언이 내가 집에 올 때마다 늘 으르렁거린 건 아니었다. 보통 녀석은 나를 무시했다. 나는 곧 경계를 풀었고, 그러면 녀석이 다시 행동을 개시해 혼이 쏙 빠지도록 내게 겁을 주었다. 어느 날 밤에는 녀석 때문에 하도 놀라 스펀지 대걸레로 녀석의 머리를 때렸다. 챔피언은 이빨을 드러내며 으르렁거렸고, 나는 녀석을 때리고 또 때리며 신경질적으로 비명을 질러댔다. 녀석은 발로 나무 바닥을 허우적거리며 도망치려고 애썼다. 마침내 녀석은 온수기 뒤쪽에 머리를 처박았고 내가 제 몸통을 때려대는 동안 계속 그러고 있었다. 어느 순간 나는 지쳐버렸고, 내가 무슨 일을 저질렀는지 깨닫고는 하던 짓을 멈췄다.

집에는 나 혼자였다. 나는 신경을 거스르는 이 날선 느낌과 죄책감을 떨치려 애쓰며 서성거렸다. 내가 저지른 온갖 일을 용서할 수 있었지만, 잔인함만큼은 아니었다.

다용도실로 돌아가보았다. 챔피언은 다시 담요에 누워 있었다. 나는 녀석의 뼈를 찔러보고 상처가 있는지 살펴보았다. 괜찮아 보였다. 스펀지가 타격의 위력을 흡수한 것이다. 녀석을 죽 살펴보는 동안 챔피언은 낑낑거리며 내 손을 핥았다. 나는 녀석에게 부드럽게 말을 걸었다. 실수였다. 그것 때문에 녀석은 내가 자기를 좋아한다고, 우리가 친구라고 생각하게 되었다. 그날 밤 이후로 녀석은 언제나 나와 함께 있고 싶어했다. 다용도실을 지나칠 때마다 녀석은 굽실거리며 몸을 낮추고 나를 잡아두려 했고, 내가 밖으로 나가면 문에 몸을 던지며 짖어댔다.

나는 좀 곤란해졌다. 고등학교에 들어간 이후 거의 일 년째 나는 한밤중에 몰래 빠져나가 차를 몰고 드라이브를 다니곤 했다. 드와이트 아저씨는 내게 운전을 가르쳐주지 않으려 했다. 나 때문에 우리 둘 다 죽게 될 거라고 주장했다. 내가 나를 가르치는 수밖에 없었다. 챔피언이 나한테 들러붙기 시작한 뒤로는 녀석을 데려가야만 했다. 안 그러면 녀석이 울부짖는 통에 온 집안 사람들이 깰 테니까.

앞자리의 내 옆에 앉아서 진짜 승객이라도 된 양 창밖을 내다보거나 바람에 입을 쩝쩝대는 챔피언과 함께, 나는 병영의 빈 거리를 천천히 달렸다. 지루해지면 마블마운트로 가는 중간 길목으로 차를 몰았다. 핸들을 꺾지 않고 시속 160킬로미터까지 속도를 올릴 수 있는 쭉 뻗은 도로였다. 챔피언이 전조등 사이에서 떨리는 도로 위 흰 선을 조용히 지켜보는 동안 나는 긴팔원숭이처럼 지절거리며 순전히 공포에 젖어 눈물을 흘렸다. 그러다가 자동차를 도로 한가운데에 세우고는 반대 방향을 향해 같은 짓을 했다. 매번 나는 조금씩 더 멀리까지 차를 몰았다. 언젠가는 그렇게 계속 갈 수 있을 거라고, 나는 생각했다.

어느 날 새벽 나는 집 쪽으로 차를 돌리려고 후진하다가 도랑에 처박히고 말았다. 잠시 바퀴를 굴려보다가 내려서 상황을 살폈고 다시 바퀴를 돌려보려고 애쓰다가 아예 제대로 푹 파묻혀

버렸다. 그제야 나는 차를 포기하고 병영으로 걸어가기 시작했다. 거의 새벽 세시가 다 된 시각이었다. 집까지는 걸어서 최소한 네 시간은 걸릴 터였다. 도착하기 전에 식구들은 이미 내가 없어졌다는 걸 알게 될 것이다. 차가 없어졌다는 것도. 나는 욕설을 줄줄이 쏟아놓았지만 그 말은 나한테서 흘러나가는 것이 아니라 다가오는 것처럼 보였고, 나는 곧 말을 멈추었다.

챔피언은 도로 양옆으로 빽빽하게 자란 숲을 헤치며 앞서 달렸다. 사방은 캄캄한 산이었고, 칠흑 같은 하늘에 별들이 총총했다. 도로에 부딪히는 내 발소리가 시끄럽게 울렸다. 다른 사람한테서 나는 소리처럼 들렸다. 내 다리의 움직임이 낯설게 느껴지기 시작하더니 이윽고 몸의 다른 부분도 전부 다른 사람을 흉내내고 있는 듯 낯설고 비현실적으로 느껴졌다. 나는 내 몸이 쿵쾅거리며 걸어가는 모습을 지켜보았다. 그 몸 바깥에서, 내 눈을 의심하며 지켜보았다. 무슨 목적이 있는 듯한 그 흉내는 기이하고 무시무시했다. 그 몸은 대체 무엇인지, 멀리서 불안하게 그 몸을 지켜보는 건 또 무엇인지 알 수 없었다.

그때 어떤 목소리가 소리쳤다. "오, 메이블린!" 아는 목소리였다. 시끄러운 그 목소리는 내것이었다. 나는 그 뒤에 숨었다. 나는 〈메이블린〉 다음에 다른 노래를 불렀고, 또다른 노래를 불렀다. 목청을 높여 계속 노래했다. 두어 차례쯤 갑자기 노래를 멈추고 이 상황을 변명할 말을 생각해보려—저기, 믿기지 않겠지만 뭐랄까, 깨어보니 거기였어요. 제가, 운전을 하고 있더라고요!—애썼다. 하지만 아무리 생각을 해봐도 절망만 남았고 나는 다시 노래를 부르는 쪽으로 돌아갔다. 아는 노래를 전부 불렀다. 그렇게 아는 노래가 많다니 경이로웠다. 또 아무 거리낄 게 없는 이먼 곳에서는 내 노래가 그렇게 나쁘지 않다고, 꽤나 괜찮다고 생각했다. 나는 여러 파트를 맡아 불렀다. 〈카드 한 벌〉이나 〈세 개의 별〉 같은, 중얼중얼 이야기하는 노래도 불렀다. 가성도 썼다. 나는 어느덧 즐기기 시작했다.

치누크를 향해 반쯤 왔을 때 뒤쪽에서 엔진소리가 들렸다. 나는 불빛을 마주보며 운전자에게 멈춰달라는 신호를 보냈다. 그 남자는 길 위에 그대로 트럭을 멈춰 세웠다. 시동은 끄지 않았다. 내가 모르는 사람이었다. "저 뒤에 저거, 네 차냐?" 남자가 물었다.

나는 그렇다고 말했다.

"어쩌다가 저렇게 된 게냐?"

"어떻게 설명해야 할지 모르겠어요." 내가 말했다.

남자는 내게 타라고 말했다. 나는 챔피언을 큰 소리로 부르기 시작했다. "잠깐," 남자가 말했다. "챔프라니 그게 누구야? 그런 얘기는 안 했잖아."

"제 개예요."

남자는 내가 챔피언을 불러들이려 애쓰는 동안 어둠 속을 뚫어지게 바라보았다. 남자는 그 어둠 바깥에 무엇이 있을지 두려워했고 나를 두려워했다. 그 두려움 때문에 나는 위험한 느낌이 들었다. 결국 남자가 말했다. "난 가봐야겠다." 바로 그때 챔피언이 숲에서 뛰쳐나왔다. 남자가 챔피언을 바라보았다. "이런 세상에." 말은 그렇게 하면서도 남자는 문을 열고 우리를 차에 태워 우리 자동차가 있는 곳까지 데려다주었다. 운전을 하면서도, 우리 차를 도로로 빼내주면서도 남자는 말이 없었다. 내가 감사 인사를 했을 때도 그냥 가볍게 고개를 끄덕이더니 차를 몰고 멀어져갔다.

침대에 기어드는 데 성공하고 나서 얼마 지나지 않아 어머니가 나를 깨우러 왔다. "몸이 안 좋아." 내가 말했다.

어머니는 내 이마에 손을 얹어보았다. 어머니의 손이 닿자 나는 모든 것을, 그 힘들었던 일을 전부 털어놓고 싶어졌다. 잘못을 실토하고 싶어서가 아니라, 그 고비를 빠져나왔다는 환희 때문에 이야기를 해주고 싶었다. 어머니는 아슬아슬한 이야기를 듣는 걸 좋아했다. 그런 이야기는 행운을 믿는 어머니에게 힘이 되어주었다. 하지만 사정을 털어놓으려면 나는 최소한 다시는 차를 가져가지 않겠다는 약속을 해야 할 게 틀림없었다. 내 의도와는 완전히 반대되는 일이었다. 최악의 상황으로는 어머니가 어쩔 수 없이 드와이트 아저씨에게 나를 일러바치게 될지도 몰랐다.

어머니가 희부연 새벽빛을 받으며 나를 내려다보았다. "열은 없구나." 어머니가 말했다. "근데 이건 인정해야겠어, 너 정말 안 좋아 보여." 어머니는 텔레비전을 보지 않겠다고 약속하면 그날 학교를 빠지고 쉬어도 된다고 말했다.

나는 점심시간까지 잤다. 침대에 앉아서 샌드위치를 먹고 있는데 드와이트 아저씨가 내 방으로 왔다. 아저씨는 무언극 배우가 '휴식'을 연기하듯 두 손을 주머니에 넣고 문간에 기대섰다. 그걸 보니 경계심이 일었다.

"좀 나아졌냐?" 아저씨가 물었다.

나는 그렇다고 말했다.

"심각한 병에 걸린 것처럼 하면 안 되지." 아저씨가 말했다. "좀 자거라, 눈은 좀 붙였냐?"

"네, 아저씨."

"틀림없이 잠이 모자랐을 테니까."

나는 잠자코 있었다.

"아, 그건 그렇고 말이야, 엔진에서 작고 이상한 탱탱 소리 못

들었니?"

"무슨 엔진이요?"

아저씨가 미소 지었다.

아저씨는 몇 분 전 챔피언과 함께 회사 매점에 갔는데 거기에서 챔피언을 알아보는 한 남자를 만나, 그날 새벽에 그 개와 마주치게 된 상당히 흥미로운 경위를 들었다고 했다. 네 생각은 어떠냐?

나는 무슨 말인지 모르겠다고 대답했다.

그러자 아저씨가 내게 덤벼들었다. 한 손은 이불 속에 두고 다른 손은 샌드위치를 들고 있던 나를 아저씨가 붙잡았다. 처음에 나는 아저씨가 노리는 게 샌드위치라도 되는 양 몸을 보호하는 대신 샌드위치를 획 쳐들었다. 활짝 편 아저씨의 두 손이 내 얼굴을 이쪽저쪽 마구 후려쳤다. 샌드위치를 떨어뜨리고 아래팔로 얼굴을 가려봤지만 아저씨의 손을 막을 수는 없었다. 아저씨는 침대 위에 무릎을 꿇고, 두 다리로 나를 양옆에서 가두고는 이불을 덮어씌워 꼼짝 못하게 붙들어놓았다. 내가 아저씨의 이름을 소리쳐 불렀지만 아저씨는 빠르고 강박적인 리듬에 맞춰 나를 때릴 뿐이었다. 나는 아저씨가 아무것도 듣지 못하는 상태라는 걸 깨달았다. 어떻게 그랬는지는 모르겠지만 나도 모르게 다른 팔을 빼내 아저씨의 목을 쳤다. 아저씨가 숨을 헐떡이며 뒤로 물러났다. 나는 아저씨를 밀쳐 침대에서 떨어뜨리고 이불을 걷어 찼다. 그러나 내가 미처 일어나기도 전에 아저씨가 내 머리카락을 쥐더니 내 얼굴을 매트리스에 세차게 처박았다. 그러더니 내 뒷목을 가격했다. 그 충격에 몸이 뻣뻣해졌다. 머리카락을 쥔 아저씨의 손아귀에 바짝 힘이 들어갔다. 나는 아저씨가 나를 다시 때리리라 생각하고 기다렸다. 아저씨가 헐떡이는 소리가 들렸다. 우리는 잠시 그렇게 있었다. 나는 아저씨를 떠밀며 일어났다. 아저씨는 나를 내려다보고 서서 갈라진 소리로 숨을 내쉬었다. "엉망이 된 거 다 치워라." 아저씨는 문을 향해 돌아서며 말했다. "배운 게 있었길 바란다."

실제로 몇 가지 배운 게 있었다. 목에 주먹질을 한다고 해서 상대방을 언제나 제압할 수 있는 건 아니라는 걸 배웠다. 곤경에 처했을 때 욕설을 내뱉는 건 별로 좋은 생각이 아니라는 것도. 하지만 할 수 있다면 노래를 부르는 건 좋은 생각이었다.

챔피언은 더이상 비오리를 보지 못했다. 알고 보니 녀석은 고양이 살육자였다. 그 유명하다는 부드러운 주둥이에 죽은 고양이를 물고 집으로 돌아오는 일이 세 차례나 이어졌다. 드와이트 아저씨는 고양이들을 강에 던져버리고, 펄과 나에게 챔피언을 내보내줬다며 호통을 쳤다. 어쨌든 챔프는 용의선상에 올라 있었다. 어느 날엔 녀석이 어느 집 뒤뜰에 들어가 그집 여자아이 눈앞에서 그 아이가 기르는 새끼 페르시아고양이를 갈가리 찢어버렸다. 병영의 관리인이 그날 저녁 문을 두드리더니 드와이트 아저씨에게 챔피언을 지금 당장 마을에서 내보내야 한다고 말했다. 아저씨는 녀석에게 다른 집을 찾아줄 시간이 며칠 필요하다고 말했지만 병영 관리인은 당장이란 말은 지금 당장, 자신이 이 집에서 나서는 순간 조치해달라는 뜻이라고 말했다.

드와이트 아저씨는 잠깐 다용도실에 머물렀다. 얼마간 침묵이 흐르더니 아저씨가 뭔가 뒤지는 소리가 들려왔다. 아저씨가 말했다. "가자, 챔프." 어머니와 나는 거실에서 책을 읽고 있었다. 우리는 서로를 바라보았다. 나는 창문으로 가 드와이트 아저씨가 땅거미 속으로 걸어가는 모습을 지켜보았다. 챔피언은 땅을 쿵쿵대며 앞서가고 있었다. 드와이트 아저씨 손에는 30/30 소총이 들려 있었다. 챔피언을 차에 태운 뒤 아저씨는 상류 쪽으로 차를 몰았다.

드와이트 아저씨가 떠나 있던 시간은 그리 길지 않았다. 나는 아저씨가 챔피언을 묻어주지 않았다는 걸 알았다. 너무 빨리 돌아오기도 했고 우리한테는 삽이 없었으니까.

어머니와 나는 〈언터처블〉을 재미있게 봤다. 이 텔레비전 시리즈의 어느 편에서인가 알 카포네가 자기를 실망시킨 남자와 대면한다. 알 카포네는 동정심과 이해심이 어린 표정으로, 괴로워하는 그 남자의 설명을 듣는다. 그런 다음 부드럽게 말한다. "프랭크랑 드라이브 좀 하지 그러나?" 남자의 눈이 튀어나온다. 그는 프랭크 니티를 보고는, 다시 알 카포네에게 고개를 돌리며 소리친다. "안 됩니다, 카포네 씨. 잠깐만요, 제가 다 물어드리겠습니다……" 하지만 카포네 씨는 책상에 놓인 서류만 읽을 뿐이다. 다음 장면은 시골길에 주차된 길쭉한 검정색 자동차를 보여준다.

챔피언 일이 있고 나서, 내가 뭔가 잘못을 저지를 때마다 어머니는 내게 이렇게 말하곤 했다. "드와이트랑 드라이브 좀 하지 그러나?"

학생예절배지

콘크리트는 론스타 시멘트회사의 고향이자 이 회사와 한몸인 마을이었다. 거리와 집, 자동차는 공장에서 나온 시멘트 먼지 때문에 잿빛을 띠었다. 바람이 없는 날이면 짙은 먹구름 같은 먼지가 공기 중에 걸려 있었다. 가끔은 먼지가 너무 심해 미식축구 연습을 취소해야 했다. 콘크리트고등학교는 흙이 쓸려나가지 않도록 시멘트로 기슭을 덮은 언덕 꼭대기에서 마을을 내려다보고 있었다. 내가 통학하기 시작했을 때쯤에는 학교가 지어진 지 오래되지 않았는데도 그 시멘트 둑이 갈라지고 무너져내리며 시멘트 아래 덮여 있던 철망이 드러나기 시작했다.

학교는 계곡 위아래 마을에서 학생들을 받았다. 농부와 식당 종업원, 벌목꾼, 공사 현장 인부, 트럭 운전수, 떠돌이 품팔이꾼의 아이들이었다. 남학생들은 대부분 이미 제 나름대로 직업이 있었다. 돈을 모으려는 게 아니라 자동차와 여자친구에게 쓸 돈 때문에 일했다. 그 아이들 중 상당수가 재학중 결혼을 하고 중퇴해 전일제 일자리를 얻었다. 다른 소년들은 육군에 입대하거나 해병이 되었다. 해군이 되는 일은 결코 없었다. 몇 명은 잡범이 되었다. 콘크리트고등학교의 소년들은 대체로 자기를 대학에 갈 만한 재목으로 여기지 않았다.

학교에는 좋은 선생님들도 몇 명 있었다. 대부분 시를 읊는다는 이유로, 혹은 베르됭 전투를 묘사하다가 눈물 한 방울을 떨어뜨렸다는 이유로 조롱을 당해도 개의치 않는 나이든 여자 선생님들이었다. 하지만 그런 선생님은 많지 않았다.

미첼 선생님은 시민윤리를 가르쳤다. 군대의 비공식 신병 모집자처럼 활동하기도 했다. 제2차세계대전 당시 선생님은, 선생님이 "유럽 무대"라고 즐겨 말하던 곳에서 복무했다. 실제로 사람도 여럿 죽였다. 가끔씩 선생님은 놈들의 시체에서 얻은 여러 가지 물건을 가지고 왔다. 어느 전당포에서든 살 수 있는 훈장과 총검만이 아니라 독일어 편지와 가족사진이 들어 있는 지갑도 있었다. 작문 숙제를 안 해왔는데 선생님이 숙제를 걷으려 하면, 우리는 어떻게 사람을 죽이게 되었는지 들려달라고 해서 언제든 선생님의 주의를 돌릴 수 있었다. 그러면 미첼 선생님은 교탁 뒤에 웅크리고 고개를 내밀어 앞을 살피고는, 다다다다 소리치며 교실 한가운데로 굴러나와 벌떡 일어났다. 하지만 선생님은 독일인들의 용기와 규율을 칭찬했으며, 자기 생각에는 우리가 잘못된 편에서 싸운 것 같다고, 우리는 베를린이 아니라 모스크바로 진격했어야 한다고 말했다. 강제수용소 문제에 관해서라면 우리는 거의 모든 유대인 과학자들이 바로 그곳에서 사망했다는 사실을 기억해야 했다. 놈들이 살아 있었다면 히틀러가 우리보다 먼저 핵폭탄을 개발하도록 도왔을 것이며, 그랬다면 오늘날 우리는 모두 독일어로 말하고 있었을 테니까.

미첼 선생님은 수업을 할 때 시청각 자료에 심하게 의존했다. 우리는 같은 영화를 여러 차례 봤다. 전투 다큐멘터리와, 미국 '아무 마을'의 고등학생들이 속아서 공산당 세포 조직에 가담하게 됐다는 FBI의 경고 영상 등등. 기말시험에서 미첼 선생님은 "가장 좋아하는 헌법 수정 조항은 무엇인가?"라는 문제를 냈다. 우리는 이 질문에 대비하고 있었으며 모두가 정답을 맞혔다. 정답은 '무기를 소지할 권리'였다. '언론의 자유'라고 답한 한 여학생만 빼고. 선을 넘는 이 행동으로 그 아이는 그 문제만 틀린 게 아니라 아예 과목에서 낙제를 했다. 그 학생이 자신이 써낸 답이 논리적으로 틀렸다고 할 수 없다고 반박하자 미첼 선생님은 머리끝까지 화가 나서 학생을 교실에서 쫓아냈다. 그 아이는 교장에게 불만을 제기했지만 아무 소용도 없었다. 같은 반 아이들 대부분은 그애가 잘난 체한다고 생각했다. 나도 마찬가지였다.

미첼 선생님은 체육도 가르쳤다. 선생님은 학교에 권투를 도입했고, 흡연가 사교클럽을 조직해 매년 수백 명에 이르는 사람들이 상당한 돈을 내고 우리 남학생들이 서로 흠씬 두들겨패는 모습을 지켜볼 수 있도록 했다.

홀리헌 선생님은 말하기를 가르쳤다. 선생님은 몇 년 전에 그냥 말을 하는 게 아니라 단어들에 '깊이 손을 뻗는' 웅변술 이론을 도입했다. 이미 우리 뱃속에 완벽하게 자리잡은 단어들이 고인 웅덩이 속 송어처럼 건져올려지기만 기다리고 있다는 식이었다. 우리는 입술을 사용하지 말고 그 단어들이 그냥 '흘러나오도록' 해야 했다. 까다로운 기술이었다. 홀리헌 선생님은 첫 단계를 숙지해야 다음 단계로 넘어갈 수 있다고 믿었기 때문에, 우리는 한 해 대부분을 선생님이 직접 고안한 합창 편곡에 맞춰 "히아와타"라고 읊는 소리를 내며 보냈다. 선생님은 몹시 흡족해했고 봄에는 우리를 마운트버넌에서 열리는 웅변대회에 데려갔다. 대회는 실외에서 열렸는데, 우리가 큰 원을 그리고 앉아 열변을 토하는 동안 비가 내리기 시작했다. 우리가 입은 인디언 의상은 양파를 담았던 삼베 자루로 만든 옷이었다. 삼베가 젖으며 악취를 풍기기 시작했다. 우리만 알아차릴 수 있는 수준이 아니었다. 그런데도 훌리헌 선생님은 멈추지 못하게 했다. 선생님은 원 뒤쪽으로 돌아다니며 속삭였다. "깊이 손을 뻗어, 깊이 뻗어야지." 결국 우리는 톰톰*을 사용해 박자를 맞췄다는 이유로 실격되었다.

말대가리 그릴리 선생님은 기술을 가르쳤다. 신입생을 만나는 첫 수업에서 50파운드짜리 쇳덩이를 자기 발에 떨어뜨리는 게 선생님만의 관행이었다. 선생님은 이런 행동으로 주의를 환기하면서 '쎈 발' 신발을 자랑했다. 발등을 강철로 보강한 신발이었다. 선생님은 우리 모두가 '쎈 발'을 신어야 한다고 생각했다. 가게에서는 살 수 없고, 선생님을 통해서만 주문할 수 있는 물건이었다. 내가 콘크리트고등학교 2학년일 때, 성급한 신입생 하나가 말대가리 선생의 발에 떨어지는 쇳덩어리를 낚아채려 하다가 손가락이 다 뭉개졌다.

처음에 나는 괜찮은 성적을 받았다. 가짜 성적이었다. 나는 치누크에서 버스를 타고 내려가는 동안 다른 아이들의 숙제를 베끼고 교실을 이동하는 동안 복도에서 벼락치기를 했다. 첫번째 성적이 나온 뒤에는 굳이 그렇게까지 하지 않았다. 나는 아예 공

---

* 재즈 연주에 사용하는 드럼의 일종.

부를 그만둬버렸다. 그러자 A 대신 C를 받게 되었지만 집안 사람들은 아무도 내 성적이 떨어진 걸 알지 못했다. 성적표는 대단히 놀랍게도 연필로 적혀 나왔으며, 나한테도 연필은 좀 있었으니까.

내가 할 일이라고는 수업에 출석하는 것뿐이었는데 가끔씩은 그조차도 지나치다고 느꼈다. 나는 콘크리트에서 악명이 높은 형들과 어울리기 시작했다. 그 무리는 내가 한 번도 술에 취해본 적이 없는데다 아직 동정이라는 걸 알고는 나를 천연기념물 취급하며 자기들과 어울리게 해줬다. 나는 내게 보여주는 그 관심이 고마웠다. 나는 눈에 띄고 싶었지만 점잖은 방법으로는 도저히 주목받을 수 없을 듯했다. 건전한 시민으로서 불가능하다면 무법자가 되어서라도 주목받고 싶었다.

우리는 매일 아침 학교 뒤편의 얕은 배수로에서 담배를 피웠다. 종종 수업종이 울릴 때까지도 그곳에 있다가 양치식물로 뒤덮인 풀밭을 가로질러 척 볼저가 자기 차를 세워둔 옆길까지 내리막을 헤치고 나갔다. 양치식물들의 키가 하도 커서 우리는 그 사이로 헤엄을 치는 것처럼 보였다.

척의 아버지는 밴혼 근처에서 큰 자동차부품가게를 했고, 오순절교회 목사이기도 했다. 척은 술을 마실 때면 암흑의 종교 이야기를 했다. 척은 그 이야기에 사로잡힌 듯 거침없었지만 태도만은 온화했다. 적어도 나에게는 형처럼 굴기까지 했다. 그래서 나는 다른 사람들보다는 척과 함께 있는 게 더 편했다. 척에게는 어떤 일만큼은 결코 하지 않는 마지노선이 있다고 나는 믿었다. 나머지 사람들에게서는 그런 느낌을 받지 못했다. 한 명은 이미 교도소에서 살다 나왔다. 처음에는 전기톱을 훔쳤고, 그다음에는 고양이를 유괴했기 때문이었다. 그 사람은 덩치가 크고 멍청했고 좀 이상했다. 모두가 그를 사이코라고 불렀는데 그는 그 이름을 소명처럼 받아들였다.

사이코가 고양이를 붙들었을 때 척이 함께 있었다. 두 사람이 콘크리트의 잡화점 밖에 서 있는데 고양이가 다가와 다리에 몸을 비벼대기 시작했다. 사이코는 괴롭힐 생각으로 고양이를 집어들었다가 녀석의 목걸이에 적힌 이름을 보고는 다른 생각을 떠올렸다. 고양이는 마을에서 자동차 딜러를 했던 남자의 과부가 기르는 것이었다. 사이코는 여자가 한몫 단단히 챙겼을 게 틀림없다고 생각하고 돈을 뜯어내기로 결심했다. 사이코는 공중전화로 과부에게 전화를 걸어, 자기가 고양이를 데리고 있으며 20달러를 주면 팔겠다고 말했다. 그러지 않으면 죽이겠다고 했다. 장난이 아니라는 걸 보여주려고 사이코는 고양이를 수화기에 가까이 대고 꼬리를 잡아당겼지만 고양이는 아무 소리를 내지 않았다. 결국 사이코는 수화기를 다시 자기 입으로 옮겨 들고 말했다. "야옹, 야옹." 그런 다음 과부에게 돈을 언제 어디로 가져와 만나자고 했다. 척이 나가지 말라고 설득하자 사이코는 척을 계집애라고 불렀다. 과부는 나오지 않았다. 다른 사람들이 나왔다.

제리 허프도 있었다. 허프는 입술이 불룩하고 눈꺼풀이 두꺼운 스타일의 미남이었다. 여자들한테 인기가 좋았는데, 그 여자들에게는 안타까운 일이었다. 허프는 키가 작았지만 대단히 힘이 세고 오만했다. 엄청나게 부풀려올린 그 번쩍이는 올백 머리 꼭대기까지 오만함에 차 있었다. 허프는 애들을 괴롭히고 다녔다. 화장실에서 어슬렁거리며 다른 소년들의 물건을 비웃고, 그 애들의 하얀 사슴 가죽 단화를 밟은 뒤 신발 뒤축을 잡고 변기 위에서 흔들어댔다. 애들을 괴롭히는 놈들은 대개 겁쟁이였지만 허프는 그 통념이 틀렸다는 반증이었다. 허프는 아무나 괴롭히려 들었다. 심지어 이미 자기를 두들겨팬 녀석들까지도.

아치 쿡도 우리와 어울렸다. 아치는 혼잣말을 하거나 가끔씩 아무 이유 없이 고함을 치고 웃음을 터뜨리는 쾌활한 멍청이였다. 아치는 머리통이 길고 가늘었으며 옆은 납작했다. 아기였을 때 자동차가 아치를 밟고 지나갔다고 척이 말해줬다. 아마 사실이었을 것이다. 허프는 가끔 이렇게 말했다. "아치, 그 새끼가 뭘 쳤는지 보려고 후진하지만 않았다면 너도 괜찮았을지 몰라." 아치는 허프의 사촌이었다.

　우리는 그렇게 다섯 명이었다. 우리는 척의 53년형 쉐보레에 우르르 들어가 사이펀*으로 휘발유를 빼낼 수 있는 자동차를 찾아 돌아다녔다. 마땅한 차를 찾으면 우리는 그 차 연료탱크에서 척의 차로 휘발유를 몇 리터씩 뽑아낸 다음, 산속으로 들어가는 소방도로를 질주하며 그날 오전을 보냈다. 점심 무렵이면 우리는 보통 콘크리트로 돌아가 아치의 누나인 버로니카네 집에 들렀다. 버로니카는 콘크리트고등학교에서 노마와 같은 반이었다. 과거 동창회의 이류 왕족답게 여전히 푸른 눈에 콧날이 오뚝했지만 이제는 술 때문에 얼굴이 얼룩덜룩하게 늘어지고 있었다. 버로니카의 남편은 에버렛 근처 제재소에서 톱질을 했고 주말에만 집에 돌아왔다. 엉망진창인 집안을 속옷만 입고 돌아다니는 뚱뚱하고 어린 두 딸이 있었는데, 딸들은 엄마의 관심을 바라고 울어대거나 거의 자기들 몸집만한 대용량 봉투에 든 감자칩을 먹어댔다. 버로니카는 척에게 미쳐 있었다. 척이 적당한 기분이 아니면, 짧은 반바지에 하이힐을 신고 돌아다니거나 척의 무릎에 앉아 귀에 혀를 쑤셔넣으며 기분을 내게 만들려고 애썼다.

　우리는 오후 내내 그 집에서 노닥거리며 카드를 치고 버로니

---

* 기압차를 이용해 액체를 다른 용기로 옮기는 데 쓰는 관.

카의 탐정소설 잡지를 읽었다. 가끔씩 나는 그 딸아이들과도 놀이를 해보려 했지만, 그애들은 너무 뚱해서 뭐라도 흉내내거나 상상할 수가 없었다. 세시 정각이면 나는 집으로 돌아가는 버스를 타기 위해 걸어서 콘크리트고등학교로 돌아갔다.

척 패거리는 버로니카 같은 여자들과 버로니카처럼 되어가는 여자아이들을 많이 알고 있었다. 새로운 여자를 찾으면 공유했다. 내게도 한 명을 붙여주려 했으나 나는 항상 발을 뺐다. 그 여자들이 뭘 기대하는지는 몰라도 나는 내가 그들을 실망시키리라는 건 확실히 알았다. 금방 다가갈 수 있다는 사실이 오히려 내자신감을 꺾었다. 게다가 나는 낯모르는 사람과 그런 식으로 지저분하고 공공연한 관계를 맺고 싶지는 않았다. 나는 상대가 내가 사랑하는 소녀이기를 바랐다.

이루어질 수 없는 소망이었다. 내가 사랑한 소녀는 내가 자기를 사랑하는지 전혀 몰랐으니까. 내 감정을 숨긴 까닭은 그녀가 알게 되면 우스꽝스럽다고, 심지어 모욕적이라고 생각하리라 믿었기 때문이다. 그 여학생의 이름은 리아 클라크였다. 리아는 노스캐롤라이나에서 3학년 과정을 반쯤 마치고 콘크리트로 이사했는데, 당시 나는 1학년이었다. 리아는 허리까지 늘어뜨린 아맛빛 머리카락에 침착한 갈색 눈동자를 지녔고, 피부는 꿀단지처럼 금빛으로 반짝였다. 입술은 너무 도톰해서 거의 늘어질 지경이었다. 걸을 때마다 엉덩이 굴곡이 드러나는 딱 달라붙는 치마를 입고 다녔고, 몸에 붙는 파스텔색 스웨터를 팔꿈치까지 소매를 말아올려 입었다. 팔 안쪽으로 드러난 크림색 속살에 내 심장이 쿵쾅거렸다.

리아가 콘크리트로 온 직후 체육관에서 댄스파티가 열렸다. 나는 리아에게 함께 춤을 추자고 청했다. 리아는 고개를 끄덕이고 나를 따라 플로어로 나갔다. 느린 춤이었다. 내가 고개를 돌려 리아를 마주보자 리아는 이제까지의 다른 여자애들과는 다르게 과감하게 내 품안으로 폭 들어왔다. 그녀는 내 몸에 녹아내린 듯 머물렀으며 내 미세한 움직임에도 나긋나긋하게 반응했다. 그녀의 다리가 내 다리에, 그녀의 뺨이 내 뺨에 닿았다. 그녀의 손가락이 내 목뒤를 쓸었다. 나는 그녀가 내 정체를 모른다는 걸, 이 모든 것이 새로 온 소녀의 실수라는 걸 알고 있었다. 하지만 나는 그걸 이용하는 게 맞다고 느꼈다. 나는 우리가 정정당당히 만나고 있다고, 사람 대 사람으로 진정하게, 나이라는 불상사에 구속받지 않고 만나는 중이라고 생각했다. 잠시 후 그녀가 말했다. "너 파티를 어떻게 하는지 전혀 모르는구나."

허스키하고 깊은 목소리였다. 그 목소리가 내 가슴에 스몄다.

"전에 있던 노빌에서는 남자애들이 제대로 파티를 즐길 줄 알았는데." 그녀가 말했다. "거짓말 아냐."

나는 아무 말도 할 수 없었다. 그냥 그녀를 잡고 움직이며 그녀의 머리카락에 대고 숨을 내쉬기만 했다. 나는 그녀를 삼 분 동안 차지했다가 영원히 잃어버렸다. 나이가 더 많은 남학생들, 내가 끼어들 용기를 잃게 만드는 그런 남학생들이 그날 밤 남은 시간 동안 그녀와 춤을 추었다. 일주일쯤 후에 그녀는 멋진 자동차를 모는 농구선수 로이드 슬라이와 사귀기 시작했다. 복도에서 서로 지나쳤을 때 그녀는 나를 알아보지도 못했다.

나는 그녀에게 허풍으로 가득한 기나긴 편지를 썼다가 그 자리에서 없애버렸다. 운명이 그녀를 내 손에 맡겨줄 방법들을 떠올려보았다. 그녀에게 진짜 나 자신을 보여주고 그녀가 나를 사랑하게 만들 방법들을. 대부분은 로이드 슬라이가 죽거나 심각하게 다쳐야 가능한 일들이었다.

가끔 내 또래 여자애가 내게 관심을 보이면 나는 비열한 짓을 했다. 댄스파티나 게임장에서 집까지 그애를 바래다주고 현관 계단에서 입을 맞춘 뒤, 다음날 차버렸다. 나는 언제나 내가 가질 수 없는 것만을 원했다.

척 패거리 입장에서 보면, 내게 술을 먹이는 편이 좀더 성공 확률이 높았다. 나는 술과 잘 안 맞았지만 그들은 참을성도 실험

정신도 강했다. 시간은 그들 편이었다. 마침내 그들은 시즌 마지막 농구 경기중에 그 문제를 타파했다. 그날 이른 시간에 비가 내려 공기는 찌는 듯했다. 학교 창문들이 열려 있었다. 우리가 있는 배수로 쪽에서도 선수들이 레이업슛으로 몸을 푸는 동안 치어리더들이 관중석을 달구는 소리가 들렸다.

다들 피하고 싶어하는 팀은 누구?
콘-크리트! 콘-크리트!
그 누구도 못 막는 팀은 누구?
콘-크리트! 콘-크리트!

허프가 보드카가 들어간 하와이안 펀치 한 캔을 돌렸다. 허프는 그걸 '고릴라 피'라고 불렀다. 나는 그걸 마시면 구역질이 날 거라고 생각했지만 어쨌든 한 모금 꿀꺽 삼켰다. 구토는 올라오지 않았다. 실은, 오히려 마음에 들었다. 하와이안 펀치와 정확히 같은 맛이었다. 나는 한 모금을 더 마셨다.

나는 척과 함께 학교 지붕에 올라가 있었다. 척은 나를 보며 생각에 잠긴 듯 고개를 끄덕이고 있었다. "울프," 척이 말했다. "잭 울프."

"어."

"울프, 넌 이가 너무 커."

"나도 알아. 나도 알아."

"늑대-인간."

"그래, 처클스."

척이 양손을 들었다. 피가 나고 있었다. "나무는 때리지 마, 잭. 알았지?"

나는 때리지 않겠다고 말했다.

"나무는 때리지 마."

나는 누워 있었다. 허프가 무릎을 꿇고 내 위에 올라타 두 뺨을 때리고 있었다. 허프가 말했다. "말 좀 해봐, 쪼다 새끼야." 내가 말했다. "안녕, 허프." 다들 웃었다. 허프의 올백 머리가 흘러내려 얼굴 위로 가닥가닥 늘어졌다. 나는 미소 지으며 말했다. "안녕, 허프."

나는 나뭇가지 위를 걷는 중이었다. 가지 끄트머리까지 간 상태였다. 배수로가 끝나는 곳, 시멘트 비탈이 시작되는 위쪽이었다. 다들 나를 올려다보며 소리를 질렀다. 멍청이들, 난 완벽하게 균형을 잡았다고. 나는 나뭇가지에서 방방 뛰고 팔을 퍼덕거

302

렸다. 두 손을 주머니에 넣고 나뭇가지 위를 왔다갔다했다. 결국 나뭇가지가 부러졌다.

몸이 땅에 부딪히는 건 느껴지지 않았다. 하지만 숨이 몸속에서 빠르게 빠져나가는 소리는 들렸다. 나는 여전히 주머니에 손을 넣은 채 비탈을 데굴데굴 굴렀다. 가파른 시멘트 위를 통나무처럼 구르고 또 구르며 점점 더 속도가 붙었다. 흙이 쓸려간 아래쪽에서 시멘트가 갑자기 끝났다. 나는 그 가장자리에서 날아올라 빙빙 돌며 허공을 날아가다가 뚝 떨어졌고 양치식물 사이로 내리막을 굴렀다. 몸이 바위와 쓰러진 나무에 부딪혀 이리저리 튕겼고, 양치식물이 사방에서 부스럭거렸다. 그러다 무언가 단단한 것에 부딪혀 갑자기 멈췄다.

나는 누워 있었다. 움직일 수도, 숨을 쉴 수도 없었다. 첫 숨을 내쉬기에는 폐가 너무 비어 있었고 몸은 내가 보내는 신호에 응답하지 않으려 들었다. 눈 아래쪽에서부터 암흑이 올라왔다. 나는 그 암흑에 잠겨가고 있었다. 그리고 잠겼다.

눈을 떴을 때 나는 여전히 드러누워 있었다. 내 이름을 부르는 목소리들이 들렸지만 대답하지 않았다. 나는 무성한 양치식물 사이에 누워 있었다. 그 갈라진 잎들이 빗방울에 반짝이며 내 위에서 격자를 이루었다. 목소리들이 가까워졌지만 나는 계속 대답하지 않았다. 나는 내 자리가 만족스러웠다. 주변 사방의 덤불에서 인기척이 났고, 내 이름이 계속 계속 들렸다. 나는 웃다가 들킬까봐 볼 안쪽을 깨물었다. 마침내 그들이 떠났다.

나는 그날 밤을 거기서 보냈다. 아침이 되어 중앙도로를 따라 걷다가 히치하이킹을 해서 집까지 차를 타고 갔다. 옷은 젖고 찢어나갔지만, 등줄기를 따라 어떤 예민한 느낌이 드는 걸 제외하면 다친 곳은 없었다. 그저 땅바닥에서 밤을 나느라 뻐근했을 뿐이다.

들어가보니 드와이트 아저씨가 주방 식탁에 있었다. 아저씨가 나를 건너다보고는 말했다. 조용한 목소리였다. 이번에는 내가 딱 걸렸다는 걸 아저씨는 알고 있었다. "어젯밤엔 어디에 갔던 거냐?"

내가 말했다. "취해서 절벽에서 굴렀어요."

아저씨는 자기도 모르게 씩 웃고 말았다. 딱 내가 예상한 그대로였다. 아저씨는 훈계를 좀 하고 숙취를 풀려면 이렇게 저렇게 하라고 몇 마디를 한 다음 나를 풀어주었다. 그동안 어머니는 잠옷 차림으로 싱크대 옆에 서서 아무 표정 없이 듣고 있었다. 드와이트 아저씨가 나를 보내주자 어머니는 복도까지 나를 따라왔다. 어머니는 내 방 문간에 서서 팔짱을 끼고 내가 바라볼 때까지 기다렸다. 마침내 어머니가 입을 열었다. "너, 더는 협조를 안

하는구나."

그랬다. 하지만 그날 밤 사람들이 나를 찾아다니는 소리를 듣고 내 이름을 부르는 소리를 들을 때, 나는 기분이 좋았다. 사람들이 나를 찾지 못하리라는 걸 나는 알고 있었다. 사람들이 떠난 뒤 나는 그 자리에, 나만의 완벽한 장소에 누워 미소를 지었다. 위쪽의 양치식물 너머로 짙게 깔린 어두운 하늘에 달무리가 보였다. 양치식물에서 시원한 물방울이 내 얼굴로 굴러떨어졌다. 나는 언덕 저 위에서 들려오는 경기장 소음을, 환성과 관중석에서 발을 굴러대는 소리를 들었다. 신처럼 굽어살피는 마음으로 귀를 기울였다. 나는 아무도 나를 찾지 못하는 곳에 혼자 있었다. 오직 희미하게 들려오는 경기장의 흥분에 찬 소음과 콘크리트, 콘크리트, 콘크리트 하고 외쳐대는 함성뿐이었다.

형과 나는 육 년 동안이나 서로 보지 못했다. 내가 솔트레이크를 떠나면서 연락이 끊기고 말았다. 그런데 콘크리트고등학교 2학년 가을 무렵 형이 내게 편지와 함께 프린스턴대학교 셔츠를 보내왔다. 편지는 "임신중절과 수소폭탄이 서로의 부정적 권위를 찬탈해대는 세계에서……" 같은 인상적인 문구로 가득했다. 나는 누군가와 대화를 할 때면 방금 떠올랐다는 듯 이런 말을 써보려고 애썼다. 나는 어디에든 그 옷을 입고 다녔으며, 길을 가다가 나를 태워준 낯모르는 사람들에게는 내가 잠깐 집에 들른 프린스턴 학생이라고 말했다. 심지어 머리도 '프린스턴'이라 불리는 스타일로 잘랐다. 정수리 부분은 납작하게 하고, 옆머리를 길게 길러 뒤로 쓸어넘긴 모양이었다.

나는 프린스턴에 진학하기로 결정했다. 어머니는 잭슨 상원의 원과 존 F. 케네디 선거운동을 하느라 바빴다. 드와이트 아저씨는 케네디를 "교황의 후보"니 "로마에서 온 상원의원"이니 하고 불렀다. 아저씨는 케네디를 좋아하지 않았다. 아마 케네디가 우리 어머니에게 끼친 영향 때문이었을 것이다. 케네디의 희망찬 모습에 마음이 이끌린 어머니는 그에게 살짝 반해 있었다. 어머니가 밖에서 오래 시간을 보내자 드와이트 아저씨는 매일같이 나를 괴롭혔다. 나를 때리지는 않았으나 그럴 가능성은 열려 있었다. 나는 아저씨와 단둘이 있는 게 싫었다.

나는 프린스턴까지 히치하이킹으로 가서 제프리 형에게 의탁할 생각을 했다. 떠나는 데 필요한 돈은 없었다. 돈을 마련하기 위해 나는 수표를 위조할 계획을 세웠다. 나는 한동안 은행의 순진함에 충격을 받았었다. 은행들은 어찌나 사람을 잘 믿는지 고객을 위한 서비스 탁자에 수표책을 그냥 놔두었다. 사람들은 거리에서 들어와 자기가 원하는 금액을 적은 다음 주머니에 돈을 가득 채워 떠났다. 나라고 빈 수표를 몇 장 가져와 쓰지 못할 이유는 없었다. 내가 너무 잘 알려져 있어 가명을 쓸 수 없는 치누크나 콘크리트에서는 수표를 현금화할 수 없겠지만, 다른 마을에서는 쉬울 것이었다.

나는 애로단이라는 스카우트 명예 단체에 소속되어 있었는데,

그해에는 이 단체의 연례 만찬이 벨링햄에서 열릴 예정이었다. 행사 당일 오후에 나는 우리 지역대 소속 단원 몇 명과 함께 차를 타고 벨링햄에 갔고, 도착하자마자 일행들과 따로 떨어져나왔다. 처음에는 은행으로 갔다. 안으로 들어가기 전에 학교에서 칠판을 잘 볼 수 있도록 어머니가 사준 뿔테 안경을 꼈다. 그걸 쓰면 부엉이처럼 보였지만 나이가 들어 보이기도 했다. 은행을 가로질러 탁자로 간 뒤 수표책에서 수표 한 장을 찢어냈다. 잠시 줄을 서서 기다리다가 방금 무언가 떠올랐다는 듯 손가락을 탁 튕기고는 발길을 돌려 다시 밖으로 나왔다.

공립 도서관 본관에서 나는 토머스 핀던이라는 이름으로 회원 카드를 한 장 만들었다. '토머스 핀던'을 고른 까닭은 여름에 그 이름을 가진 대원과 캠프 지도자로 함께 일한 적이 있었기 때문이었다. 그애는 포틀랜드에서 온 이글 스카우트로 말씨가 상냥하고 운동을 잘했다. 몸은 다 큰 남자 같았고 남동생들을 만나러 캠프에 온 여자애들과도 쉽게 어울렸다. 우리는 내가 사격장으로 밀려나기 전까지 함께 수영을 가르쳤다. 이후 나는 사격장에서 내가 교육을 맡은 어린 스카우트들을 대상으로 25센트짜리 경기를 열었다가 아예 일자리를 잃을 뻔했다.

도서관도 은행처럼 간단했다. 할일이라고는 사서에게 이름과, 전화번호부에서 임의로 베낀 주소를 알려주는 것뿐이었다. 사서는 내가 기다리는 동안 카드에 타자를 쳐넣었다.

　나는 한 시간 넘게 거리를 걸어다니며 가게들과 카운터 뒤에
서 있는 사람들을 눈으로 훑었다. 믿을 수 있는 사람을 찾던 나
는, 스웨덴 선원 숙소 바로 위쪽 거리에 있는 상업지구 모퉁이의
드러그스토어에서 한 아주머니를 발견했다. 몇 분 동안 나는 이
리저리 걸어다니며 드러그스토어 창문 너머로 그 아주머니를 지
켜보았다. 그런 다음 안으로 들어가 잡지 판매대 옆에 서서 잡지
를 읽는 척했다. 긴장감에 어깨에 메고 있던 작은 여행가방을 자
꾸만 다른 쪽 어깨로 옮겨 멨다. 아주머니는 머리가 희끗했지만
얼굴은 매끈했고 표정은 어린아이처럼 솔직하고 거리낌없었다.
꾸밈없는, 사랑스러운 얼굴. 물건을 계산하면서는 반달 모양 안
경 너머로 손님들을 바라보았다. 계산을 마친 후에도 손님들과
시간을 보냈다. 대체로는 듣는 입장이었으나 가끔은 자기 의견
을 덧붙이기도 했다. 웃음소리가 부드럽고 유쾌했다. 아주머니
덕분에 가게는 가정집처럼 느껴졌다.
　나는 〈새터데이 이브닝 포스트〉와 〈리더스 다이제스트〉를 집
어들고, 어른들이나 쓰는 다른 물건들을 사려고 통로를 배회했
다. 올드 스파이스 애프터셰이브, 놋쇠판을 댄 손톱깎이, 머리
빗, 파이프 담배 한 팩을 긁어모았다. 내가 금전등록기로 다가가

자 아주머니는 미소를 지으며 좋은 하루를 보내고 있느냐고 물었다.

"아주 좋습니다." 내가 말했다. "아주 좋고말고요."

아주머니는 물건값을 더하더니 더 필요한 건 없냐고 물었다.

"그 정도면 충분할 것 같습니다." 내가 말했다. 나는 오른쪽 뒷주머니에 손을 넣고 인상을 찌푸렸다. 계속 인상을 찌푸리며 다른 주머니도 더듬었다. "혹시나 했더니 역시나네요." 내가 말했다. "집에 지갑을 두고 온 모양입니다. 젠장! 불편을 끼쳐드려 죄송합니다."

아주머니는 선반에 물건들을 되돌려놓겠다는 내 제안을 거절하며 걱정하지 말라고, 늘 있는 일이라고 말했다. 나는 감사인사를 하고 몸을 돌렸다가 다시 돌아섰다. "수표는 써드릴 수 있는데요." 내가 말했다. "수표도 받으십니까?"

"물론이죠."

"정말 다행이군요." 나는 은행에서 가져온 수표를 꺼내 카운터 위에 올려놓았다. "괜찮으시다면 50달러로 하겠습니다."

아주머니는 망설였다. "50달러면 괜찮겠지요."

아주머니는 내가 수표에 이서하는 모습을 지켜보았다. 나는 드와이트 아저씨가 이서하는 걸 본 적이 있어서 방법을 알고 있었다. 예컨대 액수를 '오십 달러, no/100'*라고 적어야 한다든

가. 나는 과장된 동작으로 서명을 하고 수표를 건넸다.

아주머니는 수표를 자세히 살펴보았다. 나는 인내심 있게 미소를 지으며 기다렸다. 아주머니가 입을 열었을 때는 목소리가 어쩐지 달라져 있었다. "토머스," 아주머니가 말했다. "신분증이 있나요?"

"당연하죠." 나는 그렇게 말하고 다시 뒷주머니로 손을 뻗다가 멈추었다. "빌어먹을 지갑," 내가 말했다. "다 거기 들어 있는데. 잠깐만요, 뭔가 있을지도 모릅니다." 나는 모든 주머니를 다 뒤진 뒤 안도감을 과시하며 도서관 회원 카드를 꺼냈다. "여기 있네요." 내가 말했다. "이제 확인해보시죠."

아주머니는 수표처럼 카드도 자세히 살펴보았다. "어디 사나요, 토머스?"

"네?"

아주머니는 안경 너머로 나를 바라봤다. "주소가 뭐예요?"

나는 카드에 적힌 주소를 완전히 잊어버렸다. 멍청하게 눈을 깜빡이며 그 자리에 서 있다가, 카운터 너머로 몸을 숙여 그녀의 손가락에서 카드를 뽑아낸 다음 말했다. "여기 있네요." 아주머

---

* 미국에서 수표에 이서할 때 센트 잔돈이 필요하지 않은 경우에는 달러 액수 뒤에 관습적으로 '00/100' 혹은 'no/100'라는 문구를 넣는다.

니에게 주소를 읽어주고 카드를 돌려주었다.

아주머니는 나를 바라보며 고개를 끄덕이더니 손을 들고 소리쳤다. "앨버트, 여기 잠깐 와줄래요?"

드러그스토어 코너의 책상 뒤에서 흰 재킷을 입은 왜소하고 연로한 남자가 나오더니 천천히 복도를 따라 내려왔다. 아주머니는 남자에게 수표와 도서관 회원 카드를 건네주고는, 남자에게서 시선을 떼지 않은 채 신중한 목소리로 말했다. "앨버트, 여기 이 젊은이가 이 수표를 써줬어요. 좀 처리해주세요." 남자가 아주머니를 바라보았다. 처음에는 잘 모르겠다는 얼굴이더니 곧 표정이 약간 날카로워졌다. "알겠소." 남자가 말했다. "내가 처리하지." 남자는 다시 통로를 따라 걸어갔다. 내가 따라가려 하자 아주머니가 말했다. "곧 돌아오실 거예요, 토머스. 그냥 여기서 기다려요."

아주머니는 내가 산 물건들을 봉투에 담았고 우리는 잠시 말없이 서 있었다. "보통은 그렇게 많은 현금을 갖고 있지 않아서 그래요." 마침내 아주머니가 말했다.

나는 가게 뒤쪽을 바라보았다. 남자가 보이지 않았다.

"여기에 산 지는 얼마나 됐나요, 토머스?"

"육 개월 정도요." 내가 말했다.

"지내보니 어떤가요?"

"괜찮았어요. 제 말은, 정말 마음에 들었죠."

"잘됐네요. 나도 그래요, 여긴 살기 좋은 곳이거든. 사람들이 좋아요."

그제야 나는 아주머니가 떨고 있다는 걸, 눈물을 흘리기 일보 직전이라는 걸 알아차렸다. 아주머니가 나를 배신했다. 나는 비어 있는 드러그스토어 책상 쪽을 한번 더 힐끔거리며 말했다. "저기, 제가 다른 할일이 있어서요. 그냥 나중에 다시 올게요."

나는 통로를 따라가기 시작했다. 아주머니가 말했다. "잠깐만요, 토머스." 문에 다다랐을 때 나는 뒤를 돌아보았다. 아주머니가 카운터에서 나와 나를 따라오고 있었다. "잠깐만." 아주머니가 우뚝 멈춰 선 나를 눈길로 붙들어매며 말했다. 조금 전 아주머니의 목소리에 배어 있던 그 감정이 그 눈에서도 보였다. 슬픔이었다. 나는 문을 열고 밖으로 나가 거리를 빠르게 걷기 시작했다. 가게 몇 군데를 지났을 때 뒤에서 아주머니의 목소리가 다시 들렸다. "토머스!" 나는 속도를 올렸다. 아주머니는 계속 따라오며 소리쳤다. 나는 어깨 너머를 돌아보았다. 아주머니는 달리고 있었다. 느리고 서툴렀지만 달리고 있었다. 나도 팔꿈치로 옆구리에 여행가방을 꽉 누르고 달리기 시작했다. 우리 두 사람은 6에서 7미터 정도 떨어져 거리를 내달렸다. 나는 망설이면서 천천히 달릴 뿐이었다. "토머스!" 아주머니가 외쳤다. "토머스, 기다

려요!" 아주머니가 나를 부를 때마다, 그토록 배려심 가득한 목
소리가 나를 잡아당기는 것처럼 느껴졌다. 아주머니가 나를 속
속들이 알고 있다는, 나의 멍청함과 곤경을 다 알고서 그저 나를
멈춰 세워 바로잡아주고 싶어한다는 느낌이 들었다.

인도는 사람으로 북적거렸다. 우리가 헤치고 지나간 남녀들이
나를 반드시 멈춰 세워야겠다고 생각했다면 틀림없이 그렇게 했
으리라. 아주머니가 만일 "도둑이야!"라고 한 번이라도 소리쳤
으면 나는 그 자리에서 사람들한테 꼼짝없이 붙잡혔을 것이다.
다들 이 소동을 가족 문제라고 생각한 게 틀림없었다. 사람들은
내가 들은 것처럼, 자기 자식을 쫓아 나온 어머니의 목소리를 들
은 게 분명했다.

나는 그 블록 끝에서 모퉁이를 돌았다. 그러자 어째서인지 나
를 붙잡고 있던 아주머니의 영향력이 끊어졌다. 내가 지금까지
아껴둔 속력이 한순간에 돌아온 듯했다. 나는 다음 모퉁이로 쏜
살같이 달려가 방향을 튼 뒤 반 블록을 더 가서 다시 돌아 골목
을 내달렸다. 그제야 나는 속도를 늦추고 뒤를 돌아보았다. 아주
머니가 따라잡았을 리는 전혀 없었지만 내 눈으로 직접 확인해
야 했다. 아주머니는 없었다. 내가 따돌렸다. 나는 아주머니를
영원히 따돌렸다고 생각했지만 그건 착각이었다.

골목길은 어느 식당 건너편에서 끝났다. 보수중인 거리였다.

자동차는 한 대도 없고 걸어가는 사람만 몇 명 보였다. 나는 잠시 기다리며 애써 숨을 고른 다음 길을 건너 식당으로 갔다. 그곳은 거의 비어 있었다. 내가 들어오자 계산원은 툴툴거렸지만 뭔가를 적고 있던 메모장에서 고개를 들지는 않았다. 나는 뒤쪽의 남자화장실에 들어가 문을 잠갔다.

나는 문에 몸을 기댔다. 그 자리에 서서, 그냥 숨을 골랐다. 눈이 땀으로 따끔거렸고 셔츠는 완전히 젖어 있었다. 목이 깔깔했다. 수도꼭지 쪽으로 머리를 숙이고 물을 입에 흘려넣었다. 그런 다음 허리까지 옷을 벗고 휴지를 적셔 몸을 닦았다. 물기가 다마르자 나는 바지를 벗어 셔츠, 안경과 함께 여행가방에 집어넣었다. 보이스카우트 제복을 꺼내 천천히, 신중하게 펼쳐서 입었다. 축축한 휴지로 신발을 닦은 다음 몸을 펴고 내 모습을 살펴보았다. 모든 것이 제대로 자리잡고 있었다. 항건의 매무새, 벨트 버클의 가지런함, 모자의 각도, 늘어뜨린 어깨띠 두 개. 하나는 애로단의 어깨띠로, 밝은 흰색 바탕에 빨간 화살이 그려져 있었다. 다른 것은 배지를 다는 어깨띠였다. 그 띠는 내 유능함을 보여주는 증거들로 빼곡했다. 그해 여름 캠프에서 할일이 별로 없었던 나는 배지 수집에만 넋이 나간 듯 골몰했다. 나는 이제 라이프 스카우트로, 배지 하나만 더 따면 이글이었다. 아직 따지 못한 배지는 '시민예절 배지'였다. 나는 '배심재판에 참석해 법의 원칙을 관찰하기' 등 그 배지에 필요한 수많은 조건을 이미 충족했다. 그러나 드와이트 아저씨가 내 서류를 보내주지 않으려 들었다. 아저씨는 내가 이글이 될 자격이 없다고만 할 뿐 이유를 전혀 설명해주지 않았다. 그건 우리 사이의 문젯거리였다.

나는 어깨에 가방을 걸치고 식당을 나섰다.

드러그스토어에서 도망쳐 나와 다시 그 앞을 지날 때까지는 십오 분밖에 걸리지 않았다. 빈 경찰차가 가게 밖에 경광등을 번쩍이며 서 있었다. 침착하게, 시선을 정면 한가운데에 두고, 나는 경찰차를 지나 만찬이 열리기로 되어 있는 호텔까지 거리를 따라 올라갔다.

식사시간까지 한 시간이 남아 있었지만 로비는 이미 애로단 어깨띠를 걸치고 뽐내며 서로를 살피는 스카우트들로 가득했다. 나는 가방을 확인하고 다른 지역에서 온 낯익은 친구 몇 명에게 인사했다. 그중 한 명은 좌석 배치 담당이었다. 그 친구는 내게 도와달라고 했고, 그 일이 끝나자 다른 단원 두엇과 함께 나를 입구에 배치해 도착하는 손님을 맞이하게 했다. 우리 셋은 손발이 척척 맞았다. 사람들이 우리 탁자 근처를 줄지어 지나가기 시작했을 때쯤 우리는 재치가 번득이는 말들을 줄줄 늘어놓고 있었다. 나는 농담을 던지면서 초대자 명단의 이름을 하나하나 지

위나갔고 두번째 단원은 그 이름을 부착식 명찰에 적어넣었으며 세번째 단원은 손님들을 각자의 자리로 안내했다.

　그 아주머니가 거기에 있었다. 입장 줄의 어느 노부부 뒤에 서 있었다. 나는 눈을 들었다가 나를 지켜보는 아주머니를 발견했다. 순간 사방이 덜컥 휘청이는 듯했으나 나는 평정심을 유지했고 눈조차 깜짝이지 않았다. 나는 노부부의 이름을 지우고, 상냥한 농담을 던져 부부를 웃게 만들었다.

　그런 다음 아주머니를 맞았다. 나는 환영의 미소를 지어 보이며 말했다. "성함이 어떻게 되시나요, 부인?" 아주머니는 탁자로 다가오더니 생각에 잠긴 채 가만히 서 있었다. 양손으로 지갑을 모아쥔 채 몸에 붙이고 있었다. 아주머니는 가게에서 입고 있던 그대로 흰 스웨터와 격자무늬 치마 차림이었다. 처음의 충격이 잦아들자 나는 전혀 두렵지도, 놀랍지도 않았다. 나는 아주머니가 나를 여기까지 쫓아온 게 아니라는 걸 알고 있었다. 분명 스카우트 대원인 아들이 있었을 것이며, 당연히 그애가 애로단 소속일 터였다. 아주머니는 내 명찰의 이름을 읽고 나를 위아래로 살폈다. 자기가 잘못 알아봤다고, 내가 그 사람일 리 없다고 판단한 듯 표정이 부드럽고 평온해지는 게 보였다. 아주머니는 내게 미소로 답하며 이름을 알려주었다. 나는 명단을 보고 아주머니에게 애로단에 속한 두 아들이 있다는 걸 알게 되었다. 이미 아주머니는 아들들을 찾아 주변을 두리번거리고 시끄러운 복도를 살펴보는 중이었다. 아주머니는 명찰을 집어들고, 문간에 서 있던 단원에게 팔을 내민 뒤 나를 지나쳐 만찬장으로 향했다.

형이 '머리카락 한 타래, 뼛조각 하나'라는 제목의 자작 소설을 내게 보냈다. 매춘부를 살해한 죄로 이탈리아에 수감된 어느 미국인에 관한 이야기였다. 주인공의 아버지는 부유했지만 그는 아버지에게 도움을 청하기를 거부했다. 젊은이는 아버지와 다른 모든 사람으로부터 소외되었다. 너무나 소외된 나머지 여자를 죽여서 미안하다는 말조차 하지 않았다. 실제로는 미안해하고 있었다. 남자는 술에 취해 그런 짓을 저질렀다. 그러나 사회를 지독하게 경멸했기에, 사회의 자비를 구애하는 짓이라면 아무것도 하지 않을 작정이었다. 소설은 몇 분에 한 번씩 자동으로 물이 내려가는 변기나 양철 컵으로 철창을 두드려대는 수감자들 같은, 감옥의 삶을 가까이에서 보고 그려낸 듯한 묘사로 가득했다.

나는 그 소설이 훌륭하다고 생각했다. 그런 소설을 쓴 제프리 형의 대담함에서 헤어나올 수 없었다. 형에게 내 소설도 보내주었다. 유콘에서 죽음에 이를 때까지 싸운 늑대 두 마리에 관한 이야기였다. 내심 형이 쓴 소설이 더 낫다는 걸 알았기에 형의 작품을 마치 내 것인 양 영어 선생님에게 제출해볼까 고심하기도 했다. 결국은 그러지 않기로 했다. 그런 짓을 하면 절대로 빠져나갈 수 없다는 걸 알았으니까.

제프리 형은 답장을 보내 내 소설이 마음에 들었다며, 더 많은 작품을 보내주면 좋겠다고 했다. 편지는 상냥했고 새로운 소식으로 가득했다. 그해는 형이 프린스턴에서 보내는 마지막 해였다. 형은 졸업하면 유럽으로 떠나 소설을 쓰고 싶어했다. 터키에서 교직을 맡을 가능성도 있었다. 프린스턴은 좋은 학교라며, 나도 대학을 선택할 때가 오면 프린스턴을 진지하게 고려해보는 게 좋겠다고 했다.

제프리 형은 아버지의 근황도 전했다. 아버지는 아내와 갈라섰다. 아버지는 캘리포니아주로 이주해 컨베어 우주항공회사에 일자리를 얻었는데, 몇 년 만에 처음으로 얻은 진짜 일자리였다. 제프리 형은 그런 일로 모두가 지금까지 상당 기간 평탄치 않은 시간을 보내왔다고 했다. 나를 만나면 더 많은 이야기를 해주겠다며, 자기가 이 나라를 떠나기 전에 볼 수 있으면 좋겠다고 했다. 만난 지 너무 오래되었다고 했다.

제프리 형은 나를 보고 싶어했다. 확실했다. 몇 년 동안 형을 보고 싶어했지만 이 순간이 오기 전까지는, 심지어 형을 찾아가겠다는 계획을 비밀리에 짜고 있을 때조차도 형 역시 나와 같은 심정인지는 전혀 알지 못했다. 여러모로 우리는 남남이었다. 하지만 내게는 우리가 형제라는 게 중요했고, 형에게도 마찬가지인 듯했다. 편지에서 형의 고상한 어조는 점차 소박한 친근함으로 바뀌어갔다. 나는 그 편지를 항상 가지고 다니면서 뿌듯한 마음으로 읽곤 했다.

어느 날 오후, 핫도그를 만들어 펄과 나눠먹고 있는데 드와이트 아저씨가 주방에 들어왔다. 아저씨는 쓰레기통에서 프렌치 머스터드 한 병을 발견하고 꺼내들었다. "이건 누가 버렸냐?" 아저씨가 물었다.

나는 내가 버렸다고 말했다.

"왜 버렸어?"

"다 써서요."

"다 썼다고? 네 눈에는 이게 다 쓴 것처럼 보이냐?" 아저씨는 그 병을 내 얼굴 가까이에 들이댔다. 병목 아래와 바닥의 오목한 곳에 머스터드 자국이 몇 줄기 엉겨 있었다.

펄이 말했다. "제가 보기엔 다 썼는데요."

"너한테 물어본 거 아니다." 드와이트 아저씨가 말했다.

"뭐, 아무튼요." 펄이 말했다.

나는 나한테도 다 쓴 걸로 보인다고 말했다.

"다시 봐라." 아저씨가 말하더니, 열려 있는 병목을 내 눈에 대고 눌렀다. 내가 움찔하며 물러서자 아저씨는 내 머리카락을 움켜쥐고는 내 얼굴을 다시 병 쪽으로 꾹 눌렀다. "네가 보기엔 이게 다 쓴 거냐?"

나는 대답하지 않았다.

"아빠." 펄이 말했다.

아저씨는 다시 한번 그 병이 다 쓴 걸로 보이느냐고 물었다. 눈이 아파서 나는 아니라고, 다 쓴 게 아니라고 말했다. 아저씨가 나를 놓아줬다. "싹 비워." 아저씨가 말했다. 아저씨는 내게 병을 건넸다. 나는 나이프를 집어들고 아저씨가 지켜보는 가운데 머스터드를 긁어내기 시작했다. 잠시 후 아저씨는 식탁 맞은편에 앉았다. 머스터드 자국은 긁어내기 어려웠다. 나이프가 닿지 않는 병목 아랫부분이 특히 그랬다. 드와이트 아저씨가 짜증을 냈다. 아저씨는 말했다. "엔지니어 근처에라도 가려면 그보다는 잘해야 할 거다."

예전에 스키퍼가 엔지니어링을 공부하겠다고 했을 때, 나도 건성으로 같은 목표를 내세웠었다. 스키퍼의 건전한 계획에 동조해서 점수를 좀 따보려는 생각이었다. 말을 하면 할수록 그 계획이 점점 더 가능한 듯 보였다. 엔지니어라는 직업에 구체적인 관심도 전혀 없었고 적성도 없었지만, 아버지가 엔지니어였고 단어의 소리도 마음에 들었다.

나는 할 수 있는 한 많은 머스터드를 긁어냈다. 접시 가장자리가 내가 긁어놓은 갈색과 노란색 덩어리들로 얼룩졌다.

"좋아." 드와이트 아저씨가 말했다. "자, 그 머스터드를 정말로 다 썼었냐?"

"네." 내가 말했다.

아저씨가 식탁 위로 몸을 숙여 내 얼굴을 철썩 때렸다. 손을 세게 휘두른 것은 아니지만 소리는 컸다. 펄이 소리를 질러대기 시작했고, 아저씨가 고함으로 되받아치는 동안 나는 일어나 집을 나섰다. 나 자신을 가엾게 여기며 정처 없이 헤매다가, 중앙 창고의 이동계단 위에 있는 자판기에서 콜라를 사기로 했다. 그곳에는 공중전화도 있었다. 콜라를 마시던 중 형에게 전화를 걸어야겠다는 생각이 들었다. 방법은 몰랐지만 교환원이 쩔쩔매는 나를 기꺼이 도와주었다. 교환원은 프린스턴 안내 데스크에서 제프리 형의 번호를 얻었고, 돈을 넣으라는 요청에 내가 크게 당황하자 나를 진정시켰다. "수신자 부담으로 할게요." 교환원이 말했다. 나는 잡음 너머로 들려오는 먹먹한 신호음에 귀를 기울였다. 나는 떨고 있었다. 그때 형의 목소리가 들렸다. 육 년간 듣지 못했던 그 목소리를 나는 즉시 알아들었다. 형은 전화를 받겠다 하고는 말했다. "안녕, 토비."

나도 안녕이라고 말하고 싶었지만 그 말이 목에 걸려버렸다. 입을 떼려 할 때마다 몸이 말을 듣지 않았다. 자기연민 때문은 아니었다. 형의 목소리를 들었기 때문에, 오랜 세월을 지나 처음으로 내 원래 이름을 들었기 때문이었다. 하지만 나는 이런 것을 하나도 설명할 수 없었다. 제프리 형은 계속 무슨 일이냐고 물었고, 목소리가 겨우 돌아오자 나는 가장 먼저 떠오른 말을 했다. 드와이트가 나를 때렸다고.

"그 사람이 너를 때렸다고! 무슨 뜻이야, 널 때렸다니?"

이야기를 꺼내놓기까지 시간이 좀 걸렸다. 머스터드라는 단어는 심각한 설명을 하는 데 걸림돌이 되는 것만 같았다. 내가 당한 일을 묘사하던 나는 제프리 형이 이 사건을 우스꽝스럽다고 생각할까봐 두려웠다. 그래서 그 사건을 실제보다 더 심각하게 들리도록 만들었다.

제프리 형은 내 말을 끊지 않고 귀를 기울였다. 이야기를 마치자 형이 말했다. "내가 알아들은 게 맞는지 모르겠다. 머스터드 조금 때문에 너를 때렸다는 거야?"

나는 그렇다고 말했다.

"엄마는 어디 있었어?"

"일하고 있었지."

제프리 형은 잠시 조용했다. 다시 입을 열었을 때 형은 낙담한 듯한 목소리였다. "토비, 뭐라고 말해야 할지 모르겠다."

"그냥 전화나 해야겠다고 생각했어." 내가 말했다.

"잠깐만." 형이 말했다. "그 사람은 널 그런 식으로 때릴 권리가 없어. 전에도 그런 적 있어?"

나는 그렇다고 말했다. "항상."

"됐어, 그럼." 제프리 형이 말했다. "넌 거기서 나와야 해."

나는 형에게 가서 함께 살아도 되느냐고 물었다.

"아니," 형이 말했다. "그건 힘들 거야."

"아빠는?"

"안 돼, 너도 우리 꼰대랑 지금 당장 같이 살고 싶지는 않을 거야. 내 말 믿어." 제프리 형은 다른 생각이 있다고, 다음번 편지를 쓸 때 언급할 계획이었다고 말했다. 형은 치누크의 학교는 어떠냐고 물었다. 내가 강을 따라 64킬로미터 내려간 곳에 있는 콘크리트의 고등학교에 다닌다고 말하자 형이 물었다. "어디라고?"

"콘크리트."

"콘크리트라니. 세상에. 거기서 뭘 배워?"

나는 수업을 나열했다. 악기, 기술, 대수학, 체육, 영어, 시민 윤리, 운전자 교육. 제프리 형은 불만스러운 소리를 냈다. 형이 성적을 물었을 때 나는 전부 A를 받고 있다고 말했다. "잘됐네." 형이 말했다. "그럼 기본은 되어 있는 거지. 넌 확실히 최선을 다해 잘해내고 있어. 저쪽에서도 어차피 그걸 보는 거야."

형은 내게 자기 생각을 이야기해줬다. 자기가 예전에 다닌 초트 사립학교가 매년 정해진 인원에게 장학금을 수여한다고 말했다. 최상위 성적을 받고 있으니 나도 이런 장학금을 탈 가능성이 있다는 게 제프리 형의 생각이었다. 승산이 거의 없기는 했지만, 시도조차 해보지 않을 이유는 뭔가? 나는 아버지가 잠시 다녔던 디어필드에도, 세인트폴에도 지원해봐야 했다. 어쩌면 다른 곳에도. 그 학교들은 운동을 잘하는 학생을 좋아한다고, 형이 말했다. 내가 운동을 잘했던가?

나는 수영을 잘한다고 말했다.

"좋아, 수영선수들을 아주 좋아하거든. 학교 대표팀이야?"

"우리 학교에는 수영 팀이 없어. 스카우트 지역대 대표로 수영을 하긴 해."

"너 스카우트야? 잘됐다! 점점 좋은 소식이네. 어디까지 진급했어?"

"이글."

형이 웃었다. "세상에, 토비. 다들 너한테 껌뻑 죽겠는데. 다른
건 없어? 체스라든가? 음악은?"

"학교 악단에서 연주해."

"끝내준다. 무슨 악기?"

"스네어드럼."

"음, 그래, 성적이랑 수영하고 스카우트로 계속 가자." 제프리
형은 지원할 만한 학교 목록을 주소, 지원 기한과 함께 보내주겠
다고 말했다. 인내심을 가져야 한다고 했다. 하룻밤 사이에 해치
울 일이 아니니까. "그 자식이 널 때린다니 마음에 걸리네." 제
프리 형이 말했다. "거기서 버틸 수 있을 것 같아?"

나는 그럴 수 있을 것 같다고 말했다.

"꼰대한테 전화해서 얘기를 해야겠어. 아버지한테도 무슨 생
각이 있을지 모르니까. 우리가 널 거기서 꺼내줄게, 어떤 식으로
든." 형은 어머니에게도 안부를 전해달라고 말했다. 편지를 계속
보내라고도 했다. 그 늑대 이야기가 정말로 마음에 들었다면서.

당시는 어머니에게 침체기였다. 선거운동 기간 동안 어머니는
계곡 위아래 지역을 누비며 전당대회에 나갔고, 자기가 존경하
는 사람들과 시간을 보냈다. 어머니는 존 F. 케네디도 만나보았
다. 선거가 끝난 지금, 어머니는 식당 종업원 일로 돌아왔다. 어

머니는 흥분 넘치던 그 시간을 그리워했지만, 사실 슬픔이 지루함과 피로를 압도했다. 어머니는 선거운동 기간 동안 함께 일했던 어떤 남자에게 치누크를 벗어나고 싶다고 말한 적이 있었고, 그 남자는 손을 좀 써서 어머니에게 동부에서 다시 일자리를 얻게 해주겠다고 제안했다. 영문은 모르겠지만 드와이트 아저씨가 낌새를 챘다. 어느 날 밤, 마블마운트에서 차를 타고 올라오는 길에 아저씨는 벌목 도로로 방향을 틀더니 어머니를 외딴곳으로 데려갔다. 어머니가 돌아가자고 간청해도 아저씨는 입을 굳게 다물고 아무 말도 하지 않았다. 아저씨는 거기에 앉아 병째로 위스키를 들이켰다. 병이 비자 아저씨는 좌석 밑에서 사냥용 칼을 꺼내 어머니의 목에 갖다댔다. 아저씨는 몇 시간이나 그런 식으로 어머니를 잡아두고 어머니가 목숨을 구걸하게 만들었으며, 절대로 떠나지 않겠다고 약속하게 했다. 어머니가 떠난다면 자기가 찾아내서 죽이겠다고 말했다. 어머니가 어디에 가든, 시간이 얼마나 걸리든, 반드시 죽이겠다고 했다. 어머니는 그 말을 믿었다.

나는 무슨 일이 일어났다는 건 알았지만 정확히 무슨 일인지는 몰랐다. 어머니가 사정을 말해주지 않으려 했다. 어머니는 내가 알면 사태를 더욱 악화시킬까봐, 드와이트 아저씨를 다시 뒤흔들어놓을까봐 걱정했다. 사실 어머니에게는 돈도 갈 곳도 없었다. 혼자였다면 어찌되었든 도망쳤을지 모른다. 그러나 나까지 챙겨야 했기에 어머니한테는 방법이 보이지 않았다.

제프리 형과 이야기를 나눴다고 전하자 어머니의 눈에 눈물이 가득 괴었다. 어머니의 눈물은 드문 일이었다. 우리는 주방 식탁에 앉아 있었다. 집에 단둘이 있을 때 우리가 즐겨 대화를 나누는 곳이었다. 제프리 형은 최근 들어 어머니에게도 편지를 보내고 있었지만, 두 사람은 우리가 유타주를 떠나온 이래로 한 번도 직접 말을 섞어본 적이 없었다. 어머니는 제프리 형의 목소리가 어땠는지, 어떻게 지내는지 등등 내가 물어볼 생각조차 하지 못했던 온갖 일들을 알고 싶어했다. 어머니는 침울해졌다. 제프리 형 이야기를 나눌 때면 자주 벌어지는 일이었다. 어머니는 제프리 형이 아버지와 떠나도록 둔 게 잘못이었을까봐, 형이 그 일 때문에, 혹은 이혼 문제나 로이 아저씨와 교제한 일 때문에 어머니를 원망할까봐 걱정했다.

나는 제프리 형이 초트에 대해 생각해둔 바를 어머니에게 말했다. 내가 초트나 다른 학교에서 장학금을 받을 가능성이 있다는 얘기를 했다. 나는 어머니의 반응이 두려웠다. 떠나고 싶다는 내 소망에 어머니가 상처를 받으리라 생각했다. 하지만 어머니는 그 생각을 마음에 들어했다. "제프리가 정말 너한테도 기회가 있을 것 같대?" 어머니가 말했다.

"형 말로는 그 사람들이 나한테 껌뻑 죽을 거래. 형이 한 말 그대로 옮기는 거야."

"왜 그런 생각을 하는지 모르겠네."

"나 성적 좋잖아." 내가 말했다.

"그건 그래. 성적이 좋지. 또 어떤 학교를 얘기하디?"

"세인트폴."

"제프리가 아주 포부도 크네."

"디어필드도."

어머니가 웃었다. "어쨌거나 네 이름은 알아보겠다. 내가 알기론 너희 아버지가 그 학교에서 유일하게 퇴학당한 사람이거든." 어머니가 이어서 말했다. "너무 크게 기대하지는 마."

"제프리 형이 아빠랑 얘기해본대. 아빠한테 무슨 생각이 있을지도 모른다고."

"분명히 있을 거야." 어머니가 말했다.

제프리 형은 처음에 언급했던 학교들과 함께 힐, 앤도버, 엑서터 등 다른 세 학교의 이름과 주소도 보내왔다. 나는 학교 도서관에 가 밴스 패커드가 쓴 『출세주의자들』이라는 책에서 그 학교들을 찾아봤다. 상류계급이 어떻게 영속해나가는지 설명하는 책이었다. 속물성을 공격하고 상류계급의 비밀을 폭로해 그들을 전복한다는 민주주의적인 동기에서 집필된 것이라고 했다. 하지만 나는 이 책을 사회비판으로 읽지 않았다. 출세를 원하는 것이야말로 내게는 이 세상에서 가장 자연스러운 일로 보였다. 모두가 출세를 원했다. 이 책을 산 사람들도 분명 원했을 것이다. 다들 나와 같은 목적으로 이 책을 들춰보았으리라. 계급문제를 개탄하기 위해서가 아니라, 계급이동을 통해 문제를 해결하려고 말이다.

의도가 뭐였든 패커드의 책은 사회적 지위 상승을 꿈꾸는 사람들을 위한 완벽한 안내서였다. 책은 어느 지역에서 살아야 하는지, 어느 대학에 가서 어떤 동아리에 가입해야 하는지, 어떤 신앙을 가져야 하는지 열거했다. 단골로 삼을 양장점과 가게의 이름을 짚었고, 자신의 원래 출신을 저버릴 수 있는 방법을 아주 섬세하고 정확하게 묘사했다. 푸른 능직 정장을 입고 요트클럽 파티에 간다. 소파라고 말해야 할 때는 대븐포트라고, 아프다고 해야 할 때는 불편하다고, 부자라고 해야 할 때는 유복하다고 말한다. 자택 벽은 밝은 색깔로 칠한다. 진저에일을 위스키와 섞는다. 춤 솜씨는 아무리 뛰어나도 지나치지 않다. 그리고 패커드는 상자 속에 또다른 상자가, 서클 안에 또다른 서클이 있다는 것을 보여주었다. 당연히 아이비리그 학교에 가야겠지만 그것만으로는 성공할 수 없었다. "중요한 건 하버드가 아니라 어느 하버드

냐는 것이다. 하버드라는 말에는 포셀리언, 플라이, AD*라는 뜻
이 있다." 책은 어떤 하버드에, 어떤 예일에, 어떤 프린스턴에 다
닐지, 다시 말해 졸업 후 어떤 삶을 살지 결정하는 열쇠는 사립
고등학교에 있다고 말했다. "하버드나 예일이나 프린스턴으로는
충분하지 않다. 중요한 건 정말로 배타적이라 할 수 있는 사립고
등학교이다……"

패커드는 미국에 삼천 개가 넘는 사립고등학교가 있다고 말했
다. 그중 아주 소수만이 그가 정한 배타성 기준에 부합했다. 패
커드가 열거한 학교들의 짧은 목록은 제프리형이 보내준 목록과
거의 정확하게 일치했다. 콘크리트고등학교 도서관에서 이 이름
들을 깊이 숙고한 끝에 내가 이해한 결론은, 이 학교들이 약속하
는 찬란한 삶이란 대다수 사람들을 배제할 수 있는지, 즉 그 사
람들을 옆집 소리가 다 들리는 벽 너머로, 형편없는 솜씨의 양장
점으로 쫓아낼 수 있는지에 달려 있다는 것이었다. 나는 외부에
남고 싶지 않았다. 새로운 삶의 가능성을 느꼈으니 이제는 그 외
의 모든 삶이 억압처럼 느껴질 판이었다.

패커드는 외부인이 이런 학교에 들어가기란 거의 불가능하다
고 못박았다. 하지만 이런 학교들에 장학금 제도가 있고, 장학금

---

* 모두 하버드대학교의 사교클럽.

의 상당액은 "한때 성공 가도를 걷고 있었으나 어려운 때를 맞은 동창생의 자손들"에게 간다고도 말했다. 그걸 보자 디어필드 사람들이 가만히 앉아서 내 소식만 기다리고 있을 것 같은 기분이 들었다.

나는 지원서 양식을 보내달라는 편지를 썼다. 학교들은 빠르게 답신을 보내왔다. 첨부된 편지에 깃든 뻣뻣한 정중함 속에서 왠지 숨을 헐떡이는 듯한 열광적 반응을 읽어낼 수 있었다. 실제로 디어필드의 교장이자 우리 아버지를 쫓아낸 사람의 아들인 존 보이든에게서 우호적인 메모를 받았다. 그 사람은 그해에 이미 지원서가 넘쳐나고 있다며, 내게 다른 학교에 지원할 것을 권했다. 추천하는 학교 목록은 익숙했다. 손으로 직접 쓴 추신에서는 우리 아버지를 기억하고 있다며 내게 행운을 빌어주었다. 나는 이 다정한 고갯짓을 호의의 표시로 단정해버렸다.

서류가 전부 들어왔다. 나는 자리에 앉아 빈칸을 채워넣다가 벽에 부딪혔다. 지원서에서 묻는 질문을 보니 장학금은커녕 입학만 하려고 해도 최소한 내가 형에게 묘사했던 것과 같은 소년, 혹은 그 이상이 되어야 한다는 사실을 알 수 있었다. 제프리 형은 내 말을 고스란히 믿을 테지만 학교들은 아니었다. 지원서마다 추천서를 요구했다. 교사, 코치, 상담교사, 가능하다면 자기네 학교 동문의 편지를 원했다. 지역사회에 봉사한 기록을 요청하며 기를 꽉 꺾을 만큼 긴 여백을 답변 공간으로 남겨두었다. 운동 실력도, 해외여행도, 외국어 능력도 마찬가지였다. 내 답변은 모두 추천서로 뒷받침해야 하리라는 걸 깨달았다. 그 학교들은 공식 성적증명서 양식에 맞춰 콘크리트고등학교에서 내 성적을 보내주기를 바랐다. 마지막으로 1월에 시애틀의 레이크사이드고등학교에서 열리는 사립학교 학업적성시험에 응시하라고 했다.

막막했다. 지원서를 볼 때마다 절망이 밀려왔다. 지원서의 하얀 여백은 적대적이고 광활해 보였다. 마치 사하라사막만큼이나. 내게는 그 사막을 건널 방법이 아무것도 없었다. 낮 동안에는 거창하면서도 완곡한 말들을 지어냈지만, 밤에 그 말을 적으려 하면 그것의 어리석음에 망설여졌다. 지원서는 깨끗한 채로 남아 있었다. 어머니가 서류를 보내라고 재촉하자 나는 그것들을 학교 사물함으로 옮기고 어머니에게는 다 처리했다고 말했다. 나는 불가능한 칭찬을 해달라고 선생들을 곤란하게 만들지도, 내가 모아둔 C 학점들을 굳이 보내지도 않았다. 나는 포기했다. 소위 현실적으로 행동한 것과 같은 뜻이었다. 현실적으로 행동하자 씁쓸한 기분이 들었다. 처음 느껴보는, 마음에 들지 않는 기분이었지만 출구를 찾을 수 없었다.

아버지가 전화했다. 드와이트 아저씨와 펄이 모두 집밖에 나간 밤이었다. 운이 좋았다. 어머니가 전화를 받는데 그 순간 어머니의 태도가 완전히 달라졌으니까. 어머니는 소녀처럼 변했다. 나는 상대가 누구인지 깨닫고 어머니 곁에 서서, 낮게 울리는 아버지의 목소리에서 한 마디라도 들어보려 귀를 쫑긋 세웠다. 말은 거의 아버지 쪽에서 했다. 어머니는 미소를 지으며 고개만 저었다. 가끔씩은 회의적으로 웃으며 "어떻게 되는지 봐야지"라거나 "그건 모르겠네"라고 말했다. 마침내 어머니가 말했다. "바로 옆에 있어." 그러더니 수화기를 내게 넘겨주었다.

"안녕, 친구." 아버지는 말했다. 아버지가 바로 옆에 있는 것 같았다. 아버지의 곰 같은 몸집과 담배 냄새까지 선했다.

나도 인사를 했다.

"형 말로는 네가 초트에 갈까 생각중이라더구나." 아버지가 말했다. "내 생각에는, 디어필드에 가면 네가 더 행복할 것 같아."

"저, 일단 지원만 한 거예요." 내가 말했다. "못 갈지도 몰라요."

"아, 너라면 문제없이 들어갈 거야, 너 같은 녀석은." 아버지는 내가 제프리 형에게 했던 말을 다시 읊어줬다.

"모르겠어요. 지원서를 워낙 많이 받을 테니까요."

"넌 될 거야." 아버지가 고집스럽게 말했다. "문제는 어느 학교를 선택하느냐는 거지. 그냥 초트보다 디어필드가 좀더 잘 맞을 수 있다는 것뿐이야. 터놓고 말해서 너는 작은 연못에 사는 큰 고기였으니까. 초트에서는 방향을 잃을 수도 있어. 하지만 선택은 네 몫이다. 초트에 가고 싶다면, 빌어먹을, 초트에 가거라! 좋은 학교야. 제기랄, 아주 좋은 학교지."

"네, 아버지."

아버지는 내게 또 어디에 지원했는지 물었고 나는 목록을 전부 읊었다. 아버지는 찬성한다고 말하더니 덧붙였다. "이건 기억해두거라, 앤도버는 일종의 공장이야. 내 아들을 거기 보내야 할지는 잘 모르겠지만, 그 문제는 때가 되면 얘기해보자. 자, 내 계획은 이렇다."

그 계획이란, 내가 학기가 끝나자마자 라호이아*로 와야 한다는 것이었다. 그러면 제프리 형이 졸업 후 비행기를 타고 프린스턴에서 날아올 테고, 우리 세 사람은 여름을 함께 보낼 것이다. 내가 디어필드에서 수업을 들을 준비를 시작하는 동안 제프리 형은 소설을 쓰리라. 쉬는 시간이 필요하면 윈드앤드시 비치로 수영을 하러 갈 수도 있다. 아파트에서 거리 하나만 내려가면 된다. 그리고 나중에, 일이 얼마나 잘되어가는지 봐서 어머니도 우리와 함께하게 되리라. 다시 가족이 되는 것이다. "내가 몇 가지

---

* 캘리포니아주 샌디에이고의 마을.

실수를 했어." 아버지가 내게 말했다. "우리 모두가 했지. 하지만 그건 과거야. 그렇지, 토비?"

"맞아요."

"그래, 젠장. 처음부터 다시 시작하는 거야. 그리고 말이다, 잭이니 어쩌니 하는 얘기는 더이상 없는 거다. 잭 같은 이름을 달고 디어필드에 갈 수는 없어. 알았지?"

나는 알았다고 말했다.

"착하구나." 아버지는 계부가 나를 때린다는 게 사실이냐고 물었다. 그렇다고 대답하자 아버지가 말했다. "다음번에 또 그런 짓을 하면, 그놈을 죽여버려라." 아버지는 어머니와 다시 통화하게 해달라고 했다.

어머니가 전화를 끊고 나서 나는 아버지가 내게 했던 말을 전했다.

"듣기엔 아주 멋진데," 어머니가 말했다. "너무 기대하진 마."

"엄마도 오게 될 거라던데."

"하! 그렇게 생각한단 말이지. 미치지 않고서야 그럴 리가." 그러더니 어머니가 말했다. "어떻게 되는지 두고 보자."

어머니는 나를 시애틀 시험장까지 태워다주었다. 오전에 언어영역 시험을 치르자마자 나는 시험을 즐기기 시작했다. 나는 언뜻 쉬워 보이는 어휘 문제와 독해 문제 저편에서 오답으로 나를 꾀어내려는 고도의 계산을 읽었다. 그런 수작이 나를 도발하며 잘난 체하는 듯했다. 이 교활한 놈들을 혼란에 빠뜨리고 싶었다. 그들이 생각하는 만큼 내가 바보는 아니라는 점을 보여주고 싶었다. 감독관이 시험지를 걷어가자 갑자기 혼자가 된 듯한, 괜찮은 논쟁을 펼치던 상대가 나를 내버려두고 가버린 듯한 기분이 들었다.

시험을 보던 다른 남학생들은 복도에 모여 답을 비교했다. 모두들 서로 아는 사이처럼 보였다. 나는 그애들에게 다가가지는 않았지만 자세히 관찰했다. 그애들은 주름이 진 편안한 재킷과 품이 넉넉한 플란넬 바지를 입고 있었다. 갈색 단화 위로 흰 양말이 보일락 말락 했다. 정장을 입고 온 아이는 나뿐이었다. 8학년을 마칠 때 받아 이제는 너무 작아진, 회색 바탕에 검은 점이 촘촘히 뿌려진 정장이었다. '프린스턴' 스타일로 머리를 깎은 사람도 나뿐이었다. 다른 애들은 머리를 길러 대충 가르고는 이마 위로, 거의 눈까지 늘어뜨리고 있었다. 가끔씩 그애들은 머리를 휙 젖혀 흘러내린 머리카락을 제자리로 보냈다. 한 명만 그랬으면 별 볼 일 없었겠지만 하나같이 그러고들 있으니 내 눈에는 그들만의 스타일처럼 보였다. 나는 그애들이 대화하는 방식, 포식자답게 반사적으로 빈정거리는 그 태도에도 주목했다. 그게 내 흥미를 끌었고, 나는 흥분했다. 어떤 순간에는 웃음을 참으려고 애를 써야만 했다. 그애들은 말을 할 때 얄궂게 미소를 지었고, 발꿈치로 바닥을 딛고 서서 몸을 까닥거리며 히힝거리는 말처럼 머리를 튕겼다.

점심을 먹고 나서 나는 교정을 돌아다녔다. 재학생들은 아직 크리스마스 방학에서 돌아오지 않았기에 깊은 적막이 흘렀다. 나는 호수를 내려다보는 벤치를 하나 발견했다. 물안개가 내려앉은 수면은 잿빛이었다. 수리 영역 종이 울릴 때까지 나는 다리를 꼬고 앉아 내가 이곳에 속한 사람이라고 상상했다. 아직도 갈색 잎사귀 몇 개가 달려 있는 진짜 담쟁이덩굴에 거미줄처럼 뒤덮인 이 근사하고 오래된 건물들이 바로 내 집이라고.

아서는 콘크리트고등학교 남학생들의 필수 교과목인 기술을 매우 싫어했다. 여덟번째인가 아홉번째 삼나무 상자를 만든 다음에 더는 못해먹겠다고 나섰다. 녀석은 그 시간에 차라리 교무실에서 일을 하겠다고 협상해 빠져나갈 수 있었다. 나는 녀석이 내 문제를 도와주리라고 생각했지만 녀석은 화를 내며 싫다고 했다. 나는 그 분노를 전혀 이해할 수 없었다. 아서 역시 탈출을 원한다는 사실을 몰랐다. 나는 생각을 접고 다시 그 일을 부탁하지 않았다.

그런데 며칠 후 급식실에서 아서가 다가와 누런 봉투를 식탁에 던져놓더니 한마디 말도 없이 가버렸다. 나는 일어나 봉투를 들고, 화장실 칸에 들어가 문을 잠갔다. 거기에 모든 것이, 내가 부탁했던 것 일체가 들어 있었다. 학교 공식 편지지 오십 장, 비어 있는 성적증명서 양식, 그리고 공식 편지봉투 한 뭉치였다. 그것들을 다시 봉투에 밀어넣고 급식실로 돌아왔다.

이어지는 이틀 밤 동안 나는 성적증명서와 지원서를 채워넣었다. 이제는 지원서 쓰는 게 수월해졌다. 나를 추천하는 사람들이 얼마나 자세하게 말할지 뻔히 알고 있었기에, 나 자신을 간결하고 겸손하게 묘사할 여유가 생겼다. 다음으로 추천서를 쓰기 시작했다. 초안을 손으로 쓴 다음, 학교 타자실에 있는 다양한 타자기를 사용하여 최종 판본을 공식 편지지에 타이핑해넣었다. 초안을 공들여 쓰는 동안 많은 내용을 빼고 더했지만 예전에 느꼈던 망설임은 전혀 없었다. 이제는 누군가 내 귓속에 할말을 속삭여주기라도 하는 것처럼 글이 술술 나왔다. 반드시 해야 할 말들, 빛을 보게 해야 할 진실들이 내 안에 가득했다. 나는 바로 그것을, 진실을 쓰고 있다고 생각했다. 오직 나만이 알고 있는 진실. 나는 그와 모순되는 수많은 사실보다도 나만의 진실을 더 믿었다. 사실로써 입증할 수는 없지만 어떤 의미에서 내가 A만 받는 학생이라고 믿었다. 마찬가지로 내가 이글 스카우트이자 막

강한 수영선수, 품위 있는 소년이라고 믿었다. 나는 내가 필사적으로 지켜온 나 자신의 모습이 바로 그거라고 생각했다. 이제 나는 그 생각에 목소리를 주었다.

스스로 거짓이라고 느끼는 주장은 하지 않았다. 내가 스타급 쿼터백이라거나, 심지어 미식축구 대표팀 선수라는 말은 하지 않았다. 매년 미식축구를 해보려고 했지만 그 종목의 아둔한 성질에 절대 빠져들 수 없었기 때문이었다. 농구도 마찬가지였다. 그해 전미대학체육협회 플레이오프에서 시애틀대학교의 엘긴 베일러가 샌프란시스코대학교 대항전에서 그랬듯 마지막 순간에 자유투 구역에서 결정적인 득점을 올리는 내 모습을 상상할수 없었다. 학내 정치도 이하동문. 자신의 인기를 시험하려고 끝없이 매달리는 모습은 내게 당황스러웠다.

나는 나 자신을 그런 모습으로 생각하지 않았고, 다른 사람에게도 그런 생각을 부추길 마음이 없었다.

내가 미식축구 스타라고 말하기는 거부했지만 콘크리트고등학교 수영팀을 만들어냈다고는 했다. 코치가 나를 위해 훌륭한 편지를 써주었으며 선생들과 교장도 마찬가지였다. 그들은 주저리주저리 떠들지 않았다. 추천자들은 단순명쾌하게, 학교와 지역사회에서 가르쳐줄 수 있는 바를 이미 묵묵히 다 깨친 재능 있고 올곧은 소년에 대해 썼다. 그들은 소년을 위해 자신들이 할

수 있는 일을 다 했으며 이제는 다른 사람들이 더 잘 이어나가주
길 원했다.

　나는 호들갑을 떨지도 과장하지도 않고, 내가 아는 나의 참모
습을 선생들이 보았다면 썼을 법한 표현을 사용해 편지를 써나
갔다. 이건 그들의 편지였다. 그리고 그 편지 속에 살아 있는 소
년, 내 모든 희망을 한몸에 지닌 끝내주는 유령에게서, 나는 마
침내 나 자신의 얼굴을 본 것만 같았다.

아서와 나는 서로에게 독설을 던지기 시작했다. 친근한 농담이 랍시고 시작한 대화는 금방 도를 넘었고 가끔은 서로 으르렁대며 옥신각신 맞서는 상황으로 이어졌다. 그럴 때면 우리는 각자 힘을 얼마나 아끼고 있는지 보여주려고 꾸며낸 미소를 짓곤 했다. 우리는 어느 날 버스정류장에서 이 짓을 시작했다. 평소처럼 대수롭지 않게 끝날 일이었는데, 다른 녀석들 몇 명이 신이 나서 부추기며 고함을 지르기 시작했다. 이 상황이 결국 미첼 선생님의 시선을 끌게 되었다. 선생님은 거리를 건너 달려오며 소리쳤다. "떨어져라! 떨어져!" 선생님은 우리 사이에 비집고 들어와 우리가 서로 침을 흘리며 덤벼들기라도 한 듯 우리를 떼어놓았다.

"좋아," 선생님이 말했다. "여긴 뭐가 문제냐?"

우리는 둘 다 대답하지 않았다. 나는 무슨 일이 벌어질지 정확히 알고 있었고, 내가 무슨 말을 하든 상황이 바뀌지 않으리라는 것 또한 알고 있었다.

"교내에서는 싸우지 않는다." 미첼 선생님이 우리에게 말했다. "원한을 풀 장소는 나한테 따로 있어." 선생님은 공책을 꺼내 우리 이름을 적더니, 흡연가 사교클럽 행사에 자원하게 되었다며 축하해줬다.

미첼 선생님이 몇 년 전 흡연가 사교클럽을 시작한 이유는 몇몇 남학생들의 권투 재능과 코치로서 선생님의 재능을 공개적으로 알리기 위해서였다. 하지만 사교클럽 자체가 커다란 사업이 되었다. 입장권은 3달러였고 며칠이면 매진되었다. 싸움 수준이 높아져서가 아니라 점점 낮아져서 일어난 일이었다. 기교가 뛰어난 플라이급 선수가 이리저리 춤을 추고 고도로 계산한 주먹을 톡톡 날려보겠다고 어깨를 맵시나게 움직이며 튀어나가는 모습을 기대하는 사람은 아무도 없었다. 다들 몸집이 떡 벌어진 덩치들이 서로 맞붙어 서서 상대방이 굴라시*가 될 때까지 두들겨 패는 꼴을 보고 싶어했다. 사람들은 피를 보고 싶어했다. 고통을

---

* 고기와 야채를 뭉근히 끓인 헝가리 스튜 요리. 파프리카를 넣어 붉은색을 띤다.

보고 싶어했다.

미쳴 선생님은 그들이 원하는 것을 제공했다. 흡연가 사교클럽은 맹렬한 싸움터로 변했다. 선생님은 최대한 거친 녀석들을 찾아내 맞붙였고, 키나 몸무게 문제로 굳이 골머리를 썩이지 않았다. 미스매치도 공평한 경기만큼이나 재미있었다. 아니, 더 재미있었다. 종종거리는 뚱땡이 불 슬래터—'빵빵한 오줌보'라는 별명이 붙은 녀석—가 허프 같은 잔혹한 난쟁이의 악의에 맞서 자신의 광활한 몸을 지켜내는 모습을 보면 관심을 거둘래야 거둘 수 없었다. 사람들은 전투를 원했고, 그날 밤 최고의 전투는 원한 경기에서 벌어졌다.

원한 경기는 마지막 차례였다. 미쳴 선생님은 선수들을 소개하면서 경기장의 열기를 한껏 고조시켰고 선수들에게는 서로 죽이려 달려드는 게 명예로운 일이라고 상기시켰다. 이 소년들은 대부분 진짜 적은 아니었다. 아서와 내가 그랬듯 서로 짓궂게 굴다가 도를 넘었을 수도 있고, 급식실에서 서로 끼어들려고 자리다툼을 했을 수도 있었다. 그냥 우연히 같은 날에 성질이 났을 수도. 그애들의 공통점이라고는 운 나쁘게 미쳴 선생님에게 잡혔다는 사실밖에 없었다.

미쳴 선생님은 원한 경기를 벌일 선수들을 찾느라 눈에 불을 켜고 다녔으며, 가능성 있는 후보 두 명을 발견하면 그 자리에서 등록했다. 둘의 불화가 얼마나 사소한 것이었든, 다음 흡연가 사교클럽까지 시간이 얼마나 남았든 달라지는 점은 전혀 없었다. 아서와 나는 운이 좋았다. 우리는 겨우 삼 주만 기다리면 됐으니까. 명단에 오른 어떤 녀석들은 9월부터 기다리다가 무슨 일로 서로 원한을 품었는지도 가물가물한 지경이 되기도 했다. 하지만 누구도 싸움을 거부하는 일은 없었다. 그건 상상조차 할 수 없었다. 필요한 만큼 오랫동안 적의를 살려두었다가 때가 오면 모두가 기대하는 방식대로, 매정하게, 증오에 북받쳐, 서로를 이 땅에서 제거해버릴 듯이 싸웠다.

아서와 나는 가능한 한 서로를 피했고, 그럴 수 없을 때는 서로 악에 받친 눈길을 던졌다. 원한에 찬 싸움꾼들이 서로 친하게 지내는 건 예의에 어긋날 뿐 아니라 현명하지도 못한 행동이 되었으리라. 우리는 흡연가 사교클럽 경기에 대비해 적대감을 온전히 보존해야 했다. 내게는 전혀 어렵지 않은 일이었다. 악의를 요구하는 상황에 처한 지금, 나는 내 안에 쌓인 악의의 재고가 아주 많다는 걸 알아차렸다.

우리는 한때 가까웠다. 사람들 사이를 친밀하게 엮어주던 것이, 막상 그 친분이 다할 때가 되면 그들을 악감정에 빠뜨리기도 한다. 아서와 나는 멀어지고 있었다. 고등학교에 입학한 이래로 내내 그랬다. 아서는 모범 시민이 되려 애쓰고 있었다. 녀석은 문제를 일으키지 않았고 높은 성적을 받았다. 델톤스라는 꽤 실력 좋은 밴드에서 베이스기타도 연주했다. 내가 드러머로 지원하자 거들먹거리며 탈락시킨 밴드였다. 콘크리트에서 녀석이 함께 어울리는 애들은 다들 고지식한 노력파로, 우리 계급에는 별로 없는 인간들이었다. 아서는 심지어 여자친구도 만들었다. 하지만 나만의 방식으로 그를 알고 있던 내게는 이 모든 모범적인 태도가 연기로, 그것도 피곤한 연기로 보였다. 아서의 새 친구들은, 얼마나 고상한지는 몰라도, 지루했다. 그애들과 어울리려고 아서는 입조심을 해야 했고 괴짜 짓도 삼가야 했다. 스스로 지루한 인간이 되어야 했다. 하지만 아서는 실제로 그런 사람이 아니었다. 다른 사람은 몰라도 내게는 뚜렷하게 보이는 각고의 노력으로 겨우 그런 척할 수 있을 뿐이었다.

아서가 하는 연기 중 가장 빈약한 부분이 여자친구 베스 매시스였다. 베스는 예쁘지 않았지만, 아서가 그애를 대하는 것처럼 무슨 괴물 취급을 당할 만한 애도 사실 아니었다. 아서는 교실을 이동할 때 베스의 손을 잡기는 했지만 대화를 나누지는 않았고, 심지어 그애를 쳐다보지도 않았다. 대신 곧 화를 터뜨릴 듯한 눈빛으로 지나가는 사람들의 얼굴을 노려보았다. 마치 의심하는 눈초리나 재미있어하는 기색이 있는지 찾는 듯했다. 아무도 알아차리지 못하는 것 같았지만 나는 알고 있었다. 성가신 일이었다. 잠자코 있으려니 매우 이상한 기분이었다.

아서가 모범 시민이 아니라는 걸 내가 알듯, 아서도 내가 무법자가 아니라는 걸 알았다. 나는 거칠지도, 미래에 무관심하지도, 다른 사람들의 의견을 업신여기지도 않았다. 무법자 친구들과 함께 있는 나를 지켜보는 녀석의 눈은 다 안다고 말하는 듯했다. 이런 불신이 짜증스러웠다. 녀석의 점잖은 생활에 대한 내 숨기지 못한 불신이 녀석을 짜증나게 했을 게 틀림없듯 말이다. 나는 우리 사이가 점점 멀어지는 것은 받아들일 수 있었다. 그 거리감을 원할 때가 더 많았다. 그러나 내가 되려고 애쓰는 사람과 실제의 내가 다르다는 걸 녀석이 안다는 사실만은 받아들일 수 없었다. 우리 둘 다 상대가 그런 걸 알고 있다는 사실을 용서할 수 없었다. 우리 두 사람 모두가 스스로를 용서하기 전까지는 말이다.

싸움에 대비해 내 마음속 독기만 끌어모으고 있었던 것은 아니었다. 내 편에서 공감하는 사람들과 훈수꾼들이 있었다. 아서를 싫어하는 아이들도 몇 명 있었지만 대부분은 단지 자기가 얻어맞지 않으면서 싸움에 끼기를 원할 뿐이었다. 녀석들은 나를 세워놓고 끝없이 격려 연설을 하고 개인지도를 자청했으며, 자기들이 고안한 필살기를 시연하고는 그 기술을 써도 좋다고 기꺼이 허락해주었다. 드와이트 아저씨는 기고만장했다. 아저씨는 결전에 대비해 다용도실을 비우고 나를 다시 훈련시키기 시작했다. 이번에는 틀림없이 아서를 기습해야 했다. 내게는 전략이 필요했다. 드와이트 아저씨는 아서가 어떤 식으로 팔을 휘두르는지 알고 싶어했다.

"세게요." 내가 말했다.

"그래, 근데 어떻게?"

아서와 나는 사 년 전 길에서 싸운 그날 이후로 진짜 싸움을 해본 적이 없었지만 체육 시간에 몇 차례 붙어본 적이 있었다. 아서가 다른 아이들과 연습 시합을 하는 모습도 본 적이 있었다. "이런 식으로요." 내가 아서처럼 팔을 움직이며 말했다.

"그러니까 풍차돌리기를 하는 거로군." 드와이트 아저씨가 말했다.

"방금 것보다는 훨씬 빨라요." 내가 말했다. "훨씬 세기도 하고요."

"얼마나 센지는 전혀 중요하지 않아. 풍차돌리기를 한다면 네 밥이나 마찬가지야. 거의 확실하다." 드와이트 아저씨는 아서가 내게로 다가올 때 옆걸음질을 쳤다가, 녀석의 턱에 어퍼컷을 날리기만 하면 된다고 했다. 간단했다. 옆걸음질치고, 어퍼컷.

드와이트 아저씨는 오로지 전투 교습을 위해 아껴둔 것 같은, 거의 온화하다고 할 정도로 기이한 인내심을 발휘해, 흡연가 사교클럽 전까지 나와 그 동작을 몇 차례 연습했다. 나는 동작을 익히긴 했지만 신뢰하지는 않았다. 다른 훈수꾼들이 선보인 기술만큼이나 미덥지 않았다. 내가 아서를 이길 가망성은 지옥불 앞의 눈덩이만큼도 없어 보였다. 아서도 분명 그러겠지만, 전략 따윈 집어치우고 완전히 돌아버리는 게 유일한 방법이었다.

경기는 일 분씩 3회전으로 구성되었다. 모든 선수들은 미첼 선생님이 불러내기 전까지 탈의실에서 함께 기다렸다. 탈의실은 조명이 어두웠다. 우리는 이야기를 나누지 않았다. 거대한 장갑을 끼고서 커도 너무 큰데다가 펄럭이는 반바지를 입고 있으니 정말로 덩치가 큰 녀석들을 제외하면 우리는 대체로 허약해 보였다. 몇몇 아이들은 아래팔을 눈에 얹어놓고 벤치에 누워 있었다. 나머지 우리는 장갑을 무릎에 올려놓고 구부정한 자세로 바닥만 뚫어지게 바라보며, 체육관의 소음에 귀를 기울였다. 함성은 꾸준히 울렸다. 거의 기계적이었다. 예외는 각 회전이 끝나고 쉬는 시간에 소리가 잦아들 때나, 경기가 유난히 폭력적으로 치달은 게 분명한 상황에서 솟구친 함성이 그치지 않을 때뿐이었다. 그렇게 솟구친 함성은 손에 잡힐 듯했다. 우리는 고개를 들었다가 소리가 잦아들면 다시 수그렸다. 대략 오 분마다 문이 벌컥 열리고 두 녀석씩 나갔다. 그애들은 방금 싸움을 끝내고 만신

창이가 되어 헉헉대는 땀투성이 녀석들을 지나쳤다.

아서와 나는 오래 기다려야 했다. 우리는 탈의실 반대쪽 끝에 앉아 있었고, 서로를 쳐다보지 않았다. 다른 소년들이 들어오고 나갔다. 내가 여기서 뭘 하고 있는 건지, 앞으로 무슨 일이 일어날지 궁금해졌다. 나는 당혹감과 불안으로 반쯤 넋이 나가버렸다. 그러다가 내 이름을 듣고 벌떡 일어나, 체육관으로 달려나갔다. 아서가 뒤따랐다. 조명이 눈을 찔렀다. 관중석의 사람들이 색깔 덩어리로만 보였다. 사람들은 우리가 달려나가자 고함을 질러댔다. 생각했던 것보다도 훨씬 시끄러웠다. 소름 끼치는 이 교도들의 소음. 그 소음이 내 안의 두려움을 깨끗이 씻어내렸다. 우리는 각자의 코너로 갔고, 미첼 선생님은 우리를 서로 증오하는 두 소년이라고 소개했다. 지금은, 실제로 그랬다. 내가 이름을 듣고 장갑을 들어올리자 관중이 다시 함성을 터뜨렸다. 바로 그때 내가 절대 꺾이지 않으리라는 걸 깨달았다. 녀석을 두들겨 패리라. 녀석이 평생 다시 겪을 수 없을 만큼. 경기가 시작되는 순간이 못 견디게 기다려졌다.

종이 울리고 우리는 덤벼들었다.

그날 밤 집으로 차를 타고 돌아오는 동안 어머니는 내게 거의 말도 걸지 않으려 했다. 어머니는 너무 질려 있었다. 내가 정말

싸울 수밖에 없었다는 걸, 선택의 여지가 없었다는 걸 이해하지 않으려 들었다. 어머니에게는 그 모든 광경이 혐오스러웠고, 특히 내가 무너지는 순간이 그랬다. 어머니는 너무 당혹스러워 두 손에 얼굴을 묻어야만 했다고 말했다. 나는 분했다. 꽤나 아슬아슬하게 싸웠다고 생각했고, 드와이트 아저씨도 마찬가지였다. 아저씨는 내가 자신의 가르침을 활용했다고 칭찬했다.

사실 나는 아저씨한테 배운 것을 거의 쓰지 않았다. 1회전 때 나는 작정한 대로 미친놈처럼 싸웠다. 아서는 압도적이었다. 녀석의 광기가 내 광기보다 더 극단적인 것으로 판명되었다. 풍차 돌리기를 하는 녀석의 글러브가 내 머리에 두 번 내리꽂혔다. 나는 무릎을 꿇고 쓰러졌다. 아서는 2회전에서도 나를 쳐서 무릎 꿇게 만들었다. 내가 일어나자 아서는 내게 돌진했고, 나는 별생각 없이 옆걸음질을 쳐 어퍼컷을 날렸다. 그 한 방에 녀석이 갑자기 멈췄다. 녀석은 그 자리에 서서 머리만 흔들고 있었다. 내가 다시 주먹을 날렸고 종이 울렸다.

마지막 회전에서 그 어퍼컷을 두 차례 더 명중시켰지만, 두 번 다 첫번째 어퍼컷처럼 아서를 흔들어놓지는 못했다. 첫번째 한 방이 아주 멋졌다. 발가락 끝에서부터 시작해 내가 가진 모든 것을 그 안에 쏟아부었고, 그 어퍼컷에 아서는 뼛속까지 전율했다. 나는 그 어퍼컷이 한줄기 순수한 선을 그리며 아서의 몸을 관통해나가는 것을 느꼈다. 나는 녀석이 상처를 입는 걸 느꼈다. 그 어퍼컷이 명중하여 내 옛친구의 머리가 그토록 끔찍하게 탁 꺾였을 때, 솟구치는 자긍심과 연대감을 느꼈다. 아서가 아닌 드와이트 아저씨와의 연대를. 나는 사방에서 고함을 질러대는 군중 속에 있을 드와이트 아저씨를 확연히 의식했다. 내가 명중시킨 한 방에서 아저씨가 맛볼 희열이, 자긍심이 느껴졌다. 나를 내려다보는 아저씨의 미소가 보였다. 나를 인정해주는 듯한, 기쁨과 사랑 비슷한 것이 담긴 미소가.

시애틀에서 본 시험은 결과가 좋았다. 하지만 점수가 나오고 나서 얼마 지나지 않아 앤도버로부터 거절 편지를 받았다. 그다음에는 세인트폴이 나를 거절했다. 그다음은 엑서터였다. 편지는 정중했다. 자신들이 전하는 소식에 유감을 표명하며 내게 행운을 빌어주었다. 초트에서는 아예 답장이 오지 않았다.

실망스러웠지만 사실 이 학교들에는 어차피 별 기대가 없었다. 나는 디어필드에 기대를 걸었다. 디어필드에서 온 편지를 받고 나는 혼자 집을 나섰다. 강가에 앉아 그 편지를 읽었다. 여러 번 다시 읽었다. 처음에는 아연실색한 나머지 편지 내용을 하나도 이해할 수 없어서 다시 읽기 시작했고, 나중에는 편지의 다른 모든 내용을 취소하거나 최소한 다시 문을 두드릴 희망이라도 줄 단어나 어조라도 찾고 싶어 읽었다. 하지만 그들은, 이런 편지를 쓰는 사람들은 자기 할일을 제대로 알고 있었다. 그 사람들은 아무런 이음매도 보이지 않도록, 가장자리에서 빛 한줄기조차 새어나오지 않도록 문을 닫아버리는 방법을 알았다. 나는 게임이 끝났다는 걸 이해했다.

일주일 정도가 흘렀다. 학교 사무직원이 교실에 있는 나를 불러내 교무실로 와서 전화를 받으라고 했다. 장거리전화 같다고 했다. 나는 우리 형이나, 어쩌면 아버지일지도 모른다고 생각했지만, 알고 보니 전화를 건 사람은 시애틀에 사는 힐고등학교의 졸업생이었다. 하워드 씨라고 했다. 그 학교에서 내 지원서에 "흥미를 느꼈다"며, 자기더러 나를 만나 이야기를 나눠봐달라고 부탁했다고 말했다. 그냥 딱딱하지 않게 대화나 해보자고 하워드 씨는 말했다. 예전부터 우리 주㈜에서 내가 사는 지역을 둘러보고 싶었다며, 이번 일이 자기에게 좋은 핑계가 될 거라고 말했다. 우리는 다음날 방과후 콘크리트고등학교 밖에서 만나기로 했다. 하워드 씨는 파란색 선더버드를 타고 오겠다고 했다. 천만다행으로 선생들을 만나보겠다는 말은 전혀 하지 않았다.

"뭘 해도 좋으니, 괜히 깊은 인상을 남기려고 하지만 마." 내가 그 전화 얘기를 하자 어머니가 말했다. "그냥 너답게만 행동해."

하워드 씨가 내게 어디로 가서 이야기를 나눌지 물었고, 나는 콘크리트 드러그스토어를 제안했다. 거기에 가면 분명 학교 아이들이 있을 테니까. 나는 이 남자와 함께 선더버드에서 내리는 모습을 보여주고 싶었다. 하워드 씨는 내 아버지뻘이었고, 콘크리트의 드러그스토어에서 볼 수 있는 다른 남자들과는 달랐다. 소년 같은 느낌을 풍기지 않으면서도 여전히 내면에 소년을 품고 있었다. 약간씩 통통 튀는 걸음이었다. 좁다란 얼굴은 생기 있고 여우 같았다. 눈에 띄는 모든 것에 관심을 쏟을 준비가 되어 있다는 듯, 기대감을 품고 주위를 둘러보다가 마음이 동하면 기꺼이 흥미를 내비쳤다. 하워드 씨는 정장을 입고 넥타이를 맸다. 학교 선생님들도 정장에 넥타이를 맸지만, 하워드 씨만큼 편해 보이지는 않았다. 선생님들은 항상 소매를 잡아당기거나 옷깃과 목 사이에 손가락을 집어넣었다. 보고 있자면 숨이 막혔다. 하워드 씨는 정장에 넥타이를 걸치고도 그 사실을 까맣게 잊은 듯 보였다.

우리는 가게 뒤쪽의 칸막이 자리에 앉았다. 하워드 씨는 우리 몫의 밀크셰이크를 사고 음료를 마시는 동안 콘크리트고등학교에 대해 물었다. 나는 수업이 재미있다고, 어려운 수업일수록 특히 그렇다고 말했다. 하지만 최근에는 좀 초조해졌다고도 했다. 설명하기 힘든 기분이라고 말했다.

"아, 그럴 것 없다." 하워드 씨가 말했다. "설명하기 쉬워. 너는 지루한 거야."

나는 어깨를 으쓱했다. 내게 그토록 좋은 말만 써준 선생들에게 악담을 하지는 않을 생각이었다.

"힐에서는 지루하지 않을 거다." 하워드 씨가 말했다. "그건 약속할 수 있어. 하지만 다른 식으로 힘들다고 느낄 수 있지." 하워드 씨는 제2차세계대전 직전 힐에서 보낸 시간에 대해 이야기해주었다. 시애틀에서 어린 시절을 보냈으며 그때는 성적이 좋았다고 했다. 힐 생활에 쉽게 적응할 수 있을 거라고 기대했지만 그러지 못했다. 학업이 생각보다 훨씬 힘들었다. 가족이 그리웠고 펜실베이니아주의 눈 내리는 겨울이 싫었다. 게다가 힐의 소년들은 고향 친구들과 달랐다. 더 속을 감췄고, 돈과 사회적 지위에 더 많은 신경을 썼다. 학교가 차가운 곳이라고 느끼게 되었다. 그러다가 마지막 학년에 무언가 바뀌었다. 하워드 씨는 같은 반 학생들과 이전에는 상상도 못했을 만큼 가까워졌고 마침내 친구라기보다는 오히려 형제 같은 사이가 되었다. 몇 해 동안 같은 생활을 공유했다는 단순한 사실 덕분이라고 했다. 그 시간 덕에 그들은 가족이 되었다. 그게 지금 하워드 씨가 생각하는 그 학교의 모습이었다. 두번째 가족.

하지만 하워드 씨도 그렇게 되기까지 힘든 시간을 보냈다. 끝내 그 지점에 이르지 못하는 학생들도 있었다. 그 학생들은 주변부에만 머무르며 힘든 학창시절을 보냈다. 고향에 남았더라면 오히려 잘해냈을지도 모르는 아이들이었다. 사립학교는 그 자체로 하나의 세계였으며 모두에게 맞는 세계는 아니었다.

이런 얘기가 나를 단념시키려고 한 말인지는 모르겠다. 만일 그랬다면 그 의도는 먹히지 않았다. 소년들이야 당연히 돈과 사회적 지위에 관심을 갖는다. 당연히 사립학교는 모두를 위한 곳이 아니다. 그게 아니라면, 사립학교가 대체 무슨 소용이겠는가?

하지만 나는 생각에 잠긴 표정을 지으며 이런 문제들을 알고 있다고 말했다. 아버지와 형이 내게 비슷한 경고를 했다고, 좋은 교육을 받는 데 필요하다면 뭐든 기꺼이 견뎌내겠다고 말했다.

하워드 씨는 내 대답에 기뻐하는 듯했고, 우리 아버지와 형이 어떤 경험 때문에 그런 경고를 했느냐고 물었다. 나는 두 사람 모두 사립학교에 다녔다고 말했다.

"정말이냐? 어디?"

"디어필드와 초트입니다."

"그렇구나." 하워드 씨는 한층 달라진 관심을 품고 나를 바라보았다. 내가 기대한 그대로였다. 그는 속물이 아니었지만, 내가 자기 모교에 적응하지 못할까봐 걱정하는 게 눈에 보였다.

"형은 지금 프린스턴에 다닙니다." 내가 덧붙였다.

하워드 씨는 아버지에 대해 물었다. 아버지가 항공 엔지니어라고 말하자 하워드 씨는 생기가 돌았다. 알고 보니 전쟁 기간에 전투기 조종사로 복무한 탓에 우리 아버지가 설계를 도운 비행기 P-51 머스탱을 잘 알고 있었다. 그는 직접 조종해보지는 못했지만 조종해본 사람들을 알고 있었다. 이 이야기는 하워드 씨를 군복 입던 시절의 기억으로 이끌었다. 함께 복무한 조종사들, 그들과 벌였던 기발한 일들을 떠올렸다. "우린 그냥 어린애들이었지." 하워드 씨가 말했다. 내가 어린아이가 아니라 그를 이해할 수 있는 사람, 그의 세계에 속한 사람, 심지어 가족 중 한 사람이라는 투였다. 하워드 씨는 양손을 테이블 위에 포개놓고 고개를 약간 숙이고 있었다. 나도 귀를 기울이려고 몸을 숙였다. 우리는 정말이지 분위기가 좋았다. 그때 허프가 나타났다.

허프는 코맹맹이 소리가 섞여 특이하게 높은 목소리를 냈다. 나는 문을 등지고 있었지만, 허프가 들어와 다른 친구와 함께 우리 뒤의 칸막이 자리에 앉는 소리를 들을 수 있었다. 다른 녀석은 누구인지 알 수 없었다. 둘은 지난 주말에 본 싸움 이야기를 하고 있었다. 콘크리트고등학교 녀석이 세드로울리고등학교 놈의 코를 부러뜨렸다.

하워드 씨는 말을 멈추었다. 등을 기대고는, 깜빡 졸았다는 듯 눈을 약간 꿈쩍였다. 하워드 씨는 말이 없었고 나도 마찬가지였다. 내가 와 있다는 사실을 허프가 몰랐으면 했다. 허프는 내가 정말 피하고 싶은 특유의 환영인사 의식을 즐겼고, 내가 자기 때문에 당황하는 걸 알아채면 절대로 나를 놓아주지 않을 게 뻔했다. 나의 배를 영원히 침몰시킬 것이었다. 그래서 나는 허프와 친구가 싸움에 대해서나, 치고받은 그 두 녀석이 노렸던 여자애를 두고 이러쿵저러쿵하는 동안 머리를 숙이고 입을 다물고 있었다. 녀석들은 또다른 여자애 이야기를 꺼냈다. 그애를 따먹겠다는 내용이었다. 아주 물이 오른 허프는 도무지 그 화제를 포기하려는 기색이 없었다. 장황하게도 떠들어댔다. 나는 사내 녀석들이 풀어놓는 이런 장광설을 언제나 들어왔고, 내가 직접 늘어놓기도 했지만, 이 순간에는 겁에 질린 듯 보이는 게 좋겠다고 생각했다. 나는 얼굴을 찌푸리며 고개를 젓고 테이블만 내려다보았다.

"갈까?" 하워드 씨가 물었다.

들키고 싶지 않았지만 선택의 여지가 없었다. 나는 자리에서 일어나 허프의 자리를 지나쳤고, 하워드 씨가 내 뒤를 따랐다. 얼굴을 돌리고 있었지만 허프가 나를 알아볼 거라고 확신했다. 문을 향해 가는 동안 허프가 "야! 좆만아!"라고 외치는 소리가 들리기를 기다렸다. 그 소리는 들리지 않았다.

하워드 씨는 나를 학교에 다시 데려다주기 전에, 잠시 차를 달려 콘크리트 주변을 둘러보았다. 아저씨는 시멘트 공장에 대해 궁금해했고, 내가 그 안에서 일이 어떻게 돌아가는지 전혀 말해 주지 못하자 실망했다. 하워드 씨는 잠시 조용해졌다가 입을 열었다. "남학교는 상당히 혼란스러울 수 있다는 점을 알아두렴."

나는 스스로를 돌볼 수 있다고 말했다.

"신체적으로 거칠다는 얘기가 아니야." 하워드 씨가 말했다. "남자애들은 온갖 얘기를 하거든. 힐 같은 학교에서도 전교생이 오밤중에 둘러앉아 셰익스피어 이야기를 하는 소리는 들을 수 없어. 다른 얘기를 하겠지. 섹스가 됐든, 뭐가 됐든. 아주 본격적으로 말이다."

나는 아무 말도 하지 않았다.

"너도 알겠지만, 모두가 이글 스카우트가 되기를 기대할 수는 없단다."

"알고 있습니다." 내가 말했다.

"그냥 남학교 생활이 온실 속에서만 살아온 사람에게는 약간 충격일 수 있다는 얘기란다." 나는 대답을 하려 했지만 하워드 씨가 이어서 말했다. "한 가지만 더 말하자꾸나. 너는 여기에서 분명 훌륭하게 해내고 있어. 네 성적도 그렇고, 나중에 분명 훌륭한 대학에 들어갈 수 있을 거야. 사립학교가 너한테 딱 맞는 곳인지는 잘 모르겠다. 너한테 득보다는 해가 되는 결과가 나올 수도 있어. 생각해볼 만한 문제지."

나는 하워드 씨에게, 나는 온실 속에서 살아오지 않았으며, 지금보다 나은 교육을 받을 결심이 서 있다고 말했다. 목소리가 갈라지지 않게 하려다가 결국 화난 듯 말하고 말았다.

"오해하지 말거라." 하워드 씨가 말했다. "너는 훌륭한 녀석이고, 나는 기꺼이 너한테 좋은 말을 써줄 거야." 하워드 씨는 이 말을 빠르게, 마치 외웠던 것을 읊듯이 말하고 덧붙였다. "근거가 탄탄하니까. 하지만 네가 들어가려는 곳이 어디인지는 알고 있어야 해." 하워드 씨는 다음날 학교에 편지를 쓰겠다며 그다음 일은 두고 봐야 한다고 말했다. 하워드 씨가 알기로는 얼마 안 남은 자리를 놓고 수많은 아이들이 후보에 올랐고, 나는 그중 한 명이었다.

"다른 학교에도 지원서를 넣었을 텐데." 하워드 씨가 말했다.

"초트에만요. 그렇지만 초트보다는 힐에 가고 싶습니다. 힐이 저의 1지망입니다."

우리는 학교 앞에 멈춰 서 있었다. 하워드 씨가 지갑에서 명함을 꺼내주며 뭐든 궁금한 게 생기면 전화하라고 했다. 내게 걱정하지 말라고 조언했고, 무슨 일이 일어나든 그게 최선일 거라고 말했다. 그러고는 작별인사를 한 다음 차를 몰고 떠났다. 나는 선더버드가 언덕을 내려가 저멀리 중앙도로로 멀어지는 모습을 지켜보았다. 이제 막 만난 여인이 온갖 변화를 꿈꾸게 만들었다가 그 모든 희망을 가지고 자신의 인생에서 떠나버리는 모습을 지켜보는 남자처럼 서 있었다. 선더버드는 중앙도로에서 남쪽으로 방향을 틀어 숲 너머로 사라졌다.

학교에서 나는 테이블에 달린 기계톱에 판자를 밀어넣으며 옆
자리 친구와 농담을 주고받는 중이었다. 그때 날카롭게 따끔하
는 느낌이 스쳐 아래를 내려다보았다. 왼손 약지에서 피가 뿜어
져나오고 있었다. 손가락 마지막 마디가 잘린 것이다. 그 손가락
마디는 회전중인 칼날 옆에 손톱까지 고스란히 떨어져 있었다.
나는 이야기를 나누던 친구와 함께 그것을 쳐다보았다. 녀석이
입을 이상하게 비틀더니 몸을 돌려 걸어가버렸다. "야." 내가 말
했다. 작업실은 시끄러웠다. 아무도 듣지 못했다. 나는 무릎을
꿇고 주저앉았다. 누군가 나를 보고 고함을 지르기 시작했다.

말대가리 그릴리 선생님이 나를 의사에게 데려갔다. 그릴리
선생님은 다른 선생님도 한 명 데리고 갔다. 그 선생님이 운전을

하는 동안 말대가리는 내게 유도심문을 했고, 법정으로 가게 되면 자기한테 유리하게 쓰일 답변들을 끌어냈다. 나는 선생님의 의도를 깨닫고 원하는 답을 해주었다. 그 사고는 내 잘못이었고, 내가 선생님을 곤경에 빠뜨리는 건 부당한 짓이라고 생각했다. 바보짓을 한 건 나였다. 내 잘못으로 손가락이 잘린 것이었다. 나는 괜찮은 녀석이 되는 게 내게 남은 유일한 구원인 양 그것을 원했다.

손가락은 엉망진창이었다. 어머니는 의사가 나를 마운트버넌으로 데려가 수술을 받게 하는 데 동의했다. 그날 오후 수술을 받았고, 다음날 아침 깨어났을 때는 손목부터 남아 있는 손가락 끝까지 붕대가 감겨 있었다. 나는 사흘 동안 병원에 있을 예정이었지만, 의사가 감염을 걱정하는 바람에 집에 가기까지는 거의 일주일이 걸렸다. 그때쯤 나는 모르핀에 중독되어 있었다. 그걸 맞지 못하면 비명을 질러 병실을 뒤흔들어놓는 탓에 간호사들은 내게 모르핀을 아낌없이 내주었다. 처음에는 고통 때문에 모르핀을 원했다. 끔찍한 고통이었으니까. 그다음에는 모르핀이 주는 평온 때문에 그걸 원하게 되었다. 모르핀을 맞으면 걱정이 사라졌다. 심지어 생각도 하지 않았다. 나는 내 몸 밖으로 떠올라 기분좋은 꿈을 꾸며 훈훈한 상승기류를 타는 갈매기처럼 날아올랐다.

퇴원할 때 의사가 알약을 좀 처방해주었지만 그것들은 아무 효과가 없었다. 나는 이제 두 가지 이유로 아팠다. 하나는 손가락이었고 하나는 마약 금단현상이었다. 금단현상치고는 가벼운 편이었겠지만 내게는 그다지 가볍게 느껴지지 않았다. 더구나 그 정체가 뭔지, 끝나기는 하는 건지도 몰랐으니까. 모든 일에는 끝이 있다는 사실을 깨닫는 것은 경험이 주는 선물, 우리에게도 언젠가 끝이 찾아온다는 사실을 이해하는 데 위로가 되는 선물이었다. 그 선물을 받기 전까지 우리는 진행중인 현재에 살며, 미래를 그 현재의 지속으로 상상한다. 행복은 끝없는 행복이다, 언젠가는 반드시 끝나리라는 것을 모른다면. 고통은 끝없는 고통이다.

마약이 거래되는 지역에 살았다면 나는 마약을 샀을 것이다. 그럴 수만 있다면 뭐든 했으리라. 하지만 내가 아는 사람 중 누구도 마약을 하지 않았다. 우리는 아예 그럴 수 있다는 생각조차 못했다. 우리의 관심에 불을 댕겼을지 모를, 대마초의 위험을 경고하는 영상은 콘크리트까지 이르지 못했고, 헤로인은 뉴욕 시민들이나 특별히 하는 것인 줄 알았다.

괜찮은 녀석이 되려던 내 계획은 완전히 끝장났다. 모든 게 불만스러웠다. 나는 학교에 대해 불평했고, 약이 안 듣는다고 불평했고, 먹고 입는 게 얼마나 힘든지 불평했다. 위로를 애타게 원하다가도 누가 위로해주면 경멸했다. 말대꾸를 하고 트집을 잡았다. 특히 드와이트 아저씨한테 그랬다. 나는 상처 뒤에 숨어서 예전에는 결코 하지 않았을 말들을 아저씨에게 내뱉었다.

술이 기분을 좀 풀어줄지 모른다는 생각이 들었다. 드와이트 아저씨의 올드 크로를 슬쩍했지만, 첫 모금에 바로 숨이 막힐 듯해서 병을 물로 채워 다시 제자리에 넣어두었다. 며칠 밤이 지난 뒤 드와이트 아저씨가 위스키에 손을 댔느냐고 물었다. 술이 묽더라고 했다. 그냥 궁금해하는 것 같았다. 내가 그랬다고 해도 경고만 하고 넘어갔을지도 몰랐다. 하지만 나는 말했다. "이 집에서 술 마시는 사람이 저예요?"

"나한테 그게 무슨 말버릇이야, 인마." 아저씨가 말하더니, 내 가슴을 손가락으로 쿡 찔렀다.

그렇게까지 세게 민 건 아니지만 나는 균형이 흐트러져 뒤로 비틀거리다가 내 발에 걸리고 말았다. 몸이 아래로 쏠리자 손을 뒤쪽으로 뻗어 넘어지는 걸 막으려 했다. 이 모든 일이 아주 천천히 일어나는 것처럼 보였다. 마침내 어느 순간, 나는 손가락을 짚으며 내려앉았다.

내가 누구인지조차 생각나지 않았다. 바닥에서 몸부림치는 동안 사방에서 비명소리가 끊임없이 들려왔다. 다른 소리들도 들렸다. 그뒤 정신을 차렸을 때 나는 땀에 흠뻑 젖어 소파에 앉아 있었다. 어머니가 나를 진정시키려 애쓰고 있었다. 다 끝났어, 어머니가 말했다. 이제 끝이라고, 이게 마지막이라고. 우리는 여기에서 떠날 거라고.

　내가 먼저 떠났다. 그토록 오랜 세월 동안 떠나야겠다고 생각했는데 이제야 해냈다. 어머니가 척 볼저의 부모와 이야기를 나누었다. 척의 부모님은 이번 학년이 끝날 때까지 몇 달 동안 내가 밴혼에서 함께 살게 해주겠다고 동의했다. 그때쯤이면 어머니도 시애틀에 직장을 잡을 수 있을 것 같았다. 어머니가 일을 시작해 살 곳을 찾는 대로 나도 어머니를 따라갈 예정이었다. 처음에 볼저 씨는 사뭇 미심쩍어했다. 척이 막 나가는 데는 내 탓도 있을 거라고 의심했다. 하지만 척은 벌써 몇 년째 막 나가고 있었다. 볼저 씨는 그걸 모르기에는 너무 머리가 좋은 사람이었다. 보호 요청을 거절하기에는 너무 좋은 사람이었고. 몇 가지 조건을 달기는 했다. 볼저 씨 가게 일을 도와야 했고 가족들과 함께 교회에 다녀야 했다. 볼저 씨의 권위를 받아들여야 했으며, 담배를 피우거나 술을 마시거나 욕을 하지도 말아야 했다.
　나는 이 모든 걸 약속했다.
　척이 차로 나를 데리러 왔다. 척과 펄과 어머니는 내가 물건을 차에 싣는 걸 도왔고, 그러는 동안 드와이트 아저씨는 주방에 앉아 있었다. 우리가 막 떠나려 하는데 드와이트 아저씨가 밖으로 나와 우리를 바라보았다. 아저씨가 화해를 원하고 있는지도 몰랐다. 아저씨는 병영에서 이미 평판이 좋지 않았고, 이런 식으로 식구 한 명을 떠나보내면 망신이 될 터였다. 아저씨가 아픈 나를 괴롭혔다고 내가 떠들고 다니리란 걸 아저씨도 알았다. 어머니가 자기도 떠나겠다고 말한 건 아니었지만, 내가 없으면 협박 말고는 어머니를 붙잡아둘 방법이 없다는 걸 드와이트 아저씨도 틀림없이 알고 있었다.

아저씨가 내게 다가올 준비를 하는 게 보였다. 결국 내게 걸어오더니 할 얘기가 있다고 했다. 이런 순간이 오면 상처가 될 말을 해줄 작정이었지만, 나는 그저 고개를 저으며 시선을 돌렸다. 어머니에게 작별의 입맞춤을 했고 펄에게는 학교에서 만나자고 말했다. 그런 다음 차에 탔다. 드와이트 아저씨가 창문으로 다가와 말했다. "뭐, 행운을 빈다." 아저씨는 손을 내밀었다. 마지못해 악수를 하고 아저씨에게도 행운을 빌어주었다. 하지만 아저씨가 그랬듯 나도 진심이 아니었다.

우리는 서로를 증오했다. 그 증오심이 하도 강해 다른 감정들은 제대로 빛을 보지 못했다. 그게 나를 일그러뜨렸다. 치누크를 떠올릴 때면 친구들의 얼굴이나 목소리, 내가 환영받았던 공간들은 애를 써야 겨우 떠올랐다. 그러나 드와이트 아저씨의 얼굴만은 눈에 선했고, 아저씨의 목소리도 귓전에 생생했다. 내 아이들에게 화를 낼 때면 내 목소리에서 아저씨의 목소리가 들리곤 한다. 아이들도 그 목소리를 듣고 놀란 듯 나를 바라본다. 막내가 한번은 이렇게 물었다. "이제 날 사랑하지 않는 거야?"

치누크를 떠나면서 그곳에서의 세월을 되돌아보지는 않았다. 다리를 건너 병영에서 나올 때, 척이 좌석 아래로 손을 뻗더니 내게 주려고 만들었다며 고릴라 피 한 병을 꺼냈다. 내가 그 술을 마시는 동안 척은 캐나디안 클럽 위스키를 파인트로 홀짝였다. 커다란 C가 두 개 그려진 밀 색깔 상표와, 병을 기울일 때 척이 눈을 가늘게 뜨던 방식, 척이 다시 병을 내릴 때면 술이 철벅하던 소리가 기억난다. 척의 입가에 묻은 술의 반짝임도.

아멘
코너

척은 거의 매일 술에 취해 있었다. 어떤 날 밤에는 쾌활했다. 다른 날 밤에는 조용히 분노에 빠져들었다. 그럴 때면 얼굴이 벌겋게 부풀어올랐고 입술은 마구 움직여 머릿속에 울리는 단어들을 토해냈다. 분노가 최고조에 달하면 단단한 사물에 제 몸을 내던졌다. 어깨를 벽에 들이받았다가, 뒤로 물러나서 다시 또 들이받았다. 가끔씩은 그 자리에 서서 아무 말 없이 주먹으로 벽을 두들겨댔다. 아침이면 척은 지난밤 자기가 뭘 했느냐고 물었다. 나는 사실 기억이 안 난다는 척의 말을 믿지 않았지만 척이 얼마나 취했는지, 얼마나 막무가내였는지 들려주며 장단을 맞춰주었다. 그 기이하고 낯선 인간의 행동에 척은 고개를 저었다.

나는 척의 수준을 맞춰줄 수 없었다. 그러려는 시도도 그만두었다. 척은 한마디도 내색하지 않았지만 나는 그가 내게 실망했다는 걸 알 수 있었다.

척의 아버지는 가게를 차리고 목사가 되기 전에 낙농장을 운영했다. 농장은 여전히 가족 소유였지만 목장과 헛간은 이웃에게 빌려주었다. 볼저 씨 부부와 어린 두 딸은 본채에서 살았다. 척과 나는 거기에서 몇백 미터쯤 떨어진 개조한 창고에서 지냈다. 볼저 씨는 우리를 깊이 믿어주면 우리가 성숙한 자아상을 깨우치게 되리라 생각했다. 마땅히 그래야 했지만 현실은 달랐다.

볼저 집안 사람들은 아홉시 삼십분이 되면 딱 잠자리에 들었다. 열시쯤 되면 척이 이미 취해 있지 않은 한 우리는 척의 자동차를 상당히 멀리까지 밀고 간 뒤 시동을 걸어 버로니카의 집까지 운전해 갔다. 도착하면 보통 아치와 사이코가 와 있었고 가끔은 허프도 있었다. 그들은 술을 마시며 포커를 쳤다. 나는 돈이 없었으므로 바닥에 앉아 버로니카와 함께 심야 프로그램을 보았다. 버로니카는 배우들 이야기를 아는 대로 늘어놓으며 영화를 망쳤다. 버로니카는 할리우드 속사정에 훤했다. 죽었다고 알려진 어떤 남자배우가 사실은 침을 질질 흘리는 식물인간이며 어떤 여자배우는 미식축구팀 전체를 다 만나야 만족에 이른다는 사실을 알고 있었다. 버로니카는 특히 남자배우들에게 가혹했다. 버로니카에 따르면 그들은 전부 한 무리 호모라고 했다. 버로니카는 배우들이 자신의 성적 지향을 드러내는 작은 신호와 동작을 짚어내며 자신의 주장을 증명했다. 담배에 불을 붙이는 방식이나 가슴주머니에 꽂는 손수건의 위치, 어떤 배우가 시계를 힐끔거리거나 모자의 각을 잡는 방식 등 버로니카에게는 모든 것이 증거였다. 아무 말도 하지 않고 있을 때조차 버로니카가 언제든 덤벼들 태세로 화면 속 남자들을 지켜보는 게 느껴졌다.

집으로 가는 길에 척은 도로 이쪽저쪽으로 마구 달리며 지옥에 관한 설교를 늘어놓아 나를 겁에 질리게 했다. 척은 이런 설교가 자기 아버지를 패러디한 것이라고 했지만, 사실은 그렇지 않았다. 그건 전부 척 자신의 설교였다. 볼저 씨의 설교는 그런 식이 아니었다. 척은 아버지의 억양과 리듬은 흉내낼 수 있었지만 아버지만의 음악은 그러지 못했다. 그 음악 대신 지옥에 떨어질지 모른다는 척 자신의 두려움이 튀어나왔다.

나는 종교를 진지하게 받아들이는 사람들이 낯설었다. 어머니는 한 번도 그런 적이 없었고, 드와이트 아저씨는 대중과학이라는 신념에 젖은 무신론자였다. (예수는 실제로 죽은 게 아니라, 나중에 부활을 꾸며낼 수 있도록, 죽은 것처럼 보이는 약을 먹은 것이다. 홍해가 갈라진 건 머리 위로 지나가던 혜성 때문이다. 만나는 그저 감자를 뜻하는 고대의 단어다.) 종교에 완전히 진지한 사람으로는 몇 주에 한 번씩 차를 몰아 치누크에 오는 성공회의 칼 목사님이 있긴 했다. 하지만 그 설교에 귀를 기울일 때 느껴지던 가능성은 목사님이 떠나면 더이상 내게 영향을 미치지 않았다.

볼저 씨는 신중했으며 절대 내게 압박을 주지 않았다. 그러나 나는 볼저 씨가 사람을 낚는 어부이며 내가 괜찮은 낚싯감이라는 걸 알고 있었다. 아마 월척은 아니겠지만 괜찮은 정도는 되었을 것이다. 볼저 씨가 뭔가를 억지로 시키는 상황이 아니라, 내가 잘 보이고 싶어서 나 자신에게 뭔가를 강요하는 상황이야말로 위험했다. 볼저 씨는 키가 크고 당당했다. 긴 얼굴에, 눈빛은 생각에 잠긴 듯했다. 내가 말을 걸면 나를 아주 똑바로 바라보았다. 가끔씩 내가 무슨 말을 하고 있었는지 잊어버릴 정도였다. 나는 볼저 씨가 나를 꿰뚫어볼 수 있다는 느낌을 받았다. 볼저 씨는 나를 정중하게 대했지만 애정을 주지는 않았다. 언제나 속을 다 드러내지 않는 것 같았다. 나는 볼저 씨가 나를 좋게 생각해주길 바랐다.

그게 한 가지 위험이었다. 다른 위험은 음악이었다. 볼저 씨의 교회에서 들을 수 있는 음악은 솔트레이크에서 배웠던 가톨릭 찬송가처럼 폐경기 느낌이 아니었다. 오히려 정열적이었다. 사람들은 이 노래들을 부르다가 흥분했다. 흐느끼고 손뼉을 치고 고함을 지르며 통로를 따라 맨 앞줄 아멘 코너까지 몸을 흔들며 올라갔다. 가끔은 나도 그러고 싶은 기분이 들었으나 참았다. 척은 언제나 내 곁에서 돌처럼 조용히 있었다. 소리 없이 입술만 움직여 노래했다. 척은 한 번도 아멘 코너에 가지 않았고, 나는 거기에 가면 척이 나를 조롱할까봐 걱정했다. 그래서 음악적 감성과 즐기고 싶은 열정에 떠밀려 앞으로 나아가고 싶은 마음이 들어도 뒷자리에만 머물렀다. 예배가 끝날 때마다 그렇게 한 것이 다행스러웠다. 볼저 씨가 나를 꿰뚫어보고 역겨워하리라는 걸 알았으니까.

척은 한 번도 나를 공격하지 않았다. 아무리 심하게 취해 어두운 격노에 빠져도 오직 자신만을 해쳤다. 내게는 행운이었다. 척은 황소 같은 체격에 몸통이 굵고 가슴이 떡 벌어져 있었다. 나는 절대 상대할 수 없었다. 다른 녀석들은 척을 건드리지 않았고, 척도 녀석들을 건드리지 않았다. 그게 척의 성격이었다. 자기 자신을 상대할 때 외에 척은 온순했다. 아버지와 같은 온순함은 아니었다. 위엄 있는 사람들이 그렇듯, 볼저 씨는 온화해지려고 노력하는 기색이 거의 없었다. 척의 온순함은 제 어머니와 비슷했다. 생김새도 어머니를 닮았다. 겨울인 양 홍조가 올라온 우윳빛 피부. 햇빛을 받으면 하얗게 변하는 노란 머리. 넓은 이마. 엷은 파란색 눈도, 귀를 기울일 때면 눈을 가늘게 뜨고 바닥을 내려다보며 상대가 무슨 말을 하든 동의하고 끄덕이는 태도도 비슷했다.

다들 척을 좋아했다. 제정신일 때 척은 우호적이고 침착했으며 인심이 후했다. 내가 스웨터를 칭찬하자 그 스웨터를 내게 주었다. 나중에는 우리가 함께 따라 부르던 버디 홀리 앨범도 주었다. 교회에 있지 않을 때면 척은 노래 부르기를 좋아했다. 대낮에 척을 보면 전날 밤을 나무에 몸을 내던지며 보낸 사람이라고는 믿기 힘들었다. 볼저 씨네 가족이 척의 야수성과 화해하는 걸 그토록 어려워한 까닭도 바로 그것이었다. 식구들은 척의 야수성을 전혀 보지 못했다. 척은 식사를 할 때만 본채에 머물렀고, 아버지와 가게 이야기를 나누고 어머니의 설거지를 도왔다. 여동생들은 꼬리를 흔드는 스패니얼처럼 오빠를 따랐다. 가족들은 척이 어느 모로 보나 집에서 혼자 지내는 소년이라고만 생각했다. 일면 사실이었다. 그건 연기가 아니었다. 그러므로 또다른 척, 나쁜 척이 무슨 짓을 벌이면 볼저 가족은 언제나 사각지대에 몰린 채 공격당해 그대로 뻗어버렸다.

어느 날 밤 사이코와 허프가 카드를 치러 왔다. 두 사람도 나만큼 돈이 없었기에 나도 게임에 꼈다. 우리는 술을 마시면서 성냥을 걸고 지겨워질 때까지 게임을 했다. 바로 그때 벨링햄까지 차를 달렸다 돌아오면 끝내주겠다는 생각이 들었다. 척은 거기까지 가기에는 휘발유가 충분하지 않지만, 어디에서 구할 수 있는지 안다고 말했다. 척이 20리터짜리 깡통 두 개와 긴 호스를 모아왔고, 우리 네 사람은 들판 너머를 향해 떠났다.

그날은 비가 심하게 내린 뒤였다. 우리를 둘러싼 안개 사이로 여전히 부슬비가 내리고 있었다. 씨를 뿌리려고 방금 갈아둔 땅은 질퍽거렸다. 흙이 우리 신발을 잡아당겼다가 진하고 더러운 숨소리를 내며 놓아주었다. 사이코가 신은 단화는 계속 벗어졌다. 마침내 사이코는 포기하고 되돌아갔다. 나머지 우리는 계속 나아갔다. 몇 걸음 갈 때마다 사이코가 뒤에서 분을 터뜨리는 소리가 들려왔다.

족히 800미터를 걸어간 끝에 웰치 씨네 농장에 도착했다. 잠시 별채를 어슬렁거리다가 뒤뜰을 건너 웰치 씨의 트럭으로 갔다. 허프와 내가 집을 지켜보는 동안 척은 사이펀으로 연료통에서 휘발유를 빼냈다. 나는 한 번도 웰치 씨네 농장에 와본 적이 없었지만 학교에서 이 집 아들들을 알고 있었다. 모두 세 형제였다. 다들 슬픔에 잠겨 있었고 초라한 옷을 입었으며, 입을 열 줄 모른다고 할 만큼 조용했다. 그중 한 명인 잭이 우리 반이었다. 잭은 자신감을 잃어버린 노인처럼 쓸쓸해 보였으며 악취를 풍겼다. 우리의 이름이 같았기에 미첼 선생님은 체육 시간에 우리를 연습 시합 상대로 엮어주며 재미있어했다. 그럴 때면 다른 소년들이 우리를 둘러싸고 소리쳐댔다. "얼른, 잭! 저놈을 잡아, 잭! 죽이라고, 잭!" 하지만 잭 웰치는 그럴 생각이 전혀 없었다. 의심스럽다는 듯이, 장갑이 자기에게 덤벼들기라도 할까봐 무섭다는 듯 장갑을 들고 있었다. 미첼 선생님이 팔을 휘두르라며 재촉하자 잭은 내게 미안하다는 표정을 지어 보였다. 밖에서 망을 보는 동안, 어두운 집에 있을 잭을, 잠결에 감겨 있을 그 슬픈 눈을 생각하니 기분이 이상했다. 허프는 나뭇가지로 신발의 진흙을 긁어내며 툴툴거렸다. 공기는 휘발유 냄새로 가득했다.

척이 깡통들을 채웠고 우리는 다시 길을 돌아왔다. 돌아오는 게 갈 때보다 힘들었다. 이제 오르막길이었다. 우리는 번갈아 가며 깡통을 들었다. 깡통을 앞으로 획 휘둘렀다가, 휘청거리며 그 뒤를 따라갔다. 깡통 무게가 우리를 진흙 속으로 파묻었고 우리는 균형을 잃고 허둥거리다가 넘어졌다. 돌아왔을 때는 온몸이 진흙으로 엉망진창이었다. 나는 어디선지 철조망에 셔츠가 찢겼다. 멀쩡한 쪽 팔은 깡통을 들고 오느라 맛이 갔고, 다른 팔은 말뚝에 쓸린 손가락 때문에 통증으로 욱신거렸다. 나는 죽도록 피곤했으며 모두들 마찬가지였다. 벨링햄 얘기는 한 마디도 나오지 않았다. 척이 허프와 사이코를 집까지 태워다주는 동안 나는 몸을 씻고 침대에 쓰러졌다.

볼저 씨가 다음날 아침 늦게 우리를 깨웠다. 아저씨는 머리만

문에 집어넣고 말했다. "일어나라." 그 목소리에서 느껴진 무엇 때문에 나는 잠이 홀딱 깨어 벌떡 일어났다. 척도 마찬가지였다. 우리는 서로를 보고 한마디 말도 없이 침대에서 나왔다. 볼저 씨는 문간에서 기다렸다. 일단 우리가 옷을 챙겨 입자 아저씨가 말했다. "가자." 그러더니 본채로 출발했다. 아저씨는 큰 걸음을 내뻗으며, 마치 뭔가에 짓눌린 듯 고개를 앞으로 숙이고 걸었고 단 한 번도 우리가 따라오는지 뒤돌아보지 않았다. 척을 힐끗 쳐다보자 눈이 아버지의 등에 박혀 있었다. 얼굴은 멍했다.

우리는 볼저 씨를 따라 부엌으로 들어갔다. 볼저 아주머니가 아침 식탁에 앉아 냅킨에 얼굴을 묻고 울고 있었다. 눈은 빨갰으며 창백한 이마에 파란 핏줄이 도드라졌다. "앉거라." 볼저 씨가 말했다. 나는 볼저 아주머니 맞은편에 앉아 식탁보를 바라보았다. 볼저 씨는 웰치 씨가 방금 들렀다 갔다며, 우리가 그 이유를 추측하는 게 전혀 어렵지 않을 거라고 했다. 나는 침묵을 지켰다. 척도 마찬가지였다. 볼저 씨는 기다렸지만, 우리는 아무 말도 하지 않았다. 그러자 아저씨는 우리가 멍청하게 잡아떼는 짓을 굳이 할 필요가 없도록, 누구든 따라갈 수 있는 흔적을 남겨두었더라고 했다. 아니, 따라갈 필요조차 없었다고 했다. 여기서도 다 보였으니까.

"어떻게 그런 짓을 할 수 있니?" 볼저 아주머니가 물었다. "딴 사람도 아니고 볼치 가족에게?"

나는 눈을 들었다. 볼저 씨가 나를 자세히 관찰하는 게 보였다. 눈이 마주치자 우리 둘 다 시선을 돌렸다.

볼저 아주머니가 흐느끼며 몸을 떨었다. 볼저 씨가 아주머니의 어깨에 손을 올렸다. "네 변명거리는 뭐냐?" 아저씨가 척에게 물었다.

척은 아무 변명거리도 없다고 말했다.

"잭은?"

"변명할 것 없습니다, 아저씨."

아저씨는 우리를 한 명씩 바라보았다. "술을 마시고 있었니?"

우리는 둘 다 술을 마셨다고 인정했다.

볼저 씨는 고개를 끄덕였다. 나는 이것이 우리에게 유리하다는 사실을 이해했다. 아저씨는 알코올이 사람을 완전히 딴판으로 바꿔놓는다고 굳게 믿었으니까. 우리가 술을 먼저 핑계로 댄게 아니라, 또하나의 잘못으로 고백했다는 점에서도 유리했다. 덕분에 볼저 씨는 우리를 위한 변명거리를 마음껏 만들어낼 수 있었다.

척과 나는 의례적으로 창피한 척했고, 볼저 씨는 의례적으로 화를 냈지만, 최악의 상황은 지나갔고 우리 모두 그걸 알고 있었다. 우리는 남은 아침을 주방 식탁에서 보내며 보상 계획을 짜냈다. 척과 나는, 너무 피곤해 척의 연료통에 쏟아붓지 못했던 휘발유를 돌려주기로 했다. 우리는 웰치 씨에게 사과하고, 다시는 술을 마시지 않겠다고 약속할 예정이었다. 우리가 이미 깨버린 약속에 대해서는 아무 말도 나오지 않았다. 우리는 볼저 씨가 내건 모든 조건에 동의했다. 단 하나만 빼고. 우리는 누가 우리와 함께 있었는지 말하지 않으려 들었다. 볼저 씨는 다른 녀석들의 이름을 대라고 우리를 괴롭혔지만, 내가 보기에는 이 역시 의식의 일부가 분명했다. 아저씨는 우리가 그래도 의리를 발휘할 수 있다는 걸 알게 되어 기뻐할 게 틀림없었다. 어쨌거나 그 일행이 누구인지도 분명 알았을 것이고.

우리는 일어나 손을 맞잡았다. 볼저 씨는 이 문제를 빌미로 우리를 휘어잡을 생각은 없다고 분명히 밝혔다. 아저씨는 모든 일을 잊어버리고 싶어했다. 빠르면 빠를수록 좋았다. 볼저 아주머니는 일어나지 않았다. 아주머니는 여전히 우리가 저지른 잘못을 생각하고 있는 게 보였다. 정작 나 자신은 그러지 못했지만 말이다.

척과 나는 차에 휘발유가 담긴 깡통들을 싣고 웰치 씨네 농장으로 갔다. 들판을 건너갈 때는 그리 멀지 않았지만, 차를 타고 가려니 일단 중앙도로까지 가서 구불구불한 길로 빠져야 했다.

전날 내린 비로 비포장 오솔길은 여전히 질척거렸다. 척은 진창에 빠지지 않도록 속도를 올렸다. 진흙이 튀어 자동차 바닥을 때렸다. 우리는 버지니아소나무숲을 뚫고 지나갔다. 여기저기 나무가 듬성듬성한 곳이 있어 그 너머로 암소들이 거니는 공터와 집 한 채가 보였다. 척은 가는 내내 속사포같이 욕을 내뱉었다.

우리는 웰치 씨네 진입로에 들어가 잠시 입을 다물고 앉아 있다가 차에서 내렸다.

나는 여름방학 동안 몇 군데 농장에서 열매를 따고 꼴을 베는 일을 한 적이 있었다. 농장들은 마블마운트 근처의 상류 계곡에, 강과 가깝지만 너무 가깝지는 않은 곳에 있었으며 물이 땅속으로 잘 스몄고 토양은 비옥했다. 농장주들은 잘살았다. 장비는 최신형으로 갖추고 있었고, 집과 헛간에는 항상 페인트를 칠해두었다. 뒤뜰에는 풀이 잘 자랐고 꽃밭이 가꾸어져 있었으며 새들의 목욕통이나 마차 바퀴, 커다란 도자기 다람쥐들이 장식되어 있었다.

웰치 씨네 농가 마당은 진흙 천지였다. 돼지만 없다 뿐이지 진창이었다. 거기서는 아무것도 자라지 않았다. 또 아무것도 움직이지 않았다. 고양이도, 닭도, 우리에게 달려와 덤비는 똥개도 없었다. 집은 작고 잿빛이었으며 노후했다. 지붕널에서는 이끼가 두텁게 자라 있었다. 현관은 없었지만 한쪽 벽에서부터 방수

포가 깔려 있어, 탈수 기구가 달린 빨래통과 빨랫줄에 매달린 크고 작은 칙칙한 플란넬 셔츠들, 형편없는 이불보에 피난처를 제공해주고 있었다.

난로 연통에서 연기가 피어올랐다. 눈을 들어 보니 하늘이 놀랍도록 파랗고 상쾌했다.

척이 문을 두드렸다. 한 여자가 문을 열더니 문간에 멈춰 섰다. 여자 뒤에는 어린 여자애가 있었다. 둘 다 빨간 머리카락에 깡마른 모습이었다. 여자애가 척에게 미소를 지었다. 슬픈 얼굴의 척이 그애에게 미소로 답해주었다.

"놀랐어." 여자가 말했다. "놀랐다고 말할 수밖에 없구나."

"죄송합니다." 척이 그렇게 말하며 그날 아침 주방에서 짓던 겸연쩍은 표정을 만들어냈다.

"너희들이 그럴 줄은 전혀 몰랐어." 여자가 말했다. 여자는 나를 보더니 다시 척에게로 눈을 돌렸다. "미안하다는 말이지. 글쎄, 나도 마찬가지란다. 웰치 아저씨도 그렇고. 우리가 꿈에도 생각해본 적 없는 일이라서."

웰치 아주머니는 어디에 가면 남편을 찾을 수 있는지 말해주었다. 둘이서 휘발유 깡통을 옆에서 흔들며 진창을 헤치고 묵묵히 나아가는데 척이 말했다. "젠장, 젠장, 젠장……"

웰치 씨는 나뭇단 위에 앉아, 잭과 다른 아들 한 명을 지켜보고 있었다. 아들들은 좀 떨어진 곳에서 돌아가며 말뚝 구멍 파는 연장으로 땅을 파는 중이었다. 웰치 씨는 머리에 아무것도 쓰지 않은 모습이었다. 성긴 갈색 머리카락이 산들바람에 날렸다. 웰치 씨는 새 오버롤 작업복을 입고 있었다. 진청색에 빳빳해 보이는 옷이었고, 발목 둘레에는 진흙이 끼여 있었다. 우리는 웰치 씨에게 다가가 깡통을 내려놓았다. 아저씨는 그것들을 보더니 다시 아들들에게로 눈을 돌렸다. 그 아이들은 작업을 하며 우리를 지켜보았는데, 악의가 있어서가 아니라 그냥 무슨 일이 벌어지는지 보려는 것이었다. 연장이 진흙을 퍼올리면서, 어젯밤 우리 신발처럼 꿀럭꿀럭 소리를 냈다. 척이 그애들에게 손을 흔들자 둘 다 고개를 끄덕였다.

우리는 잠시 그애들을 바라보았다. 그때 척이 웰치 씨 옆으로 가 나지막한 목소리로, 자기가 저지른 짓 때문에 얼마나 죄송한지 말하기 시작했다. 척은 아무 설명도 하지 않았고, 우리가 술을 마시고 있었다는 얘기도 하지 않았다. 척의 태도는 진중했다. 거의 비극적이었다.

웰치 씨는 아들들을 지켜보았다. 말은 하지 않았다. 척이 이야기를 마치자 웰치 씨는 눈을 돌려 우리를 보았다. 나는 그 느리고 힘겨운 동작을 통해, 우리를 보는 일이 아저씨에게는 고통이라는 걸 알 수 있었다. 아저씨의 뺨은 짧은 수염으로 뒤덮여 있고 홀쭉했다. 얼굴에는 진흙이 군데군데 얼룩져 있었다. 갈색 눈은 울고 있었거나 이제 막 울려는 것처럼 흐릿했다.

웰치 씨의 눈물을 보지 않고도 나는 나 자신에게 부끄러운 일을 했다는 걸 알 수 있었다. 농가 마당으로 차를 몰아 들어서자마자, 환한 낮에 그곳을 본 순간부터 알고 있었다. 그 이후로 내가 본 모든 것이 그 사실을 내 머릿속에 더 깊이 욱여넣었다. 이 사람들은 잘사는 사람들이 아니었다. 나는 벼랑 끝에 서 있는 이 사람들을 쿡 찔러 더 멀리 밀쳤다. 아주 많이는 아니더라도 우리가 이 가족의 여유분을 꽤나 빼앗았다. 휘발유를 돌려준다고 달라질 건 없었다. 진짜 피해는 누군가 이런 지경에 처한 이들과 마주칠 수 있으며, 잠시 멈춰 서서 이들을 해칠 수 있다는 사실을 그들이 알게 되었다는 것이었다. 이 사실이 이 가족으로 하여금 초라하고 외로운 기분이 들도록 했을 게 틀림없었다. 그게 우리가 끼친 피해였다. 나는 이것을 일부는 머리로 이해했고 나머지는 마음으로 느꼈다.

웰치 씨 농장은 내게 친숙했다. 그 집과 시애틀에서 우리가 살던 집이 유사해서만은 아니었다. 그 모습 전체, 그러니까 집과 진창, 정적, 연장을 든 아이들 때문이었다. 나는 이곳에서 실패라는 개념이 완벽히 실현되었음을 알아보았다.

잭과 그 형제는 왜 말뚝 구멍을 파고 있었을까? 이미 농가를 둘러싸고 있는 울타리와 평행을 이룰 울타리를 말이다. 웰치 가족에게는 안에든, 밖에든 놓아둘 동물이 없었다. 아무 목적도 없는 울타리였다. 그 작업은 무의미했다. 몇 년 후, 강을 건널 보트를 기다리는 동안 나는 베트남 여자 두 명이 버려진 트럭 타이어를 질서 있게 두들겨대는 모습을 지켜보았다. 여자들은 상당히 오랫동안 그렇게 했고, 내가 강을 건넜을 때도 여전히 그러고 있었다. 그들은 내가 꾸는 꿈의 일부였고 나는 그 꿈에서 웰치 씨네 가족을 보았다. 실패의 꿈, 지옥에 떨어지는 꿈, 성실하고 쓸모없는 행위로 이루어진, 엄숙한 율동을 갖춘 꿈.

다른 이들을 상징물로 삼으려면 유치하거나 썩은 상상력이 있어야 한다. 나는 웰치 씨네 가족을 몰랐다. 내게는 이런 식으로 그들을 볼 권리가 없었다. 공포나 동정이나 혐오감을 느낄 권리가 없었다. 내가 저지른 짓에 대한 후회 말고는 아무것도 느낄 권리가 없었다. 그런데도 나는 이런 것들을 느꼈다. 공포가 엄습했다. 숨을 제대로 쉴 수 없었다. 그저 도망치고만 싶었다.

웰치 씨가 척에게 무슨 말을 했고, 나한테는 들리지 않았지만 척이 그 말을 듣고는 옆으로 비켜섰다. 나는 척의 사과가 받아들여졌다는 걸 알았다. 웰치 씨는 내 사과를 기다리고 있었지만, 기다리는 모습을 보니 힘에 부쳐 보였다. 마무리를 지어야 할 시간이었다. 하지만 나는 제자리에 가만히 서서 웰치 형제가 진흙을 퍼올리는 모습만 지켜보고 있었다. 움직이거나 말을 할 수가 없었다. 그냥 거기에 서 있는 것만이 내가 할 수 있는 전부였다. 척은 내가 아무 말도 하지 않으리라는 걸 깨닫고 웅얼웅얼 작별 인사를 한 다음 웰치 씨와 악수했다. 나는 척을 따라 뒤도 돌아보지 않고 자동차로 갔다.

집에 돌아오자 볼저 씨가 우리 방문을 두드렸다. 그 작은 예의에는 희망이 가득했고, 아저씨가 들어왔을 때 나는 아저씨가 용서해주고 싶어 안달이라는 걸 알아차렸다. 그토록 가까이에 있는 용서를 받지는 못하리라는 걸 알았기에 나는 슬퍼졌다. 아저씨는 우리에게 고개를 끄덕이며 말했다. "어떻게 됐니?"

척은 대답하지 않았다. 웰치 씨네 집에서 나온 이후로 척은 내게 말을 걸지 않았다. 내가 사과를 하지 않았다는 이유로 척이 나를 경멸한다는 걸 알고 있었지만, 내 감정을 척에게, 심지어 나 자신에게조차 설명할 방법이 없었다. 나는 설명과 변명은 다르지 않다고, 또 변명은 남자답지 못하다고 믿었다. 그건 감정에 대해서도 마찬가지였다. 복잡한 감정은 특히 그랬다. 나는 그런 감정을 인정하지 않았다. 나는 내게 그런 감정이 있다는 것조차 제대로 몰랐다.

척은 침묵으로 몸을 휘감았다. 우리 사이는 한계점에 이르러 있었다. 나는 척의 방탕함에 박자를 맞춰주지 못했으며, 이제는 회개를 하는 데도 도움이 되지 않았다.

척이 아무 대답도 하지 않자 볼저 씨는 나를 쳐다보았다.

"척은 사과했어요." 내가 말했다. "저는 안 했고요."

볼저 씨는 척에게 잠시 나가 있으라고 부탁하고는, 척이 나가자 다른 쪽 침대에 앉았다. 아저씨는 애써 인내심을 보이며 내가 왜 사과하지 않았는지 알아내려 노력했다. 나는 그냥 할 수 없었다는 말밖에 할말이 없었다.

볼저 씨는 그 이상을 요구했다.

"하고 싶었어요." 내가 말했다. "그냥 할 수 없었습니다."

"웰치 가족에게 사과를 해야 한다는 점에는 동의하지?"

"네, 아저씨."

"너는 사과하기로 약속했다, 잭. 약속을 했어."

나는 나도 하고 싶었지만 할 수 없었다고 다시 말했다.

그러자 볼저 씨는 내게 관심을 잃었다. 눈을 보면 알 수 있었다. 아저씨는, 자신과 아내는 내가 자기들과 행복하게 지내기를, 새아버지와 지낼 때보다는 훨씬 행복하게 지내기를 바랐으나 그런 것 같아 보이지 않는다고 말했다. 결론적으로 내가 계속 머무르는 게 아무 의미가 없다고 생각한다고 했다. 아저씨는 저녁에 어머니에게 전화를 걸어 나를 데려갈 준비를 하도록 하겠다고 말했다. 나는 반발하지 않았다. 아저씨가 이미 결심이 섰다는 걸 알았다.

나도 결심을 했다. 입대를 하기로 결심했다.

어머니가 다음날 차를 몰고 왔다. 어머니는 볼저 씨네 가족과 몇 시간 동안 의논하더니 나를 데리고 드라이브를 했다. 처음에는 아무 말도 하지 않았다. 어머니의 손은 핸들을 꽉 쥐고 있었다. 아래턱 근육은 긴장으로 팽팽했다. 우리는 길을 따라 트럭 휴게소까지 몇 킬로미터를 달렸다. 어머니는 주차장에 들어가 시동을 껐다.

"엄마가 애원을 해야 했어." 어머니가 말했다.

어머니는 애원 끝에 어떤 걸 얻어냈는지 말해주었다.

볼저 씨는 결국 내가 계속 머무르는 데 동의했다. 방과후 웰치 씨네 농장에서 일하며, 그들과의 일을 바로잡는다는 조건이었다.

나는 그러지 않겠다고 말했다.

어머니는 내 말을 무시했다. 핸들 너머를 바라보며, 볼저 씨는 내가 칼 목사님과 이야기해보기를 원한다고 했다. 볼저 씨 자신의 교파보다 칼 목사님의 교파가 내 마음에 더 와닿을지도 모른다고 기대한다는 것이다. 그쪽이 내가 자라온 환경에 더 가까웠으니까. 어머니는 내게 두 가지 선택지가 있다고 말했다. 볼저

씨와 함께 지내거나 짐을 싸거나. 오늘 당장. 그리고 내가 짐을 싼다면 계획을 세워두는 편이 좋을 거라고 했다. 어머니와 함께 집으로 갈 수는 없었으니까. 드와이트 아저씨가 나를 들여보내 주지 않을 게 뻔했다. 어머니는 시애틀에 일자리를 얻으려고 대기중이었지만 확실히 알 수 있으려면 좀 지나봐야 했고, 그다음에도 새 출발을 하고 집을 구할 시간이 필요했다.

"왜 그 사람들한테 사과하지 않은 거니?" 어머니가 물었다.

나는 그럴 수 없었다고 말했다.

어머니는 나를 보더니, 다시 앞유리 너머를 뚫어지게 바라보았다. 어머니와 이렇게까지 멀어진 적은 없었다. 내가 은행을 털더라도 어머니는 내 편을 들었겠지만, 이 일에는 아니었다. 어머니가 말했다. "그래서 어쩔 건데." 딱히 내 대답에 관심이 있는 것 같지는 않았다.

나는 볼저 씨 가족이 원하는 건 뭐든 하겠다고 말했다.

어머니는 시동을 걸고 나를 도로 데려다주었다. 나를 내려준 다음에는 곧바로 멀어져갔다.

그 주에 볼저 씨는 너무 바빠 웰치 가족에 대한 내 봉사활동을 주선할 수 없었지만, 나는 그 사정을 몰랐다. 매일 방과후면, 다시 밖으로 나가 차에 오르라는 말을 듣게 되리라 예상하며 가게에 들어갔다. 가게에 들어가 우물쭈물하는 동안 다들 아무 말도 하지 않으면, 뒷방으로 슬슬 걸어가 앞치마를 두르고 잡일을 하기 시작했다. 예전에 척과 나는 이야기를 나누고 농담을 하며 걸레를 탁탁 펼치고 빗자루 손잡이로 서로 궁둥이를 찔러가며 함께 일했다. 이제 우리는 각자, 말없이 일했다. 나는 꿈을 꾸었다. 가끔은 웰치 씨네 농장과 그곳에 있는 나 자신을, 비난하는 얼굴들에 둘러싸여 진흙 속에서 익사해가는 나 자신을 생각했다. 이 생각이 떠오를 때마다 나는 눈을 감고 숨을 골라야 했다.

주말이 가까워졌을 때 칼 목사님이 왔다. 목사님은 몇 분 동안 볼저 씨와 창고에서 이야기를 나눈 다음 나를 불러냈다. "좀 걷자꾸나." 목사님이 말했다.

우리는 오솔길을 따라 강으로 내려갔다. 칼 목사님은 강둑에 도착하기 전까지 아무 말도 하지 않았다. 목사님은 돌을 하나 집어 물속에 던졌다. 지난여름 스카우트 캠프에서 담당 목사는 처음 온 소년들에게 매번 같은 설교를 했다. 그 비슷한 설교를 듣게 되리라는 냉소적인 의심이 들었다. 스카우트 캠프의 목사는 호숫가로 다가가 아무렇지 않게 자갈 한 줌을 집어들고 그중 하나를 던지곤 했다. "겨우 자갈 하나다." 그 목사는 생각에 잠긴 듯, 마치 그 생각이 이제 막 떠올랐다는 듯 말했다. "고작 자갈 하나지만, 그게 일으키는 저 모든 물결을 보거라. 그리고 그 물결이 얼마나 멀리까지 닿는지……" 여름이 끝날 무렵, 우리 캠프 지도자들은 모두 그 목사를 공공연히 비웃었다. 우리는 목사를 '물결'이라고 불렀다.

하지만 칼 목사님은 그런 설교를 하지 않았다. 그럴 수 없었다. 칼 목사님은 어려운 길을 통해 신앙을 얻었으며, 기교나 교묘한 말로 그 신앙을 논하지 않았다. 목사님의 부모는 유대인이었다. 그분들은 모두 강제수용소에서 목숨을 잃었고 목사님도 간신히 목숨을 건졌다. 전쟁 후 어느 시점엔가 기독교로 개종했고, 그다음에는 목사가 되었다. 동유럽이 남긴 흔적이 여전히 목사님 말씨에 붙어 있었다. 본인은 모르는 듯했지만 목사님에게는 어둡지만 선량한 표정이 있었고, 사려 깊게 행동했지만 가식이나 경박함을 다뤄야 할 때면 날카로워졌다. 나는 전에 이 날카로움을 느낀 적이 있었고 이제 다시 그걸 느낄 참이었다.

목사님은 나더러 내가 누구라고 생각하는지 물었다.

나는 이 질문에 어떻게 대답해야 할지 몰랐다. 시도조차 하지 않았다.

"너 자신을 보거라, 잭. 뭘 하고 있는 거냐? 네 생각에는 뭘 하고 있는 건지 말해보거라."

"신세를 망치고 있는 것 같네요." 나는 후회하는 듯 고개를 저으며 말했다.

"잠꼬대는 그만하고!" 목사님이 소리쳤다. "잠꼬대는 하지 말거라!"

나를 때리기라도 할 태세였다. 나는 입을 다물고 있기로 결정했다.

"계속 이런 식으로 굴면," 목사님이 말했다. "너한테 무슨 일이 일어나지? 대답해!"

"모르겠어요."

"아니, 알잖아. 알고 있어." 한결 부드러워진 목소리였다. "넌 알고 있다." 목사님은 또다른 돌을 집어 강물에 던졌다. "원하는 게 뭐냐?"

"네?"

"원하는 것! 뭔가는 원할 거 아니냐. 뭘 원하지?"

나는 이 질문에 대한 대답을 잘 알고 있었다. 하지만 내 대답이 목사님의 화를 더욱 돋울 거라는 확신이 들었다. 내가 아는 대로라면 나의 대답은 세속적이었으며, 내가 칼 목사님의 소원이라고 상상할 수 있는 모든 것과 정반대였으니까. 나는 칼 목사님이 돈이나 줄지어 늘어선 물건을 원하는 모습은, 어떤 대가를 치르더라도 세간의 높은 평판을 얻으려고 원하는 모습은 상상할 수 없었다. 내가 이런 것들을 원하는 정도로 목사님이 무언가를 원하는 모습은 결코 상상할 수 없었다. 목사님이 내 소원에 귀를 기울이고 경멸하지 않는 모습도 상상할 수 없었다.

나는 이 모든 것을, 칼 목사님이 전하는 구원의 희망을 받아들이려면 내 구원의 희망은 포기해야 한다는 걸 말로 표현할 수 없었다. 칼 목사님은 신을 믿었고 나는 세상을 믿었다.

나는 어깨를 으쓱하며 대수롭지 않은 듯 말했다. 정확히 내가 뭘 원하는지 모르겠다고.

목사님은 통나무 위에 앉았다. 나는 망설이다가 좀 떨어진 곳에 앉아 강 건너편을 응시했다. 목사님은 나무토막을 하나 집어 들어 땅을 쿡쿡 찌르더니 어머니를 불행하게 만들고 싶냐고 물었다.

나는 아니라고 말했다.

"아니야?"

나는 고개를 저었다.

"글쎄, 네가 지금 하는 일이 딱 그런데."

나는 아무 말도 하지 않았다.

"좋다, 그럼. 어머니를 행복하게 해드리고 싶으냐?"

"당연하죠."

"좋아. 그 정도면 양호하다. 그게 네가 원하는 것 중 하나야. 맞지?" 내가 동의하자 목사님이 말했다. "하지만 너는 어머니를 불행하게 만들고 있어, 아니냐?"

"그런 것 같아요."

"그런 것 같은 게 아니다, 잭. 그러고 있어." 목사님이 나를 흘 끗 쳐다보았다. "그럼 왜 그만두지 않는 거냐? 딱 그만두지 않는 이유가 뭐야?"

나는 바로 대답하지 않았다. 아무 생각 없이 맞장구치는 것처 럼 보일까 두려웠기 때문이다. 나는 목사님의 질문을 진지하게 곱씹는 것처럼 보이고 싶었다. "알겠어요," 내가 말했다. "노력 해볼게요."

목사님이 나무토막을 던졌다. 목사님은 여전히 나를 지켜보고 있었다. 나는 목사님이 방금 일어난 일을 이해했다는 걸 알아차 렸다. 목사님은 전혀 '내 마음에 와닿지' 못했다. 나는 닿을 수 없 는 존재였으니까. 나는 숨어 있었다. 나는 내 자리에 미안해하며 거듭 다짐을 하는 모형을 남겨두었을 뿐 근처 어디에도 없었고 칼 목사님도 그걸 알았다.

그렇긴 해도, 우리는 바로 떠나지 않았다. 우리는 강 건너편을 응시하며 앉아 있었다. 흘러들어온 빗물로 강이 불어 있었다. 녹 색이라기보다는 갈색에 가까운 그 강은 강둑을 따라 낄낄거리고 쉭쉭대며 흘러갔다. 강변에서 더 먼 곳에서는 이끼 낀 큰 바위들 사이를 소용돌이쳤다. 헝클어진 나무뿌리들이 그 사이에 붙들려 있었다. 끊임없이 바뀌는 수면 아래에서 강의 소리는 절대 변하지 않는 깊고 일정한 한숨소리로 바뀌었다. 귀를 기울이면 그 소리가 점점 커지다가 끝내는 그것 말고는 아무 소리도 들리지 않았다. 새들이 물을 스쳤다. 강둑을 따라 자라는 사시나무에서 새 잎사귀들이 반짝였다.

봄이었다. 잠시 동안 우리는 그 안에 사로잡혀 서로 다른 속마음은 잊어버렸다. 우리는 같은 무리에 속한 동물들이 함께 있듯 서로와 함께 있었다. 그러다가 정신을 차리고 우리 자신을 기억해냈다. 칼 목사님이 마지막으로 몇 마디 훈계를 전하자 나는 더잘하겠다고 말했고, 우리는 걸어서 가게로 돌아갔다.

그 주말에 볼저 씨는 웰치 가족과 이야기를 나누었다며 그들이 내 도움을 거절했다고 말했다. "너를 받지 않겠다더구나." 볼저 씨는 엄숙한 표정으로 이것이야말로 궁극적인 처벌이라고, 그 농장에서 힘든 시간을 보내는 것보다 훨씬 심한 처벌이라고 일러주었다. 아저씨는 실제로 내가 실망감을 느끼도록 만드는 데 성공했다. 하지만 나는 그것도 극복했다.

어느 날 밤 보안관이 집으로 오더니 볼저 씨 가족에게 척이 의제강간 혐의로 고소되기 직전이라고 전했다. 허프와 사이코 또한 소장에 이름이 올라 있었다. 그 여자애는 콘크리트고등학교에서 나와 같은 반이었다. 꽉 끼는 옷을 입고 뛰어다니며 얼굴엔 화장을 두껍게 하고, 줄담배를 피우면서 수업시간에는 수다를 떨고 자신을 나쁘게 이용할 게 뻔한 남자애들의 관심을 끌려고 최선을 다하던, 병적으로 비참한 여자아이 무리의 일원이었다. 누군가 그애를 임신시켰다. 그애는 할 수 있는 한 오랫동안 임신을 비밀로 했고, 원래부터 너무 뚱뚱했기 때문에 이 속임수는 출산을 두 달 앞둔 때까지도 통했다. 이름은 티나 플러드였지만 모두 그애를 그냥 '홍수*'라고 불렀다. 티나는 열다섯 살이었다.

보안관은 티나와 이야기를 나누어본 뒤, 그애의 말에 근거해 고소를 진행하기 전 잠깐만 기다려달라고 그애 아버지를 설득했다. 티나는 누구도, 무슨 죄목으로도 고소하고 싶지 않다고 말했다. 그애는 그저 척이 자기와 결혼해주기만을 바랐다. 반면 플러드 씨는 그 남자애들을 다 교도소로 보내고 싶어했다. 하지만 이렇게 하면 자기 딸에게 좋을 일이 아무것도 없다는 걸 알았던 모양이다. 티나가 볼저 씨네 가족과 결혼한다는 건 누구든 제정신으로 상상할 수 있는 티나의 미래보다 훨씬 격한 행운이라는 것도 틀림없이 알았을 것이다. 그래서 플러드 씨는 보안관의 조언을 받아들였다. 이제 그저 척이 결혼 허락을 구하기만 기다리고 있었다.

그날 밤 본채에서 돌아온 척은 자기 침대에 앉아 내게 모든 상황을 들려주었다. 자기는 티나 플러드와 결혼할 마음이 전혀 없다고도 말했다. 척은 이 말을 보안관에게도 했고, 결혼을 하느니 차라리 여생을 교도소에서 썩겠다고 했다. 보안관은 섣부르게 결정을 내리지 말라고 했다. 그리고 척이 이 문제를 생각해볼 기회를 갖고 친구들과 이야기를 나눠보기 전까지는 플러드 씨의 접근을 막겠다고 했다. 하지만 척이 티나를 거부할 경우의 결과

---

* '플러드(Flood)'에 홍수라는 뜻이 있다.

에 대해서는 아무런 여지를 남기지 않았다. 척은 감옥에 가게 될 것이다. 혐의는 심각했고, 척을 비롯한 다른 녀석들에게 불리한 증거는 돌처럼 단단했다.

척은 결혼하지 않겠다고 했다.

나는 나라도 안 할 거라고 말했다. 나는 척을 격려했지만 마음속으로는 척이 곤경에 처한 게 기뻤다. 척이 나한테 골을 낼 여유가 사라졌기 때문만은 아니었다. 내가 곤란을 겪고 있을 때 척이 나를 저버렸던 일은 여전히 상처로 남았다. 이제 척이 시련에 처했고, 과거의 척보다 내가 더 좋은 친구라는 걸 보여줄 기회를 맞게 되자 기분이 나쁘지는 않았다. 나는 척의 편을 들 생각이었다.

다른 사람은 아무도 그러지 않았다. 허프나 사이코도, 척의 부모님조차도. 볼저 아주머니는 너무 고통이 컸던 나머지 척과 말도 섞지 못했다. 아주머니는 하염없이 흐느꼈으며 거의 집안에만 틀어박혀 있었다. 아주머니에 대한 볼저 씨의 걱정은 자연히 척을 향한 무자비한 분노로 표출되었다. 아저씨는 척을 몹시 몰아붙였고, 그러지 않을 때는 분노로 이글거리는 눈으로 척을 지켜보았다. 식사시간에는 특히 그랬다. 저녁식사가 하루 중 최악이었다. 아무도 입을 열지 않았다. 사기그릇에 부딪히는 쇠붙이 소리, 씹고 삼키는 소리, 의자가 삐걱거리는 소리 모두가 확대되어 기괴하게 들렸다. 척의 여동생들은 음식을 금세 해치우고 나

가버렸다. 나도 그랬다. 척은 자리를 지켜야 했고, 그렇게 다른
사람들이 모두 사라지고 나면, 아버지의 으름장이 시작되었다.

볼저 씨는 척이 티나 플러드와 결혼하기를 원했다. 척 자신이
인정했듯 척은 그애와 잤다. 그애가 다른 두 녀석과도 그랬는지,
남자애 백 명과 그랬는지는 전혀 중요하지 않았다. 척은 그애와
잤고, 그 행동 때문에 앞으로 그애에게 일어날지도 모르는 일에
책임을 지게 되었다. 척에게는 단지 힘들다는 이유로 책임을 거
부할 권한이 없었다. 남자가 되는 놀이를 했으니 이제는 진짜로
남자가 될 시간이었다.

볼저 씨는 자기가 한 조언에 숨이 콱 막혔을 게 틀림없었다.
아저씨는 관대했지만 자긍심이 높았다. 굴욕감을 느끼지 않고서
는 플러드를 며느리로 얻으려고 고안한 이런 주장들을 입 밖에
낼 수 없을 만큼. 하지만 아저씨는 자기 원칙의 대가를 받아들였
으며, 그 감정은 혼자만 간직했다.

허프와 사이코도 척이 티나와 결혼하기를 원했지만 둘의 이유
는 볼저 씨보다 간단했다. 척이 그애와 결혼하지 않으면, 둘 다
척과 함께 월라월라*로 가야 했다. 이런 일은 불필요하고 불공평
해 보였다. 척이 몇 년만 이를 악물고 참다가 그애를 버리면 되

---

* 워싱턴주에서 두번째로 큰 교도소가 있는 도시.

는데 말이다.

척은 그렇게 하지 않으려 했다. 그 이유를 허프와 사이코에게, 혹은 아버지에게도 설명하지 않았으나, 밤이 되어 궁지에 몰린 느낌, 혼자라는 느낌이 최고조에 달하면 내게는 설명해주었다. 척은 무진 애를 쓰고서야 그 이유를 말로 표현해낼 수 있었고, 언제나 자기가 한 말에 스스로 약간 놀란 듯 보였다. 나도 그랬다. 기본적으로, 척이 티나 플러드와 결혼하지 않으려는 이유는 자신이 다른 누군가와 미래를 약속했다고 믿기 때문이었다. 물론 척은 노닥거리기를 좋아했지만 가슴속 깊은 곳에서는 아내를 위해 자신을 아껴두고 있었다. 척은 그녀의 모습을 명료하게 그리고 있었고, 마침내 그녀를 만나면 결혼해서 평생을 함께할 작정이었다. 척이 자신을 지켜가며 만나려는 그 아내는 텔레비전에나 나오는 아내, 귀엽고 새침하며 독실한 아내였다. 두 사람이 함께하는 삶은 다정한 농담이 깃든 훈훈한 나날들로 채워지리라. 종교적인 생활도 살짝 껴 있으리라. 척이 자기 아내를 위해 간직하고 있는 남편의 모습은 지난 삶의 오류를 기꺼이 마주하고 고치려는 사람이었다. 술과 도박, 간음을 무모한 젊은 시절의 나쁜 친구들과 함께 영원히 제쳐놓으려는 사람. 일단 결혼하면 자식들을 낳을 것이다. 아주 많이. 절주. 정절. 품위 있는 저녁식사와 일요일마다 꽉 차 있는 교회 신도석.

척은 좋은 삶을 원했다. 척이 가슴속에 품은 좋은 삶은 내 가슴속에 자리한 삶만큼이나 전통적이었다. 내 영웅적인 가식이 빠져 있긴 했지만 말이다. 게다가 척은 여전히 자신의 생각에 믿음을 품고 있었던 반면 나는 잃어가고 있었다. 나는 내게 무슨일이 일어날지 실마리조차 잡지 못했다. 내 인생은 엉망진창이었으며, 문제를 불운 탓으로 이해했기에 나는 행운 말고는 어떤 치료법도 상상할 수 없었다. 그리고 행운은 내게 찾아오지 않을 것처럼 보였다.

척은 이미 현실이라도 된 양 자기 꿈에 매달렸다. 그 꿈을 위해서라면 감옥에라도 갈 태세였다. 티나 플러드와 뱃속의 아기는 척에게 사실로 다가오지 않았다. 그 둘은 그냥 미래의 회심에 극적인 요소를 더해줄, 과거의 실수라는 장부에 들어갈 또하나의 기입사항, 갸륵한 결혼생활로 속죄하게 될 항목일 뿐이었다.

보안관은 척이 며칠 후면 물러서리라고 기대했다. 일이 예상대로 흘러가지 않자 보안관은 말이 거칠어지기 시작했다. 플러드 씨가 더는 기다리지 않을 거라고 했다. 당장 오늘이라도 고소장을 낼 수 있으며, 사건이 법원으로 넘어가는 순간 척은 집행유예 정도로 끝나지 않을 터였다. 보안관은 이게 허풍이 아니라는 걸 척이 알아주기를 바랐다. 한 소년과 한 소녀의 문제는 세 남자 성인과 한 소녀의 문제와 달랐다. 법정의 눈으로 볼 때 척과 친구들은 남자 성인이었고 남자 성인으로서 처벌받을 것이었다.

척은 굴하지 않았다. 감옥에 간다는 생각에 겁을 먹기는 했지만 티나 플러드와의 결혼을 고려하는 건 거부했다. 그런 생각만으로도 구역질이 날 것 같다고 했다. 척은 본채에서 협박 시간을 견디고 돌아왔다. 두 눈은 불타는 듯했고, 얼굴은 열기어린 땀으로 번들거렸다. 나는 척이 도망쳐 군에 들어가야 한다고 생각했지만, 척은 이 방법을 아예 고려조차 하지 않으려 들었다. 척은 자신에게 돌진해오는 미래의 길 앞에서 얼어붙어 있었다. 남은 힘으로는 불쌍한 티나 플러드에게 싫다고 말하는 게 고작이었다.

밤마다 척이 침대에서 울기 시작하면, 나는 척의 곤경에 느끼던 비밀스러운 기쁨을 잃어버렸다. 예전에 어머니를 위해 해주던 일을 척에게 해주고 싶었다. 팔을 두르고 위로의 말 몇 마디를 건네는 것이다. 하지만 우리 사이에서 그건 말도 안 되는 일이었으며, 어쨌거나 나는 척이 울음소리를 죽이려 애쓴다는 것도 알고 있었다.

이 모든 일이 벌어지는 와중에, 나는 학교에서 하워드 씨로부터 전화 한 통을 더 받았다. 하워드 씨는 수화기 반대편에서 고함을 질러댔다. 연결 상태가 나쁜가 했는데, 그게 아니었다. 하워드 씨는 내가 힐고등학교 장학금을 받게 되었다고 말해주었다. 바로 그날 아침, 입학전담부장과 대화를 나눴다고 했다. 이틀 후면 정식 통지를 받게 되겠지만, 내게 직접 소식을 전해 자기가 얼마나 기쁜지 말해주고 싶었다고 했다. 하워드 씨는 정말로 감격했다. 목소리에서 그 감격을 들을 수 있었다. 마치 내게 전화를 건 이유가 자신에게 일어난 좋은 소식 때문인 것만 같았다.

하워드 씨는 내가 장학금을 받을 것을 거의 확신했다고, 이런 문제에서 기대할 수 있는 최대치로 확신했다고 말했다. 하지만 내 기대치를 너무 높이지 않는 게 최선이라 생각했다고 말했다. 결과는 모르는 일이니까. "하지만," 하워드 씨가 말했다. "네가 장학금을 받지 못했더라면 매우 놀랐을 거야. 내가 그런 편지를 썼는데 말이지."

하워드 씨는 우리끼리 할 얘기가 많다고 했다. 힐 생활에 대해 더 말해주고 싶어했다. 그래야 내가 앞으로 직면할 상황에 아무 준비 없이 내던져지지 않을 테니까. 옷 문제도 있었다. 학교의 기본적인 요구사항만 맞추려 해도 거대한 옷장이 필요했다. 그런 옷들은 정말이지 제법 재단도 잘되어 있고 질도 좋아야 했다. 하워드 씨는 힐의 소년들은 그런 문제에 신경쓰지 않는다고 말할 수 있으면 좋겠지만, 불행히도 다른 모든 곳의 아이들이 그렇듯 신경을 쓴다고 말했다. 하워드 씨는 내가 겉돈다는 느낌을 받지 않기를 바랐다. 하워드 씨가 제안하기를, 우리 어머니가 동의만 한다면, 나를 시애틀에 있는 자기 단골 재단사에게로 데려가 내게 필요할 법한 모든 옷을 마련해주고 싶다고 했다. 그렇게 할 수 있도록 허락해준다면 정말 기쁘겠다는 말을 내가 어머니께 전해주기를 바랐다.

하워드 씨는 다시 전화를 걸어 자세한 약속을 정하겠다고 했다. "정말 잘됐어." 하워드 씨가 다시 말했다. 나는 거의 아무 말도 하지 못했다. 하워드 씨가 전화를 끊은 뒤 나는 대수학 수업으로 돌아왔다. 내가 낙제점을 받고 있던 수업이었다. 나는 남은 수업시간 동안 선생님의 입이 움직이는 모습만 지켜보았다.

편지가 도착했다. 나는 연간 학비 2800달러 중에서 2300달러를 장학금으로 받았다. 입학전담부장은 내 학생기록부와 시험 성적을 칭찬하고는, 자신은 물론 교장 선생님께서도 내가 그들의 공동체에 속하게 된 걸 환영한다고 전했다. 안타깝게도, 콘크리트에서 배운 과목 중 학술적인 것이 너무 적어서, 나는 5학년 생*, 그러니까 졸업 학년 바로 전 학년으로 힐에 들어갈 학점이 모자랐다. 그들은 대신 나를 4학년생으로 등록했다. 이 문제로

---

* 미국의 고등학교는 9~12학년 체제이나, 영국 전통을 따르는 몇몇 사립학교는 3~6학년 체제로 운영된다.

걱정할 필요는 없다고 했다. 좀더 직업교육을 중시하는 공립학교에서 오는 학생들이 시간을 더 쓰게 하는 건 일반적인 관행이었다. 같은 처지에 있는 다른 소년들도 있을 것이며, 한 해를 더 보내면 힐에서 자리를 잡고 대학에 지원하기 전에 학생기록부를 탄탄하게 채우는 데도 도움이 될 것이라고 했다.

입학전담부장은 다정한 인사로 편지를 마치면서 교장의 인사도 전했다. 모두 9월에 나를 만나기를 고대한다고 했다.

나는 집착적으로 편지를 읽으며, 교장이나 4학년생 같은 단어들을 주의깊게 살폈다. 입학전담부장은 동창회 소식지도 동봉했다. 소식지에는 에메랄드색 잔디밭에 자리한 고딕양식 건물들, 가을 빛깔에 물든 커다란 나무들, 운동장, 다양한 태도로 수업과 예배, 운동에 참여하고 있는 소년들 사진이 가득했다. 여기에는 음미할 만한 단어가 더 많았다. 라크로스. 스쿼시. 합창단. 학생들은 내가 아는 남자애들과 달라 보였다. 단순히 복장과 머리 모양이 다른 게 아니었다. 종족의 차이였다. 뼈대와 몸가짐, 일련의 특징적인 표정들. 나는 이 사진들을 〈내셔널 지오그래픽〉에 나오는 라플란드 사람이나 쿠르드족의 사진을 관찰하듯 찬찬히 살폈다. 어떤 얼굴들은 내게 배타적이었다. 나는 그 얼굴들 뒤의 소년들을 느낄 수 없었다. 어떤 소년들에게서는 관대하고 경계심 없는 기운이 느껴졌다. 나는 한 명 한 명 자세히 관찰하며, 이 소년이 누굴까 내 친구가 될 수 있을까 궁금해했다.

잡지 뒷면에는 학급 공지사항이 있었다.

"최근 52년 졸업생 R. T. '칩' 블레이즈웰은 오랜 카드게임 파트너인 R. 호턴 '하우디' 에머슨 4세와 그의 아내 '노디'(미스 포터 고등학교, 55년 졸업생)와 자정의 종소리를 들었다.* 하우디와 노디는 하우디가 속공의 명수 아머 스위프트를 도와줄 방법을 강구하는 가운데 윈디시티에 살림을 차렸다. 칩은 시시 쇼월터프라이스(머디라고등학교, 55년 졸업생)라는 여성과 이튿날 오크 파크에서 '볼일'이 있었던 것으로 보인다. 두 사람은 6월에 결혼할 예정이다. 이 소식이 공표된 이래로, 이를 갈며 울부짖는 소리가 널리 울려퍼졌다고 그리니치 주민들이 알려왔다. 흠……대체 그건 누구의 짓일까? 말할 필요도 없지. 행운을 빌어요, 시시! (힌트: 마지막으로 목격되었을 때, 칩은 노디의 집요한 추적을 따돌리며, 이스트 왜커와 레이크쇼어 드라이브의 모퉁이에서 하우디에게 무언가를 건네고 있었다……)"

"R. S. K. 언스워스 세인트 존(46년 졸업생)은 최근 뉴컴 산업의 마케팅 연구부장으로 지명되었다. 잘했어, 언!"

---

* 셰익스피어의 「헨리 4세」 3막 2장에 나오는 표현. 다들 잠든 한밤중까지 친구들과 이야기를 나누며 밤을 지새운다는 의미.

이런 소식이 몇 페이지씩 이어졌고, 어떤 소식에는 신사복이나 흰 테니스복, 골프용 실외복을 입고 미소를 짓는 자신감 넘치는 남자들 사진이 함께 실려 있었다. 잡지의 마지막 페이지에는 아기들 사진만 가득했다. 그 아기들은 전부 남자아이였고, 동창생들의 아들들이었다. 모두 가슴에 커다란 H가 적힌 작고 하얀 스웨터를 입고 있었다. 1978년과 1979년의 교실이 이미 채워지기 시작한 것이다.

입학전담부장은 내게 작성해야 할 서류를 보내왔다. 간단한 정보만 쓰면 되는 서류였다. 나는 이 서류를 즉시 보내지 않았다. 며칠 동안 그 종이를 가지고 다닌 후에야 채워넣었다. 그 서류가 학교 책자에 실어주기를 바라는 내 이름을 묻는 곳에다 나는 '토바이어스 조너선 폰 안셀울프 3세'라고 적었다.

어머니는 어느 날 오후 방과후에 나를 태우고 콘크리트로 데려가 콜라를 한잔 사주었다. 어머니는 내가 힐에서 입학 장학금을 받았다는 사실에서 헤어나오지 못했다. 계속 궁금하다는 눈길로 나를 바라보다가 웃음을 터뜨렸다. "좋아," 어머니가 말했다. "그 사람들한테 뭐라고 한 거니?"

"그게 무슨 뜻이야, 뭐라고 하다니. 아무 말도 안 했어. 그냥 지원만 했어."

"얼른."

"시험 성적이 꽤 좋았어."

"틀림없이 뭐라고 말했을 거 아니야."

"고마워요, 엄마. 신뢰에 감사드립니다."

"문제를 일으킬 생각이니?"

"문제를 일으킨다. 그게 대체 무슨 뜻인가요?"

"문제를 일으킬 생각이니?"

"아니. 문제 안 만들게요."

"약속해?"

"문제 안 일으킬게, 약속해. 뭐가 필요해, 피의 맹세?"

우리는 다른 문제로 넘어갔다. 어쨌거나 어머니는 내 일로 즐거워했고, 이 행운을 두고 시시콜콜 캐물을 생각은 없었다.

어머니에게도 좋은 소식이 있었다. 시애틀에서 일자리를 찾은 것이다. 에트나 생명보험의 비서 자리였다. 일주일 후에 일을 시작할 예정이었다. 어머니가 알고 지내던 어떤 여자가 어머니가 살 곳을 구할 때까지 자기 집에서 지내게 해주어서, 마음에 들지 않는 집이라도 구해 들어가야 하는 부담을 덜었다. 긴장을 풀고 천천히 해결해나갈 여유가 생겼다. 더구나 나는 어머니와 함께 살 게 아니라 6월에 캘리포니아로 떠날 터였다. 아버지가 연락을 해왔다고 어머니가 말해주었다. 아버지가 다 준비를 해뒀다고 했다. 나는 학기가 끝나자마자 버스를 타고 라호이아로 갈 테고, 제프리 형은 프린스턴을 졸업한 후 합류할 예정이었다.

"엄마는?" 내가 말했다.

"내가 뭐?"

"엄마도 가? 나중에, 일이 다 잘 풀리면."

"그러면 내가 바보지." 어머니는 침울하게 말했다. 말은 그렇게 해도 막을 수는 없는 일이라는 걸 알고 있는 듯했다.

우리는 드와이트 아저씨와 아저씨의 사소한 행적에 대해 이야기했다. 내가 그날 사탕을 몇 개나 먹었는지 보려고 집에 있는 사탕을 밤늦게까지 하나하나 세던 일. 집에 오면 거실로 달려들어와서는 텔레비전이 따뜻한지 보려고 그 위에 손을 얹던 일. 진공청소기 봉투를 열두 개씩 사 와서 정확히 일 년 동안 쓸 수 있도록 봉투마다 한 달 간격으로 날짜를 적어두던 일. 어머니가 일자리를 찾기 시작하자 아저씨가 전에 없이 잘해준다고 했다. 아저씨는 어머니가 떠나기를 원하지 않았다. 이제 어머니가 일자리를 얻자, 자기가 잘해주겠다고 큰소리를 치고 있었다. 어머니 말로는, 아저씨는 일종의 구애를 하고 있었다. 살갑게 굴고, 펄을 시켜 늘 어머니와 붙어 지내도록 했다. 아저씨는 심지어 어머니와 가까이 지내려고 시애틀 전근까지 지원했다.

"이해가 안 가." 어머니가 말했다. "그 사람은 나를 좋아하지도 않거든. 그냥 매달리고 싶은 거야. 너무 이상해."

그러더니 어머니는 내게 해줄 말이 있다고 했다. 어머니가 말하는 방식으로 봤을 때 좋은 소식은 아니라는 걸 알았다. 내 돈에 관한 이야기라고, 어머니가 말했다. 드와이트 아저씨가 나 대신 저금해주기로 했던, 내가 신문배달을 해서 번 돈 이야기였다. 어머니는 내가 그 돈을 장학금으로 충당할 수 없는 학비에 사용할 계획이라는 걸 알고 있었다. 문제는, 드와이트 아저씨가 그 돈을 진짜로 저금해둔 게 아니라는 사실이었다. 돈은 존재하지 않았다. 단 한 푼도. 어머니가 물어보자 아저씨는 지연작전을 쓰며 그 화제를 피하다가, 마침내 어머니가 끝까지 추궁하자 돈이 없다고 인정했다. 아저씨는 어머니가 식당에서 번 돈도 가지고 있지 않았다. 계좌는 텅 비어 있었다.

"그 오백 달러는 내가 마련해줄게." 어머니가 말했다. "그건 걱정하지 마."

어머니를 바라보는 것 말고는 아무것도 할 수 없었다.

"우리가 할 수 있는 일은 없어. 다 없어졌다고. 그냥 잊어버려야 해."

나는 그러지 않았다. 잊지 않고 있었다. 기억하고 있었다. 1300달러가 넘는 돈. 하지만 나 자신이 불쌍하게 느껴진 건 사실 돈 때문이 아니라 시간 때문이었다. 이 년 반 동안 나는 오후시간 전부를 신문배달에 썼다. 거의 밤마다, 저녁식사 후에 다시 나가 구독자들 집을 돌며 수금을 했고 새로운 구독자들을 모으려고 애썼다. 사람들은 내게 돈 주는 걸 싫어했다. 정직한 사람들조차 미루고 미뤘다. 돈을 떼어먹으려는 사람들도 있었다. 사람들은 수표를 잃어버렸다거나 의료비가 나왔다고 훌쩍거리며 사정을 전했고, 내가 오는 소리를 들으면 전등과 텔레비전을 끄고는, 내가 포기하고 떠날 때까지 귀엣말을 하며 블라인드를 내다보았다. 겨울이면 내 신발은 항상 젖어 있었고 머리는 뭔가에 꽉 막힌 듯했으며 코는 터서 빨개졌다. 나는 지겨워 미칠 지경이었다. 지겨움을 잊는 방법 중 한 가지는 내가 번 돈을 마지막 한 푼까지 세고 또 세는 것이었다.

내가 말했다. "그 돈은 어떻게 된 건데?"

어머니는 어깨를 으쓱하고 말했다. "모르지." 어머니는 화제를 바꿀 준비가 되어 있었다. 어머니는 거의 모든 일에 대한 인내심이 훌륭했지만, 울보들에게 내줄 시간은 없었다. 징징대면 어머니는 얼음장같이 차가워졌다.

나는 거기서 멈추지 않았다. "내 돈이었잖아." 내가 말했다.

"알아." 어머니가 말했다.

"그 사람이 훔쳤다고."

"아마 갚아줄 생각이었을 거야. 나도 몰라. 없어졌어. 내가 어떻게 해야 할지 모르겠네. 학비는 내가 내주겠다고 했잖아."

나는 얼굴을 찡그렸다.

"어쩌면 조금은 내 잘못이기도 하겠지." 어머니는 드와이트 아저씨에게 돈을 맡긴 게 멍청한 일이었다고, 공동 계좌를 만들 자고 우겼어야 한다고 말했다. 하지만 재정 관리는 아저씨에게 자존심 문제였고, 어머니는 그 문제로 아저씨가 펄펄 뛰게 하고 싶지 않았다. 어머니는 우리 모두가 사이좋게 지내기를 바랐다.

우리는 콜라를 다 마시고 거리에 세워둔 자동차로 걸어갔다. 어머니는 무거운 짐을 막 내려놓은 사람처럼 쾌활하게 움직였 다. 걱정이 있을 때면 어머니는 창백하고 입을 꼭 다문 가면을 썼다. 최근에는 그 가면이 어머니의 얼굴이 되어가고 있었다. 이 제 가면이 사라졌다. 어머니는 젊고 예뻐 보였다. 날은 따뜻했 고, 공기는 시멘트 먼지로 부옜다. 벌목 트럭이 끼긱 기어 소리 를 내고 검은 매연을 내뿜으며 우리를 지나쳐 요란하게 마을을 가로질렀다. 걸어가면서 우리는 계획을 세웠다. 여러 가지 가능 성을 생각해보았다. 우리는 다시 우리 자신이 되었다. 가만히 있 지 못하고, 책략을 세우며, 싸울 태세가 되어 있는.

장학금 소식을 전하자 척은 축하해줬지만, 나는 내 기쁨을 너 무 티내지 않으려고 조심했다. 척에게는 심판의 날이 코앞이었고, 왜 우리가 이토록 다른 패를 뽑아야만 하는지 당연히 의문을 가질 법했다. 내가 척의 처지였더라면 그런 질문이 머리에 스쳤을 것이다. 하지만 척은 그 비슷한 생각조차 하지 않는 것 같았다. 척은 내가 원하는 것을 원하지 않았고, 내가 어떻게 될지보다 자기 자신이 어떻게 될지에 훨씬 더 관심이 많았다.

그때쯤 보안관이 마지막으로 방문했다. 지난번 밤에 척의 황소고집에 화가 나서 떠났던 보안관은 일주일 넘게 매일 찾아오고 있었다. 태도를 바꾸지 않으면 끝이라고. 척이 어느어느 날까지 보안관이 바라는 대답을 들고 전화를 주지 않으면, 보안관은 정의가 실현되도록 놔둘 생각이었다. 척은 보안관이 원하는 답을 가지고 전화를 걸지 않았다. 아예 전화 자체를 걸지 않았다.

우리는 진입로에 있는 보안관의 순찰차 소리를 들었다. 그 커다란 엔진 소리는 이제 우리에게도 익숙했다. 척은 신발을 신고 볼저 씨가 데리러 오기를 기다렸고, 곧 두 사람은 본채로 걸어갔다. 척이 나가 있는 동안 나는 계속 창문으로 밖을 내다보았다. 하나부터 열까지 감이 좋지 않았다.

척이 돌아왔을 때 나는 넋이 나간 채 침대에 앉아 있었다. 척은 내 쪽을 보고 알은체하지 않고, 부드럽게 문을 닫고 들어왔다. 그러더니 바닥으로 몸을 내던지고는, 성질을 터뜨리는 꼬맹이처럼 주먹으로 바닥을 쾅쾅 두드려댔다. 그런데, 우는 대신 웃고 있었다. 척은 한동안 이 짓을 하더니 일어나 이 벽에서 저 벽으로 어슬렁거렸다. 얼굴이 벌겠다. 척은 내 어깨를 잡더니 나와 춤을 추듯 방안을 휘젓고 다녔다. "울프먼!" 척이 소리쳤다. "울프먼!"

"응, 처클스."

"사랑한다, 울프먼! 존나 사랑해!"

나는 말은 "죽이네"라고 했지만 척을 찬찬히 살피고 있었다.

"들어봐, 울프먼. 들어봐." 척은 내 얼굴 가까이 몸을 숙였다. "결혼식이 열릴 거야, 울프먼. 고고한 결혼식 종이 울릴 거라고. 어떻게 생각해?"

"잘 모르겠는데." 내가 말했다. "네 생각은 어떤데?"

"어떻게 생각하냐고? 씨발 끝내준다고 생각하지, 울프먼. 씨발 내가 어떻게 생각할 것 같은데?" 척은 벽장으로 들어가 캐나디안 클럽 위스키를 꺼냈다. "신부에게 축배를 들자." 척이 말했다. 척이 한 모금을 들이켜고 내게 병을 건넸다. "이제는 행운의 신랑에게도." 척이 말했다. "어서, 마셔." 척은 다시 병을 가져가며 말했다. "결혼식 끝나면 티나를 뭐라고 부를래, 울프먼?"

무슨 말을 해야 할지 몰랐다.

"뭐라고 부를 거냐고?"

나는 모르겠다고 말했다.

"허프 부인은 어때?" 척이 말했다. "제럴드 루셔스 허프 부인 어때?" 내 표정을 보더니 척은 오른손을 들어올리며 말했다. "절대 사실이라고, 사기 아냐."

"허프가? 허프가 티나랑 결혼한다고?"

척은 대답을 하려다가 갑자기 몸을 꺾으며 기침을 하고 쿵쿵거렸다. 코에서 캐나디안 클럽이 뿜어져나왔다. 나는 척의 등을 두드려줬다. 나는 꺅꺅 요란하게 소리를 지르고 있었다. 내 안에서 무언가가, 병적일 만큼 무자비한 기쁨의 파도가 제멋대로 터져나오고 있었다. 숨조차 제대로 쉴 수 없었다. 얼굴이 움찔움찔했다. 나는 안도감과 기쁨과 잔혹한 즐거움에 휩싸여 부들부들 떨고 있었다. 사실 나는 허프를 좋아하지 않았고 티나도 전혀 동정하지 않았으니까. 내게 그애는 그냥 '홍수'일 뿐이었고, 이제 허프가 그 홍수에 사로잡혀, 그 출렁이는 드넓은 수면에서 무기력하게 첨벙대는 모습이, 물속에 잠긴 채 털북숭이 팔을 허우적대다가 다른 어딘가에서 다시 그 올백 머리를 번쩍 내미는 모습이 보였다.

어머니가 떠난 뒤 펄은 버려졌다고 느꼈고, 나는 그애가 안타까웠다. 가끔씩 펄을 불러 함께 점심을 먹었다. 어쨌든 우리는 할 이야기가 많았으니까. 나는 뻔뻔하게 꼰대 짓을 했고, 그애는 내가 그러도록 내버려두었다. 내가 솔직한 의견이라며 더 귀여운 여자애가 되어 인기를 얻으려면 무슨 방법을 써야 할지 떠드는 말에 그애는 아무 반박도 하지 않고 귀를 기울였다. 사실 그애는 그렇게 나쁘지 않았다. 더구나 어머니가 그애를 의사에게 데려가 땜통을 고쳐준 다음에는 말이다. 그애에게는 야위고 실팍한 아름다움이 있었지만, 내 눈에는 그게 보이지 않았다. 나는 그애가 한심하다고 생각했고, 그애도 마찬가지였다.

5월의 어느 따뜻한 금요일 오후 우리는 점심 도시락을 들고 미식축구 경기장이 내려다보이는 관람석으로 갔다. 우리 주변에서는 다른 아이들이 무리를 지어 음식을 먹고 담배를 피우며, 마치 경기가 진행중인 것처럼 눈부신 잔디 구장을 내려다보고 있었다. 이 얘기 저 얘기를 나누다가, 펄이 그날 밤 드와이트 아저씨가 시애틀로 차를 몰고 갈 계획이라는 얘기를 했다. 노마와 주말을 보내려 한다고 말은 하지만 사실은 어머니를 만나 다시 합치자고 설득하려는 것이었다. 아저씨는 여벌 실탄으로 펄도 데려갈 예정이었다.

마음에 들지 않는 얘기였다. 다음날 척이 나를 시애틀로 태워다주면 나는 하워드 씨와 점심을 먹은 후에 옷을 맞출 예정이었고, 돌아가는 길에는 어머니를 만날 생각을 하고 있었다. 이제 드와이트 아저씨와 우연히 마주칠 가능성이 생겼으니 마음을 접어야 했다.

하지만 그날 늦게, 나는 꼭 해야 할 일을 찾았다. 몇 가지 조건을 걸기는 했지만 척이 도와주기로 했다. 새벽 한시쯤 우리는 척의 차를 중앙도로로 밀고 나가, 차를 타고 계곡을 따라서 치누크까지 올라갔다. 척은 속도 규정을 지켰고 술도 마시지 않았다.

병영은 어둡고 조용했다. 우리가 집에 가까워지자 척은 전조등과 시동을 끈 다음, 남은 동력으로 움직이다가 멈춰 섰다. 드와이트 아저씨의 포드는 어디에도 보이지 않았다. 나는 내려서 확인차 다시 주위를 둘러보았다. 척은 차에 머물렀다. 우리는 둘 다 척이 집에 들어가거나 뭔가를 건드리지 않는 한, 내가 잡히더라도 척은 법적으로 아무 책임이 없다고 생각했다.

문은 언제나 그렇듯 잠겨 있지 않았다. 나는 가져간 장갑을 끼고, 다용도실로 발걸음을 옮겼다. 일을 처리하고 얼른 빠져나와야 한다는 걸 알고 있었지만, 서두르기는커녕 어슬렁거리며 부엌으로 걸어갔다. 냉장고는 거의 비어 있었다. 나는 땅콩버터 샌드위치를 만들고 우유를 한 잔 따른 다음 장갑 낀 손에 그것들을 들고 이 방에서 다른 방으로, 온 집안이 환해질 때까지 전등 스위치를 올리며 다녔다.

펄의 방에서는 향수 냄새가 났다. 펄의 책상에 앉아 그애 일기를 펼쳤다. 마지막으로 읽어본 이후 새로 쓴 게 없었다. 일어나서 복도를 따라 내가 옛날에 쓰던 방으로 갔다. 두 침대 모두 시트가 벗겨져 있었다. 스키퍼의 물건은 낡은 장화와 낚시 도구, 자동차 잡지 한 더미가 여전히 있었지만, 내가 한때라도 여기 살았다는 흔적이라곤 옷장에 걸려 있는 스카우트 제복만이 유일했다.

나는 드와이트 아저씨의 방으로 갔다. 아저씨가 없다는 걸 알면서도, 숨을 참으며 천천히 문손잡이를 돌렸고, 그다음에는 문을 활짝 열었다. 이불은 흐트러져 있었다. 공기에서 쉰내가 났다. 나는 불을 켜고 여기저기 들쑤셨다. 서랍 한 곳에서 캐멀 담배 한 줄을 찾아 두 갑을 챙겼다. 공식 스카우트 서류도 한 더미 발견했다. 스카우트 대장이 자기가 맡은 소년들이 이렇게 저렇게 진급과 배지 획득에 필요한 조건을 충족했다고 보고하기 위해 본부에 보내는 서류도 있었다. 이것도 몇 장 챙겼다. 드와이트 아저씨가 나를 이글로 승급시키지 않으면, 내가 직접 나를 승급시키는 수밖에.

나는 주방으로 가서 유리컵을 닦고 찬장에 도로 집어넣었다. 그런 다음 집안의 모든 불을 끄고, 사격용 소총 두 자루를 꺼내 자동차로 갔다. 척이 차를 빙 돌아서 오더니 트렁크를 열고 숨죽여 쉭쉭거렸다. 씨발 뭐하는 거야, 씨발 어디 갔던 거냐고? 내 눈에는 척이 제정신이 아니었으므로, 굳이 대답하려 애쓰지도 않았다. 다시 집으로 들어가 산탄총 두 자루를 챙겼다. 그다음엔 말린 라이플과 개런드 라이플도 챙겼다. 마지막에 들어갈 때는 차이스 쌍안경과 퓨마 사냥칼, 드와이트 아저씨가 말린을 보관하려고 산 가죽 세공 총집을 쓸어 왔다. 아저씨는 말을 타고 엘크 사냥을 갈 때 그 총집을 쓸 계획이었다. 아저씨는 막상 한 번도 못해본 일이었다.

척은 물건들을 트렁크에 정리해 넣고는 눈 오는 날 타이어 마찰력을 높이려고 들고 다니던 모래주머니로 덮었다. 그런 다음 우리는 그곳에서 빠져나왔다. 척은 여전히 내게 불만이었지만,

너무 초조했던 나머지 입을 열지 못했다. 척은 다시 제한속도를 준수하며, 연기라도 하듯 규정을 딱딱 지켜 차를 몰았다. 우리는 누군가 우리를 멈춰 세우진 않을까 벌벌 떨었다. 그런 위험 때문에 신경이 곤두선 탓에 침묵을 지켰다. 우리는 담배를 피웠다. 라디오를 켜고, 산이 들판에 자리를 내줬다가 다시 들판이 산길로 바뀔 때마다 크게 울려퍼졌다가 잦아드는 노랫소리에 귀를 기울였다. 우리는 창문 너머로 산의 어렴풋한 자줏빛 형체와 강을, 인적 드문 구불구불한 길을 내다보았다. 다른 차를 만날 때마다 척은 과속이라도 하고 있던 것처럼 반사적으로 조명을 낮추고 속도를 줄였다. 척이 너무 안달복달하며 운전을 해서, 유능한 순찰 경관이 우리를 봤으면 분명 그 자리에서 차를 세우게 했을 것이다.

하지만 운이 좋았다. 집까지 오는 데 성공해 차를 진입로로 밀어넣었고, 잠자리에 들어 볼저 씨가 딸들 중 한 명을 보내 아침 식사를 먹으러 오라고 할 때까지 몇 시간 동안 잠을 잤다. 볼저 씨는 기분이 좋았다. 그럴 만도 했다. 아침은 상쾌했고, 척은 여전히 자유의 몸에 유부남도 아니었고, 두어 주만 있으면 나는 캘리포니아로 떠날 테니까. 우리가 햄과 그리츠*, 달걀을 신나게 먹

---

* 굵은 옥수숫가루에 우유나 물을 넣고 끓인 음식. 주로 아침식사용.

는 동안 볼저 씨는 식탁에 지도를 펴놓고 시애틀로 가는 길을 표시했다. 직접 말로 표현하지는 않았지만, 아저씨는 이번 여행이 우리 자신을 증명해 보일 새로운 기회라는 걸 주지시켰다. 곧장 시애틀로 갔다가, 곧장 집으로 운전해 돌아와야 했다. 잠깐 어디 들를 일도 없다. 히치하이커도 태우지 않는다. 술도 마시지 않는다. 볼저 씨는 엄격한 태도로 출격 명령을 내리려고 애썼지만, 우리에게 중차대한 일을 맡겨 내보낸다는 생각에 즐거워하는 게 틀림없었다. 실제로 중차대한 일이긴 했다. 아저씨가 상상한 그대로는 아니었지만 말이다.

나는 부두 아래쪽에 있는 '아이버스 대합조개 광장'이라는 식
당에서 하워드 씨를 만났다. 하워드 씨 부인도 함께 왔는데, 큰
키에 뼈대가 가늘고, 검은 머리는 이제 막 희끗해지기 시작했다.
몇 가닥 흰머리 때문에 나머지 머리카락이 더욱 어둡게 보였다.
부인의 쑥 들어간 깊고 짙은 눈은 면밀하게 상대를 주시하는 듯
했다. 미소를 지을 때조차도 나를 재보고 있다는 것을, 부인의
호기심이 내게로 향하는 것을 느낄 수 있었다. 오만한 관심은 아
니었다. 부인은 내가 어떤 사람인지 알고 싶어했다. 상대가 나를
꿰뚫어보고 정체를 알아낼지 모른다는 위험을 느낄 때 그런 시
선을 받으면 불안해지기 마련이다. 나는 하워드 씨에게만 계속
눈길을 두었는데, 하워드 씨는 힐 생활에 깃든 위험을 경고한다

는 구실로 그곳에서 보낸 학창시절을 즐겁게 추억하는 중이었다. 그때 사귄 친구들, 그들과 함께 저질렀던 멍청한 일들, 예컨대 기숙사 바닥을 침수시킨 뒤 창문을 열어 얼음판을 만들고는, 이 방 저 방 넘나들며 하키를 한 일 같은 것이었다. 어떤 일들은 너무 정도가 지나쳤는지 차마 말로 꺼내지 못하는 것 같았다. 하워드 씨는 그런 기억들을 떠올리며 미소를 짓다가, 고개를 저으며 다른 일로 넘어가곤 했다. 하워드 씨의 말투는 성마르게 변했다. 얼굴에는 바보 같은 미소가 스며들었다. 마치 소년 시절 이야기를 하다가 소년으로 돌아가버린 듯, 점점 더 젊어지는 것처럼 보였다.

하워드 부인은 세심하게 평가하던 눈길을 거두었다. 내가 메뉴판을 보며 헤매자 부인은 무엇을 주문해야 할지 결정하도록 도와주었다. 우리는 『줄리어스 시저』에 대해 이야기했는데, 내가 영어 시간에 읽고 있는 작품이었다. 그러자 부인은 시애틀 레퍼토리 극장* 기금 모금을 했었다고 말했다.

이 사람도 죽여주게 훌륭한 배우지, 하워드 씨가 말했다.

부인이 얼굴을 찌푸렸다.

"뭐, 사실이잖소." 하워드 씨가 말했다. 하워드 씨가 아내를

---

* 전속 극단을 가지고 프로그램을 바꿔가며 상연하는 극장.

존경하고 있으며 나 역시 그러기를 기대한다는 게 보였다. 두 사람 사이에 흐르는 동반자적인 애정에 나도 마음이 따스해졌다.

우리는 바다를 내려다보는 모퉁이 자리에 앉아 있었다. 갈매기들은 날개를 퍼덕이고 우리 쪽으로 고개를 돌리면서 바깥 난간 위를 뽐내듯 걸었다. 공기 중에는 차우더* 냄새가 짙었다. 햇살이 은빛 식기를 비춰 반짝였고, 우리 잔에 들어 있던 얼음을 비추고 식탁보를 눈밭처럼 환하게 만들었다. 나는 게으른 만족감을 느꼈다. 우리 식탁 매트에 적혀 있는 가사의 '늙은 개척자'처럼 말이다.

더이상은 야망의 노예가 아니기에
나는 세상과 그 사기극을 비웃는다네
대합조개 광장에 서서
나의 행복한 처지를 생각하면서!

하워드 씨는 점심식사를 하는 동안에는 조용했다. 아무 말 없이 음식을 절반 정도 먹고 나머지는 접시 한쪽으로 밀어두었다. 하워드 씨는 내게 몇 가지 정중한 질문을 던졌는데 대답에는 관

---

* 조개나 생선에 감자, 양파 등을 넣어 끓인 수프.

심을 두지 않았다. 그러고는 태연한 척 운을 떼며 나를 긴장시키
더니 우리가 이야기해봐야 할 문제가 있다고 말했다. 심각한 문
제라고 했다.

내 일부가 죽어버리는 느낌이었다.

하워드 씨는 잠시 헛기침을 하고 버벅거리더니, 힐에 가는 일
을 조금이라도 다시 생각해봤는지 물었다. 아직도 생각을 바꾸
기에는 늦지 않았어, 하워드 씨가 말했다. 중요한 건, 하워드 씨
를 실망시키거나 어떤 식으로든 낙담하게 할까봐 걱정하지 말라
는 것이었다. 자신이 나를 너무 부추긴 건 아닌지, 내가 직접 내
려야 하는 결정인데 한쪽으로 등을 떠밀었던 건 아닌지 걱정이
라고 했다. 무엇보다도, 이건 엄청나게 큰 걸음을 내딛는 것이
고, 내가 원하지 않으면 하지 말아야 했다. 나는 저 위 콘크리트
에서 대단히 잘해내고 있었고, 최상위였다. 힐에 가는 것은 약간
도박이다. 힐이 내 마음에 들지 않을 수도 있었다. 거기에서 잘
해내지 못할 수도 있고, 그러면 지금보다 상황이 안 좋아질 것이
다. 이런 일이 일어날 수도 있음을 고려해보아야 했다.

하워드 씨는 등을 뒤로 기대며 말했다. 그래, 네 생각은 어때?

나는 하워드 씨를 바라보았다. 정말로 대답을 원하는 얼굴이
었다. 나는 그 문제를 심각하게 생각해봤으며, 가기로 결심했다
고 말했다.

"어머니는 어떠시고?" 하워드 부인이 물었다. "내 생각에는 어머니께 힘든 일이 될 것 같은데. 그 오랜 세월을 함께 보낸 두 사람이 떨어져 지내야 하니 말이야."

나는 어머니에게는 힘든 일이 되리라고 인정했다. 아주 힘든 일이 될 거라고. 하지만 우리는 그 이야기를 여러 번 나눠보았으며 어머니는 가겠다는 내 뜻에 따르기로 했다고 나는 말했다. 어머니는 실제로 내 결정을 지지했다. 단호하다고 할 정도로.

"너그러운 분이시구나." 하워드 부인이 말했다. "때가 되면 나도 그렇게 너그러워질 수 있으면 좋겠어."

부인과 하워드 씨는 서로를 바라보았다.

잠시 후 하워드 씨가 물었다. "그럼. 너는 결정을 내린 거지?"

"네, 맞습니다."

하워드 씨는 "좋아!"라고 말하며 손뼉을 쳐 두 손을 모았다. 다른 대답을 했다면 그가 상심했으리라는 걸 알 수 있었다.

양복점에 들어가자 뒤쪽에서 옷을 개고 있는 남자 세 명이 보였다. 그중 한 명이 우리에게로 다가왔다. 창백한 피부에 갑상샘종이라도 있는 양 목울대가 불거진 남자였다. 그걸 뚫어지게 보지 않으려면 애를 써야만 했다. 하워드 씨는 그 남자를 내게 프란츠라고 소개했으며, 비꼬는 기색 없이 프란츠에게 나를 '울프

씨'라고 소개했다. 프란츠는 고개를 숙였지만, 악수하려고 손을 내밀지는 않았고 말을 걸지도 않았다. 그의 눈은 뿌옜다. 하워드 씨가 프란츠에게 무엇이 필요한지 이야기하는 동안, 하워드 부인은 해진 동양풍 러그 주변에 놓인 빨간 가죽의자 중 하나에 앉아 있었다. 어두운색 정장을 입은 머리가 하얗게 센 남자 두 사람이 이미 의자에 자리를 잡고 있었고, 둘 다 시가를 피우며 모래로 채워진 원통형 놋쇠 재떨이에 재를 떨구는 중이었다. 가게 내부는 짙은 색 나무 널로 둘러싸여 있었다. 여우 사냥 판화들이 키 큰 거울 사이에 걸려 있었다. 나뭇바닥은 반질반질했고, 천 조각과 실로 뒤덮여 있었다.

두 남자 중 한 명이 하워드 부인에게 말을 걸었고 부인이 뭐라고 대꾸했다. 그러자 그 남자가 나를 바라보았다. 남자는 코가 푸르죽죽하고 둥글넓적했다. "힐로 가는 게로구나?" 남자가 말했다.

"네, 맞습니다."

"한때 그 학교 친구들하고 레슬링을 했지. 강력한 팀이야, 힐은. 진짜 괴물이었지." 그게 남자가 한 말의 전부였다. 잠시 후 그 남자와 다른 남자는 시가를 끄고 가게를 떠났다.

하워드 씨는 나를 거울로 데려갔고 프란츠가 재킷을 한아름 안고 뒤따랐다. 하워드 씨는 눈에 들어오는 옷을 발견할 때까지 그 더미를 뒤적여나갔다. 하워드 씨는 내게 하나를 입혀보더니, 내 뒤에 서서 눈을 가늘게 뜨고 거울 속 내 모습을 바라보았다.

"좀더 어두운색 트위드 천으로 이런 옷이 있습니까?"

"네에." 프란츠가 무거운 목소리로 말했다.

"한번 보여주시죠."

프란츠가 다른 재킷을 가져왔다. 하워드 씨는 나를 이리저리 돌아보며 단추를 채웠다가 풀어보게 했다. "소매가 기네요." 하워드 씨가 말했다.

프란츠가 소매 길이를 재어보고, 들고 다니는 장부에 표시를 했다.

하워드 씨는 나를 탈의실로 보내 정장을 입어보게 한 다음, 또 한 벌을 입어보게 했다. 프란츠는 치수를 재고 소매에 핀을 꽂았으나 아무 의견도, 아주 미묘한 표정의 변화도 드러내지 않았다. 하워드 씨가 잠시라도 멈춰 살펴보거나 손가락으로 쓰다듬어볼 옷 한 벌을 발견하기까지 한 번에 열 벌쯤 되는 옷을 옆으로 제쳐놓으며 그가 가져온 옷더미를 뒤지는 동안, 프란츠는 그저 조용히 서 있을 따름이었다. 하워드 씨는 불합격품은 일고의 가치도 없다는 듯 치워버렸다. 하워드 씨의 눈은 가늘어졌고, 뺨은 붉어졌다. 하워드 부인은 즐겁고도 자랑스럽다는 눈길로 그 모습을 지켜보았다.

하워드 씨가 마음에 드는 옷을 한 벌도 찾을 수 없을까봐 걱정되었지만 나는 입을 다물고 있었다. 나는 내가 재미를 위해서가 아니라 생존을 위한 복장을 마련하는 것임을, 이 옷은 내가 속할 새로운 세상의 소년들이 한눈에 읽어내고 나를 재단할, 섬세한 뉘앙스가 들어간 언어라는 걸 이해했다. 내가 다른 소년들이 입은 스카우트 제복으로 그들을 판단하듯이 말이다.

나는 침묵을 지키며 시키는 대로 했다. 하워드 씨는 나를 탈의실과 거울 사이로 왔다갔다하게 했다. 프란츠가 핀과 줄자를 들고 서서 기다리는 동안 하워드 씨는 바짓단이 신발에 딱 떨어지도록 올렸다 내렸다 조정을 했다. 내 소매를 당겨보고 한 바퀴 돌아보게 했고, 마치 조각이라도 하듯 내 어깨를 똑바로 세웠다. 만족스러운 차림이 되면 프란츠에게 고개를 끄덕였고, 프란츠가 그 옷을 빼놓았다. 옷더미는 점점 커졌다. 재킷은 두 벌이었는데 하나는 더니골 트위드, 다른 하나는 해리스 트위드였다. 거기에 블레이저 하나. 정장 한 벌. 개버딘이나 능직 바지 몇 개. 옥스퍼드 셔츠 열두 장. 넥타이. 우비. 하워드 씨의 말을 빌리자면 "빈둥거리며 시간을 보낼 때"를 대비한 코듀로이 바지와 플란넬 셔츠. 위전스* 한 켤레, 예복용 구두 한 켤레, 역시 빈둥거리며 시간을

---

* 모카신처럼 납작하고 태슬 장식이 달려 있기도 한 가죽구두.

보낼 때를 대비한 발목까지 오는 튼튼한 가죽신발 한 켤레. 스웨터 세 벌. 그리고 날씨가 따뜻할 때, 스포츠를 즐길 때를 대비한 옷더미가 하나씩 더 있었다. 이 주 후 최종 가봉을 위해 다시 가게에 들러야 한다고 했다. 옷이 완성되면 하워드 씨가 가져갔다가 8월에 힐로 보내주기로 했고, 내가 힐에 도착하면 그 옷들이 나를 기다리고 있을 것이었다.

아직 일요일에 입을 짙은 색 정장이 남았다. 하워드 씨는 내가 보기에는 거의 구분이 불가능한 옷 네다섯 벌을 입어보게 한 끝에야 봐줄 만한 옷을 한 벌 찾았다. 그러고는 내 옆에 무릎을 꿇고 바짓단의 길이를 정했다. 몸을 일으켜 거울 속 내 모습을 점검하며, 나를 쿡 찔러 돌아보게 했다. 이제 나는 반죽처럼 축 늘어져버렸다. 하워드 씨가 내 뒤로 움직였다. 내 목에 넥타이를 매주고는 그 자리에 서서, 내 어깨에 손을 올린 채 깊은 생각에 잠겨 거울을 보았다.

"외투가 한 벌 필요하겠어요." 하워드 부인이 말했다.

"그래!" 하워드 씨가 말했다. "외투가 있었지. 뭐가 더 있다는 생각이 들더라니."

프란츠가 선반으로 걸어가 하워드 씨가 볼 수 있도록 외투 몇 벌을 내렸다. 하워드 씨는 곧바로 촘촘한 헤링본 소재의 검은색 외투를 골랐다. "이걸 입어보렴." 하워드 씨가 말했다. 나는 그 옷을 받아들었다. 감촉이 고양이털처럼 매끄러웠다. "잠깐." 내가 옷을 입으려 하자 하워드 부인이 말했다. 부인이 다가와 외투로 손을 뻗었다. 씁쓸한 느낌을 받으며 나는 외투를 넘겨주었다. "음," 부인이 말했다. "캐시미어네." 부인은 나를 거울 쪽으로 돌려놓고, 코트를 망토처럼 내 어깨에 얹었다. 부인은 나를 위아래로 훑어보았다. 잠시 아무 말도 하지 않았다. 그러더니 입을 열었다. "목도리."

"남색으로." 하워드 씨가 말했다.

부인이 고개를 저었다. "장의사처럼 보일 거예요. 짙은 자주색으로."

프란츠는 부인에게 목도리 세 개를 후보로 건넸다. 부인은 그 위로 손을 움직이며, 초콜릿을 고르는 사람처럼 손가락을 까딱이다가 하나를 집어들고 내 목에 늘어뜨렸다. 외투와 마찬가지로, 비단 같은 촉감이었다. 하워드 부인은 목도리가 코트 깃 사이에 자연스럽게 늘어지도록 자리를 잡아주었다. 부인은 다시 나를 힐끗 보더니, 내가 거울 앞에 혼자 있도록 물러났다. 거울에 비친 우아한 낯선 이가 의심스럽다는 듯, 거의 넋이 나간 표정으로 나를 바라보고 있었다. 이제 이 세계에 존재하게 된 그는 앞으로 무슨 일이 일어날지 조짐을 살피는 것처럼 보였다.

그 낯선 이는 내게 답이 있다는 듯 나를 골똘히 바라보았다.

그는 사람을 판단할 줄 몰랐다. 그에게는 다행스러운 일이었다. 그가 내 성격 속의 균열을 볼 수 있었다면, 자기 앞에 닥칠 일을 알았을지도 모른다. 자기가 온갖 곤경을 향해 가고 있다는 걸 깨달았을지 모르며, 그랬으면 게임이 시작되기도 전에 용기를 잃었을지도 모른다.

하지만 그는 아무런 경고신호도 찾지 못했다. 그는 앞으로 한 발짝 나서, 주머니에 손을 꽂아넣고 어깨를 쫙 편 뒤 고개를 한 쪽으로 젖혔다. 그 자세에는 무대에 오른 기사 같은 가벼운 거드름이 배어 있었지만 미소는 온화했고 희망에 차 있었다.

척은 동시 상영 영화관에서 오후를 보냈다. 극장 밖에서 척을 만났고 우리는 파이오니어광장으로 차를 몰았다. 내가 한 시간 넘게 기다리도록 잡아둔데다 여전히 우리 앞에 남아 있는 일 때문에 걱정에 시달린 탓에, 척은 별로 말이 없었다. 척이 나와 관련된 일이라면 거의 손을 놔버릴 지경이라는 걸 알 수 있었다. 척은 입을 꾹 다물고 있었다. 그는 담배를 한 대 피우고 연달아 또 불을 붙였다. 척은 단조롭게 일직선으로 차를 몰며 이따금 무겁게 한숨을 쉬었다.

나는 전당포 세 군데에 들른 끝에야 나와 말을 섞으려는 사람을 찾았다. 세번째 가게는 여자가 운영했다. 여자는 나만큼이나 키가 컸고, 뻣뻣한 금발에 속눈썹은 뾰족뾰족 치솟았고, 얼굴은 부드러운 밀랍 인형 같았다. 팔 물건이 있다고 하자 여자는 뒤쪽 선반에 있는 물건들을 가지고 부산을 떨었다. 붉고 큼직한 여자의 손은 터키석 장신구로 뒤덮여 있었다. 여자는 그때도 그랬지만 내가 그 가게에 서 있는 내내 한순간도 나를 쳐다보지 않았다.

어떤 물건인데, 여자가 말해보라고 했다. 낮고 단조로운 목소리였다.

라이플 네 자루요, 내가 말했다. 산탄총도 두 자루 있고요. 다른 물건도 두어 개 있어요.

"어디서 났는데?"

"아버지가 남겨주셨어요." 내가 말했다. "돌아가시고 나서." 여자가 아무 말도 하지 않자 내가 덧붙였다. "엄마한테 돈이 필요해서요."

여자는 끙 앓는 소리를 했다. 이때가 바로 다른 전당포 주인들이 내게 꺼지라고 말한 순간이었다. "도둑놈의 자식, 당장 꺼져." 첫번째 사람이 했던 말이다.

나는 여자가 녹음기, 클라리넷, 토스트기, 카메라 등 손에 잡히는 물건은 뭐든 집어들었다가 다시 내려놓는 모습을 지켜보았다. 가게는 길고 좁았다. 전기기타가 천장에 매달려 있었다. 소총과 산탄총은 반대편 벽의 잠긴 진열대 안에, 나풀나풀한 옷깃이 달린 반짝이 정장이 주르르 걸린 파이프 아래에 들어 있었다.

"문을 닫으려던 참인데." 여자가 말했다. 그런 다음, 마치 내가 간청하기라도 한 듯 덧붙였다. "좋아, 한번 볼 수는 있을 것 같네."

내가 물건들을 안으로 들여가는 동안 척이 트렁크를 열고 닫았다. 척은 금방이라도 튈 사람처럼 보였다. 얼굴이 병자처럼 허옜고, 지나가는 사람들—부랑자들, 선원들, 카우보이모자를 쓴 인디언들, 주정뱅이답게 발을 질질 끌며 자기들만 볼 수 있는 적을 향해 소리쳐대는 주정뱅이들—을 향해 겁에 질린 말처럼 눈알을 굴렸다. 나도 소심해졌다. 하지만 그런 시민들의 관심을 받으려면 무기를 한아름 들고 있는 남자애만으로는 부족하다. 아무도 우리를 되돌아보지 않았다.

전당포 주인은 자동차로 왔다갔다하는 나를 모른 체했다. 나는 물건을 다 진열장 위에 줄 세워놓고 기다렸다.

"그게 다야?" 여자가 말했다.

그게 다라고 대답했다.

여자는 뒤쪽에서 돌아나와 문을 잠갔다. 그런 다음 다시 카운터 뒤로 돌아갔다. 여자는 물건들을 눈으로 훑었다. 쌍열 산탄총을 집어들고, 꺾어서 열더니 총열을 올려 조명에 비춰보고 샛눈으로 번갈아가며 각각의 총열을 들여다보았다. 그런 다음 총을 다시 탁 맞췄다. 거칠어도 너무 거칠게 다뤘다. 보고 있자니 고통스러울 지경이었다. 나는 다른 산탄총이나 라이플과 마찬가지로 그 총을 알았다. 나는 그것들을 모두 써보았으며 존중하는 마음과 더불어 그 이상의 무언가를 느꼈다. 이 여자 같은 방식으로 그 총들을 다루는 건 보고 싶지 않았다. 일부러 부러뜨리려고 애라도 쓰듯 함부로 탁탁 때리고 레버와 펌프를 당기고 밀며 장전을 시험하는 꼴은 말이다. 하지만 나는 아무 말도 하지 않았다. 착착 움직이는 여자의 커다란 손이, 한 번도 표정을 바꾸지 않는 인형 같은 얼굴이, 무엇보다도 나를 쳐다보지 않고 외면하는 태도가 나는 불안했다. 나를 보지 않는 시간이 길어질수록 여자가 나를 봐주기를 더 바라게 되었다. 여자는 내가 하찮은 사람이라는 느낌이 들게 했고, 덕분에 우위에 섰다. 다 계산된 일이었다. 여자는 산탄총과 라이플을 전부 망설임 없이 분해하고 총열을 검사하고 격발장치를 검사한 다음, 나만큼이나 빠르게 다시 조립해냈다.

검사를 마친 뒤 여자가 어깨를 으쓱하며 말했다. "이런 잡품은 필요 없어."

"한번 보겠다고 했잖아요."

여자는 뒤쪽 선반으로 돌아서서 다시 물건을 집어들기 시작했다. "봤잖아."

나는 여자를 쏘아봤다.

여자가 말했다. "저당은 잡을 수도 있지."

"저당이요? 저당잡히면 얼마나 받을 수 있는데요?"

여자가 어깨를 으쓱했다. "하나에 5달러."

"5달러라고요? 말도 안 돼요!"

여자는 대답하지 않았다.

"간판에 총도 산다고 써놨잖아요."

"지금은 안 사."

"그것보다는 훨씬 값어치 있는 거라고요." 내가 말했다. "훨씬 더요."

"그럼 가서 더 받든지."

"그래야겠네요." 그렇게 말했지만, 나도 이제는 내 처지를 알았다. 내가 그 총을 죄다 다시 들고 문을 나서는 모습을 보면, 척이 나를 두고 그냥 가버릴 거라는 사실도 알았다. "20달러에 팔수는 있는데요." 내가 말했다.

"말했잖아, 안 사. 저당잡히고 싶으면 5달러가 한계야." 그러더니 여자가 이어 말했다. "좋아. 그 다른 뭐시기들도 내놓으면 거래해줄게."

"한 자루에 20달러씩 말하는 거죠?"

여자는 망설이다가 말했다. "10달러. 다 해서 60달러. 마지막 기회야."

"쌍안경만 해도 그것보단 비싸다고요." 내가 말했다. "그거 하나만 해도요."

"저당잡을 땐 안 그래."

나는 계속 여자를 쏘아봤다. 여자는 꼼짝 않고 있었다. 분명 내가 물러나지 않으리라는 걸 알고 있었다. 여자가 알고 있다는 게 느껴졌다. 그리고 그게, 포기하지 않겠다는 내 결심을 굳혔다. 나는 산탄총들을 집어들었다. 그런 다음 다시 내려놓았다. "알았어요." 내가 말했다.

여자는 내가 떠나자 문을 잠갔다. 자물쇠가 맞물리며 딱 소리가 들렸다. 전당표는 도랑에 빠뜨렸다. 내가 그러리라는 걸 여자도 알고 있었듯이.

아멘

아버지는 내가 캘리포니아에 도착한 다음날 여자친구와 함께 라스베이거스로 떠났다. 아버지는 렌트한 폰티액 열쇠를 남겼고, 모퉁이의 식료품가게에 외상 거래를 터주고 갔다. 나는 이주 동안 해변을 따라 오가며 텔레비전 디너*를 먹고, 내게서 눈을 떼지 않겠다고 약속한 아버지의 지인과 함께 영화를 보러 갔다. 어느 날 아침, 잠에서 깨니 이 남자가 나를 끌어안고 사랑의 맹세를 하고 있었다. 그 남자를 아파트에서 쫓아내고 아버지에게 전화를 걸었는데, 아버지는 그 남자가 다시 돌아오면 "그 개자식을 쏴버려"라고 말했다. 그럴 때 쓰라며 아버지는 벽장에 감춰둔

* 데워서 바로 먹을 수 있게 판매하는 한끼 식품.

223구경 전투기 파일럿 비상 소총의 위치를 일러주었다. 아버지는 숨겨둔 소총을 내가 가져오는 동안 수화기를 들고 기다리다가, 조립 방법을 가르쳐주었다.

그날 밤, 그 남자는 아파트 문에 기대 흐느꼈고 그러는 동안 나는 반대편 어둠 속에 서서, 조용히 소총을 끌어안고서 열이라도 나는 양 땀을 흘리며 떨고 있었다.

아버지는 형이 도착하기 며칠 전 집에 왔다. 아버지는 나를 데리고 제프리 형이 탄 버스를 마중하러 나갔고, 우리 형제를 아파트에 내려주고는 저녁거리를 사러 나갔다. 아버지는 돌아오지 않았다. 몇 시간 후 아버지의 여자친구가 전화를 걸어와, 아버지가 미쳐 날뛰는 바람에 지금 경찰서 유치장에 있다고 했다. 형이 경찰서로 가 아버지가 정말로 일종의 신경쇠약을 겪었다는 사실을 확인했다. 형은 아버지를 부에나비스타 요양원에 입원시켰다. 그곳에서 아버지는 남은 여름 동안 일요일이면 다정한 집주인처럼 우리를 맞아주었고 아버지보다도 심각한 문제에 시달리던 여자들과 연이어 약혼했다.

판세를 읽은 어머니는 우리와 합류하기를 거절했다.

제프리 형은 컨베어 우주항공회사에서 일하며 우리 모두를 부양했다. 소설을 쓰거나, 심지어 그해 가을 이스탄불에서 가르치기로 한 수업을 준비할 시간조차 없었다. 형이 일하는 동안 나는 제멋대로 지냈다. 형은 나를 계속 바쁘게 만들려 했고, 읽을 책을 내주고 에세이를 쓰게 하면서 학교에 갈 준비를 시켰다. '『페스트』에 나오는 은유로서의 질병' '『오이디푸스왕』에서 드러나는 눈멀기의 여러 형태' '『허클베리 핀』에서의 양심과 법'. 하지만 형은 내게 장고 리안하르트와 조 베누티*를 사랑하는 법, 그리고 노래 부르는 법을 가르칠 때 성과가 더 좋았다. 내가 노래를 부르는 동안 형은 테너를 맡아, 초트에서 배운 합창단 노래에 베이스를 넣었다. 우리는 지금까지도 그 노래들을 부른다.

내가 동부로 학교를 옮긴 후에 어머니는 워싱턴 D.C.에서 일자리를 얻었다. 크리스마스 연휴 동안 드와이트 아저씨는 거기까지 어머니를 따라와, 우리 아파트 건물 로비에서 어머니의 목을 졸랐다. 어머니는 의식을 잃기 직전에 무릎으로 아저씨의 고환을 가격했다. 아저씨는 소리를 지르며 어머니를 놓아주었고, 어머니의 핸드백을 낚아채 도망쳤다. 이 모든 일이 벌어지는 동안 나는 우리 방에서 『하와이』**를 읽으며, 밖에서 나는 이상한 소리가 고양이 소리라고 믿는 척 무기력하게 앉아 있었다. 험한 동네였기에 그런 소리는 다 사람이 내는 소리가 아니라고 치부

---

* 두 사람 모두 재즈 음악가.
** 제임스 미치너(1907~1997)의 장편소설.

하는 습관을 길렀던 것이다. 어머니가 비틀거리며 위층으로 올라와 무슨 일이 벌어졌는지 말해주었고 나는 앞뒤 살피지 않고 거리를 마구 달려내려가다가, 나를 또다른 범죄자라고 의심한 사복경찰관에게 즉시 붙잡혔다. 내가 집에 도착했을 때쯤 드와이트 아저씨는 체포당한 뒤였다. 아저씨는 어머니와 두 경찰과 함께 밖에 서서 바닥만 보고 있었다. 순찰차 경광등이 아저씨의 얼굴 위로 번쩍였다.

"개자식." 나는 말했다. 하지만 내가 저지른 잘못이 마음에 걸려 작은 소리밖에 나오지 않았다. 나는 누군가 곤경에 처했다는 걸 알면서 아무것도 하지 않았으니까.

드와이트 아저씨가 고개를 들었다. 아저씨는 혼란스러운 듯, 나를 알아보지 못한 듯 보였다. 아저씨가 다시 고개를 숙였다. 아저씨의 곱슬머리 위로 눈송이가 녹아 번들거렸다. 이게 내가 마지막으로 본 아저씨의 모습이다. 어머니는 접근금지명령을 받아냈고, 경찰은 다음날 아침 아저씨를 시애틀행 버스에 실어 보냈다.

나는 힐에서 잘해내지 못했다. 무슨 수로 잘해냈겠는가? 나는 아무것도 몰랐다. 나의 무지는 너무도 심오해서, 한마디도 이해하지 못한 채 수업시간을 전부 흘려보냈다. 선생님들은 내가 게 으르다고 생각했다. 영어 선생님만 예외였다. 영어 선생님은 내가 책을 매우 좋아하지만 형에게서 배우기 시작한 것 외에는 책에 대해 이야기하는 방법을 전혀 모른다는 걸 알아차렸다. 이분은 내 친구가 되어주었다. 따로 개인지도를 해주고, 직접 연출한 연극 몇 편에 나를 캐스팅했으며, 내가 그 자상함을 믿고 가끔 건방지게 굴어도 참아주었다. 하지만 선생들 대부분은 실망한 게 분명했다. 그토록 큰 기대를 받는 와중에 형편없는 성적을 받는 게 두려웠던 나는, 그 두려움을 감추기 위해 학교의 야만인 중 한 명이 되었다. 음주자에 흡연자, 볼드윈, 시플리, 미스 파인 여자학교와 열었던 파티의 키스 예술가. 하지만 그건 또다른 얘기다.

열심히 공부하면 그저그런 결과라도 나왔지만, 긴장을 푸는 순간 곧장 바닥을 쳤다. 내가 가라앉는 걸 느끼면 나는 공포에 질려 스스로를 곤경에 빠뜨리는 야만인 짓을 했다. 내가 받은 벌점은 거의 항상 반에서 최고였다. 주변에 앉은 아이들이 예배시간에 꾸벅꾸벅 조는 동안 나는 무슬림처럼 기도했다. 어떻게든 나 자신을 다시 일으켜세워 내가 은밀하게 몹시도 사랑하는 이곳에 남을 수 있기를.

학교는 인내심이 강했지만, 한계가 없는 것은 아니었다. 마지막 학년에 나는 그 한계를 무너뜨렸고 떠나달라는 요청을 받았다. 어머니는 내 기차를 마중하러 나왔고, 나를 네루 재킷을 입은 남자들로 가득한 피아노 바로 데려가 그곳에서 내가 남몰래 곤드레만드레 취할 수 있도록 해주었다. 어머니는 자신이 전혀 화가 나지 않았음을, 자신이 생각했던 만큼보다 내가 훨씬 오래 버텼음을 알려주고 싶어했다. 어머니는 막 백악관 건너편의 교회에서 좋은 일자리를 얻어 자축하고 싶은 기분이었다. "케네디가 백악관에서 보는 것보다도 전망이 좋을걸." 어머니가 말했다.

나와 가장 친하게 지낸 친구는 내가 퇴학당한 지 몇 주 후에 쫓겨났고, 우리 둘은 분노를 향해 질주했다. 나는 분노로 나 자신을 지치게 만들었다. 그러다가 군에 입대했다. 안도감과 함께 고향에 돌아온 기분이 들었다. 제복과 계급과 무기로 굴러가는 명료한 삶 속으로 돌아오니 좋았다. 군에 들어오자마자 이곳이야말로 내가 내내 향하던 곳이며, 여전히 나 스스로를 구원할 수 있는 곳처럼 보였다. 내가 바라는 것은 전쟁뿐이었다.

멋모르고 소원을 빌지 말지어다.

애송이일 때, 아직 반밖에 만들어지지 않았을 때 우리는 우리의 꿈이 옳으며, 세상은 우리의 최선의 이익에 따라 움직이게 되어 있다고, 그리고 추락하고 죽는 건 겁쟁이들 몫이라고 믿는다. 우리는 여태껏 태어난 모든 사람 중에서 오직 우리 자신만이, 영

원히 애송이로 지내도 좋다는 허락을 특별히 받았다는 천진하고
도 기괴한 확신을 품고 산다.

어떤 순간에는 그런 확신이 아주 밝게 타오른다. 척과 내가 시
애틀을 떠나 집으로 차를 달려 돌아가는 머나먼 길에 올랐을 때
도 바로 그 확신이 밝게 타오르고 있었다. 나는 훔친 물건 한 더
미를 막 쏟아버리고 온 뒤였다. 지갑은 하룻밤이면 카드를 치다
가 잃어버릴 지폐로 두툼했지만, 당시에는 그 돈으로 몇 달은 날
수 있으리라 믿었다. 두어 주 안에 나는 아버지와 형과 함께 지
내려고 캘리포니아로 떠날 예정이었다. 그곳에 도착하고 얼마
지나지 않아, 어머니가 우리와 합류할 터였다. 우리는 모두 다시
함께하게 될 것이었다. 우리의 운명처럼.

그리고 여름이 끝나면, 나는 동부의 귀족 학교로 갈 예정이었
다. 그곳에서 좋은 성적을 받고 수영팀 주장으로 활약하며 나의
욕망이자 권리였던 위대한 세계의 환영을 받게 될 터였다. 그 세
계에서 내가 상상해서 이루어지지 않는 일은 아무것도 없었다.
그 세계에서는 그저 선택만 하면 되었다.

척도 기분이 좋았다. 그의 트렁크에는 이제 총이 없었다. 티나
플러드에게서 탈출했으며, 감옥에서도 탈출했고, 머잖아 내게서
도 탈출할 것이었다. 우리는 더이상 친구가 아니었지만, 둘 다
기뻐할 이유가 있었고 이것이 우리가 서로 친구라고 상상하도록

도왔다. 우리는 라디오에 맞춰 노래를 부르고 척이 가져온 캐나디안 클럽 위스키 한 병을 나눠 마셨다. 디제이가 이삼 년 전 노래를, 우리에게 이미 향수를 느끼게 하는 노래를 틀어주고 있었다. 시애틀에서 멀어지면 멀어질수록 우리는 더 크게 노래했다. 다 떠나서 우리는 시골뜨기였고, 시골뜨기에게는 도시 여행의 백미가 그 도시를 떠나는 순간, 도시의 문이 마치 너무 늦게 튀어오른 덫처럼 그들 뒤에서 닫히는 그 순간이다.

안개가 끼어 흐릿한 밤이었다. 달은 없었다. 농가의 창문들은 버터빛으로 부드럽게 빛나, 마치 물에 잠긴 듯 보였다. 우리는 농지를 지나 숲으로 들어섰고, 강이 나오자 그 강을 따라 산속으로 들어갔다. 나는 의기양양하게 우리가 지나온 산골을 바라보며, 나를 붙드는 데 실패했다고 생각했던 이 동네에 살짝 마음이 흔들렸다. 나는 고향이라는 단어가 이후로 영원히 이 공간으로 채워지게 되리라는 걸 몰랐다.

위로 올라갈수록 공기는 맑고 차가워졌다. 길이 강을 따라 뱀처럼 기어가자 커브길이 급하게 이어졌다. 어느덧 달이 보였다. 가느다란 은빛 달은 머리 위의 검은 나무우듬지 사이에서 흔들렸다. 척은 계속 라디오 주파수를 놓쳤다. 마침내 척은 라디오를 꺼버렸고, 우리는 잠시 버디 홀리 노래를 불렀다. 그게 지겨워지자 찬송가를 불렀다. 처음에는 그저 음정을 찾고 분위기를 타려고 〈저 장미꽃 위의 이슬〉과 〈갈보리산 위에〉를 비롯한 조용한 노래 몇 곡을 불렀다. 그런 다음에는 지붕을 들썩거리게 하는 노래들을 불렀다. 우리는 존경심을 담아, 대위법 선율을 따라 좌우로 몸을 흔들고 어깨를 떨어뜨리며 격정적으로 노래했다. 찬송가를 부르는 사이사이 병째 술을 마셨다. 우리 목소리에는 힘이 넘쳤다. 노래 부르기 좋은 밤이었고, 우리는 있는 힘껏 최선을 다해 노래했다. 마치 구원이라도 받은 것처럼.

옮긴이의 말

『이 소년의 삶』은 '미국 단편소설의 르네상스'를 이끌었다고 평가되는 탁월한 소설가 토바이어스 울프의 자전적 소설이다. 1993년에는 이 책을 각색한 동명의 영화가 레오나르도 디카프리오, 로버트 드니로 등 유명 할리우드 배우들의 주연으로 제작되기도 했다.

울프는 『올드 스쿨』 등에서도 자신의 실제 경험과 허구의 창작을 매끄럽게 섞어 티 나지 않게 제시하는 특별한 재능을 발휘한 적이 있지만, 『이 소년의 삶』은 그의 어린 시절 경험과 그를 둘러싼 사회상 등을 보다 직접적으로 반영한다.

이 책의 작가이자 주인공인 소년, 토바이어스 울프—일명 토비 울프—의 인생에서 가장 두드러지는 특징을 꼽으라면, 일정한 근거지 없이 떠돌아다니는 삶을 한 예로 들 수 있을 것이다. 『이 소년의 삶』의 첫 장면에서부터 소년 토비는 이사를 떠나는 중이다. 아버지와 이혼한 후, 우라늄 채굴을 통해 떼돈을 벌겠다는 다소 황당무계한 꿈을 품고 유타주로 떠나는 어머니와 함께.

그리고 이 여행은 토비에게 유랑하는 삶의 시작일 뿐이다. 번 듯한 생계수단이 없는 어머니는 질투심이 강하고 폭력적인 성향이 있는 전직 군인 로이 같은 남자에게 위협을 당하거나, 차에서 내려 그녀를 에스코트할 정도의 성의도 없는 이름 모를 남자의 가볍디 가벼운 유혹에도 마음이 흔들리기 쉬운 처지다. 충분히 예상할 수 있는 일이지만, 어머니가 이런 관계나 상황으로부터 탈출해 새로운 곳으로 이동할 때마다 토비도 그녀와 함께 떠나게 된다.

물론 토비도 가끔은 한곳에 다른 곳보다 오래 머물며 정착 비슷한 것을 경험하기도 한다. 이 책의 많은 부분을 차지하고 있는 드와이트와의 생활이 그것이다. 드와이트는 어머니에게 구애했던 남자들 중 한 명으로서, 가장 가까운 고등학교가 64킬로미터 떨어져 있는 산골짜기 '깡촌'에 사는 인물이다. 그는 토비가 자기 흉내를 냈었다는 이유로 그를 싫어하지만, 토비의 어머니에게 잘 보이기 위해 그런 마음을 감추고 그녀가 자리를 잡는 동안 토비가 자기 집에 와 머물 수 있도록 해준다.

드와이트와의 삶은 결코 유쾌하다고는 할 수 없다. 그는 사격 솜씨도, 사냥 솜씨도 형편없고, 그럭저럭 고급스러웠던 원목 피아노나 막 잘라온 크리스마스트리를 포함해 온 집안을 흰색 페인트로 칠해버리는 것을 보면 미적 감각도 터무니없다. 이런 자신의 못난 모습이 드러날 때마다 난폭하게 구는 자격지심에 찌든 사람이기도 하다. 어린 토비에게 몇 년 동안이나 신문배달을 시켜놓고 토비가 그렇게 벌어온 돈을 몰래 마음대로 써버리는 모습을 보면 정직하지도 않으며, 사격대회에서 토비의 어머니에게 지는 등 사소한 사건으로 알량한 자존심에 상처를 입을 때마다 술에 취한 채 자동차에 토비와 토비의 어머니, 전처와의 사이에서 얻은 자기 딸까지 태우고 위험한 산길을 질주하는 걸 보면 무책임하고 치졸한 인물이기도 하다.

하지만 토비는 이런 드와이트와의 관계를 소중하게 여긴다. 장황하게 심리 묘사가 이루어지는 것은 아니지만, 드와이트의 눈에 들기 위해 그가 가르쳐준 싸움 기술을 적극 동원하여 친구와 싸우는 모습에서나, 드와이트가 저지르는 그 모든 부당한 행동에도 최대한 적응하려는 노력에서 그런 마음이 충분히 드러난다. 그 까닭은 토비에게 드와이트가 그나마 아버지와 가장 비슷한 인물이고, 그가 제공해준 것이 '전통적인 가족'의 삶에 가장 가까운 것이기 때문이리라.

그런데 '가족'으로서의 정착을 꿈꾸는 건 어쩌면 토비만이 아닐지 모른다. 사실, 토비나 토비의 어머니는 물론 드와이트 자신까지도 '전통적인 가족'으로서 살아가고 싶은 마음을 드러내고 있다. 예컨대, 토비의 어머니는 "집을 화초들로 가득 채우고 (…) 우리 모두가 진짜 가족처럼 함께 시간을 보내야 한다고" 우기고, 드와이트를 포함한 식구들도 여기에 어느 정도 장단을 맞춰준다. 물론 실패가 예정된 노력이다. 토비가 지적하듯 "우리가 모방하려 들었던 진짜 가족이란 건 원래 존재하지 않았으니까. 우리처럼 문제가 많은 진짜 가족은 함께 시간을 보내야겠다는 꿈조차 절대 꾸지 않"으니까 말이다.

이런 상황에서 소년 토비가 흡연, 음주, 공공기물 파손, 거짓말, 좀도둑질 등 흔히 청소년 비행非行이라 부르는 행동들에 쉽게 손을 대는 건 이해할 수 있는 일이다. 어설픈 말장난을 해보면, 사실 이런 행동들은 가족이나 또래 집단, 학교 등 어떤 근거지에도 단단하게 뿌리박지 못한 채 끊임없이 떠도는 소년의 필연적 비행飛行이기도 하니 말이다.

자연스럽게 이해되는 일이지만, 토비는 그렇게 어딘가로 날아가 새로운 소년으로서 새로운 삶을 살고 싶어한다. 그가 자신의 이름을 바꾸고 싶어하고, 책 전체를 통틀어 자신에 대한 이런저런 거짓말들을 끊임없이 지어내며, 한번은 성적표와 추천서를 조작해 명문 사립학교 입학에까지 도전하는 까닭은 상대방이 자신을 이런 새로운 존재라고 믿어주기만 한다면 자기도 얼마든지 잘해나갈 수 있다고 믿고 있으며, 그렇게 지금의 현실에서 벗어나 자신을 증명할 기회를 갈구하고 있기 때문이다.

그러나 작가 토바이어스 울프의 성취는, 역설적이게도 그런 허세와 허위의식이 아니라 정직함에 있다. 울프는 자신의 청소년기 '흑역사'를 이 책에서 숨김없이 털어놓고 있다. 소년 토비의 허세와 허위의식, 가짜 정체성 만들기에 대해 우리가 알게 되는 까닭도 결국은 작가 토바이어스 울프가 이런 자신의 경험을 솔직하게 털어놓고 있기 때문이다. 그리고 가위질당하지 않은 이런 고백은, 멀리서 보면 그저 고향으로부터의 유리, 가족의 해체, 청소년 문제 등 창백하고 추상적인 단어에 그칠지도 모르는 것들을 '이 소년의 삶'으로 재현해낸다.

물론, 이 책 또한 작가의 솔직담백한 고백이라기보다 그가 만들어낸 또 하나의 페르소나라고 해석하는 것도 가능한 독법이다. 그 경우에도 울프가 그려낸 삶의 모습들은 핍진성을 잃지 않는다. 독자들은 책에 그려진 '이 소년의 삶'이 진실이라는 작가의 마법에서 깨지 않고 이 책에 끝까지 몰입할 수 있고, 문학을 통해서만 가능한 방식으로 이 소년과 자신의 삶을 보다 깊이 있게 이해할 수 있다. 이 책이 오직 이런 이해가 이루어질 때만 생

겨나는 감동과 재미를 느낄 수 있는 즐거운 독서 경험을 제공해
주었으면 좋겠다.

강동혁

지은이 **토바이어스 울프**

1945년 미국 버밍햄에서 태어나 부모님의 이혼 이후 시애틀, 워싱턴 등에서 사춘기 시절을 보냈다. 1968년 베트남전에 참전했고 전역 후 옥스퍼드대학교에서 영문학 학사학위를, 스탠퍼드대학교에서 석사학위를 받았다. 1997년부터 스탠퍼드대학교에서 문학과 창작을 가르치고 있다. 대표작으로 단편집 『북미 순교자의 정원에서』 『우리의 이야기가 시작된다』, 중편소설 『막사 도둑』, 장편소설 『올드 스쿨』 등이 있다. 2014년 문학에 바친 평생의 공로로 스톤상을 수상했고 2015년 국가예술훈장을 받았다.

옮긴이 **강동혁**

서울대학교 영문학과와 사회학과를 졸업하고 동 대학원에서 영문학 석사학위를 받았다. 옮긴 책으로 『전쟁 말고 커피』 『올드 스쿨』 『밤의 동물원』 『일곱 건의 살인에 대한 간략한 역사』 『레스』 『아이 앰 필그림』 『신비한 동물 사전 원작 시나리오』 『우리가 묻어버린 것들』 『타인의 외피』 등이 있다.

문학동네 세계문학
이 소년의 삶

초판 인쇄 2019년 7월 1일 | 초판 발행 2019년 7월 12일

지은이 토바이어스 울프 | 옮긴이 강동혁 | 펴낸이 염현숙

책임편집 정혜림 | 편집 여승주 이현정 오동규
디자인 강혜림 최미영 | 저작권 한문숙 김지영
마케팅 정민호 정진아 함유지 김혜연 박지영 김수현
홍보 김희숙 김상만 이천희 오혜림
제작 강신은 김동욱 임현식 | 제작처 한영문화사(인쇄) 신안제책사(제본)

펴낸곳 (주)문학동네
출판등록 1993년 10월 22일 제406-2003-000045호
주소 10881 경기도 파주시 회동길 210
전자우편 editor@munhak.com | 대표전화 031) 955-8888 | 팩스 031) 955-8855
문의전화 031) 955-3576(마케팅) 031) 955-8861(편집)
문학동네카페 http://cafe.naver.com/mhdn | 트위터 @munhakdongne
북클럽문학동네 http://bookclubmunhak.com

ISBN 978-89-546-5696-2 03840

www.munhak.com